韩愈古文评点的整理及其研究

The Collation and Research of Han Yu's Ancient Prose Comments

姜云鹏 著

社会科学文献出版社
SOCIAL SCIENCES ACADEMIC PRESS (CHINA)

目 录

宋元篇　韩文评点的发轫和奠基

第一章　宋代韩文之评点 ································ 003
第一节　宋代评点形式发展历程 ························ 003
第二节　"简古"与"法度"：吕祖谦《古文关键》评韩文 ······ 012
第三节　"婉约"与"曲折"：楼昉《崇古文诀》评韩文 ······ 018
第四节　"新奇"与"占地步"：谢枋得《文章轨范》评韩文 ··· 023
第五节　《文髓》及其他南宋选韩文评点本 ················ 028

第二章　元代韩文评点 ································ 033
第一节　程端礼及其《昌黎文式》 ······················ 033
第二节　虞集及其《文选心诀》 ························ 043

明代篇　韩文评点的兴盛和拓深

第三章　明代韩集版本考述 ···························· 049
第一节　明代韩愈别集版本概述 ························ 049
第二节　明代专选类韩集版本概述 ······················ 056
第三节　明代总集类韩集版本概述 ······················ 058

第四章　明代嘉靖万历时期的韩文评点 …… 069
第一节　"垂世立教"与"变体之文"：林希元评韩文 …… 069
第二节　唐顺之《文编》及其对韩文之评点 …… 076
第三节　"昌黎本色"："险涩"与"生割"：茅坤评韩文 …… 089
第四节　钱縠《韩文评林》 …… 097
第五节　孙鑛、郭正域对韩文的评点 …… 102

第五章　明代天启崇祯时期的韩文评点 …… 109
第一节　陆梦龙、董应举评点韩文 …… 109
第二节　蒋之翘及其所注韩文 …… 116
第三节　顾锡畴、陈仁锡对韩文之评点 …… 121

第六章　明代存疑本之考索 …… 130
第一节　归有光《唐宋八大家文选》《四大家文选》辨析 …… 130
第二节　署"锺惺"评选《唐宋十二大家文归》《唐文归》辨析 …… 134

清代篇　韩文评点的繁荣和巅峰

第七章　清代专选类韩文评点本 …… 143
第一节　气雄与文法：吴铭《韩昌黎文启》 …… 144
第二节　自然与含蓄：林云铭《韩文起》 …… 151
第三节　文统与道统：储欣《唐宋十大家全集录》评韩文 …… 156
第四节　"简质明锐"与"有体有用"：李光地《韩子粹言》 …… 164
第五节　"纤余为妍"与"设色空灵"卢轩《韩笔酌蠡》 …… 171
第六节　华达《韩文集成》残卷概述 …… 179
第七节　"引喻、引古"与"一线到底"：刘成忠《韩文百篇编年》 …… 185

第八章　清代"八大家"选本评点韩文 …… 194
第一节　清代"大家"类总集考察 …… 194
第二节　卢元昌《唐宋八大家集选》及对韩文之评点 …… 207
第三节　汪份《唐宋八大家文分体读本》及其对韩文之评点 …… 211
第四节　沈德潜《评注唐宋八家古文读本》及其韩文评点 …… 215

第九章　清代桐城派对韩文的评点 ……………………………… 219

　　第一节　桐城派的"评点之学"与方苞、刘大櫆对韩文的

　　　　　　评点 ………………………………………………………… 219

　　第二节　"为文渐进之道"：沈闇《韩文论述》与林明伦

　　　　　　《韩子文钞》 ……………………………………………… 228

　　第三节　"广博易良"：高澍然之《韩文故》 …………………… 239

　　第四节　单为总《韩文一得》 …………………………………… 244

参考文献 …………………………………………………………………… 251

后　记 ……………………………………………………………………… 256

宋元篇
韩文评点的发轫和奠基

第一章　宋代韩文之评点

评点是一种颇具中国特色的文学批评方式。其大致产生、定型于宋代（更确切地说是南宋），繁盛于明清两朝。评点从起初的文章评点，后扩展到诗歌、戏剧、小说评点等多种文本样式。严格意义上来讲，"评点"应是由"评"和"点"两部分组成。"评"即对批阅对象的内涵、意蕴、表现手法、艺术特色等进行鉴赏和品评，而"点"则指用某种符号形式来表达某种特定的含义。评、点与文本紧密结合，共同构成一种特殊的文本。评点与古代的科举考试关系有着密切的联系，早期的评点之书多是为科举服务的。韩愈古文（简称"韩文"）由于多契合科举士子初学古文的需要，因而从宋元开始，韩文就成为古文评点家们所热衷的对象。如此时期产生的《古文关键》《崇古文诀》《文章轨范》《文选心诀》诸书都选入了大量韩文。现结合相关文献，对宋元时期的韩文评点作初步探析。

第一节　宋代评点形式发展历程

评点不再是什么新鲜话题，学术界已取得了累累硕果。不过纵观当今的评点研究，学者的研究视角似乎更多地集中于评，而对于点似乎缺乏更为细致的阐述，即便是有所涉及，也是泛泛而谈，几笔带过。造成这种局面的原因，笔者认为其大要有二：一是主观上认为点带有太多的抽象性、随意性以及不确定性，因而毫无头绪可寻，更无价值可言；二是文献资料的缺失。由于长期以来人们对评点的轻视，在翻刻典籍时，经常将一些评点本中的点省去，《四库全书》便是一个明显例子。民间书坊为了节省成本，也有此方面的考虑。而一些完整保留了评点符号的宋元书籍，又非寻常人所能目睹，因而造成了评点研究中对点研究的缺失。就笔者之愚见，评点中的点在发展过程中的确没有得到连贯、有序、系统的发展，因而最终没有形成一个有着明确意义的符号体系。但在评点发轫的宋元时期，诸多评点形式有着相对固定的含义，并且也大体可以理出一个发展脉络。此外，"中华再造善本"与《续修四库全书》等一系列影印版的古籍丛书的出现，也为此问题的解决提供了便利条件。现结合有关材料，试做梳理。

我们在探讨评点起源时，一般都会提到朱熹曾在其读书过程中，经常用诸色之笔批抹文中之内容：

> 某少时为学十六岁，便好理学，十七岁便有如今学者见识，后得谢显道论语，甚喜，乃熟读。先将朱笔抹出语意好处，又熟读得趣，觉得朱抹处太烦，再用墨抹出；又熟读得趣，别用青笔抹出，又熟得其要领，乃用黄笔抹出。至此自见所得处甚约，只是一两句上，却日夜就此一两句上用意玩味，胸中自是洒落。①

> 读书须是以自家之心，体验圣人之心。少间体验得熟，自家之心便是圣人之心。某自二十时，看道理便要看那里面。尝看《上蔡语录》，其初将红笔抹出，后又用青笔抹出，又要黄笔抹出，三四番后又用黑笔抹出，是要寻那精底。看道理须是渐渐向里，寻到那精英处方是。②

朱熹用诸色之笔将其心得与体会处在书中抹出，算不算得上是评点呢？笔者认为，严格说来，这已经是评点了，或者更确切地说，此乃评点之萌芽形式，因为其已经蕴含了评点的要素。"抹"是评点的形式，而此"抹"又非随意而为之，其蕴含了某些含义，如"语意好"“得趣”"得其要领"等。

---

① （清）李光地等纂辑《御纂朱子全书》卷五十五，《影印文渊阁四库全书》第721册，台湾商务印书馆，1986，第534~535页。
② （宋）朱熹：《性理大全书》卷五十三，《影印文渊阁四库全书》第711册，台湾商务印书馆，1986，第185页。

明清时期许多人在读书过程中也施以圈点,便是此法之进一步发展。

吕祖谦的《古文关键》延用了朱熹读书时抹笔之法,从而成为第一部真正意义上的评点之作。上海图书馆藏"冠山堂藏板"、清徐树屏刊刻的《古文关键》乃《丛书集成初编》所收录《古文关键》之原本。《丛书集成初编》本原是根据"金华丛书"本排印,"金华丛书"本则是同治十年(1871)根据昆山徐树屏本(即此本)刊刻的。因而此本与《丛书集成初编》本相比,缺少了文前同治十年胡凤丹的《重刻古文关键序》一文。书后有署"昆山徐树屏敬思氏谨"的跋,言:

> 右东莱吕子《古文关键》二卷,久乏雕本。余家自先公司寇藏有宋椠,其所评阅,抉摘心髓,开示后学,与世迥别。顾其间枣木失真,误谬颇多。张君汉瞻寝食于古,向为先公所亟赏。因请细加勘定,吕子之书,既可为学文之准,则得张君而刮发幽翳,可以灼然无疑矣。余之无似,亦曾奉庭训于先公,遍考宋元以来善本,较其同异,庶几佐张君之商榷,以无负先公遗此简篇焉尔。

徐树屏乃清初藏书大家徐乾学之子,从此跋可知,此书原为徐乾学所藏之宋版,由于年久失修而产生错讹。徐树屏乃请张云章"细加勘定",己亦辅之,共成此书。张云章(1648~1726),字汉瞻,号倬庵,又号朴村,江南嘉定(今属上海)人,国子监生,清初著名学者,"嘉定六君子"之一,书首有其序言一篇。所以选择徐树屏的原刻本,是因为其完整地保留了书中原有的批点形式。对此徐树屏于文首"凡例"中亦有交代:

> 古人读书,凡纲目要领,多用丹黄等笔抹出,非独文字为然。后人乱施圈点,作者之精神不出矣。东莱先生此编,家藏两宋刻,刻有先后,评语悉同,皆以抹笔为主,而疏密则殊。一本稍前者,每篇抹不过数处,皆纲目关键。其稍后一本,所抹较多,并及于句法之佳者。今将二本参酌互用,第恐抹多而汩其面目,大概从前本为多,其接头处用抹,则从后本。明唐荆川《文编》于接头处用抹,尚是古法也。
> ……

界画处乃行文段落间架，前本颇明整，后本多琐碎不足依。然各有误处，今皆正之。

前本不施圈点，偶点其一二用字着力处，圈则竟无之。后本稍用圈点，或一二字，或一二段之下，间有着圈者，点则连行连句有之，要不过什之二三耳。

据此可知，徐家所藏两种宋版《古文关键》中的评点形式，都是以"抹"即"｜"为主，这与上文朱熹读书时常以某笔抹出云云一致。同时增加了"界画处"，即截"—"，并且此时文中已经初具圈点，不过只是偶尔着笔，特别是圈，稍早之本没有。细观此书会发现，书中抹笔分长抹与短抹两种。长抹多施于"纲目关键"处，如韩愈《获麟解》首句"麟之为灵昭昭也"，《原道》首句"博爱之谓仁，行而宜之之谓义，由是而之焉之谓道，足乎己无待于外之谓德"，句旁都加长抹，从而标示出此等句子都乃文章中的纲目或关键。而短抹则多用于句端几个字旁，并且短抹经常与截结合使用。截用于文中段落之句末，以示文章之结构与层次。截和短抹共同出现，表示一段之终结，新一段的开启。如韩愈《讳辩》云："今考之于经，质之于律，稽之以国家之典，贺举进士为可邪，为不可邪？凡事父母得如曾参，可以无讥矣。"文中"邪"字下加截"—"，"凡事"二字旁加短抹，表明此文至"为可、为不可邪"句为一段之终结，而其下"凡事父母"云云，则为另一段。而点则用于文中反复出现的字眼，如《获麟解》中的"知""祥"，《原道》中的十七个"为之"。

需要特别指出的是，朱熹与吕祖谦之抹有着很大的不同。朱熹作为一名理学家，其更注重文章中所阐发的义理，因而其所抹之处，多是对此处文义颇有会心之处，即需要仔细揣摩文章之内涵及其所表达的意义之处。而《古文关键》是吕祖谦为科举士子们编纂的一部初学为文的教科书，除了要求对文章大意进行把握外，还要分清文章的结构框架和脉络层次，阐释其"纲目关键"以及"警策句法"等。因而吕祖谦在《古文关键》中所施以的各种批抹标示，才是有意而为之的，是一种真正意义上的评点。而朱熹对此却颇多訾议，认为此破坏了前人读书之"法度"，乃"科举时文"之弊。其曾言：

近日真个读书人少，也缘科举时文之弊也。才把书来读，便先立个意思，要讨新奇，都不理会他本意著实。才讨得新奇，便准拟作时文使，下梢弄得熟，只是这个将来使。虽是朝廷什么大典礼，也胡乱信手捻合出来使，不知一撞百碎。前辈也是读书。某曾见大东莱（吕祖谦）之兄（吕居仁），他于六经三传皆通，亲手点注，并用小圈点。注所不足者并将疏，楷书用朱点。无点画草。某只见他《礼记》如此，他经皆如此。诸吕从来富贵，虽有官，多是不赴铨，亦得安乐读书。他家这法度却是到伯恭（吕祖谦）打破了。自后既弄时文，少有肯如此读书者。（贺孙）①

因说伯恭所批文，曰文章流转，变化无穷，岂可限以如此。某因说，陆教授谓伯恭有个文字腔子，才作文字时，便将来入个腔子做，文字气脉不长。先生曰，他便是眼高，见得破。②

圈点原本是宋人注校经文的一种方式。尽管吕本中、吕祖谦皆为此法，但在朱熹眼中，二人所作却有天壤之别。吕本中乃用圈点为《礼记》等经作注疏，阐明其微言大义；吕祖谦却打破此"法度"，"立个意思"，"讨新奇"，以"拟作时文使"，陷入了"文字腔子"，因而"文字气脉不长"。此处朱熹对吕祖谦圈点时文的批评，实际上反映出朱熹对评点的态度。

稍后，吕祖谦的学生楼昉编纂了《崇古文诀》一书，今据"中华再造善本"影印国家图书馆所藏的元刻《迂斋先生标注崇古文诀》来看，其书所采用的评点形式与《古文关键》相似，亦以抹为主，同时出现了连行、连句的点，偶有圈的出现。其中圈分字外大圈及字旁小圈两种。字外大圈多用于以下两种情况。一是所圈之字乃文中之字眼，或一篇之关键词。如卷二十八载李淇水的《法原》《势原》二文中"法""势"两字被外套大

---

① （宋）黎靖德编《朱子语类》卷十，《影印文渊阁四库全书》第700册，台湾商务印书馆，1986，第159页。
② （宋）黎靖德编《朱子语类》卷一百三十九，《影印文渊阁四库全书》第702册，台湾商务印书馆，1986，第804页。

圈；韩愈《原毁》首句"古之君子，其责己也重以周，其待人也轻以约"中"己""重""人""轻""约"被外套大圈。柳宗元《先圣文宣王庙碑》中"虽唐虞之仁不能柔，秦汉之勇不能威"，"仁""柔""勇""威"四字被外套大圈。苏轼《倡勇敢》中"是故致勇有术。致勇莫先乎倡，倡莫先乎私……"第一个"倡"以及"私"字被套大圈。二是文中所出现重要人物的名号，特别是帝王之号，以及器物之名。韩愈《原道》中"尧以是传之舜，舜以是传之禹，禹以是传之汤，汤以是传之文武周公，文武周公传之孔子，孔子传之孟轲，孟轲之死，不得其传焉"的"尧""舜""禹""汤""孔子""孟轲"皆被套大圈。苏洵《上韩枢密书》中"呜呼！不有圣人，何以善其后。太祖、太宗，躬擐甲胄，跋涉险阻，以斩刈四方之蓬蒿……"句，"太祖""太宗"二词被套大圈；又"且夫天子者，天下之父母也；将相者，天下之师也"句中，"父母""师"两词被套大圈。韩愈《原道》中"为之君，为之师，驱其虫蛇禽兽而处之中土。寒，然后为之衣，饥，然后为之食。木处而颠，土处而病也，然后为之宫室。为之工，以赡其器用；为之贾，以通其有无；为之医药，以济其夭死；为之葬埋祭祀，以长其恩爱；为之礼，以次其先后；为之乐，以宣其湮郁；为之政，以率其怠倦；为之刑，以锄其强梗。相欺也，为之符玺斗斛权衡以信之……"段中，"寒""衣""饥""食""宫室""工""器用""欺""信"字均被外套大圈。字旁小圈出现的情况不多，多用于句中的关键词，如卷三贾谊《请立梁王疏》中"夫秦日夜苦心劳力，以除六国之祸；今陛下力制天下颐指如意高拱以成六国之祸……"句，"苦心劳力""高拱以成"旁加连续小圈。点则多用于文中的精彩之句，如屈原《卜居》中"黄钟毁弃，瓦缶雷鸣。谗人高张，贤士无名"句，《少司命》中的"悲莫悲兮生别离，乐莫乐兮新相知"句，字旁加点。抹亦分为长抹与短抹，其与《古文关键》相一致，不再繁举。

　　宋代真德秀的《文章正宗》是南宋时期出现的一部重要古文选本。由于比较常见的各种明代刊刻的《文章正宗》多不加批点标示，因而此书是否真正为一评点本，学界在一段时期内含糊其词。日本学者高津孝先生在《宋元评点考》一文中首次披露，其通过阿部隆一先生的《增订中国访书志》中的著录发现了："台湾'中央图书馆'所藏的宋末元初建安刊《西山先生真文忠公文章正宗》，系由首目与卷十五、十九、二十、二十一上、二十一下、二十二上、二十二下、二十四构成的残本。其中卷二十二上下还是以元末明初刻本配补的。宋末元初刊部分，有句读点、声点，也有圈点、抹。"① 此书②首确有"用丹铅法"一项：

> 点：句读小点"．"，语绝为句，句心为读。
> 　　菁华旁点"、"，谓其言之藻丽者，字之新奇者。
> 　　字眼圈点"○"，谓以一二字为纲领，如刘更生《封事》中之"和"字是也。
> 抹："｜"，主意、要语。
> 撇："丿"　转换。
> 截："一"，节段，如贾生"可为流涕者｜"之类。
> 以上四者皆用丹，正误则用铅。

纵观此残卷正文，其所使用的批点符号有"句读小点""菁华旁点""抹""撇"四种，未见字眼圈点与截之使用。其中"句读小点"即表示句读之停顿，相当于今天之标点符号，文中随处可见。而"菁华旁点"则表示"言之藻丽"与"字之新奇"。如韩愈的《贞曜先生墓志铭》中"刿目鉥心，刃迎缕解，钩章棘句，掐擢胃肾，神施鬼设，间见层出"；《南海神庙碑》中"盲风怪雨"，"海之百灵秘怪，慌惚毕出，蜿蜿蛇蛇，来享饮食。阖庙旋舻，祥飙送帆"，"乾端坤倪，轩豁呈露"；等等，字字加旁点，即是标明"字之新奇"。柳宗元的《钴鉧潭西小丘记》中"其嵚然相累而下者，若牛马之饮于溪；其冲然角列而上者，若熊罴之登于山"，"枕席而卧，则清泠之状与目谋；潛潛之声与耳谋；悠然而虚者与神谋；渊然而静者

---

① 〔日〕高津孝：《科举与诗艺——宋代文学与士人社会》，潘世圣等译，上海古籍出版社，2005，第78页；单引号为编辑所加。
② 此书前有汪泰基的题识云："宋椠本书，珍与宋拓碑等。季沧苇、钱遵王、黄荛圃所藏，可谓空前绝后，然不全者十之八九。且元明时刷印居多。兹真西山《文章正宗》，虽仅有八册，妙在宋椠之初印者。斯时纸帘纹阔可证也。其装订褾面尚是前明，真希所见也。不必钞补齐全，亦不碍其为宝也。乙丑夏日梧桐乡人汪泰基得于申江寓次，其值英洋四十饼。"

与心谋";《至小丘西小石潭记》中"皆若空游无所依。日光下澈，影布石上。怡然不动，俶而远逝，往来翕忽，似与游者相乐"；等等，也加旁点，当是指"言之藻丽"。当然"言之藻丽"与"字之新奇"并非严格可分，二者本是一体。而撇据上言表示转折，其实并非单指转折，其往往用于上下两句中后一句之开头，或表转折，或指承接递进等。如柳宗元的《愚溪诗序》中"嘉木异石错置，皆山水之奇者，以余故咸以愚辱焉。夫水，智者乐也……""夫"字旁加撇。韩愈的《柳子厚墓志铭》中"呜呼！士穷乃见节义。今夫平居里巷，相慕悦……""呜呼""今"字旁加撇；韩愈《圬者王承福传》中"问之其邻，或曰，噫！刑戮也；或曰，身既死而其子孙不能有也；或曰，死而归之官也……"三个"或"字旁加撇。因此其与上文《古文关键》中所谓的"接头处用抹"即短抹乃同一用法。

　　与上述诸本相比，出现时间稍晚、影响却极大的另一部在南宋出现的古文批点本是谢枋得的《文章轨范》。今"中华再造善本"影印国家图书馆藏此书的元刻本。文中使用的批点形式仍然为抹、截、圈、点四种。其与《古文关键》《文章正宗》等相比，最大的特点是圈和点的使用更加繁密，超越了抹，从而成为全书中最主要的批点方式。《文章轨范》中圈的使用，与《崇古文诀》相同，也可以分为字外大圈与字旁小圈两种，其中字旁小圈的使用尤为频繁，甚至在一些总结性、概括性的句子旁，不再加以长抹，而是连续缀以字旁小圈。如韩愈的《应科目时与人书》中"愈今者实类于是"，《送石处士序》中"于是东都之士咸知大夫与先生果能相与以有成也"，句旁字字加小圈。而字旁大圈则多施于句中的字眼以及关键词。如韩愈的《原毁》中"古之君子，其责己也重以周；其待人也轻以约"句，其中的"古""己""重""周""人""轻""约"七字，字外套圈；苏洵的《春秋论》中"赏罚者，天下之公也；是非者，一人之私也。位之所在，则圣人以其权为天下之公，而天下以惩以劝。道之所在，则圣人以其权为一人之私……""赏罚""是非""公""私"四处，字外套圈。相反，文中抹的使用相对较少，且以句首的短抹为主。韩愈的《送石处士序》中"酒三行且起，有执爵而言者曰：'大夫真能以义取人，先生真能以道自任，决去就，为先生别。'又酌而祝曰：'凡去就出处何常，惟义之归，遂以为先生寿。'又酌而祝曰：'使大夫恒无变其初，无务富其家而饥其师,无甘受佞人而外敬正士,无昧于谄言,惟先生是听。'"两个"又酌而祝曰"旁加抹笔。而点的使用则极其常见,文中精彩的句子以及"纲目关键"处,都可以于字旁加点。总而言之,在《文章轨范》中,圈与点已经取代了抹,成为最主要的批点形式。后来明清时期出现的评点本,多于文中加以各种类型的圈与点,这便是此风的延续与进一步发展。

综上所述,宋元时期的批点形式总体上有抹"丨"、撇(短抹)"丨"、圈"〇"、点"、"、截"一"五种形式。其中抹大致施于文中之主题以及纲目、关键处,乃一篇之中心主意和要领。而撇多用于句首之一二字,表示上下文之转、承、递、合等关联,乃一篇之筋脉联络处。截则表示一段落之终结,显示出文章的层次结构。而圈和点的情况比较复杂,并且二者经常可以交互使用,所以后世便形成了所谓的"圈点"之说。早期宋元时期的圈点所表达的意义主要有以下两种。一是表示文中之关键词,即一篇文章之"文眼"。徐树屏家藏两种《古文关键》,前一种用了点,后一种用了圈。《崇古文诀》中则用字外套圈,而《文章正宗》中所谓的"字眼圈点"都是谓此。二是表示文中之奇词佳句。或是议论精辟、说理透彻,或是描写清新、陈述条畅者,慢慢地亦开始施以圈点。《文章正宗》中称为"菁华旁点",《崇古文诀》《文章轨范》中,此类的例子也不胜枚举。

关于评点形式的发展历程,《四库全书总目提要》中也有所阐发:

> 宋人读书于切要处,率以笔抹。故《朱子语类·论读书法》云:"先以某色笔抹出,再以某色笔抹出。"吕祖谦《古文关键》、楼昉《迂斋评注古文》亦皆用抹,其明例也。谢枋得《文章轨范》、方回《瀛奎律髓》、罗椅《放翁诗选》始稍稍具圈点,是盛于南宋末矣。

此段话大致说来不错,尽管亦有不确切之处。从上文对几种古文选本批点情况的描述可知,圈与点实际上在宋本《古文关键》中就已经出现,后来的《崇古文诀》以及《文章正宗》中都有圈点的使用,因而并非直到《文章轨范》才"始稍稍具圈点"。其为我们勾勒出宋代以来古文批点的一个大体的发展脉络，即从抹开始，而向圈点发展。在《古文关键》中，抹毫无疑问是最主要的批点方式。《崇古文诀》也基本上继承了此种方式，但同时圈点也相对增多。《文章正宗》"菁华旁点""字眼圈点"与抹难分伯仲，二者大体上已平分秋色。而到了《文章轨范》，其虽也可以见到抹之使用，但此时圈点之使用更加繁密，已超越了抹，成为最主要的评点方式。批点方式从抹向圈点的转变，从一个侧面反映出古人读书从最初只注重文章的内容，逐渐地转为关注文章的形式之美，因而才会对文中的清词丽句加以关注。

第二节 "简古"与"法度"：吕祖谦《古文关键》评韩文

吕祖谦的《古文关键》是中国文学史上一部重要的古文选本。吕祖谦（1137~1181），字伯恭，寿州（今安徽凤台）人，生于婺州（今浙江金华），人称"东莱先生"。吕祖谦学识博洽，经史子集无所不通。《宋元学案·东莱学案》认为："先生文学术业，本于天资，习于家庭，稽诸中原文献之所传，博诸四方学友之所讲，融洽无所偏滞。"吕祖谦与朱熹、张栻齐名，被尊为"东南三贤"，"鼎立为世师"，是南宋时期著名的理学大家之一。一生著作宏赡，仅《四库全书》便收录其《古周易》《吕氏家塾读诗记》《左氏传说》《唐鉴》《历代制度详说》《宋文鉴》等十七种著作。《古文关键》是吕祖谦文章学的代表之作。

《古文关键》的版本系统大致可以分为二卷本、二十卷本、四卷本三种。《古文关键》最初应为二卷本，宋陈振孙《直斋书录解题》卷十五云："《古文关键》二卷。吕祖谦所取韩、柳、欧、苏、曾诸家文，标抹注释，以教初学。"明清时期所刊印的此书多是二卷本。后宋人蔡文子给《古文关键》作注，以《增注东莱吕成公古文关键》刊行，同时将二卷改为二十卷，元脱脱《宋史》卷二百零九"艺文八"言："吕祖谦《古文关键》，二十卷。"今《续修四库全书》以及"中华再造善本"都影印了国家图书馆所藏此书的宋刻本。与二卷本相比，二十卷本书首无"总论看文字法""论作文法""论文字病"三项，但书中所收文章篇目与二卷本完全相同。唯一部四卷本则是上海广益书局民国时期刊刻的《评点八大名家古文钥》，虽然书名发生了变化，但内容与《古文关键》没有差异。清初徐乾学之子徐树屏对自家所藏的两宋本《古文关键》进行了"考异"和对校，完整地保留了宋本中原有的评点标示，因而也不失为一"善本"。本文所论关于此书之内容，便以上海图书馆藏徐树屏乾隆年间的刻本为依据。

《古文关键》不仅是中国文学史上一部重要的南宋文章选本，从评点学的角度来看，还是评点学史上迄今为止第一部真正意义上的文学评点之作。关于书名"关键"的含义，胡月樵在序中这样解释："乾坤以阖辟为关键，山川以脉络为关键，宫室以门户为关键，人身以筋骨为关键，胥是道也。否则有文而无关键，譬诸枯树之枝，死兽之鞟，躯壳虽存，而生气已索然尽矣。""关键"应是指蕴含在事物内部，决定其外在表现形态的某种特质。古文如同天地、山川以及世上的万物，也都有其"关键"所在，《古文关键》就是要将潜藏在文章中的"关键"揭示出来，从而"灼见作者之心源，而开示后人以奥窔"。

《古文关键》在目录和正文之前，有一个"总论"，是吕祖谦文章学思想的结晶。其大致可分为两部分：一部分是"看文字法"；一部分是"论作文法"。其中"看文字法"首先明言：

> 学文须熟看韩、柳、欧、苏，先见文字体式，然后遍考古人用意下句处。苏文当用其意，若用其文，恐易厌人，盖近世多读故也。

其一，吕祖谦在此点明了初学古文应首选韩愈、柳宗元、欧阳修、苏轼四家之文，并且对苏轼之文应着重学其作文之立意，对其为文之形式则需谨慎对待。其二，吕祖谦还交代了读文的大体思路和步骤：先要从总体上去把握整篇文章的"体式"，即要辨清文章的文体和布局；然后再考察文中字、词、句是如何搭配以及其所表达的意义。可能由于此种表述比较笼统，初学者对此还不甚清楚。吕祖谦又对上述两层意思进行了较为详细的阐释和说明，这就是所谓的"四看"：

第一看大概主张；第二看文势规模；第三看纲目、关键，如何是主意首尾相应处，如何是一篇铺叙次第，如何是抑扬开合处；第四看警策句法，如何是一篇警策，如何是下句下字有力处，如何是起头、换头佳处，如何是缴结有力处，如何是融化曲折、剪截有力处，如何是实体贴题目处。

其实，上述"四看"都是对"先见文字体式，然后遍考古人用意下句处"的具体阐发。"四看"对古文评点具有重要意义。吕祖谦及其后世的评点家们大多遵循此"四看"来对文章进行解析、品评。因而可以说"四看"法成为古文评点的基本方法。

"四看"法之下则是看各家文法。如"看韩文法"云："简古。一本于经，亦学《孟子》。学韩简古，不可不学他法度。徒简古而乏法度，则朴而不文。"虽然是"看文法"，但吕祖谦在这里也指出了各家为文最主要的艺术特点、形成此特点的缘由以及后人效法的重点。韩愈古文的最大特点是"简古"，这是因为其"一本于经，亦学《孟子》"；柳宗元为文的最大特点是"关键"，则是因其"出于《国语》"；欧阳修古文的最大特点是"平淡"，因为其"祖述韩子，议论文字最反复"；苏轼古文的最大特点是"波澜"，形成此特点是由于"出于《战国策》《史记》，亦得关键法"等。

"总论"的另一部分是"论作文法"，也可分为两部分。一部分是初学者在为文过程中应遵循的基本笔法和格制。如"文字一篇之中，须有数行整齐处，须有数行不整齐处；或缓或急，或显或晦，缓急显晦相间，使人不知其为缓急显晦；常使经纬相通，有一脉过接乎其间然后可，盖有形者纲目，无形者血脉也"，又如"笔健而不粗""意深而不晦""句新而不怪""语新而不狂"等。另一部分则是与之相对应的为文时应尽量避免的"文字病"，吕祖谦列举了"深""晦""怪""冗""弱""涩""虚""直""疏""碎""缓""暗""尘俗""熟烂""轻易""排事""说不透""意未尽""泛而不切"十九种文病。只是结合后面的具体文章和评点内容，我们并没有发现有出现这些文病的具体实例，因此这些文病看起来就显得抽象和空洞。

当然,"总论"中的"看文字法"与"作文法"两部分并不是截然分开的。只有掌握了"看文字法",能够洞察文中各种文法的妙处,才能在作文过程中化为己用,因而二者乃彼此交错、相互关联的。

《古文关键》共两卷,收录了韩愈、柳宗元、欧阳修、苏洵、苏轼、苏辙、曾巩、张耒之文,共计六十余篇。其中收录苏轼十六篇,为诸家中最多,而苏辙、张耒各两篇,为诸家中最少。其所收入的这些文学家,几乎是后世的"唐宋八大家",只不过用张耒代替了王安石。而书中所收的文章则以序和论为代表,以议论性文体为主,尤其是论,所占比重最大,这与宋代议论文风的盛行,以及《古文关键》之定位即它本身就是一部专门为科举服务的考试用书有很大关系。

纵观整部《古文关键》,吕祖谦的古文评点具有以下特征。

其一,辨文体格制和文章规模,即"看文字法"中的"先见文字体式",以及"四看"中的"第一看"和"第二看",一般见于首批的位置。如对韩愈的《争臣论》首批:"意胜反题格。此篇是箴规攻击体,是反题难文字之祖。"柳宗元的《捕蛇者说》首批:"感慨讥讽体。"欧阳修《春秋说下》首批:"此一篇是反题格,与韩文《争臣论》相类。排斥之辞,大抵要斥人须多方说,教他无逃处,此前数段可见。"苏洵的《春秋论》首批:"此篇须看首尾相应,枝叶相生,如引绳贯珠。大抵一节未尽,又生一节,别人意多则杂,惟此篇意多而不杂。"这些都是从整体上断定文章的体式格局和规模,从而能对文章的布局和行文特点有一个大致的认识。

其二,注意行文过程中的起承转合处,一般见于旁批或夹批的位置。如欧阳修《纵囚论》首两句"信义行于君子,而刑戮施于小人",旁批"立两句柱子发起";"刑入于死者"旁批"接得佳,有力";韩愈《师说》"古之圣人,其出人也远矣,犹且从师而问焉",旁批"应前圣人且从师,此高一等说,翻前'人非生而知之'之意,转换好";"是故,圣亦圣,愚亦愚,圣人之所以为圣,愚人之所以为愚,其皆出于此乎",旁批"结上意翻";"圣亦圣,愚亦愚",旁批"词锁";"圣人之所以为圣",旁批"使《袁盎传》意";"愚人之所以为愚",旁批"换骨法"。通过分析文章的起承转合,可以看出作者为文的逻辑,也可欣赏文章的高低起伏、峰回路转之美。

其三，注意文章的主意、纲目、关锁、关键、警策处，以及炼句、炼字法。欧阳修《上范司谏书》"诚以谏官者，天下之得失，一时之公议系焉"，旁批"是一篇主意、纲目，亦颇说出大处"；"吏部之官，不得理兵部；鸿胪之卿，不得理光禄，以其有司也"，旁批"二句自外而说两段来，映得谏官大，亦是锁句"；"故士学古怀道者，仕于时，不得为宰相，必为谏官……"旁批"此一段最是筋骨、节目警策处"。点出文章的纲目和关键，便抓住了文章的要领和主干，其余枝叶便有处可附。

吕祖谦的古文评点点面结合，经纬相贯，既能抓住文章的整体布局与重心，又兼顾文章的细枝末节。读者通过其评点，能对文章有一个全面细致的把握。

综上所述，作为评点学史上的开山之作，《古文关键》在许多方面都为后来的古文评点提供了有益借鉴，影响极其深远。概括而言，主要包括两个方面。

其一，"四看"法成为后世古文评点的基本原则和纲领。后世的古文评点在内容方面虽有不同程度的差异，但其评点方法基本上不出"四看"法的樊篱。正如书首胡月樵于序中所言："真西山《正宗》、谢叠山《轨范》，其传最显……而迂斋楼氏之标注其源流，亦轨于正，其传已在隐显之间，以余考之，是三书皆东莱先生开其宗者。"所谓的"开宗"就很好地诠释了《古文关键》在后世古文评点史中的价值和地位。

其二，在作为评点之学不可分割的点上，《古文关键》同样具有"开宗"的地位。批抹原本是古人读书的常用方法，徐树屏在书首"例言"中就言："古人读书，凡纲目要领，多用丹黄等笔抹出，非独文字为然。"但以前的批抹，大都是读书人在读书过程中遇到了颇有心得和体会之处，或是文章的"纲目要领"，随手用笔抹出，以做标记，以便以后翻阅查找。因此这里的批抹，严格说来还称不上一种真正意义上的评点。而在《古文关键》中，吕祖谦在熟读文本的基础上，深思熟虑，用批和抹的方式，将对文章内涵或层次结构的理解揭示出来，从而帮助读者更好地理解文章的含义，学习其中蕴藏的文法。批抹在吕祖谦的笔下，俨然不再是简单的标记，而是用来表示自己对文章理解的重要手段，因而成为一种具有了相对固定意义的符号。虽然这种符号的意义，显得相对宽泛，但同那种随手而作的标记也绝不可同日而语。正是在这个意义上讲，我们把吕祖谦的《古文关键》奉为第一部真正意义上的文学评点之作。

《古文关键》整部书共选文六十余篇，其中选韩愈的《获麟解》、《师说》、《争臣论》、《原道》、《原人》、《讳辩》、《杂说》（二篇）、《重答张籍书》、《与孟简尚书书》、《答陈生书》、《答陈商书》、《送王（含）秀才序》①、《送文畅序》② 十四篇文章。总体上，吕祖谦认为韩愈古文最大的特点是"简古"，并且这种"简古"和"法度"融为一体，因而是有法可循的。所谓的"简古"，正如吕祖谦对《获麟解》首批所云"字少意多，文字立节，所以甚佳"，其中的"字少意多"当是"简古"最好的注脚。关于韩文的"法度"，则表现在诸多方面。如《获麟解》中"角者吾知其为牛，鬣者吾知其为马，犬豕豺狼麋鹿，吾知其为犬豕豺狼麋鹿"，旁批云："作文大抵两句短，须一句长者承。"《原道》中"周道衰，孔子没，火于秦，黄老于汉，佛于晋宋齐梁魏隋之间"，旁批："句长短有法度。"《答陈生书》中"事亲以诚者，尽其心，不夸于外，先乎其质，而后乎其文者也……"旁批"大抵作文，三段短，作以一段长者承，主意多在末一段"。如此等等，皆是从韩文中总结出的为文之法。

在具体的评点中，吕祖谦注意到，韩愈论说文的一大特点便是抑扬结合，轻重得体，因而文章便有顿挫波澜之美。如《师说》中"爱其子，择师而教之；于其身也，则耻师焉，惑矣"，旁批："抑扬。"《重答张籍书》中"此盛德者之所辞让，况于愈者哉"，旁批："即重明轻。'盛德者'为重，'愈者'为轻。""择其可语者诲之，犹时与我悖，其声哓哓；若遂成其书，则见而怒之者必多矣"，旁批："举轻明重。'时与我悖，其声哓哓'为轻，'见而怒之者必多矣'为重。"吕祖谦在"论文字病"中有"直""轻易"两条，都是指为文时过于平衍，没有波澜。而学习韩文的这种特点，恰好可以克服此弊。

韩愈之文在论证过程中经常从两端入手，周密而详尽，使人无法反驳。如《争臣论》中，有人认为阳城"学广而闻多，不求闻于人也。行古人之

---

① 韩愈有两篇"送王秀才序"：一篇为《送王秀才序》，另一篇为《送王秀才埙序》。为区别两者，前者或题为《送王（含）秀才序》。

② 此文全称为《送浮屠文畅师序》，后编选者或称《送文畅序》《送文畅师序》。

道，居于晋之鄙，人熏其德而善良者几千人。大臣闻而荐之，天子以为谏议大夫，人皆以为华。阳子不色喜，居于位五年矣，视其德如在野"。于是便问韩愈，阳城"可以为有道之士乎哉？"表面上是向韩愈请教，实则是向韩愈表明阳城如此，的确应为有道之士。对此，"愈应之曰：是《易》所谓'恒其德贞而夫子凶'者也。恶得为有道之士乎哉！在《易·蛊》之上九云：不事王侯，高尚其事；《蹇》之六二则曰：王臣蹇蹇，匪躬之故。夫不以所居之时不一，而所蹈之德不同也"，"不事王侯，高尚其事"，有旁批"阳城不出时如此"；"王臣蹇蹇，匪躬之故"，有旁批"阳城既出时如此"。这样先点明"不出"和"既出"两端"所蹈之德不同"，再反观身为谏议大夫五年的阳城，"视其德如在野"，阳城是否"有道之士"的问题则不答自明。这样的一种反驳方式，几乎无懈可击。此外，韩愈还经常在文中设置两端，使之相对照，增强文章的说服力与感染力。如《送文畅序》首两句："人固有儒名而墨行者，问其名则是，校其行则非，可以与之游乎？如有墨名而儒行者，问之名则非，校其行则是，可以与之游乎？"吕祖谦旁批："头两段起语新，文便见意。作两段说来。"《与孟简尚书书》"且彼佛者果何人哉？其行事类君子邪？小人邪？若君子也，必不妄加祸于守道之人；如小人也，其身已死，其鬼不灵，天地神祇，昭布森列，非可诬也。"旁批："设两端。"这都是将两者或是"儒名而墨行"与"墨名而儒行"，或是"君子"与"小人"相形，在对照中使文意表达得更加确切，从而增强文章的说服力。

吕祖谦的《古文关键》作为一部真正意义上的古文评点本，影响极其深远，成为后世古文评选的典范。同时，书中吕祖谦对韩文的评点，也成为韩文评点史上的一个伟大开端。

第三节 "婉约"与"曲折"：楼昉《崇古文诀》评韩文

楼昉《崇古文诀》是继吕祖谦《古文关键》之后所出现的另一部重要古文选本。楼昉，字旸叔，鄞人，绍熙科进士，与其弟弟楼晒都以能文而名噪一时。楼昉年轻时曾跟随吕祖谦学习古文，深得吕氏为文之精髓，因此文章水平大进，（嘉靖）《宁波府志》卷三十三记言："其文汪洋浩博，凡所论议，援引叙说，小能使之大，而统宗据要，风止水静，泊然不能窥其涘，从学者常数百人。"楼昉一生著有《绍兴正论小传百篇》《崇古文诀》《两汉诏令》等。由于以文闻名，其编纂和批点的《崇古文诀》也最为著名。

《崇古文诀》又名《迂斋先生标注崇古文诀》，有五卷本、二十卷本、三十五卷本三种版本。张智华《楼昉〈崇古文诀〉三种版本系统》[①] 以及祝尚书《宋人总集叙录》[②] 中对其多有阐发，可以参考。《崇古文诀》本为一典型的评点本，文前有总评，文中有旁批以及抹截等评点标示。但四库馆臣在抄录此书时只将文前的总评保留，旁批与截抹等评点标示均被删除，因此本文所论以复旦大学图书馆藏嘉靖间三十五卷刻本为依据。

楼昉乃吕祖谦学生，其编纂的《崇古文诀》在一定程度上继承了恩师衣钵，不过在此基础上又有所拓展延伸。《直斋书录解题》云："大略如吕氏《关键》，而所取自史、汉而下，至于本朝，篇目增多，发明尤精当，学者当便之。"[③]《四库全书总目提要》也云："而此书篇目较备，繁简得中，尤有裨于学者。盖昉受业于吕祖谦，故因其师说，推阐加密，正未可以文皆习见而忽之也。"[④]《崇古文诀》对《古文关键》的拓展和延伸主要表现在三个方面。

一是拓宽所收古文的起止年限，增加所收古文的数量。《古文关键》所收古文集中在唐、宋两代，上下两卷，共收录古文六十余篇。而《崇古文诀》所收古文上自先秦《左传》《离骚》，下至宋代，三十五卷，共计二百余篇。如果说后世的"唐宋八大家"在吕祖谦的《古文关键》中基本定型的话，那么在楼昉的《崇古文诀》中就已经正式形成。在这二百余篇文章中，韩愈、欧阳修、柳宗元、苏轼的古文入选得最多，这与《古文关键》是一致的。不同的是在《古文关键》中，入选数量最多的是苏轼的文章，有十六篇，然后是韩愈十四篇，欧阳修十一篇。而在《崇古文诀》中，选韩愈古文二十五篇，为各家之首，接下来是欧阳修的十八篇，柳宗

---

① 张智华：《楼昉〈崇古文诀〉三种版本系统》，《文献》2001年第3期。
② 祝尚书：《宋人总集叙录》，中华书局，2004，第241~258页。
③ （宋）陈振孙：《直斋书录解题》，上海古籍出版社，1987，第452页。
④ 《〈崇古文诀〉提要》，《影印文渊阁四库全书》第1354册，台湾商务印书馆，1986，第1页。

元和苏轼各十四篇。

二是在《崇古文诀》中，圈点符号的使用比《古文关键》更加细密。在《古文关键》中，批点符号主要是抹和截。"中华再造善本"金元编影印了国家图书馆所藏元刻本《迂斋先生标注崇古文诀》，今查此书，发现书中虽也主要以抹笔为主，但与《古文关键》相比，点的使用更加繁密。在《古文关键》中，点主要标于文中反复出现的字眼旁，如韩愈《获麟解》中的"祥"字、"知"字，《原道》中的十七个"为之"，等等。而在《崇古文诀》中，文中的一些"纲目关键"或是描写精彩处，不仅可用抹，也可整句地连续加以字旁小点。如《原道》首句"博爱之谓仁，行而宜之之谓义，由是而之焉之谓道，足乎己无待于外之谓德"，此句每字旁都加点；韩愈《南海神庙碑》中的"公遂升舟，风雨少弛，櫂夫奏功，云阴解驳，日光穿漏，波伏不兴。省牲之夕，载旸载阴，将事之夜，天地开除，月星明概"，又"牲肥酒香，樽爵净洁，降登有数，神具醉饱。海之百灵秘怪，慌惚毕出，蜿蜿蛇蛇，来享饮食。阖庙旋舻，祥飙送帆，旗纛旌麾，飞扬晻蔼，铙鼓嘲轰，高管嗷噪，武夫奋棹，工师唱和，穿龟长鱼，踊跃后先，乾端坤倪，轩豁呈露"，此两处也是字字加点。正是从《崇古文诀》开始，点在文中慢慢变得繁密起来，从而成为一种颇具代表性的批点标示。

三是同《古文关键》相比，《崇古文诀》的评语更加详细和具体。特别是在文前的首评中，楼昉对整篇文章之大意和主旨、结构特点、艺术特色、师法对象甚至以后的影响和接受，都有所涉及，堪称全面。如柳宗元《晋问》，首评："晋国之美多矣，自山河而兵，自兵而马，曰木，曰鱼，曰盐，一节细如一节。至于晋文公之霸业盛矣。然以道观之，亦何足贵，却有一项最可贵者，曰'尧之遗风也'。至此，则前面所举，可以尽废。此是善占地步，一着最高，特地留在后面说。譬如贾人之善售物者，必不肯先将好底出来。"这种翔实的品评方式在《古文关键》中很难见到。楼昉之评点还十分注重对文法源流的探讨，主要表现为两种方式。一种是直接指出其直接的效仿对象。如柳宗元《答许京兆书》，首评："规模从司马子长《答任安书》来。子厚自知不合附丽，而终以王叔文等为可以兴尧舜之道，其迷而不返者欤？"苏洵《明论》，首评："此等意脉从《战国策》来，曲尽事情，主意只是不测。"这些都是直言其文法源头。另外，楼昉在评点中还十分注重采用比较的方法，如其常言的"参看"，这也是探讨文法脉络的一种形式。韩愈的《争臣论》，吕祖谦《古文关键》首评："意胜反题格。此篇是箴规攻击体，是反题难文字之祖。"而《崇古文诀》则言："此篇是箴规攻击体，是反难文字之格，当以《范思谏书》相兼看。"江淹《诣建平王上书》文前有评云："此书当兼《任安》《会宗》《孟容》三书看。规模布置虽同，然心曲间事，自有各别。子长未免豪放，杨恽未免忿怨，子厚未免文饰。此书自始至末，似无不平处。须是仔细详味，方见得文通托此自雪。若悲惋凄怆之态，当于《恨赋》见之。"其皆是将诸家同种类之文放在一起进行比对，从而得出了各自不同的特质。其对柳宗元《答韦中立书》就云："看后面三节，则子厚平生用力于文字之功，一一可考。韩退之与本朝老苏、陈后山，凡以文名家者，人人皆有经历，但各有入头处与自得处耳。"

对于《崇古文诀》，四库馆臣于"提要"中云：

> 宋人多讲古文，而当时选本存于今者，不过三四家。真德秀《文章正宗》以理为主，如饮食惟取御饥菽粟之外，鼎俎烹和皆在其所弃；如衣服惟取御寒布帛之外，黼黻章采皆在其所捐。持论不为不正，而其说终不能行于天下。世所传诵惟吕祖谦《古文关键》、谢枋得《文章轨范》及昉此书而已。而此书篇目较备，繁简得中，尤有裨于学者。盖昉受业于吕祖谦，故因其师说，推阐加密，正未可以文皆习见而忽之也。

从中可以看出，四库馆臣对《崇古文诀》的评价还是很高的，认为其堪与《古文关键》《文章轨范》并肩，并且"篇目较备，繁简得中"，在这一方面甚至要略胜一筹。同时，四库馆臣将此四种古文选本分为两类：一类以《文章正宗》代表，以谈理为主；一类以《古文关键》《崇古文诀》《文章轨范》为代表，以论文为主。纪昀认为，在后来历史的长河中，论理之文由于其过于苛刻的要求，终不如论文之文得到更多人的拥护和认可。这里暂且不论纪昀的这种观点是否正确，笔者认为将《崇古文诀》与《古文关键》、《文章轨范》相提并论，稍欠妥当。因为《崇古文诀》与《古文关键》、《文章轨范》相比，体现出其自身更为独立的文学性。毫无疑问，《古文关键》与《文章轨范》在自身定位时更多的是为科举服务，某种意义上讲，其是士子们应付科举考试的教科书，自身的目的性十分明确。不排除《崇古文诀》也同样有这方面的功利性考虑，但长期以来，人们一直将之与《古文关键》《文章轨范》同等看待，其自身的文学性反而一直被湮没而得不到认可。《崇古文诀》的文学性表现在以下几个方面。

首先，从《崇古文诀》的编纂体例来看，其按照先秦、两汉、六朝、唐、宋的时间顺序摘选古文，显示了选家鲜明的史意识。其实文学选本本身就是中国早期文学史的编纂形式之一，从这方面讲，《崇古文诀》应是楼昉所编纂的一部能够体现自己文学思想的文学史。相反，《古文关键》按照韩、柳、欧、苏等大家之文的顺序来编排，《文章轨范》则是按照谢枋得设计与规划的学文次第，将全书分为"大胆文"与"小心文"两类。二者相比，有很大差距。

其次，从《崇古文诀》所选入的文章来看，其自身的文学性更为突出和鲜明。在《古文关键》和《文章轨范》中，我们看到其所选的文章几乎是与宋代科举策试相符的议论文，即便是所选入的一些书、序之文，细加阅读，其内容依然是争辩事实、论说道理。而在《崇古文诀》中，先秦文所入选的十三篇文章中，有屈原的《楚辞·卜居》《楚辞·渔夫》以及《九歌》十一篇；两汉文选入了贾谊的《吊屈原赋》《鹏鸟赋》与班固的《两都赋》；六朝文选入了江淹的《诣建平王上书》与孔稚珪的《北山移文》两篇骈文；即使是在唐宋文中，仍然会看到像韩愈的《祭十二郎文》这种以叙述笔法为主，同时又带有强烈抒情性的文章。这表明楼昉选文的目光别具一格，他更加重视文章的审美性和抒情性。以我们今天的眼光来看，楼昉的文学观点无疑是超前的，因此也造就了《崇古文诀》在众多的古文选本中的与众不同。

最后，从楼昉对所收录的文章的评语来看，《崇古文诀》也显露其文学性倾向。如其对司马迁的《报任安书》的评语为："反复曲折，首尾相续，叙事明白，读之令人感激悲痛，然看得豪气犹未尽除。"韩愈《祭兄子老成文》，其首批为："文字反复曲折，悲痛凄惋，道出肺腑中事，而熏然慈良之意，见于言外。"从这些评语中可以看出，楼昉对文章的品评更多的是关注其带给人的艺术感染力，而不是仅仅局限于阐释文中的笔法。

楼昉的《崇古文诀》共收录韩愈古文二十五篇，其对韩文的最大发现便是认识到韩愈墓碣、碑铭的价值。二十五篇中有《南海神庙碑》《殿中少监马君墓志》《祭柳子厚文》《柳州罗池庙碑》《平淮西碑》《唐故河中府法曹张君墓碣》《祭兄子老成文》《欧阳生哀辞》八篇。吕祖谦的《古文关键》完全是为应对科举考试的需要而编纂的，所选文章也完全是适应考试的论说体，而楼昉在其师的基础上扩大了文体范围，收录一些叙述性的墓志铭及祭文，并且楼昉对此类文章所表现出的高超艺术技巧推崇备至。如《唐故河中府法曹张君墓碣》的首批为："前面二百余字，丁宁反复。委蛇曲折，读之使人感动。以其人无事业可纪载，故其体如此。退之前后铭墓多矣，而面子个个不同，此类可见。"又如其对《殿中少监马君墓志》的评语为："叙事有法，辞极简严，而意味深长。结尾绝佳，感慨伤悼之情，见于言外。三世皆有旧，故其言如此。退之所作墓志最多，篇篇各有体制，未尝相袭。"对《柳州罗池庙碑》的首批为："叙事有伦，句法矫健，中含讥讽之意。"对《南海神庙碑》的首批为："叙事状物之妙。"对《欧阳生哀辞》的首批为："詹死于京师，而不在父母之旁，未必免于或者之疑，父母不得见，其死则哀之深。故此文多是推原詹之本心，且言詹之心，即父母之意，纡余曲折，曲尽其妙。"通过上述所引，我们可以看到，楼昉认为韩愈的墓志铭主要有两个特点：一是叙述的曲折委婉，多见于言外之意；二是"面子个个不同""篇篇各有体制"，即韩愈能根据墓主的不同身份、地位与遭遇，采用不同的体制，施以不同的笔墨，从而使笔下的人物形象千姿百态、面目各异。如果说吕祖谦的《古文关键》总结了韩文"简古""雄劲"的阳刚之美，那么楼昉的《崇古文诀》便在此基础上另辟蹊径，发现了韩文婉约、曲折的阴柔之质。二者彼此照应，相得益彰，让我们对韩文有一个更加完整的认识和判断。

第四节　"新奇"与"占地步"：谢枋得《文章轨范》评韩文

谢枋得的《文章轨范》是这一时期另一部颇为重要的古文评点本。谢枋得，字君直，号叠山，（同治）《广信府志》记其："少力学，六经百氏悉淹贯，为文章伟丽卓然天成，不践袭陈言宿说。论古今成败得失，上下数千年，较然如指掌。"著有《易传注疏》《书传注疏》《诗传注疏》《易说十三卦启蒙》《檀弓解》《碧湖杂记》《文章轨范》《翰苑新书》《叠山文集》十六卷等。

《文章轨范》在体例上将其文分为"放胆文"与"小心文"两类，其中卷一、卷二都是"放胆文"，卷三至卷七为"小心文"。此种安排，反映了谢枋得的文章学习步骤与思路：

> 凡学文，初要胆大，终要小心。由粗入细，由俗入雅，由繁入简，由豪荡入纯粹。此集皆粗枝大叶之文，本于礼义，老于世事，合于人情。初学熟之，开广其胸襟，发舒其志气，但见文之易，不见文之难，必能放言高论，笔端不窘束矣。（卷一首）
> 辩难攻击之文，虽厉声色，虽露锋芒，然气力雄健，光焰长远，读之令人意强而神爽。初学熟此，必雄于文，千万人场屋中有司亦当刮目。（卷二首）
> 议论精明而断制，文势圆活而婉曲。有抑扬，有顿挫，有擒纵，场屋程文论，当用此样文法。先暗记侯王两集，下笔无滞碍，便当读此。（卷三首）
> 此集文章，古得道理强，以清明正大之心，发英华果锐之气，笔势无敌，光焰烛天，学者熟之，作经义作策，必擅大名于天下。（卷四首）
> 此集皆谨严简洁之文，场屋中日暮有限，巧迟者不如拙速。论策结尾，略用此法度，主司亦必以异人待之。（卷五首）
> 此集才学识三高，议论关世教。古之立言不朽者如是。夫叶水心曰，文章不足关世教，虽工无益也。人能熟此集，学进识进而才亦进矣。（卷六首）
> 韩文公、苏东坡二公之文，皆自《庄子》觉悟，此集可与庄子并驱争先。（卷七首）

在谢枋得看来，学文首先要放得开，要敢于下笔，而不要被一些条条框框限制住手脚，那样反而更不利于写出好文章。对于此种说法，清人冯班在《钝吟杂录》中进行了针锋相对的批驳：

大凡学文，初要小心，后来学问博、识见高，笔端老，则可放胆。能细而后能粗，能简而后能繁，能纯粹而后能豪放。谢叠山句句倒说了。至于俗气，文字中一毫着不得，乃云由俗入雅，真戏论也。东坡先生云，尝读《孔子世家》观其言语文章，循循然莫不有规矩，不敢放言高论。然则放言高论，夫子不为也，东坡所不取也。谢枋得叙放胆文，开口便言，初学读之必能放言高论，何可如此，岂不教坏了初学？①

冯班的思路与谢枋得完全相背。其认为学文首要小心，待自己的学艺、知识得到长进，有一定的积累后方可放胆，而这个时候，写的文章自然是粗犷豪放，而不必刻意追求了。应该说，学无定法，谢枋得和冯班分别提供了两种截然不同的学文途径，都有其合理之处。每个人都应该按照自己的实际情况，有鉴别地采纳，不必深究其谁是谁非。但有一点需要指出，谢枋得的"放胆"并不意味着初次学文便可以不讲任何法度地胡乱涂鸦，而是指在初学为文时，难免心高气傲，任自己的才情尽情地挥洒，写出的文章也呈现咄咄逼人的气势，正如其对韩愈的《送温处士赴河阳军序》中的评语所言："文有气力，有光焰，顿挫豪宕，读之快人意，可以发人思。"又如其卷二首言："辩难攻击之文，虽厉声色，虽露锋芒。然气力雄健，光焰长远，读之令人意强而神爽。初学熟此，必雄于文。千万人场屋中有司亦当刮目。"所谓"文有气力，有光焰，顿挫豪宕""厉声色""露锋芒"便是"放胆文"的特征。这也可从其"放胆文"选入《与于襄阳书》《后廿九日复上宰相书》《上张仆射书》《争臣论》这些声言俱厉的文章得到证实，因而这里的"放胆"应是指文章风格雄肆、豪放。而所谓的"小心"是指作文更讲究锤炼、锻造，更加精雕细琢，因而写出的文章便是"议论精明而断制，文势圆活而婉曲。有抑扬，有顿挫，有擒纵"这种"谨严简洁"之文。文章风格显得藏锋敛锷，同时也更加含蓄有味。

《文章轨范》评点的一个最显著特征，便是对文章字法、句法、章法的高度关注。如韩愈《原道》开端："博爱之谓仁，行而宜之之谓义，由

---

① （清）冯班撰《钝吟杂录》，中华书局，2013，第126~127页。

是而之焉之谓道，足乎己无待于外之谓德。"对此谢枋得的批语为："五字句""七字句""八字句""十字句"，"开端四句，四样句法，此文章家巧处"。"为之君，为之师，……备患至而为之防"，其批语为："此一段连下十七个为之字，变化九样句法，起伏顿挫，如层峰叠峦，如惊涛巨浪，读者快心畅意，不觉其下字之重叠，此章法也。""其文《诗》《书》《易》《春秋》……其为教易行也"，其评语为"连下九个'其'字，变化六样句法，与前章'为之'字相应，此是章法"。诸如此类的这种评点方式在整部书里极其常见，这里所谓的字法、句法、章法跟我们现在所言的大体相似，字法组合构成句法，句法串联而成为章法。大概是因为《文章轨范》主要针对那些科举考试的考生以及初学为文者而编纂，因此对文章进行细致而又周密的讲解，有利于考生们和初学者更快地理解和掌握为文之法和作文之道。当然这种批点方式也反映了谢枋得对古文文法的精通和熟悉。

《文章轨范》共选先秦至宋文章六十九篇，其中韩愈三十一篇，几乎占了整部书的一半。由于是一部应付科举的考试用书，收录的文章几乎都是论说文。即使是韩愈的《柳子厚墓志》《祭田横墓文》，也是因为其改变了墓志铭的传统写法，在文中大量运用议论等表达方式。

吕祖谦认为韩文最大的特征是"简古"，但谢枋得认为韩文最大的特点是"新奇"。其对《送石处士序》的结尾评为：

"与之语道理，辨古今事当否，论人高下，事后当成败，若河决下流而东注，若驷马驾轻车就熟路，而王良、造父为之先后也"，此一章譬喻，文法最奇。韩文公作文，千变万化，不可捉摸。如雷电鬼神，使人不可测。其作《韦侍讲盛山十二诗序》云"夫儒者之于患难，苟非其自取之，其拒而不受于怀也。若筑河堤以障屋溜，其容而消之也。若水之于海，冰之于夏日，其玩而忘之以文辞也。若奏金石以破蟋蟀之鸣、虫飞之声，况一不快于考功盛山一出入息之间哉！"此段分明是送石处士序譬喻文法。恐人识破，便变化三样句，分作三段，此公平生以怪怪奇奇自负，其作文要使人不可测识。如陈后山送参寥序云，其议古今张弛，情貌肖否，言之从违，诗之精粗，若水赴壑，阪走丸，倒囊出物，鸷鸟举而风逼之也。若升高视下，爬痒而鉴貌也。此一段亦新奇，不蹈袭，只是被人看破。全是学韩文公送石洪处士序文。

《送石处士序》中的这三个比喻，与《韦侍讲盛山十二诗序》里的三个比喻本属于同一种譬喻文法，而韩愈"恐人识破"，变化出了三种不同的句法，从而达到了一种出奇制胜效果。所谓的"新奇"应是指韩文经常会给人一种似曾相识而又耳目一新之感。韩愈仿佛有一种点石成金的本领，在他的笔下，即使陈腐的内容也会散发出"新奇"的光芒。他自己也曾说过，为文要"务去陈言"。但在谢枋得看来，韩文"新奇"艺术效果的取得主要来自韩愈的善于变化。无论用字、造句、征事都敢于突破常规，另辟门径。如评《原道》："其言道德仁义云者，不入于杨，则入于墨，不入于墨，则入于老，不入于老，则入于佛。入于彼，必出于此。"谢枋得直言："《孟子》说'归杨'、'归儒'，今变'归'字为'入'。文公去陈言，自撰新语，只是把古人文章变化。"直接道破了其中缘由。韩文的变化体现在变字、变句等多方面。《争臣论》中"晋之鄙人薰其德而善良者几千人"，批语为："'薰'字从《孟子》'炙'字变化来。""大臣闻而荐之天子，以为谏议大夫，人皆以为华，阳子不色喜，居于位五年矣"，批语为："此句便含不谏意。'荣'字变为'华'，'无喜色'三字变为'不色喜'，变化句法。"《后廿九日复上宰相书》中"当是时，天下之贤才皆已举用，奸邪谗佞欺负之徒皆已除去……休征嘉瑞麟凤龟龙之属皆已备至"，批语为："此一段连下九个'皆已'字，变化七样句法，字有多少，句有长短，文有反顺起伏顿挫，如层澜惊涛怒波。读者但见其精神，不觉其重叠，此章法、句法也。"韩愈不断地变化字法、句法形成了其文章的波澜和顿挫，从而避免了呆滞与平庸的弊病。又如《送温处士赴河阳军序》中"伯乐一过冀北之野……搢绅之东西行过是都者，无所礼于其庐"，批语为："此一段四节，四样句法，顿挫起伏，有波澜，有峰峦，文法之妙。"

谢枋得认为，韩愈为文还有一特点即善于"占地步"，如《与于襄阳书》中"其故在下之人负其能不肯谄其上，上之人负其位不肯顾其下。故高材多戚戚之穷，盛位无赫赫之光，是二人者之所为皆过也"，谢评为："韩公作文，专占地步。如人要在高处立，要在平处行，要在阔处坐；'下之人负其能，不肯谄其上'，不害为君子；'上之人负其位不肯顾其下'，不免为小人；'高材多戚戚之穷'则是君子而安贫贱；'盛位无赫赫之光'，则是庸人而苟富贵。韩公之所以自处者，可谓高矣。"又如《争臣论》中"今天下一君，四海一国，舍乎此则夷狄矣，去父母之邦矣……"评为："此一段以古道自处，节占地步，文章绝妙。"韩愈之"占地步"之文一般是被归入了"放胆"文，所谓的"占地步"也应指韩文论证充分，有理有据，难以反驳。

第五节 《文髓》及其他南宋选韩文评点本

明叶盛《水东日记》云："宋儒批选文章今可见者，前有吕东莱，次则楼迂斋、周应龙，又其次则谢叠山也。朱子尝以拘于腔子议东莱矣。要之批选、议论，不为无益，亦讲学之一端耳。"[①] 其所谓的"宋儒批选文章"大抵是言宋人评点的几种文章总集，如吕祖谦的《古文关键》、楼昉的《崇古文诀》、谢枋得的《文章轨范》等。而周应龙则相对于上述几人，多不被人所熟知。这很大程度上是因为周应龙及其《文髓》长期湮没无闻。今人祝尚书先生在《宋人总集叙录》卷六中，以江西省图书馆藏周岐凤刻本《文髓》为依据，对此书情况进行了介绍和某些方面的考证。笔者在台北"中央图书馆"也发现了周岐凤刊刻的《文髓》。试在祝先生所言的基础上，对此书再作更加细致的论述。

台北"中央图书馆"藏《文髓》九卷，附录一卷。书前、书后都有缺页（书首页为"文髓目录"最后一页，而书后"附录"之第二篇文章《书磻州读书处记》未终）。每半页十一行，行大字二十字，小字双行同。四周双边，黑口，双鱼尾。首页题下标"宋进士磻州周应龙标注"。如祝先生所言，最早载录此书的是明高儒的《百川书志》，其卷十九载："《文髓》九卷，宋进士磻州周应龙标注韩、柳、欧、苏、五家文七十四篇。"后明朱睦㮮《万卷堂书目》、清黄虞稷《千顷堂书目》、清倪灿《宋史艺文志补》也都著录此书。其中清范邦甸《天一阁书目》中保留了此书前之

[①] （明）叶盛：《水东日记》，《影印文渊阁四库全书》第1041册，台湾商务印书馆，1986，第57页。

序。按台北"中央图书馆"所藏此书前有缺页，此序已佚。而祝先生在文中也未提及此序，想必是江西省图书馆所藏本此序亦佚。按《天一阁书目》卷四之"集部四"言：

《文髓》九卷，刊本，宋吉水周应龙选评，裔孙岐凤刊。洪熙元年（1425），永丰曾启序称："同郡吉水周氏有磻州先生者，讳应龙，宋太学生，擢绍定辛卯（1231）进士，继登博学宏词科，上书忤宰相，除漳州教授，不赴。还归于家，闭户著书，尝取韩、柳、欧、苏四家之文，择其尤精粹者，加以批点，辨其体制，析其节目，示其关键，而名之曰《文髓》，俾观者一览，而文章法度了然。距今若干年，其裔职方员外郎岐凤锓梓以传，丐余言以冠其首。"明宣德二年（1427），翰林侍读宗人述叙；后兵部员外郎、六世孙岐凤识；前进士邑人浞溪郭正表题。①

祝先生在其文中还称："周应龙除倪燦谓其为绍定进士外，其他事迹无考。"而此序则对周应龙的介绍比较全面。再按光绪《吉水县志·江西通志》卷九言："周应龙，字泽之，吉水人，绍定间举博学宏词，以言忤时宰，引疾不起。经书根极要领，文章华缛，一时传诵，取法门人，私谥曰恭文。"两处对周应龙的描述完全一致，可知其所言应可信。

另外，上文结尾处所谓"翰林侍读宗人述叙"疑有笔误，应改为"翰林侍读宗人叙述"，因为"翰林侍读"是周应龙次子周叙（字功叙）。明刘球《两溪文集》卷二十二《故奉直大夫兵部职方员外郎周先生行状》言："先生周姓，讳鸣，字岐凤，以字行，家吉水之泥田。世以儒宦显，至宋季有讳应龙、号磻州者，为时儒宗……子男三人，长勉，次叙，字功叙，以永乐戊戌进士，官翰林，累升至侍读……"② 又明雷礼《国朝列卿纪》卷二十载："周叙，字功叙，江西吉水人，永乐戊戌进士，选庶吉士，

---

① （清）范邦甸、范懋敏撰《天一阁书目》，《续修四库全书》第920册，上海古籍出版社，2002，第286页。
② （明）刘球：《两溪文集》，《影印文渊阁四库全书》第1243册，台湾商务印书馆，1986，第677~679页。

授院编修。宣德三年预修两朝实录成转修撰，正统三年进侍读。"① 因此天一阁所收的《文髓》应有周叙的"述"、周应龙的"识"、郭正表的"题"三篇序跋类文章。而今所见台北"中央图书馆"所藏《文髓》，只于卷九末有署"宣德三年（1428），岁在戊申，秋九月望日，兵部职方员外郎六世孙岐凤百拜谨识"一文，祝尚书先生在书中亦只载此文，未及"识"与"题"，如此看来江西图书馆所藏此书应与台北"中央图书馆"所藏为同一版本，均不见"题"与"识"。

此书共选韩愈、柳宗元、欧阳修、苏洵、苏轼五家七十四篇文章。其中韩愈二卷（卷一、卷二），收录卷一的有《师说》《讳辩》《争臣论》《圬者王承福传》《祭鳄鱼文》，卷二有《殿中少监马君墓志》《祭十二郎文》《送高闲上人序》《上张仆射书》《论佛骨表》，共计十篇。柳宗元一卷（卷三），收其《晋文公守原议》《桐叶封弟辩》《论语辩》《捕蛇者说》《鹘说》《伊尹五就桀赞》《种树郭橐驼传》《箕子碑》《送薛存义之任序》《贺进士王参元失火书》，共计十篇。欧阳修一卷（卷四），收其《泷冈阡表》《樊侯庙碑》《明因大师塔记》《祭丁元珍文》《五代史伶官传》《上范司谏书》《纵囚论》《春秋论》《论狄青》，共计九篇。苏洵一卷（卷五），收其《族谱引》《木假山记》《张益州画像记》《苏氏族谱亭记》《上张侍郎书》《管仲》《高帝》《春秋论》《明论》，共计九篇。收录苏轼四卷（第六卷至第九卷），收其《三槐堂记》《放鹤亭记》《庄子祠堂记》《潮州修韩文公庙记》《李氏山房藏书记》《墨妙亭记》《凌虚台记》《四菩萨阁记》《超然台记》《灵壁张氏园亭记》《宝绘堂记》《游桓山记》《钱塘勤上人诗集序》《司马温公神道碑》《代滕甫辩谤书》《乞校陆宣公奏议状》《谏买浙灯状》《代张方平谏用兵书》《昆阳城赋》《黠鼠赋》《祭欧阳公文》《祭文与可文》《范增论》《张良论》《秦皇论》《晁错论》《荀卿论》《伊尹论》《贾谊论》《续楚语论》《孔子从先进论》《王者不治夷狄论》《刑赏忠厚之至论》《春秋定天下之邪正论》《汉鼎》《倡勇敢》，共计三十六篇。与《古文关键》《崇古文诀》《文章轨范》不同，文中没有明显

---

① （明）雷礼：《国朝列卿纪》，《续修四库全书》第 522 册，上海古籍出版社，2002，第 337 页。

的批点标记①，文前有一段评语，介绍此文的大体内容、所用笔法以及艺术特色等。如首篇是韩愈的《师说》，文前评：

> "闻道有先后，术业有专攻"两句是骨。大意云道之所在，师之所在，不可以贵贱少长论。以圣人与众人作两柱，下面却申云众人则少有师而长无师，贱有师而贵无师；圣人则贵贱少长，未尝一日无师。师与道是一篇大眼目。终篇节节有眼，间架截然。熟读之，作文法度尽在是矣。

文中又有夹批，指点出文中的起、承、转、合等文法，以及划分文章的段节等。

除此，南宋的《古文集成前集》和《妙绝古今》两种文章总集，也十分值得我们重视。《古文集成前集》，又名《新刻诸儒批点古文集成前集》，《四库全书总目提要》对之介绍颇详，并给予其较高的评价：

> 旧本题庐陵王霆震亨福编，不著时代，观其标识名字，魏征犹作"魏证"，而宋人奏议于"朝廷""国家"诸字皆空一格，盖南宋书肆本也。卷端题"新刊诸儒评点"字。凡吕祖谦之《古文关键》、真德秀之《文章正宗》、楼昉之《迂斋古文标注》，一圈一点，无不具载。其理宗时所刊乎？集以十干为纪，而自甲至癸，皆称曰前某集，则有后集而佚之矣。凡甲集六卷，乙集八卷，丙集七卷，丁集九卷，戊集八卷，己集八卷，庚集八卷，辛集七卷，壬集八卷，癸集九卷。所录自春秋以逮南宋，计文五百二十二首，其中宋文居十之八，虽多习见之作，而当日名流其集不传于今者，如马存、曾丰、程大昌、陈谦、方恬、郑景望诸人，亦颇赖以存。所引诸评，如"槐城""松斋""敦斋""郎学士""戴溪笔议""东塾燕谈"之类，今亦罕见其书。且有未知其名者，宋人选本传世者稀，录而存之，亦足以资循览也。

---

① 此书乃一明刻本，周岐凤等人在刊刻此书时是否将原本所有的批点标记省去，由于无法看见其原本，不得而知。

除了对其版本的刊刻时间进行推测，纪昀主要是从保留宋代一些原始稀有文献的角度来论其价值所在的。从评点的角度来看，此书意义也非同寻常。其一，"凡吕祖谦之《古文关键》、真德秀之《文章正宗》、楼昉之《迂斋古文标注》，一圈一点，无不具载"，其保留了上述名家的批点标记，如"敦斋""谢相山"等。其二，其对同一篇文章，引入多人评语，如"前戊集卷之三"选入韩愈的《争臣论》，又有"东莱批：意胜反题格""迂斋批：此篇是箴规攻击体，是反难文字之格，当以《范司谏书》相兼看"。从评点学的发展史来看，此书应是迄今为止所知的最早一部集评本。

《妙绝古今》不标撰者，按纪昀的考证，此书应是南宋人汤汉所辑。"中华再造善本"据中国国家图书馆藏的元刻本影印。从批点的角度来看，此书最大的价值在于选入的几篇韩愈的文章中，保留了真德秀的批点标记。如卷三收录的《圬者王承福传》题目下有"西山云，韩文当以此为第一，今用其抹本"。《平淮西碑》题下有"西山抹本"。统观此两篇文章，有长抹、短抹、字旁小圈、字旁点四种批点符号。长抹如《平淮西碑》中的"予不能事事，其何以见于郊庙"，"惟天惟祖宗所以付任予者，庶其在此，予何敢不力，况一二臣同，不为无助"，"不赦不疑，由天子明。凡此蔡功，惟断乃成"。字旁小圈如《圬者王承福传》中的"镘，易能，可力焉，又诚有功"，《平淮西碑》中的"全付"。字旁点如《圬者王承福传》中三个"或曰"中的"或"字，《平淮西碑》中"明年平夏，又明年平蜀……"四个"明"字，"曰，光颜，汝为陈、许帅……"十二个"曰"字。另外，此元刻本与《四库全书》本在批语方面也有差异。如《四库全书》本在韩愈《获麟解》文后有对此文大意的一段阐发："麟以德为祥，若不待圣人而出，是其德之衰也，故谓之不祥亦可矣。以春秋之世而麟出焉，故鲁人以为不祥，然有仲尼识之，是麟为仲尼出也，则麟果不为不祥矣哉？"而元刻本则无。又如元本《圬者王承福传》对"嘻！吾操镘以入于富贵之家有年矣……"有批语："自此至末，或一句一转，或数句一转，雍容俯仰，叹咏滔洪，如此体格，如此笔力，所谓妙绝今古者也。"而《四库全书》本则缺。而同篇文后，《四库全书》本有："此篇大概以二'又曰'字述尽承福之为人，后面却就第二个'又曰'以下抑之，就第三个'又曰'以下扬之。"而元本则无。同样《平淮西碑》对照二者之批语，也是迥异，兹不赘言。

第二章 元代韩文评点

元代文化方面称不上高度繁荣，所留文献亦不多，却是韩文评点史上的一个重要时期。此时出现了第一部韩文评点专著，即程端礼的《昌黎文式》，此书不论在韩文评点史上，还是在评点学史上，都占有重要一席。另外，此时期出现了虞集的《批点文选心诀》，该书选文虽仅三十篇，但元代大家虞集批选古文之精粹皆积聚于此，值得重视。

第一节 程端礼及其《昌黎文式》

程端礼的《昌黎文式》为第一部评点韩文的专著，在韩文评点史上意义非凡。程端礼（1271~1345），字敬叔，号畏斋，庆元府鄞县（今浙江宁波）人。以荐授建平县学教谕，以台州教授致仕。元代著名的学者、理学家、教育家，著有《读书分年日程》《畏斋集》《春秋本义》，其中尤以《读书分年日程》最为著名。《昌黎文式》是程端礼将宋代真德秀《文章正宗》中所选录的议论与叙事两类七十五篇韩文，用"广叠山（谢枋得）法"进行批点而纂成。

关于《昌黎文式》，笔者发现了两种版本，分别藏在国家图书馆和山东省图书馆。由于《昌黎文式》是一部评点之作，为完整保留其中的批点符号，二书均为抄本。其中山东省所藏的明代秦纮的抄本弥足珍贵。现将二书的大体情况介绍如下。

山东省图书馆藏《昌黎文式》，上、下两卷，二册。第一册外封有墨笔题识云："此敝斋中时时讽诵之本，亲朋假观者，祈流览一过，即送还，切切。同治庚午（1870）三月提题。"下有"次陶氏珍藏秘本"以及"次陶"朱文方印、"张昭潜印"白文方印。内封页有"草草弄墨"朱文长方印、"碧云深处一农夫"白文方印、"酒献南山作寿杯"白文方印。《昌黎文式序》下有"郭氏晚学斋藏书之印"朱文方印。目录页有"无为斋"朱文长圆印、"张昭潜印"白文方印、"守身娟洁是好女子"白文方印。书末尾有"次陶""张昭潜"印。后所附的一绿笺纸有"郭恩孚""晚学斋"二印。书每页十行，每行二十一字，四周单边，白口，无鱼尾。张昭潜（1829~1907），字次陶，山东潍城区东关人。廪贡生，晚清时期自学成才的史学家，晚年曾在潍阳书院讲学。著有《山东地理沿革表》《潍县地理沿革表》《北海耆旧传》《通鉴纲目地理续考》《潍志纠缪》《无为斋文集》等。郭恩孚（1846~1915），字伯尹，号蓉汀，又号果园居士，太学生，著名诗人，与高密傅丙鉴、平度白澄泉、掖县董锦章并称"胶东四大诗人"。他学识渊博，广收弟子，课徒传艺。著有《郭园诗钞》十二卷、《天中岛》八卷、《果园枕戈集》等。郭恩孚师从张昭潜，张昭潜的《无为斋文集》便是由郭恩孚刊刻的。从上诸印章可知，此书原为张昭潜收藏，后又传到郭恩孚手中。此书之所以珍贵，是因为其是明人秦纮所抄。书末尾有秦纮的《书昌黎文式后》一文，此文云：

> 右文式一册，上下两卷，昌黎韩子所著者，西山先生用朱子意选萃而分为叙事、议论两体，合七十五篇。端礼程先生广叠山法批点，以示夫承学者也。然则二先生用心之勤，选择之粹，批点之精，可谓尽善尽美矣。三十年前，余侍先尚书府君宦游东粤藩司，钞录于抚州守、南海张君瓒家。校对精详，悉依圈画侧抹，毫发不爽。南北往来携之，深有所得，遂托建宁守、乡人浦君镛刻梓，用与四方学者共之。板刻既完，以篇计者，一百一十三篇。浦君寄回，收置东洋山房，惜乎传之未溥。今年春季，南郡侍御苍梧万公祥有江皋金宪之命，将之任，来索板印传，即付之，因查缺三十有三篇，遍搜室内，不知所在。幸而原本完整无恙，欲刊补之，奈力不能也。然此亦以继。丁丙外艰，百事俱废，无心于是，所以缺失尔。是冬携付浙藩，托旧友周方伯时可至则广东左辖之命下，又不果，时可为余转托其僚

友方伯杨公维嵩，补完留置于浙藩，以嘉惠四方学者，非私一省也。而余之心稍慰焉。谨书数语于卷末，直述其事而不克文，庶知此事之显晦，岁月之变迁，则抑有其时焉。俾观者有所考验云尔。弘治己未（1499）冬十月二十一日志一道人秦纮书于桐江舟中。

秦纮（1425~1505），字世缨，明代山东单县人。景泰二年（1451）进士，授南京御史，后又多次升迁，直至户部尚书。除了秦纮此跋外，文末还有张昭潜的跋：

昔柳子厚尝言古今文章得之为难，知之愈难，诚以知者之不多观也。有宋以来，其讲格制法律者，惟传吕东莱《古文关键》、谢叠山《轨范》二书，然或详其体而失之疏，或提其要而失之简，学者有遗憾焉。元程敬叔先生《昌黎文式》二卷，因真西山原本，广叠山法而批点之，诚有如自叙所云，"俾篇章字句，一举目而得其妙者"。弘治间曾一镂版而流传未广，兹钞本乃购自济南旧书肆者，丹黄精细，不差毫发，圈点钩抹之间，文章脉络，恍如明镜之现眉须。大抵红黄二笔尤为紧要，而句读谨严亦足征。后来坊本之讹，学者于此，玩索有得，则不觉其怡然涣然矣。先生讳端礼，敬叔其字，庆元人，仕为衢州路儒学教授，其学以朱子明体达用为宗，为元代纯儒，所著有《读书日程》、《畏斋集》六卷。恭读《钦定四库全书简明目录》云，端礼论文以朱子为古今第一，诗如李杜，文如韩欧，皆谓之衰且坏，盖其平日持论如此。今就是书观之，其于韩文未尝不倾心之至云。同治戊辰（1868）春正月初二日小竺山人张昭潜跋。

国家图书馆藏也有《昌黎文式》抄本，四卷，四册。书中韩文用墨笔抄写，又有五色笔批点。纸张为红色笺纸，每半页十二行，行字二十一，四周单边，红色单鱼尾，版心有朱笔"松古斋"，书眉处有墨笔批语。"松古斋"为清末北京琉璃厂一经营文房四宝的店铺之名，所以国家图书馆将其定为"清末抄本"十分准确。有意思的是，此书书首竟然有署明人黄淳耀的题识：

岁在丁酉，吾应试于京都，见友人家藏此书。心虽慕之，殊觉此书甚不易得。越三四年，偶于书肆中遇此书，不惜多金，遂购之，但已参五色笔耳。盖元代程公端礼，其文学与先贤共辙，所以得入圣庙，与先贤并例。昌黎古文，用五色笔如此批点，遂使后学观此，自无虑其难解矣。陶庵黄淳耀谨识。

黄淳耀（1605~1645），字蕴生，一字松厓，号陶庵，又号水镜居士，南直隶苏州府嘉定（今属上海）人，崇祯十六年（1643）进士。清顺治二年（1645），嘉定人抗清起义，与侯峒曾被推为首领。城破后，与弟黄渊耀自缢于馆舍。能诗文，有《陶庵集》。当代著名版本目录学家沈津先生在其博客"书丛老蠹鱼"中有《市侩狡诈，诡谲百出——版本鉴定之一》一文，辨别此书实乃书贾伪造之产物。① 笔者将此本与山东省图书馆藏秦绂抄本对校，也发现差距明显。不但其批点符号不如秦抄本精致工整，批

---

① （元）程端礼撰《昌黎文式》四卷。《书志》（王重民先生的《普林斯顿大学葛思德东方图书馆中文善本书志》）作"明抄本"，并有明黄淳耀手跋。正是因为是明抄本，又有黄淳耀跋，所以才引人注意。但是，不看不知道，一看才发现问题多多。书的内容和作者，倒不必去详写，问题在于版本和黄跋。按：此书以楷书抄写，极精，非明抄本，为清末手抄本，明人抄书绝无是种字体。用纸皆被染色充旧，并有似虫蚀之洞，然非虫蚀，乃人工针锥钻出。尝读《燕闲清赏笺》，对书贾作伪手法多有揭露，如将书"置蛀米柜中，令虫蚀作透漏蛀孔，或以铁线烧红，锥书本子，委屈成眼"。看来，书贾也真"厉害"，也真下得了手，为了财，什么事都干得出。书有钤印曰"黄勤勉堂""陶庵""淳耀珍藏"，又有"金氏家藏""熙堂"。使人一看，以为是黄氏自藏。版本鉴定，印章当然是辅助因素之一。但黄氏三印似小木所刻，颇为拙劣，且篆法、刀法板滞，印色污浊。最妙的是黄淳耀跋。跋云："岁在丁酉，吾应试于京都，见友人家藏此书。心虽慕之，殊觉此书甚不易得。越三四年，偶于书肆中遇此书，不惜多金，遂购之，但已参五色笔耳。盖元代程公端礼，其文学与先贤共辙，所以得入圣庙，与先贤并列。昌黎古文，用五色笔如此批点，遂使后学观此，自无虑其难解矣。陶庵黄淳耀谨识。"初看黄跋，只觉得字体有些别扭，呆板做作，图章也不好。黄淳耀，字蕴生，号陶庵，上海嘉定人，崇祯十六年进士。《书志》云："黄跋所称丁酉，乃万历二十五年也。"按：黄淳耀生于万历三十三年（1605），卒于弘光元年（1645），年四十一。万历二十五年（1597），淳耀尚未出生，而后一丁酉，则为清顺治十四年（1657），其已逝去十二年矣。跋中所云"越三四年"，即指黄淳耀崇祯十六年（1643）中进士后之三四年，而此时淳耀又已弃世三年。《书志》作者及修订者皆未细看，也未细查，见黄跋、黄印，即以假为真，书的版本自然也就定为明抄本了。《昌黎文式》，山东省图书馆藏有一帙，为二卷。著录为唐韩愈撰，宋真德秀辑，元程端礼批点。明弘治秦绂抄本，清张昭潜跋。二十六年前笔者曾去济南该馆阅书，未能于是书摘录笔记。然疑此秦抄本或为贾人觅抄手抄录之底本，又析二卷为四卷，抄竣后再施小技，以瞒世人。

语也时有遗漏，或自作删减和增补。如《圬者王承福传》："夫镘易能可力焉，又诚有功。"秦本的批语为："'夫镘'一字句，'易能'二字句，'可力焉'三字句，'又诚有功'四字句。"而国图本批语为："'夫镘'一字句，'易能'二字句。"将后面的评语省去。同篇秦本有批语："此篇大概以二'又曰'字述尽承福之为人，后面却就第二个'又曰'以下抑之，就第三个'又曰'以下扬之。"① 而黄本却将此批语省为"此篇大概以二'又曰'字述尽承福之为人。"又，黄本在文后增加了一个尾评"西山云，韩文当以此为第一"，此评为秦本所无。鉴于此，本文以下论述均采用的是山东省图书馆所藏的秦纮抄本。

《昌黎文式》于正文前程端礼一小序云：

> 古今文章之美曰韩柳氏，泽于道德，柳非韩比。西山用朱子意，选韩文叙事、议论两体华实兼者，合七十五篇，美之美萃此矣。余因广叠山法批点，使篇章句字，一举目而得其妙，学者玩是而扩焉，其庶乎！

由此序看来，韩愈和柳宗元的文章在元代已经成为古文典范。但在"道德"方面，韩比柳更胜一筹。南宋时期的真德秀（西山）曾在其《文章正宗》中，选录韩文七十五篇，并将之分为议论与叙事两类。程端礼就是以真德秀《文章正宗》中所收录的七十五篇韩文为底本，又仿谢枋得的批点法对之进行评点，帮助读者去体会文中所运用的各种文法，《昌黎文式》一书便应运而生。其实程端礼评点韩文、编纂《昌黎文式》还有一个更为直接的原因就是教授学子读书为文。程端礼是元代一位非常著名的教育家，其《读书分年日程》一书详细地规划了童子读书的内容、次第以及课程安排等，是程端礼教育思想的集中体现。书中设计首读"四书本经"，"四书本经"既明之后则需读史。其中读史又要首"看《通鉴》"，"次读韩文"，"次读《楚辞》"。其于"次读韩文"下云：

---

① 按：此批语来自汤东涧的《妙绝古今》，此证明《昌黎文式》的部分批语也是程端礼录自他书。

读韩文(文法原于《孟子》、经、史,但韩文成幅尺间架耳)。先钞读西山《文章正宗》内韩文议论、叙事两体华实兼者七十余篇,要认此两体分明,后最得力。正以朱子《考异》,表以所广谢叠山批点(篇法、章法、句法、字法备见)。自熟读一篇或两篇,亦须百遍成诵,缘一生靠此为作文骨子故也。既读之后,须反复详看。每篇先看主意,以识一篇之纲领,次看其叙述抑扬轻重,运意转换演证,开阖关键,首腹结末,详略、浅深、次序。既于大段中看篇法,又于大段中分小段、看章法。又于章法中看句法,句法中看字法。则作者之心不能逃矣。譬之于树,通看则由根至表,干生枝,枝生华叶,大小次第相生而为树。又折一干一枝看,则又皆各自有枝干华叶,犹一树,然未尝毫发杂乱。此可以识文法矣。

看他文皆当如此。看久之,自会得法。今日学文能如此看,则他日作文能如此作,亦自能如此改矣。[①]

由此看来,《昌黎文式》一书实乃程端礼为教授童子们读书为文所用的教科书,其中的评点正是为了让学生掌握其中的字法、句法、章法,从而"他日作文能如此作"。从中我们也可以看到程端礼对学习韩文文法的重视程度。这可能是因为程端礼已经意识到韩文文法对后世可能产生重大影响,宋代诸大家之文多是在仿效韩文文法的基础上自成一家的,其云:

学文之法、读韩文法已见前。既知篇法、章法、句法、字法之正体矣,然后更看全集(有谢叠山批点),及选看欧阳公(有陈同父选者佳)、曾南丰(类稿)、王临川三家文体,然后知展开间架之法。缘此三家俱是步骤韩文,明畅平实,学之则文体纯一,庶可望其成一大家数文字。(欧、曾比韩更开阖分明,运意缜密,易学而耐点简。然其句法则渐不若韩之古。朱子学之,句又长矣。真西山虽亦主于明

[①] (元)程端礼著《读书分年日程》,《影印文渊阁四库全书》第709册,台湾商务印书馆,1986,第482~483页。

理，句法还短，不可不知）他如柳子厚文（先看西山所选叙事议论，次看全集）、苏明允文皆不可不看，其余诸家之文不须杂看。此是自韩学下来渐要展开之法，看此要识文体之佳耳。①

因此，程端礼在《读书分年日程》中所规划的读文、学文之法，基本上以学习韩文文法为主轴，然后再扩展到其他大家之文，即"自韩学下来渐要展开之法"，此过程中韩文的中心地位不可动摇。

《昌黎文式》作为一部早期的评点之作，其批点手段的丰富性可以说达到了登峰造极的程度。正文前程端礼对书中所运用的批点符号意义一一作了介绍和说明：

  一　句读并依点经法别见
  一　大段意尽　　　　　　　　青画截▬（篇法）
  一　大段内小段　　　　　　　红画截▬（章法）
  一　小段细节目及换易句法　　黄半截▬（句法）
  一　叙所行事实及年号及人名、爵里、谥号、父祖、妻子、兄弟，及叙所以作此篇之故，铭曰、诗曰及每篇首末常式　　青侧抹▮
  一　叙教诏对答之语　　红侧抹▮
  一　所叙引援他书及考证及举制度及举前代国名　　黑侧抹▮
  一　所叙纲要及再举纲要及提问之语，所提问难事实当青侧抹者亦用　　黄侧抹▮
  一　义理精微之论　　黄中抹
  一　凡姓名初见者　　红中抹
  一　造句奇妙者　　　红侧点（●●●）
  一　反复提论其德行，及推说其用心，而虚设总述其所以然，及补文义不足　　青侧点●●●
  一　譬喻　　　　　　　　　　黑侧点●●●
  一　缴上文、结上文、切紧全句或发明于事实之下，或先发明事之

---

① （元）程端礼著《读书分年日程》，《影印文渊阁四库全书》第709册，第484~485页。

所以然于事实之上者（小字：叙事此例颇少，不可强求） 　红侧圈。。。
    一　转换呼应字及缴结，句内虽已用红侧圈，而字合此例者每字
　　　　黄侧圈。。。（小字：于此玩字法）
    一　假借字先考字始音随四声　　　红圈。。
    一　有韵之韵　　　　　　　　　　青侧圈。。。
    一　要字为骨初见者　　　　　　　黄正大圈〇〇〇〇
    一　要字为骨再见者　　　　　　　黄正大点●●●●

总的来说，程端礼所运用的批点符号，与南宋时期相比并无二致，大概可分为截、抹、圈、点四种，并且每种又可根据其颜色、长短、大小以及不同的批点位置来表达各种不同的意义，这就是所谓的"广叠山法"。现将《获麟解》一文的批点符号使用情况描述如下，从中可见一斑。

"麟之为灵昭昭也"，此句字旁都有红侧点；"麟"字青侧抹；句末有黄半截。"咏于《诗》，书于《春秋》，杂出于诸子百家之书，虽妇人小子皆知其为祥也"，此句字旁皆有青侧点；"《诗》、《春秋》、诸子百家"旁皆有黑侧抹；句末有黄半截。"虽妇人小子皆知其为祥也"，此句每字都有红侧圈；"虽""皆知"，字旁有黄侧圈；"祥"字有黄正大圈；句末有红画截。"然麟之为物，不畜于家，不恒有于天下，其为形也不类，非若马牛犬豕豺狼麋鹿然"，此句每字字旁都有红侧点；三个"不"字以及"非若"字，黄侧圈；句末有黄半截。"然则虽有麟不可知其为麟也"，"然则虽有""不可知"，字旁有黄侧圈；此句每字都有红侧圈；句末有红画截。"角者吾知其为牛，鬣者吾知其为马，犬豕豺狼麋鹿，吾知其为犬豕豺狼麋鹿"，此句每字字旁都加红侧点；三个"吾知"字旁都加黄侧圈；句末加黄半截。"惟麟也不可知，不可知则其谓之不祥也亦宜"，"惟"、两个"不可知"、"亦宜"字旁都加黄侧圈；"惟麟也不可知"字旁都加红侧点；"不可知则其谓之不祥也亦宜"字旁都加红侧圈；"祥"字加黄正大点；句末加红画截。"虽然麟之出，必有圣人在乎位"，"虽然"字旁加黄侧圈；"麟之出，必有圣人在乎位"旁加红侧点，并加黄侧抹；句末加黄半截。"麟为圣人出也，圣人者必知麟"，

"必知麟"字旁加黄侧圈；此句每字字旁都加红侧点；句末加黄半截。"麟之果不为不祥也"，每字字旁都加红侧圈，"果"字字旁加黄侧圈；"祥"字旁加黄正大点；句末加红画截。"又曰，麟之所以为麟者，以德不以形"，此句每字字旁都加红侧点；"又曰"两字字旁又加黄侧圈；"麟之所以为麟，以德不以形"旁加黄侧抹。"若麟之出，不待圣人，则谓之不祥也亦宜"，此句每字字旁都加红侧圈；"若""亦宜"字旁都加黄侧圈；"祥"字加黄正大点。

批阅文中这些评点符号，再对照上述各种批点符号所指明的意义，可以看出韩文内部的层次结构以及具体的字法、句法等。或许这原是程端礼的良苦用心，但由于文中符号过于繁复，读者还需要掌握各种符号所指明的不同意义，因此对于初学者来说很难达到如其序所言的"使篇章句字，一举目而得其妙"，反而有"乱花渐欲迷人眼"之嫌。

程端礼于《昌黎文式》一书中，主要是用各种各样的评点符号去揭示文章的层次结构，以及字法、句法、章法等。而不是像《古文关键》《文章轨范》那样直接用文字描述，因此与南宋诸古文评点本相比，《昌黎文式》的评语相对简略。并且《昌黎文式》中评语，可能有一部分是程端礼从别处转抄过来，非程端礼自评。如《圬者王承福传》中"夫镘，易能，可力焉，又诚有功"，书中有眉批云："'镘'一字句，'易能'二字句，'又诚有功'四字句。"今查"中华再造善本"影印元刻本《妙绝古今》，发现有相同评语。[①]

程端礼对文章的品评，主要是继承了谢枋得《文章轨范》中对所谓

---

① 这里还需要指出，《四库全书》版的《妙绝古今》与"中华再造善本"元刻本的此书在评语方面出现了差异。如《四库全书》版的《获麟解》后有尾评："麟以德为祥，若不待圣人而出，是其德之衰也，故谓之不祥亦可矣。以春秋之世而麟出焉，故鲁人以为不祥，然有仲尼识之，是麟为仲尼出也，则麟果不为不祥矣哉？"元刻本无。《圬者王承福传》，《四库全书》本在文末有："此篇大概以二'又曰'字述尽承福之为人，后面却就第二个'又曰'以下抑之，就第三个'又曰'以下扬之。"此评元本亦无。但元本在"噫，吾操镘以入于富贵之家有年矣。……"有评语："自此至末，或一句一转，或数句一转，雍容俯仰，叹咏淫泆，如此体格，如此笔力，所谓妙绝古今者也。"这也为《四库全书》本所无。但程端礼似乎是综合两种版本的评语，将其全部抄录在《昌黎文式》中。当然，这里还有一种可能性，即由于此书乃秦绂抄本，秦绂在抄录此书的过程中是不是又从别处移录一些评语，或是自增一些批语。由于见不到《昌黎文式》最初版本，尚无法对校，只能作此推测。

"文法"的重视，多是揭示文中运用文法之精妙处。如《曹成王碑》中"明年，李希烈反，迁御史大夫，授节帅江西，以讨希烈……王坐南方北向，落其角距，贼死咋不能入寸尺，亡将卒十万，尽输其南州"。此段主要描述了曹成王平定反将李希烈的具体过程以及事后所受恩赏事，事情繁杂，头绪颇多，难以厘清，而程端礼对此段之评如下：

> 战如此多，取城邑如此众，用兵如此无援，曹王之用可知矣。称功颂德岂在多言哉？文法之妙。更参六一公作尹师鲁、苏明允墓志看，变换言语，此所谓陈言之务去也。

又如《原道》中"为之君，为之师，驱其虫蛇禽兽……"眉批云："自'为之'以下二十一句，凡十七个'为之'字，句法文势不觉重，盖六次转换也。""其文，《诗》《书》《易》《春秋》……"眉批："其文、其法、其民、其位、其服、其居、其食，七句顺下，一句结，好文法。七句长，一句短。""是故以之为己，则顺而祥；以之为人，则爱而公；以之为心，则和而平；以之为天下国家，无所处而不当。是故生则得其情，死则尽其常，郊焉而天神假，庙焉而人鬼飨。"眉批云："'为己''为人''为心'三句，一般文法，第四句变换六字便结得健。三句排下，一句锁尽，文法当然耳。""然则如之何而可也？曰：不塞不流，不止不行。人其人，火其书，庐其居，明先王之道以道之，鳏寡孤独废疾者有养也。其亦庶乎其可也。"眉批云："佛老之道不塞，圣人之道不流；佛老之道不止，圣人之道不行，此两句八字，亦文法。'人其人，火其书，庐其居'，第四句放长，承得健。"从中都可以看出谢枋得评阅文章的影子。

程端礼还于评语中追溯了韩文文法的来源和出处。如《原道》首句"博爱之谓仁，行而宜之之谓义……"眉批云："学《中庸》文法。"《燕喜亭记》中"弘中自吏部郎贬秩而来，次其道途所经，自蓝田入商洛，涉浙湍，临汉水，升岘首，以望方城；出荆门，下岷江，过洞庭，上湘水，行衡山之下……"眉批云："此段文学《史记》。"《画记》中"杂古今人物小画共一卷。骑而立者五人，骑而被甲载兵立者十人"，眉批："此段从

《顾命》文翻换出来，人数倒在下。"《张中丞传后叙》①中"当其围守时，外无蚍蜉蚁子之援，所欲忠者，国与主耳。而贼语以国亡主灭，远见救援不至，而贼来益众，必以其言为信。外无待而犹死守，人相食且尽，虽愚人亦能数日而知死处矣。远之不畏死，亦明矣"，眉批："文公多孟子文法。"《重答张籍书》中"今夫二氏之所宗而事之者，下乃公卿辅相，吾岂敢昌言排之哉"，眉批云："'下乃'二字，有《春秋》笔法。见得上自天子亦崇其事。"《上张仆射第二书》中"愈今所言，皆不在此，其指要非以他事外物牵引相比也，特以击球之间之事明之耳"，眉批："王好战，请以战喻之意。"又，"及以之驰球于场，荡摇其心腑，振挠其骨筋（或作筋骨），气不及出入，走不及回旋。远者三四年，近者一二年，无全马矣。然则球之害于人也决矣"，眉批："譬喻利害已明，只一句结归本意，孟子文法。"《送温处士赴河阳军序》首句"伯乐一过冀北之野，而马群遂空"，眉批："便见得乌公一镇河阳，而东都处士之庐无人焉。一句学《战国策》'三川周室天下之朝市'。"可见韩文文法多来自经、史。

另外，程端礼认为韩愈之古文，善作"大文字"。《衢州徐偃王庙碑》首段"徐与秦俱出柏翳，为嬴姓，国于夏殷周世，咸有大功……"眉批："出《秦本纪》，此是大文字格。"又，《魏博节度观察使沂国公先庙碑铭》前首批："此等文字，有利有害。未知田弘正后日能保全功名福禄与否，当时极难下笔，韩公见识远，文字谨严，可为大文字之法。"所谓的"大文字"应是指韩愈既具备"史才"又有如椽巨笔，善于记载一些重大历史事件，因而韩文也会同史一样，具有重要价值。

第二节　虞集及其《文选心诀》

虞集的《文选心诀》是元代一部重要批点性的文章总集。由于此书颇不常见，因此在文学史上也鲜有声名，只是在一些公私书目中会偶有涉及。最早著录此书的是《百川书志》卷十九，其言：

---

① 此文又名《张中丞传后序》。

  虞邵庵批点文选心诀一卷，元雍虞集伯生批选韩、柳、欧、曾、苏公父子之作，不具别体，止序记三十篇，以启后学著作之初也。

此后《千顷堂书目》《元史·艺文志》《绛云楼书目》《澹生堂藏书目》均有著录，并标为一卷。上海图书馆和国家图书馆均藏有此书，现就其版本情况略作说明。

上海图书馆藏《虞邵庵批点文选心诀》，一册，明初刻本。每半页八行，行间无栏，行大字二十。双鱼尾，黑口，四周双边。有后人的朱、黄笔圈点。行间有旁批，有夹批，批点符号有抹"｜"、有字旁加"、"及字旁加"○"，前有黄裳亲笔题识，介绍此书概况以及得书经过：

  此《文选心诀》一卷，明初刊本，书极罕秘，只《千顷堂目》中有之，在卷三十一总集类补中。刊法古拙而有奇趣，今晨苏州书友携以示余，即留之。同得者，尚有元刊《南村辍耕录》，亦至佳。又元板陶集一部，则板印不佳，已还之矣。此本失去前半叶，度亦无从抄补。即记此得书缘起于此云。辛卯三月十四日。（后有"黄裳"朱印）

国家图书馆藏两种版本的《文选心诀》。一种是明刻本，此书附在《性学李先生文章精义》之后，但版面漫漶不清，颇难辨认。另一种刻本，为"昌平丛书"五十八种之一种；版面干净清晰，每半页九行，行字十八；左右双边，无鱼尾，版心刻书名"文选心诀"和页码，前有弘治三年郑良所写的序：

  虞邵庵批点文选心诀三十篇，乃韩柳以下诸六家所作。虽其所作弗止是，而所谓精者，则在是矣。邵庵之用心，正恐学者博观无益，辟则观海者，不免临浩渺而叹汪洋，卒莫敢有航焉者。故引而始自海市使观之，则夫珠宫贝阙，鲸浪蜃霏，举耷然在目睫间，而且知夫海之为害有若是。顾虽浩渺望洋，讵肯卒不航也哉？是集并李性学文评百许条，并梓行于世。盖亦年久，字颇漫减，至不可句读。湖臬俞副宪仲才见而惜之，以为学者多弗便，亟重梓以行。仲才学素博，盖已航海者，犹不忘始所自之海市焉耳。由己而推以及人，斯其为与人为善之心何厚哉！愚闻其义而欣羡之，故不揣庸陋，而僭为题其端，要亦乐道人之善云。弘治三年八月穀旦。

赐进士通议大夫奉敕巡抚湖广兼赞理军务都察院
左副都御史南舒郑时宗良书

此书应是日本翻刻明版的《文选心诀》，因而也保留了此序。书后有李性学的《文章精义》，同上书基本一致，只是两种书的次序发生变化。由于上海图书馆藏《文选心诀》前面序和初页散去，现用此书予以补全。

此书共收韩愈、柳宗元、欧阳修、曾巩、苏明允、苏子瞻六家文三十篇。其按文体分为序和记两种，其中序共计十三篇。韩愈七篇：《送杨巨源少尹序》《赠崔复州序》《送董邵南序》《赠张童子序》《送许郢州序》《送浮屠文畅师序》《送温处士赴河阳军序》；柳宗元两篇：《愚溪诗序》《陪永州崔使君宴南池序》；欧阳修三篇：《章望之字序》《集古目录序》《送徐无党南归序》；曾巩一篇：《赠黎安二生序》。记体选文十七篇。其中韩愈两篇：《滕王阁记》《蓝田县丞厅壁记》；柳宗元五篇：《潭州东池戴氏堂记》《游黄溪记》《始得西山宴游记》《钴𪯀潭记》《钴𪯀潭西小丘记》；欧阳修三篇：《书锦堂记》《醉翁亭记》《王彦章画像记》；苏明允一篇：《木假山记》；苏子瞻一篇：《醉白堂记》；曾巩五篇：《抚州颜鲁公祠堂记》《仙都观三门记》《分宁县云峰院记》《醒心亭记》《思亭记》。在序中，韩愈入选文章最多，而在记中柳宗元以五篇居首。总体看来，韩愈有九篇文章入选，于六家中最多；柳宗元次之，为七篇，接下来的是分别入选六篇的欧阳修、曾巩；苏洵和苏轼各选入一篇。这样看来《百川书志》里"韩、柳、欧、曾、苏氏父子"的排序不是毫无根据的。各家所选文章的数量，也反映出各家在虞集心目中的地位。令人颇感意外的是，备受后人称道的苏轼，竟然只有一篇文章入选，而曾巩也可以跟欧阳修并驾齐驱，甚至是更胜一筹。

纵观虞之评点，品评方式首重辨体（辨体之下通常有对整篇文章的总体概括），旁批通常是说明"节"意，夹批是说明"段"意。如韩愈《送温处士赴河阳军序》，首辨体为"议论体"，下有二行小字"前二段是譬喻格，伯乐譬乌公，冀北譬东都，马譬处士，良马譬温、石，凡四段"。"伯乐一过冀北之野，而马群遂空"，此句旁批"第一节立柱子说起"；"夫冀北马多天下，伯乐虽善知，马安能空其群耶"，旁批"第二节设问"；"解之者曰，吾所谓空，非无马也，无良马也"中的"非无马也，无良马也"此句旁均加"、"，并有旁批"第三节合说本意"。"伯乐知马，遇其良辄取之，群无留良焉。苟无良，虽谓无马，不为虚语矣。"此句下有夹批："此第一段，说伯乐取马，凡三节。"

由于《文选心诀》篇幅短小，从中很难看出虞集比较典型的古文观点，故只能介绍其大概。

明代篇
韩文评点的兴盛和拓深

第三章 明代韩集版本考述

钱锺书先生曾断言："韩退之之在宋代，可谓千秋万代，名不寂寞矣。"① 同样，韩愈文集的整理、校注在宋代也达到了登峰造极的程度，以至于有所谓的"千家注杜，五百家注韩"之说。此虽难免有夸大之嫌，但也足以表明当时笺注韩集之盛。今人刘真伦先生的《韩愈集宋元传本研究》、杨国安先生的《宋代韩学研究》对此都有颇为细致的论述。有明一代，上承南宋之遗风，韩愈文集在士子中广为流传。但受一时之学风、世风的影响，关于韩集的整理与研究，均无法与宋代等量齐观。对于明代的韩集状况，清代章学诚先生在其《文史通义》"外篇"中对几种版本有所探讨，近人万曼先生在《唐集叙录》中对此也略有概述。但两位先生所言都只涉及韩愈之别集，而对选集则无暇顾及。其论述亦稍显简略，其中亦不乏值得商榷之处。今在两位先生所言基础上试对明代的韩集作更为全面和具体的考述。今将明代的韩集分为别集类、专选类、总集类三节分别论述。

第一节 明代韩愈别集版本概述

明代所刊印的韩愈别集种类和数量众多，难以一一尽举，但总体而言，别集可分为翻宋本、白文本、评点本三大类。

（一）翻宋本

翻宋本，顾名思义就是翻印宋代所刊刻的韩愈文集本。按照杨国安先

---

① 钱锺书：《谈艺录》，中华书局，1984，第62页。

生的观点，宋代韩集注释可以分为部分注释、通注全集、集注集解三个阶段，而第三阶段中出现的最有代表性的三种著作是魏仲举《五百家注音辨昌黎先生集》、王伯大《朱文公校昌黎先生集》及廖莹中的世彩堂本韩集。① 明初所刊刻的韩集多是翻刻宋王伯大的《朱文公校昌黎先生集》。今仅据《中国古籍善本书目》所载，最早有明洪武十五年（1382）庐陵勤有堂刻本，后又有正统十三年（1448）书林王宗玉刻本、弘治十五年（1502）王氏善敬书堂刻本和嘉靖十三年（1534）安正书堂刻本等。《四部丛刊》本《朱文公校昌黎先生集》就采用了上海涵芬楼影印明正统十三年（1448）书林王宗玉刻本。此外，万历年间，朱崇沐所翻刻的此书最为世人所悉。（民国）《重修婺源县志》卷三十七载：

> 朱崇沐，字汝洁，文公（朱熹）十三世孙……生凝重，不好弄，杂群儿中，宛若成人。及长，系心先世，修书斋祠，求文公遗书，裒集梓之。如年谱、家礼、语类、文集、韩文、文衡、录要、奏议、楚辞、四书、《易经》、《诗经》、小学、《近思录》，学的不下数十种，一时卒业，如日中天。建藏书楼，广储家集装馨。挫产竣事，最后刻《纲目》，仅经始而卒。妻成夫志，竭力完功。

南宋时形成了一股校注韩文的热潮。南宋孝宗时，方崧卿编纂《昌黎先生文集》，对校诸本之异同，撰成《韩集举正》十卷和《外集举正》一卷，影响极大。后朱熹又在《韩集举正》的基础上，"悉考诸本之同异，而一以文势、义理及他书之可验证者决之"②，于庆元三年（1197）撰成《韩文考异》十卷。原书仿陆德明《经典释文》及司马贞《史记索引》之例，不载韩文全篇，只摘取所校字句，书以大字，而以小字夹注众本之异同及文字考订于其下，别为一书。后宝庆三年（1227），在南剑州任通判的王伯大取单行的《韩文考异》，将其逐条散入韩集相应的正文之下。又广采洪兴祖《韩愈年谱辨证》、樊汝霖《韩愈年谱注》，以及孙汝听、韩醇、祝充等人的注

---

① 杨国安：《韩愈集注本概述》，《古典文学知识》2006 年第 5 期。
② 朱熹：《晦庵先生朱文公文集》，《朱子全书》，上海古籍出版社，2002，第 3682 页。

解，自为音释，附于各篇之末，刊印以行。后来的麻沙书坊嫌注释附于篇末，不便披阅，取而散刻于韩文各句之下，此即我们今天看到的王伯大《朱文公校昌黎先生集》所用体例。作为朱熹十三世孙的朱崇沐搜罗朱文公遗集付梓，其原意或是刊刻朱熹的《韩文考异》，但可能没有搞清《韩文考异》与王伯大《朱文公校昌黎先生集》的关系，便将王伯大本韩集剞劂面世。

朱崇沐刊刻的《朱文公校昌黎先生集》（以下简称"朱本"）于书首删除了王伯大之序，增"宗后学高安朱吾弼题"的《韩文考异》序，正文前又有"宗后学监察御史高安朱吾弼重编"和"宗礼部仪制司郎中婺源汪国楠"等六人"同校"，以及"选贡县丞长汀马监孟复重阅""文公裔孙庠生朱崇沐订梓"。今查明曹于汴《仰节堂集》卷四有《婺源朱氏藏书楼记》云：

> 宋朱文公故有楼藏书，自为碑记。既罹兵火，夷为民居。胜国时，建婺源学宫，适卜其地，今仍之。皇朝崇重文公之学，其经书、传注等书，家传户诵，屡厪天语，敕禁违悖，载在令甲。然公遗书犹众，学士或未全睹。茂才崇沐，公之十三世孙也。深虑散逸将至学脉湮芜，乃尽搜遗书，为部若干，为卷若干，倾囊剞劂之。高义儒绅朱光禄吾弼，汪宪副国楠，吴中翰荞春辈，助赀竣业。继复建楼以贮，厥地亢爽，厥制壮丽，典守之寄，模印之费，俱有经画。匪家学是章，实关世教。①

朱崇沐在刊印朱熹的遗集时，由于刻资匮乏，得到了朱吾弼、汪国楠等人的资助。书成后，朱崇沐可能就以"宗后学监察御史高安朱吾弼重编"和"宗礼部仪制司郎中婺源汪国楠"等六人"同校"对其表示感谢。因而朱（吾弼）、汪等人未必真正加入书籍的重新编校中。

与王伯大本相比，朱本韩集在正文中又对"碑志"数卷和"遗文"及某些有争议的篇目作了删减，章学诚于《朱崇沐校刊〈韩文考异〉书后》亦言："'碑志'数卷，《考异》于卷首注明'某篇为碑''某篇为志'。此本删去，尚无甚碍。惟于遗文，传末有《宪宗崩慰诸道疏》及慈恩、洛阳、

---

① （明）曹于汴：《仰节堂集》卷四，《影印文渊阁四库全书》第1293册，台湾商务印书馆，1986，第719页。

华岳'题名'七段，朱子俱仍方本存录，今本删去不载。且他本所有而方本删去，或方本所有而朱子删去者，尚皆存其篇目而著说于下，独于此处并篇目而删之，殆不可解。"① 对于这些删减，章学诚表示出一定的訾议。

另外一种翻刻宋版的明代韩集，便是最负盛名的徐氏东雅堂所刊刻的《昌黎先生集》四十卷，外集十卷，遗文一卷。此书实乃徐氏翻刻宋代廖莹中世彩堂本韩集。清代陈景云在《韩集点勘》"书后"中指出此中秘密。② 陈景云又于文中对"东雅堂"进行了考释，认为："堂主人徐时泰，万历中进士，历官工部郎中。"后四库馆臣又对此进行了补充："今考《明进士题名碑》，'万历甲戌科'有徐时泰，长洲人，盖即其人矣。"③ 此观点成为一时之定论。既然徐时泰为明万历年间之人，其刊刻的《昌黎先生集》最早也理应在万历年间。因而此后的诸多书目都将"东雅堂本"定为"明万历年间刻本"。今人李庆涛先生考证出负责东雅堂韩集刊刻的章悦、章景华、李清、李泽、陆奎、陆淮、高成、徐仁等刻工，都是正德、嘉靖年间苏州章家、李家、吴趋坊陆家的著名雕版匠人。而陈景云、四库馆臣所认为的"万历进士徐时泰"则是将万历八年（1580）长洲人"徐泰时"误作"徐时泰"。因而徐氏东雅堂刊刻的《昌黎先生集》应在嘉靖年间。④ 至此，对于"东雅堂"刻本的一个错误认识得到了纠正。但关于"东雅堂"的主人仍然是模糊的。今考"东雅堂"，发现明人范允临《输寥馆集》卷五有《诰封奉直大夫尚宝司少卿芝石徐公行状》⑤一文，其云：

---

① （清）章学诚：《校雠通义》卷四，《续修四库全书》第930册，上海古籍出版社，2002，第805页。
② 陈景云《韩集点勘》，"书后"言："近代吴中徐氏东雅堂刊韩集，用宋末廖莹中世彩堂本。其注采建安魏仲举《五百家注》本为多，间有引他书者，仅十之三。复删节朱子单行《考异》散入条条下，皆出莹中手也。莹中为贾似道馆客，事迹见《宋史·贾似道传》，其人乃粗涉文艺，全无学识者。其博采诸条，不特选择失当，即文义亦多疏舛。阅者但取魏本及《考异》全文互勘，得失立辨矣。莹中之败在德祐元年，则书出德祐前可知。徐氏刊此本，不着其由来，殆深鄙莹中为人，故削其氏名，并开板岁月耶！"陈景云：《韩集点勘》，《影印文渊阁四库全书》第1075册，台湾商务印书馆，1986，第575页。
③ 《〈东雅堂韩昌黎集注〉提要》，《影印文渊阁四库全书》第1075册，台湾商务印书馆，1986，第1~2页。
④ 李庆涛：《韩集再议》，《图书馆论坛》第20卷第2期，2000。
⑤ 详见范允临《输寥馆集》八卷，《四库禁毁丛刊》集部第101册，北京出版社，1997，第318~321页。

墨川公豪迈俊爽,有侠士风。其家自寻乐公而下,世修计然之策,资累巨万,墨川公休其业而息之,家益以裕。乃大治园亭,出粟以赡,聚巧石为山,奇峰峙立,列障如屏,环以曲池,涟漪清泚。池阴有堂,颜曰东雅,公所宴息处也。

文中的"墨川公"乃碑主"芝石徐公"之父,从上可知"东雅堂"即是"墨川公"用前人积累下的资财所修建,用来作为宴息之所。关于"芝石徐公",此文亦有介绍:

公讳仲简,字可之,芝石其别号也。其先为洪都南昌西陇人……至拙庵公渊始徙家于长洲之采云里。

芝石公傲倪大度,不屑屑家人生产,自汤宜人归,即持箴莼以授。一切米盐琐屑,悉以委之。而自为豪举,结客好施,性雅好图书彝鼎,不惜重值以购,得则陈列左右,把玩摩挲。门无俗宾,长者履交。于户日烹鲜系肥,谈宴移晷,虽家稍中落,而公顾恬愉自快,意豁如也……而芝石公不免践更奔命无宁晷,产日益落,即东雅堂几易姓矣。

公以嘉靖之丁亥(1527)五月一日生,以万历之戊午(1618)七月二十日卒。其配为汤氏,封太孺人,赠宜人。

"墨川公"之子徐仲简,字可之,别号芝石,长洲人,主要生活在嘉靖万历年间。虽不善治家业,却"雅好图书彝鼎",甚至"不惜重值以购",由其将宋版廖莹中世彩堂本韩集付梓,亦应在情理之中。并且,徐仲简的在世年份又与东雅堂韩集的刊刻时间相符,因此东雅堂主极有可能是徐仲简,而非"徐时泰"或"徐泰时"。

(二)白文本与评点本

所谓的"白文",是指文中没有注评,只保留原文。嘉靖十六年(1537)游居敬刻《韩柳文》,共一百卷。其中韩文四十卷,外集十卷,集传一卷,遗集一卷。正文前只有署"门人李汉编"的"韩文序",首页题下署"明巡抚直隶监察御史南平游居敬校"(以下简称"游本")。游居敬（1509~1571），字行简，号可斋，福建南平人。嘉靖十一年（1532）进士，选庶吉士，改监察御史。游本韩文的最大特点是将诸家之注解删削殆尽，只保留了正文。同时为了阅读之便利，文中会在行间偶有音注。如《复志赋》"居悒悒之无解"，第二个"悒"字下有注"音邑"，"携孤嫠而北旋"，"嫠"字下有注"音釐"。嘉靖三十五年（1556），莫如士将此书翻刻，署上自己姓名，据为己有。丁丙《善本室藏书志》对此已明辨之。[①]明末崇祯年间葛鼐刻印韩柳文集（以下简称"葛本"），同样只载原文，不登注释。章学诚在《葛板韩文书后》对此书评价甚高：

> 前明东吴葛鼐靖调氏校刻韩集五十三卷，卷篇次与诸本皆同。尽删诸家之说，而一以朱子考正原文为主，折衷一定。朱子所两存者，亦不复更存旁注，所以便初学也。靖调氏伯仲校刻诸书，世号"葛板"，其为篇虽简约，而校雠颇复尽心。此本虽本朱子校定正文，而审定篇第，则尤为慎密。按《考异》篇第，于正集四十卷，俱仍李汉原编。其外集、遗文，则据方崧卿所收二十五篇之外，增入诸家所录与《顺宗实录》五卷，并编十卷。中有删者，亦存篇目，以俟后人考定。嗣是诸本皆以《考异》篇目为准则矣。然《考异》于遗文篇次，将《皇帝即位贺宰相赞启》编于《汴州嘉禾嘉瓜状》后，《贺诸道状贺观察使状》之前；其《宪宗崩慰诸道疏》则编于《贺诸道状贺观察使状》后，《潮州谢孔大夫状》前，于类例似为不伦。朱崇沐本则以《贺宰相启》移置《奏嘉禾状》之前，似矣，而删去《慰诸道疏》亦不可解。葛氏则启列状前，疏列状后，文以类从，颇似得当。[②]

作为清代著名的文史大家，章学诚先生较早地对明代诸种韩集版本给予关注，但可能由于没有对韩集进行系统性梳理，其论述多有偏颇之

---

① 丁丙：《善本书室藏书志》卷二十四："两书缮刻精湛，后二十年嘉靖丙辰两京国子司业盱江王材序称：前侍御游君所刻，雠核颇精，称善本。沙滨莫君如京，由翰林为御史，出按南畿，宁国朱守自充以为言，乃重加校梓。细审版刻，丝毫无异，实则因其版而易雕，莫之衔名耳。"载《续修四库全书》第927册，上海古籍出版社，2002，第448页。
② （清）章学诚：《葛板韩文书后》，《续修四库全书》第930册，上海古籍出版社，2002，第806~807页。

处。如上所引，章先生认为葛本韩文"启列状前，疏列状后，文以类从，颇似得当"，因而相对于《韩文考异》来说"审定篇第，则尤为慎密"。其实"启列状前，疏列状后"并不始于葛鼐，早在宋王伯大的《朱文公校昌黎先生集》中已经如此了。因而将其归为葛鼐的贡献，显然是不恰当的。

游本与葛本均为白文本，二者在卷数及文章篇目以及次第方面亦都相同，容易使人认为二者本是同属一个版本系统，其实并不然。今将二本及王伯大本、东雅堂本对校，发现在文字上，游本与王伯大本一致，而葛本则与东雅堂本一致。如王伯大本、游本《复志赋》云"不浸近而逾远"，而东雅堂本、葛本"逾"字均作"愈"。《琴操》十首、王伯大本、游本于题下有"并序"二字，东雅堂本、葛本则无。东雅堂本、游本《龟山操》为"龟之大兮，秖以奄鲁"。王伯大本、葛本将"秖"改为"衹"。因此游本应是以王伯大本为底本，删去其注释，保留了少量音注。而葛本则应以东雅堂本为底本，又将音注、注释全部删去。所以游本与王伯大本属于同一版本系统，而葛本则与东雅堂本可归为同一版本系统。

另外，游本将宋刻本韩集中所出现的避讳字，全部改正过来，而葛本则保留了原样。如《闵己赋》中的"就水草以休息兮，恒未安而既危"以及《元和圣德诗》中的"有恒其凶，有饵其诱"两句中的"恒"字与"恇"字，王伯大本、东雅堂本、葛本都缺末画，而游本则不缺，可作证明。

除上述外，明代出现的韩集还出现了评点本，如《顾瑞屏太史评阅韩昌黎先生集》四十卷，明末陈仁锡刊刻的《韩昌黎先生全集》等，本文将在下章详细论述，在此不再赘述。

综上所述，明代所刊刻的韩集实际上仍以翻刻宋本为主。其中，嘉靖以前多翻刻宋王伯大的《朱文公校昌黎先生集》。嘉靖年间，徐氏东雅堂翻刻宋廖莹中世彩堂本韩集，此书面世之后，风靡一时，从而又成为后来诸多韩集所用之底本。在此基础上明人还对原本稍作改动，或是删削注释，或是增缀批点评语，而在笺校、注释方面，明人所作的贡献甚微，亦是不争的事实。

第二节　明代专选类韩集版本概述

韩愈古文从宋代开始便成为科考选本所青睐的对象。如吕祖谦的《古文关键》、楼昉的《崇古文诀》、谢枋得《文章轨范》都对韩愈古文偏爱有加，并加以圈点品评。明代八股文鼎极一时，在诸多以辅助科举考试为目的的古文选本中，韩文仍然成为各选家的宠儿，因而在明代出现了数种关于韩文的选本。

专选韩愈古文的选本，今发现最早的是明戴鳌所编纂的《韩文正宗》，国家图书馆藏弘治十六年（1503）刻本。戴鳌，字时镇，鄞县人。弘治己未（1499）进士，除太和尹，升韶州府同知。书首有署"弘治癸亥岁（1503）夏五月戊午之朔，四明戴鳌书于太和乐民台"的《韩文正宗序》一文：

> 西山先生取春秋、列国及先汉以后，文之近吾道者辞命、议论、叙事、诗赋各录一编，目为《文章正宗》。谓"正宗云者，以后世文辞之多变，欲学者识其源流之正也"，指南之功伟矣。余家蓄有旧本，先祖默庵一日检以示鳌曰："天下之理，植之以质，章之以文，徒文则失之浮，徒质则失之鄙，夫子言'文质彬彬，然后君子'，政以其不可相无也。自后作者日趋华靡之习，而于所谓深纯温厚者，漫不之省。西山是录，盖拯斯弊，兼文质而尚焉者也。尔长而作文不式，是书能益乎哉？"而鳌性极庸愚，至成童始克如命，开卷读《襄王不许》《晋文请隧》诸篇，辞意高古，二四读不能晓。乃取议论、叙事篇而读之。至韩愈氏所著表、状、书、序、传记、碑铭，亦颇识其作文之妙。手钞之得七十五篇，订之以朱子《考异》，而圈点撇抹多西山之旧笔也。间于篇下增注东莱、叠山、迂斋、邵庵诸先正之批语，又得其不与正宗而选者十有三篇，复录于末卷，分上下藏诸松崖书屋，时颂览焉。己未鳌举进士，出知太和，携以行政，暇亦尝取而读之，以忘吾劳。今年夏初，适契友汪君子荣自鄞来访，因以文进太和诸生于堂下，念及吾祖文质之言，出是书以示。汪君曰，举世学韩者也，子盍锓之，与多士共。鳌应曰诺，请名之，汪君曰，韩文全集凡四十卷，而西山独取七十余篇具正宗者，亦

必有见，而此固正宗文章也，即以正宗命之而揭之以韩，庶几不失西山弃取之本意也。鳌以其意为然，遂题其简端曰"韩文正宗"云。

由此序可知，《韩文正宗》乃戴鳌读书时在其先祖默庵公的指导下，将宋真西山《文章正宗》中所选的七十五篇韩文"手钞之"，又于《文章正宗》之外，复增录十三篇，因而全书共选韩文八十八篇。增录的十三篇文章均来自宋元时期文章总集：从谢枋得《文章轨范》选入八篇，吕祖谦《古文关键》选一篇，宋黄坚《古文真宝》选三篇，元虞集《文选心诀》选一篇。每篇文章题下泛引诸家之评，文中又有夹批，标为"吕云"（吕祖谦）、"谢云"（谢枋得）、"迂斋云"（楼昉）、"西山云"（真德秀）等。另外，书首保留了宋版《文章正宗》原有的"用丹铅法"，戴鳌自序也称"圈点撇抹多西山之旧笔"。其实此书之批点已经不单单来自《文章正宗》，其对《文章轨范》《古文关键》等也多有采纳，因而全书圈点密集，绝不可能是保留了《文章正宗》原样。书前还有"评韩文语"和"看韩文法"。"评韩文语"摘录了宋人程颐、朱熹、张南轩、真德秀、李淦诸人评论韩文的话语。"看韩文法"亦是摘录宋人朱熹、吕祖谦二人论学韩文之语。

钱榖《韩文评林》八卷，北京师范大学图书馆藏万历八年（1580）周对峰刻本。钱榖，字文登，浙江仁和人，选贡员外郎。书首有署"万历八年庚辰秋八月望日仁和钱榖书于清芬轩中"的"韩文评林引"，又有"韩文评林九例"，即阐释书中所运用的九种评点标记各自所代表的意义。按"韩文评林引"言："余旧曾评骘三苏文，客岁自燕归，从舟中阅昌黎集，得其文之近举业者九十五首，为之品骘如三苏文，未匝岁，帷中客复举而授之梓人。"此书乃钱榖为科举士子所选取的一部古文选本。文前有总评，先列钱榖之评，又泛引虞集、林希原、唐顺之、茅坤等人之评。文中有圈点批抹标记，又有眉批、旁批。

《韩文杜律》二卷，明郭正域辑评。《四库全书存目丛书》集部第三百二十七册影印故宫博物院图书馆藏明闵齐伋朱墨套印本。郭正域，字美命，江夏人。万历十一年（1583）进士，选庶吉士，授编修。此书乃郭正域选韩愈文、杜甫诗各一卷，对之加以评点，汇辑而成。其中韩文卷共选韩文二十三篇，前有《评选韩昌黎文序》，文中有圈点、眉批、尾评。

《王荆石先生批评韩文》十卷，明王锡爵批评。王锡爵，字元驭，直隶太仓人。嘉靖壬戌（1562）及第，万历十二年（1584）以礼部尚书兼文渊阁大学士进太子少傅，武英殿学再进太子太保。天津图书馆藏有明刻本。此书共十卷，收录韩愈诗、赋、文各若干首，题下有解题，文中偶有注解，书眉处有评校语。如《郓州溪堂诗序》有眉批："飘飘有凌云之气。"《太学生何蕃传》眉批："仿《伯夷传》。"《省试颜子不贰过论》"考之于圣人之道，差无过耳"，有校语："'过'当为'近。'"《唐故江西观察使韦公墓志铭》"上言：臣所治三州，非要害地，不足张职……"王锡爵校："'职'疑'帜'字。"其评校语多简洁概括。

天启二年（1622），陈臣忠、樊王家合编《韩文选》。陈臣忠，字景周，莆田人，万历三十二年（1604）进士，官至南京刑部郎中。此书是陈臣忠谪潮州之时，感韩愈开化潮州之功，于是在公务之暇与同僚樊王家选编而成。其在首序中言："夫文，人心之华也。其中有一段真精神溢为至文者，此浩然之气也……公至潮，潮人未知学。公命赵德为之师，自是士民向化，彬彬有邹鲁风。潮之风气，实自公而开。故系思至今，尸祝不忘。公之正气，阅千载而长存者也。公不可作矣，其文在焉。郡有旧刻，岁久已刓。予公余与李僚长年友樊公，拔其尤者梓之。"此书共四卷，选韩愈诗、文、赋各若干篇，书中偶加圈点，但无评语。

董应举著有《韩柳合评》十卷，其中韩愈六卷，柳宗元四卷。福建师范大学图书馆藏明末刻本。董应举，字崇相，闽县人，万历二十六年（1598）进士，除广州教授，《明史》有传。此书前有署"崇祯辛未（1631）蒲月董应举崇相氏书于太虚庵中"的"崇祯己巳岁（1629）季秋之九日浙西陆之祺幼瞻氏题"的序。其中选韩愈表、原、对、说、议、释、辨、书、序、记、碑、志铭、行状、传、祭文，共一百一十三篇。文中有圈点、眉批，文末有总评。

第三节　明代总集类韩集版本概述

明代出现的文章总集中，以"家"或"大家"来命名的选本影响深远。明初朱右曾辑有《唐宋六家文衡》，开启了明代"家"或"大家"古文选集的先声。此后"家"或"大家"系列的古文选本层出不穷。如果以所入选"家"或"大家"的人数来区分，我们大致可以将之分出"四家"或"四大家"与"八家"或"八大家"两个系统。①

（一）"四家"或"四大家"类的韩文选本

韩、柳、欧、苏并称"四家"或"四大家"之说，其实在南宋时就已经出现。王炎午《吾汶稿》卷一《上参政姚牧庵》云："惟斯文之大宗则随世运而间出，故唐虞三代之盛，托之圣人之言则为经，战国汉唐而后归之诸贤之文则为史……三国分裂，八代陵夷，人物眇然。唐兴而韩柳还大雅，宋盛而欧苏扶正气，号称'四大家'。"② 王炎午（1252~1324），初名应梅，字鼎翁，别号梅边，江西安福舟湖（今洲湖）人。淳祐间，为太学上舍生。临安陷，谒文天祥，竭家产助勤王军饷，文天祥留置幕府，后以母病归。文天祥被执，特作生祭文以励其死。入元，杜门却扫，肆力诗文，更其名曰炎午，名其所著曰《吾汶稿》，以示不仕异代之意。泰定元年（1324）卒，年七十三。《南宋书》《新元史》有传。

明代出现了数种"四家"或"四大家"文选。今所见最早的是陆粲所辑的《唐宋四大家文钞》，上海图书馆藏隆庆元年（1567）刻本。其选韩愈、柳宗元、欧阳修以及苏洵、苏轼、苏辙（"三苏"合为一家）六人之古文，每一家分上下两卷，共计八卷。陆粲，字子余，嘉靖五年（1526）进士，选庶吉士，授工科给事中。书前有署"隆庆元年（1567）二月十日吴江沈位序"的《唐宋四大家文钞序》，言："吾苏陆贞山先生为诸生时，尝取唐之韩、柳，宋之欧阳公及苏氏父子四大家之文，得其尤者若干首而钞之，以时观览焉。曰，此吾举业之筌蹄也。后贞山贵且殁，杜氏购得之，而韩、苏先行于世，岁丙寅复举柳、欧刻之，于是四大家文钞并行。"可知此书乃陆粲为诸生读书时所选辑，后陆粲金榜题名，平步青云。其殁

---

① 朱右将"三苏"合为一家，其所谓的"六家"实际上即后来的"八家"或"八大家"。唐顺之编有《六家文略》，即延续了此种说法。因而所谓的"四家"或"四大家"也可指韩、柳、欧以及"三苏"六人。
② （宋）王炎午：《吾汶稿》，《影印文渊阁四库全书》第1189册，台湾商务印书馆，1986，第566页。

后,此选被剞劂公诸世,以利天下举子。与明代其他此类古文选本不同,此书既无圈点,亦无评语。其于首二卷《韩文钞》中选韩愈杂著、书、序、哀辞祭文、碑志、杂文、状、表八类,共计六十五篇。

明人孙鑛编有《四大家选》一书,四川省图书馆藏明末刻本。孙鑛,字文融,浙江余姚人,万历甲戌(1574)会试第一。书首有署"东海孙鑛题"的《选四大家小叙》。其中《韩文公集选》二卷,选韩文四十八篇。文中有圈点、眉批、旁批,文后又有尾评。

明末陆梦龙编有《唐宋四大家文选》。陆梦龙,字君启,浙江会稽人,万历三十八年(1610)进士,授刑部主事,进员外郎。崇祯三年(1630)由广东按察使迁右参政,分巡东兖道,《明史》有传。其中韩退之文选共四卷,分赋、古诗、联句、律诗、杂著、书启、序、哀辞、祭文、碑志、杂文、行状、状、表状十四类。题下有解题,文中行间偶有注释、圈点、眉批。

归有光编选、顾锡畴评阅《四大家文选》,复旦大学图书馆藏崇祯四年(1631)刻本。其选韩愈文八卷,柳宗元文八卷,欧阳修文十卷,苏轼文十六卷。书前有署"归有光熙父题"的《题四大家文选》以及署"皇明崇祯辛未(1631)季冬望鹿城顾锡畴题"的《四大家文选序》,文中有圈点、眉批、旁批,文后泛引归有光、茅坤、顾锡畴诸人之评语。此书所署归有光之序并不见于《震川文集》中,其所选四家文章与所引之评语又多与茅坤《唐宋八大家文钞》重合,因此,此书应非归有光《四大家文选》之原本,很可能是顾锡畴等人在归选的基础上,仿茅坤《唐宋八大家文钞》之例,增选文章以及评语,又缀以顾锡畴自己之评而成的。其中《唐大家韩文公文选》八卷,选韩愈表、状、议、书、记、序、原、论、辨、解、箴、颂等共一百三十四篇。

除上述可见本外,明代一些书目及文集中也透漏出几种明人所编"四家"或"四大家"之文选,但已多不可见。范邦甸等《天一阁书目》卷三有:"《四大家文选》,四卷,刊本。明嘉靖丁巳(1557)姑苏王坊编。校后跋云:韩粹而正,柳肆而华,欧闳而深,苏辩而骋。参其途径,人人异殊。要之阐圣奥、该物理、显道体而贲人文,其揆一也。坊自总发时,先大父永溪公常教习制科,因俾读四家之文,仅忆百首,乃竟以濩落勿振，行且暮矣。循格佐垣，暇日理而刻之，题曰《四大家文选》。"① 袁中道《珂雪斋集》前集卷十七《吏部验封司郎中中郎先生行状》："万历庚戌九月六日，中郎先生卒于家，得年仅四十三……有批点《韩柳欧苏四大家集》《宗镜摄录》《西方论檀经删》皆行于世……"② 又，同书外集卷七《游居柿录》曰："郝公琰至，得潘景升书，书中欲得中郎批韩柳殴苏四大家文，不知是书已佚散矣。"③ 因此可知，袁宏道曾经评点过"四大家"的文集，但此书早早散逸。江藩《（道光）肇庆府志》卷二十一："《唐四家文类》，明许炯编，见《吾野漫笔》。"又曰："《古今奇文》，明许炯编。见阮《通志》。炯自序略曰：'吾野子既集韩、柳、欧、苏为《四家文类》矣。今年春，徙居箔溪之上，杜门谢客，复取古今之文而读之。其奇词险语，绝去畦径者，展卷再四不释手。于是复汇次之，共百篇有奇，名曰百段锦云。'"④《四库全书总目提要》云："《吾野漫笔》，十三卷，浙江巡抚采进本。明许炯撰。炯字吾野，新会人，嘉靖中举人。"

（二）"八家"或"八大家"类的韩文选本

另一个"大家"系统便是闻名于世的"八家"或"八大家"。有明一代，开此风气之先的无疑是明初朱右的《唐宋六家文衡》，但《唐宋六家文衡》一书现已不可见。台北锺志伟先生的《明清唐宋八大家选本研究》提到台北"中央图书馆"藏有明王宠《唐宋八家文》稿本。据锺先生言："《唐宋八家文》，不分卷，选录唐宋八家文计一百五十四篇。不见总序、目录、凡例与作者小传，有圈点，偶见评语。"⑤ 其中选韩愈状、表、书、序、墓铭等共计四十二篇。

唐顺之辑有《六家文略》，十二卷，附《大家始末》一卷。清华大学图书馆藏万历三十年（1602）蔡望卿刻本。此"六家"实乃延续了朱右

---

① （清）范邦甸、范懋敏撰《天一阁书目》，《续修四库全书》第920册，第275页。
② （明）袁中道撰《珂雪斋前集》，《续修四库全书》第1376册，上海古籍出版社，2002，第17页。
③ （明）袁中道撰《珂雪斋外集》，《续修四库全书》第1376册，第300页。
④ （清）屠英等修，江藩等撰《（道光）肇庆府志》，《续修四库全书》第714册，上海古籍出版社，2002，第581页。
⑤ 锺志伟：《明清唐宋八大家选本研究》，台北：文津出版社有限公司，2008，第32页。

《唐宋六家文衡》之提法,将"三苏"合为一家,实乃"八家"。书首依次有署"泾里顾宪成题"的《六大家文略》,署"时嘉靖癸亥(1563)冬十月六日门人无锡蔡瀛书于陈司徒庙友山道房"的《辑六家文略引》,以及署"时万历壬寅(1602)孟春蔡望卿谨撰"的《镌六家文略小引》。蔡瀛言:"《六家文略》者,吾先师子唐子荆川公之所纂也。公于六经、子、史,既贯彻无余,乃独取韩、欧诸名家所作,纂为六大家文,以定万世作古文者之准矣。犹虑其浩繁,而初学之士或有兴望洋之叹者,复纂其略焉,使人因略以致详,得简易之途以入,而渐不觉其烦且杂,古之所谓循循善诱也。公之嘉惠后学之意勤矣。瀛既得其纂次题目,退而割裂诸文,依次辑之,缺者录之。始从事而病作焉,凡十三年而病愈,乃复搜其故所辑者完之。"可知此书本是唐顺之所编纂,蔡瀛拜唐顺之门下时得其"纂次题目",前后历十三年而完成。后,蔡瀛之子蔡望卿于万历年间才将之剞劂付梓。今全书共十三卷,分为书、序、记、志铭表、论、策六大类文体,每一类文体下,收各大家文若干。其中选韩愈四十六篇。文中既无圈点,亦无评语。

茅坤的《唐宋八大家文钞》在文学史上富有盛誉。唐顺之晚年辞官归乡,授徒讲学,辑有《文编》一书,六十四卷。其于唐宋之文几乎全选八家之作,茅坤《唐宋八大家文钞》在选文、圈点、批评方面对《文编》多有借鉴。《唐宋八大家文钞》最早由茅坤之侄茅一桂于万历七年(1579)携于杭州付梓,即"茅一桂刻本"。但茅一桂刻本有诸多疏漏之处,后来便有了方应祥、茅著等人之修补本,其中茅著修补本成为后世最为流行的本子。《唐宋八大家文钞》卷帙浩繁,共一百六十四卷,作为"八大家"之首的韩愈,其《唐大家韩文公文钞》十六卷,分为表、状、书、启状、序、记、传、原、论、议、辨、解、说、颂、杂著、碑、碑铭、墓志铭、墓碣铭、哀辞、祭文、行状二十二类,一百九十二篇。

上海图书馆藏郑郲辑选的《八大家文钞自怡集》稿本,四册,不分卷。正文用墨笔抄写,文后有朱笔评语。文章题目上端套有两三个朱"◎",文中亦施有朱色圈点。又用墨笔抄录唐顺之《文编》中评语,或于文首,或文中,或在文末。书首有署"崇祯四年(1631)辛未七月七日郑郲书"的《八大家文钞自怡集小序》。此序称:"余病目不能多读书,于八家书所见尤少，是钞又不尽余所见，以是而称八家文钞，陋矣。虽然钞八家文而□欲尽乎八家，何以钞为？八家之于文，直寄焉耳。其文之无关□术者，又直文之寄焉者耳，不存焉可也。吾常以为读《原道》篇而韩之文尽，是读《上神宗书》而苏之文又尽，是何也？古人为文不□寄其精神心术之所存，吾辈泛千百世下，读古人书亦惟求其精神心术□而已矣。又何必语言文字间夸多之为哉？"可知此书是郑邠精选最能代表八家"精神心术"之文章而编纂成的。其中韩愈文十二篇，柳宗元文五篇，欧阳修文四篇，苏洵文十九篇，苏辙文八篇，曾巩文四篇，王安石文十四篇，苏轼文二十二篇，共计八十八篇，在所有"八大家"选本中堪称容量最小的一部。

　　署名锺惺评选的《唐宋八大家文选》，二十四卷，后附《八大家本传》。南京图书馆藏崇祯五年（1632）汪应魁刻本。书前有署"天都祁阊倪思辉题于又尚斋，岁次壬申，时届仲夏哉生明"的《叙唐宋八大家文选》，署"景陵锺惺伯敬题"的《八大家序》，以及署"新安后学汪应魁题"的《刻八大家选引》。书末有署"新安汪应魁玄朹父跋"的《八大家选后序》。倪叙言："鹿门先生曾汇有《唐宋八大家文钞》，非去秦汉而取唐宋也，见寓内无时无文章，亦因其大而大之也。奈简帙浩繁，不便后学。有志者方欲量加裁汰。幸伯敬锺先生先得我心，玄朹汪生为之校雠，以付剞劂。"锺序亦言："……此鹿门先生所以有八大家文钞之刻也。夫先生一代文宗，其所遴选，原无容置议。但大方之选，古文词也，法宜从宽。而初学之读古文词也，数宜从简。缘此于公余之暇，细为雠校，挑取其羽翼圣经，裨补时务者若干首，汇成一集而颜其面曰'八大家选'，以付之梓。"汪引又言："鹿门先生汇集评定，而奥秘始若揭而醒。又得伯敬先生删汰，更加品骘，而后学益知所趋赴。以故愚之不敏，亦幸窥一班焉。欣出私裁，僭加评释，虽时有似于效颦，不免于附赘。大要取掖后进，非必树帜争驰也。"据此可知，锺惺认为茅坤《唐宋八大家文钞》对于初学古文的学子来说，未免卷帙浩繁，"不便后学"。于是在茅选基础上重加拣择删定。在此汰选的过程中，锺惺可能还在茅坤原评的基础上又添增了一些自己的评语。后来汪应魁将此书剞劂付梓，又偶缀己意，最终辑成此书。此书与茅坤的《唐宋八大家文钞》相比，不仅在容量与入选文章篇目上差异颇大，而且在编选次第上也大不相同，如《唐宋八大家文钞》

以家为经，每家之中再按文体次第来编文，而此《唐宋八大家文选》与唐顺之的《六家文略》相同，按文体来编文，全书共分为论、议、辨、策、上书、表、疏、札子、状、书、启、序、题后、引、记、传、赋、说、解、颂、铭、赞、对、文、祭文、哀辞、庙碑、功德碑、墓碑、墓碣、墓表、墓志铭三十二种文体，于每一种文体下又各选入"八家"之文数篇。另外，此书所收评语无疑比《唐宋八大家文钞》更加繁复。书中有眉批、旁批，文后有总评。汪应魁在"凡例"中言："评论多方采辑源流，或恐失真，要俾文中奥妙，抉剔靡遗。非必泥何说出自何氏也。末附私裁，亦本成见，幸厕述者之列，已觉歉然。必登作者之坛，非所愿也。"因此书中之批语可能来自多家，不仅限于茅坤、钟惺、汪应魁三人。清初吴铬辑有《韩昌黎文启》一书，其于"凡例"中言："伯敬未尝有选，沈大生目为《文归》，遴次最备；汪玄杓（应魁）汇为《文选》，评释独烦。其苦心亦不可掩，何必托竟陵以自传！"吴铬认为此钟惺评选乃托名之作。全书选韩文论、议、辨、表、状、书、序、题后、记、传、说、解、颂、对、文、祭文、哀辞、庙碑、功德碑、墓碣、墓志铭二十一类，共计八十四篇。

北京大学图书馆藏钟惺汇选，江东吴正鸥评定的《唐宋八大家文悬》，一函十二册，十卷。每半页九行，行字二十，四周单边，白口，单鱼尾。书封页标"钟伯敬先生汇选《唐宋八大家文悬》，古吴汪复初梓"，卷首题下有"楚钟惺伯敬汇选，江东吴正鸥评定"。前有"署崇祯壬申（1632年）岁秋日吴正鸥翰生甫书于伊兰堂"的《唐宋八大家文悬叙》。该叙称：

> 唐宋八大家文去昭代未远，其出入于经生言者时八九，所议论于政治得失者亦如造车合辙。然本经术而达国体，斯亦足以观其意之所存矣。夫士不获尽行其道，以加被于当时，空以遗言师后世，至仿佛其胸怀所欲吐，而想见其人以设身于处地，虽切亦何补？八大家文，即八大家所未究之用也。彼身未究其用，而尚以余渖补缀当年之万一，其又何几焉。嗟夫！孔子有言，托之空言，不如其见之实事，深切而著明也。初不过即古之散见遗文及编年国史，一稍为删定，而百王之大经、大法遂已灿如日星矣。今八大家文，师表百世，非一选

然悬以备当代得失之林，而纵横上下，则独有可观其意者在。譬医之有案，借病以立方，而方不足以治病。譬弈之有谱，借着以点局，而局常变化于著先。《易》曰'悬象著明，莫大乎日月'，然则以悬之国门与悬之千秋，其义一耳。有心斯世者，其相与得吾意而引伸之，文章之用，其弗以空言也明矣。

因此，此选之重点在于阐发"文章之用"，卷目的分类也是按"文章之用"来编排的。卷一"人君"（附刑赏、佞幸），卷二"人臣"（附言路、朋党），卷三"吏治"，卷四"士类"，卷五"民生"，卷六"财赋"（附屯田、盐法、马政、驿递、河工、漕船），卷七"兵戎"（附将材），卷八"夷虏"，卷九"盗贼"，卷十"政要"（附灾祥、史职）。前有《八大家传略》，后附选此"八大家"文章篇数及篇目。如首有《韩昌黎传略》，后附"选文共二十四首"。其中，表：《论捕贼行赏表》（卷一）；状：《论今年权停举选状》（卷一）、《论淮西事宜状》（卷七）、《黄家贼事宜状》（卷八）、《论变盐法事宜状》（卷六）；书：《后廿九日复上宰相书》（卷二）、《与于襄阳书》（卷四）、《与李翱书》（卷四）、《再与鄂州柳中丞书》（卷七）；序：《送许郢州序》（卷五）、《赠崔复州序》（卷五）、《送杨少尹序》（卷二）、《送水陆运使韩侍御归所治序》（卷六）、《送石处士序》（卷四）、《送温处士赴河阳军序》（卷二）、《送齐皥下第序》（卷二）、《送李愿归盘古序》（卷二）；记：《蓝田县丞厅壁记》（卷三）、《徐泗豪三州节度掌书记厅石记》（卷三）、《郓州溪堂诗记》（卷九）；传：《圬者王承福传》（卷二）、《张中丞传后叙》（卷二）；论：《争臣论》（卷一）；杂著：《通解》（卷二）。文中有旁批，文末有尾评。卷首目录处，文章题目上均被加两三圈，可能表示文章分量轻重之不同。书中所运用的最主要的批点符号有字旁圈"○"、字旁点"、"、截"—"。

明末王志坚编辑《古文渎编》，二十九卷，《四库全书存目丛书》集部三百三十六册影印山东省图书馆藏明崇祯六年（1633）刻本。书首依次有署"崇祯癸酉季（1633）春望日蒲圻魏说撰"的《古文渎编序》，署"西陵李长庚书"的《古文渎编序》，署"癸酉秋日年友弟蒋允仪题于郧庐之安此斋"的《古文渎编序》，署"东瓯晚学林增志撰"的《古文渎编小序》，以及署"河渚生王志坚题"的《古文渎编序》。王序言："《渎编》者，予所论次唐宋八大家之文也。"可知此亦"八家"文选之一种。书于每大家之前，都有此大家之传。《韩文公集》共三卷，选韩文表状、书、序、记、杂著、碑文、墓志铭、哀辞、祭文、行状，共一百四十四篇。文中有简略的圈点，文后或征引他书，或考据史事，或作评论。

明孙慎行编选《精选唐宋八大家文钞》六卷，上海图书馆藏康熙十一年（1672）孙志韩重刻本。《明史》卷三百四十四"列传"有："孙慎行，字闻斯，武进人。幼习闻外祖唐顺之绪论，即嗜学有立志。万历二十三年，举进士高第，授编修，累官左庶子。"可知孙慎行之学术思想受唐顺之影响很深。此书前有孙慎行的《八大家文钞序》《又序》《书八大家文钞后》三篇序言。其中《书八大家文钞后》言："余少读《轨范》，一班耳；已而睹茅氏《八大家文钞》，则浩矣；又睹唐氏《文编》《文略》，则庶乎有裁。呜呼！道术之鬯，文教之纯，衮衣绣裳之不为窄袖小冠，清庙明堂之不为白草黄蒿，赖是物也。而世初学小生，不识先生大人深奥，多以《史》《汉》为高，以八家为卑，又甚者，惊俗下若奇，畏八家若腐，其畔而逃也若是，余心忾焉。兹之钞，大约穷微极变、洞心骇耳居多，即三氏选中，间有搜其佚、发其沉湮者……"孙慎行认为，谢枋得的《文章轨范》过于简略，而茅坤的《唐宋八大家文钞》则过于浩繁，只有唐顺之的《六家文略》繁简适中，"庶乎有裁"。因此，此书的编纂在很多方面都借鉴了《六家文略》，如按文体来编排，不过全书只分为序、记、杂文、碑铭四种文体。文中无圈点，亦无批语。共选韩愈序、记、杂著、碑铭，共计九十五篇文。

另外，明人文集中还保留了两篇"八大家"的序，如明陶望龄《歇庵集》卷十九有《八大家文集序》一文，言：

> 夫八家于秦汉子史，其工否？吾不能知。顾其所据者经，其所传者六艺之遗旨，而其体裁、事情于今时为近也。夫诸子诡而不经，吾以为不如八家之正也；《左》《国》《史》《汉》叙而少议，吾以为不如八家之备诸体也。子史之至今传者，以其能达意。今至于无意可达，而徒剽其词。吾以为举世之癖，非沈潜八家弗疗也。爰为是正，付之剞劂，令有志有文者静而读之。如饮醇而抉其糟粕，鲜不粹焉。

臻自然之域，成一家之言，以庶几无负圣门辞达之旨，无使百世而下，谓我明无人，则斯刻为不徒哉！①

陶望龄，字周望，号石篑，会稽人。明万历十七年（1589），以会试第一、廷试第三的成绩为翰林院编修，参撰国史。一生清真恬淡，以治学为乐事，将之作为歇息，遂以"歇庵"作为自己的书斋名。从此序可知，陶望龄编纂此"八大家"古文，希望能够纠正"无意可达，而徒剽其词"的"举世之癖"。又，陈维崧《陈迦陵文集》卷五《敕赠征仕郎翰林院检讨先府君行略》中言："府君生平著撰有《皇明语林》《山阳录》《雪岑集》《交游录》《秋园杂佩》《唐宋八大家文选》。府君生于万历甲辰十二月初九，卒于顺治丙申五月十九，享年五十有三。"②陈维崧之父陈贞慧生于万历三十二年（1604），卒于顺治十三年（1656），则其《唐宋八大家文选》有可能刊刻于明末清初。明末吴应箕《楼山堂集》卷十七有《八大家文选序》一文，言：

> 自汉以来，文之流传久，而习之者多，群然服之，少所异同者，莫唐宋八家若矣。予固谓其知之实少也。此亦何哉？以其文有法度之可求，于场屋之取用甚便。而袭其词者，但蕲以动悦有司之一日，非必真有得于古人不传之妙而师之也。于是文之精神以亡。且天下购其书者日益众，苦于篇卷繁积思有以节录之，因而选者四起，而文之精神愈亡。故八家之文，以其传与习者之久且多如此，实皆无所得而使之亡。文之难知，又曷怪乎！予不可谓知文，然居恒所湛溺于八家者独与世俗之取用异。又痛文之精神亡于世，所谓选之人欲一大创而未能也。一日陈子定生，出其所尝选而辑之者示予。予阅之，其异于世所为取舍者，与予意十合八九。然则世真有得于八家者，有过陈子哉？陈子曰，古文之法，至八家而备；八家之文，以法求之者辄亡。

---

① （明）陶望龄：《歇庵集》，《续修四库全书》第 1365 册，上海古籍出版社，2002，第 618~619 页。
② （清）陈维崧：《陈迦陵文集》卷五，《四部丛刊》第 281 册，上海商务印书馆（上海涵芬楼），1929。

夫文不得其神明之所寄，徒以法泥之，未尝无法也。舍其所以寄神明者，而惟便己之为求，天下岂有文哉？况以论八家乎！呜呼，陈子之言如此，故其所选自世所当诵习者，视之若尽易人耳目之观，而使文之精神有所寄以不亡，吾知赖有陈子而已。夫古文必有真知如陈子者，然后能不亡，则世之无所得而辄能亡古人者，其选亦何多事乎！①

吴应箕（1594~1645），字次尾，号楼山，明末文学家。陈维崧之父，名贞慧，字定生。吴、陈都是明末复社成员，相交甚深，因而陈贞慧所选八大家文，请吴应箕作序。虽陈贞慧选本今不可见，但此序却保留在吴应箕文集《楼山堂集》中。

综上所述，由于八股文的盛行，明代出现的韩文选本大多以为科举服务的古文选本面目出现。同时，为了适应初学士子的需要，这些选本又多被加以圈点和品评。加强对这些选本的研究，一方面可以窥见明代士子接受韩文之一角，另一方面，选本中的评语也为探讨韩文文法源流及鉴赏、评价韩文的精深造诣等提供有益见解。

---

① （明）吴应箕：《楼山堂集》卷十七，《丛书集成新编》第68册，台北：新文丰出版公司，2008。

第四章　明代嘉靖万历时期的韩文评点

　　所以省去了明代嘉靖前一百五十多年，而直接将嘉靖万历时期作为一章，是根据所发现的韩文评点文献资料而被迫作出的安排。明初文坛，复古成风，李梦阳、何景明为首的"前七子"提出了"文必秦汉，诗必盛唐"的口号，一时成为当时文坛的师法准则。而秦汉之外的唐代韩文，则被排斥在外。这在一定程度上影响了明初对韩文的评点，因而至今没有发现评点韩文的重要资料。嘉靖年间，人们开始对这种以时断限的做法产生怀疑，诸种跨越秦汉之外的古文选本随之产生。如唐顺之、茅坤为首的"唐宋派"，便是在反驳"文必秦汉"的教条基础上兴起的。

第一节　"垂世立教"与"变体之文"：
　　　　　林希元评韩文

　　林希元，字茂贞，号次崖，福建同安县（今厦门同央区）人，生于明成化十八年（1482），卒于明嘉靖四十五年（1566），享年八十五岁。明正德十二年（1517）进士。林希元一生著述颇丰，主要有《易经存疑》《林次崖先生文集》《荒政丛言》《自鸣稿》《南国谈兵录》《四书存疑》《更正大学经传定本》等十九种，共计一百四十一卷。

　　《新刊批点古文类钞》十二卷，[①] 是林希元所选评的一部文章总集。全

[①] 现据《中国古籍善本书目》可知，仅中山大学图书馆、湖南图书馆、首都师范大学图书馆收藏此书。笔者亲见中山大学图书馆藏明嘉靖三十年（1551）陈堂校刻本，十二册，九行二十字，白口，左右双边。书首页题后有"温陵次崖林希元编次评点，南海后学陈堂校刻，南海后学陈俊同刻"。

书按文体编排次第，分书、疏、封事、札子、议、对、表、策、檄、设难、论、序、记、传、碑、行状、原、说、发、颂、箴、赞、铭、志铭、辞、文，共计二十六种。选文上起先秦的《左传》《国语》，下至明初宋濂等人之文。每类文章按照时间先后顺序来编排。如前二卷所收的均为书类，有乐毅《答燕惠王书》、李斯《上秦始皇书》、邹阳《狱中上书自明》、枚乘《上谏吴王书》《重谏吴王书》、刘安《谏伐闽越》、主父偃《谏伐匈奴书》、严安《上武帝书》、路温舒《上尚德缓刑书》、梅福《论王氏书》、鲍宣《论丁傅董贤书》、江淹《诣建平王上书》、苏轼《代张方平谏用兵》《上神宗皇帝书》，共十四篇，即按照先秦、两汉、南北朝、唐宋的次第来编排。总体上看，全书所选文章以两汉及唐宋为主，先秦及明代略有录选。书前有署"嘉靖三十年（1551）岁次辛亥正月元旦后学温陵林希元书于凤山之退修堂"的《古文类钞序》，该序首言："古之选文者，自《文选》《文粹》《文鉴》而下，若《关键》，若《正宗》《文诀》《轨范》《精义》诸集，无虑数家，去取不一。要皆随人所好，如羊枣嗜芰，各随人性。其孰优劣，予病其庞杂无伦也。乃取予所好者，随其类编次之，名曰《古文类钞》，又批点以发其义，俾学者便于诵读。"在林希元看来，历代文章总集的编纂，起源于南朝梁萧统的《文选》，后又有宋姚铉的《唐文粹》、吕祖谦的《宋文鉴》，都集一代文章之大成。但吕祖谦的《古文关键》、楼昉的《崇古文诀》、谢枋得《文章轨范》、李性学《文章精义》[①]等则不免"各随人性"，难分伯仲。《古文类钞》的编纂似乎正是纠正上几种文章总集的"庞杂无伦"。从总体的编纂方式上来看，《古文类钞》按文体编文，与《古文关键》《崇古文诀》《文章轨范》相比，的确取得了很大的进步。但纵观全书会发现，书中对谢枋得《文章轨范》中的评语多有引用，并在前加以"谢云"二字，可知林希元在编纂此书时对《崇古文诀》《文章轨范》等诸书其实也多有借鉴。

[①] 《文章精义》一卷，元李淦著。李淦，字耆卿，朱熹再传弟子，学者尊称为"性学先生"。按：李淦的《文章精义》本是一部文话，而非一部文章总集。书首篇乐毅《答燕惠王书》，林希元于文前引李淦之评："李性学云，乐毅《答燕惠王书》，诸葛亮《出师表》，李令伯《陈情表》，不必言孝，读之者可想见其孝。杜子美之诗，黄鲁直之文亦然。"

林希元生活在弘治、正德年间，社会上盛行的主流思潮是李梦阳、何景明等"前七子"所倡言的"诗必盛唐，文必秦汉"。所以以唐宋古文为主的《古文类钞》的出现，难免会引起世人的訾议。对此，林希元在序中便用一种对话体的方式来阐明自己的立场：

> 或曰：文上秦汉。东京而下，弗上矣，子取文而及唐宋以至于今，不亦左乎？予曰："是何言与？"夫古之文不能不变而为今，犹今之时不可复而为古也。时既不可复，古文乃不欲为今，其可得乎？盖文章根乎元气。元气之行于宇宙间也，一盛一衰，衰而又盛，相因于无穷，文章以之。故三代之文至战国而衰，汉兴复盛；汉之文至南北朝而衰，唐兴复盛；唐之文至五季而衰，宋兴复盛。文之衰也，虽能复盛，然一元运化，万劫递历，久则渐薄，不能如其初。文章之在人也，亦随以薄，不能及于前矣。故汉文虽盛，终不及乎周；唐文虽盛，终不及乎汉；宋文虽盛，终不及乎唐。譬之花果，发生既久，花实开结，与初植之时自不相同。人犹望其如培植之初，岂可得乎？文之气虽以渐而薄，不能如其初。文之制则随时以变，而各适于用。盖世道与时变迁，圣人因时立政，故帝王礼乐不相沿袭。结绳之治，舞干之化，用于古不用于今，亦其时然也。有如伊、傅告君，训命数篇无多语。后世章奏乃至百千万言。居今欲为伊、傅，得乎？孔孟告君，对面矢口而成章。后世则执笔抒思，或移时经日而不足。居今欲为孔孟得乎？故曰时也。
>
> 若以文论之，尊孔术，黜百氏，仲舒有功于吾道也。时至韩愈，佛老之害甚于百氏。昌黎原道德、辟佛老，崎岖岭海，功与齐而力倍之。如此之文，岂下于秦汉乎？卖国外夷，挟君臣虏，秦桧之行犬马不如。胡澹庵一疏，奸雄气夺。紫阳谓与日月争光，信也。李斯之《逐客》，扬雄之《解嘲》，其文诚美矣。然杀身亡秦，客之功安在？美新投阁，人之嘲谁解？如此之文，能过于唐宋乎？是故文无古今，适用则贵。苟适于用，虽非秦汉，安得而左之？昌黎、澹庵是也。不适于用，虽秦汉安得而下之？李斯、扬雄是也。今之秦汉者，安排粉饰，极力模仿，非无一二句语之近似也。然精神气力已远不逮，譬之

优孟学叔敖，非不宛然似也，实则优孟耳，何有于秦汉？况辟邪崇正，未能如韩子之辟佛老；黜夷扶华，未能如胡子之斥奸桧。使果如秦汉犹在，所遗况不如乎？故予之于文，弗问秦汉，惟关于世教。

在林希元的眼中，古文的发展如同时间的流逝，不可遏抑。厚古薄今是十分荒谬的。虽在历史发展的长河中，由于文气渐薄，文人之作大不如古，但"文之制则随时以变，而各适于用"，即文章体制随着时代的发展和现实的需求发生相应的变化，一味地复古，企图重回秦汉时代，不仅是不现实的，而且是没有必要的。因而所谓的"文必秦汉"，只不过是"安排粉饰，极力模仿，非无一二句语之近似也。然精神气力已远不逮"。林希元在切责"秦汉派"复古之弊的基础上提出了自己编选古文的原则，"文无古今，适用则贵"。只要有利于世教，无论是否秦汉唐宋，皆会收选。

《古文类钞》乃一部批点本。书中运用的批点符号有字旁圈"〇"、字旁点"、"两种。大体而言，字旁圈主要用于文中带有总结性的主题句、关键句等。如卷九萧望之《入粟赎罪议》中"如此则富者得生，贫者独死，是贫富异刑而法不一也"，卷十二苏轼《留侯论》中"古之所谓豪杰之士者，必有过人之节""彼其能有所忍也，然后可以就大事，故曰孺子可教也""夫老人者，以为子房才有余而忧其度量之不足，故深折其少年刚锐之气，使之忍小忿而就大谋"等数句字旁均加圈。点的使用则比较频繁，除主题句、关键句之外，一些精彩语句也多于字旁加点，不再赘述。除了圈点之外，文前还缀有林希元自己以及前人的评语，多是对整批文章的内容、艺术特色以及其渊源的探讨。书首篇选乐毅的《答燕惠王书》，文前有评云：

> 古人告君，自伊训说命及孔孟下，至战国之苏、张，皆是对面立谈，无以书。寓书论事，首见于郑子产、晋叔向，盖由越国然，犹与其臣，未与其君也。越国寓书于君，始于乐毅。自后若秦李斯、汉邹阳咸祖为之，是皆弗获面君，不得已以书通。至枚乘、贾谊辈，虽不越国，获面于君，皆以书通矣。
>
> 看他自叙，当日君臣真有刘葛鱼水之欢，其一念不背嗣君，中山

放魔之相,要莫之过而肝肠毕露,词气温厚,读之使人群疑尽释,万恨俱消,可谓有德之言矣。战国之士如乐毅,岂可以孙庞、吴田之徒视之哉!

楼迂斋云:可以见燕昭王、乐毅君臣相与之际,略似蜀昭烈、诸葛武侯。书词明,洞见肺腑。

李性学云:乐毅《答燕惠王书》,诸葛亮《出师表》,李令伯《陈情表》,不必言孝,读之者可想见其孝。杜子美之诗,黄鲁直之文亦然。

作为书类的首篇,林希元于文评中首先追溯了"告君之书"这种文体的发展历程,后又结合文中的具体内容,对乐毅此书内容、艺术特色进行了评析。末尾再引楼昉、李淦二人之评语。其他文章的品评,亦大致如此。

林希元在《古文类钞》中共选韩文四十二篇,其中书类四篇,表类一篇,论类一篇,设论类两篇,序类十二篇,记类两篇,原类两篇,颂类一篇,行传类一篇,墓志铭类四篇,传类二篇,碑文类四篇,辞类一篇,墓表祭文类四篇,题跋类一篇。序类入选数量最多,亦可说明林希元对韩愈的序文最为重视。

在具体的评点中,林希元认为韩文多非"苟作",文中蕴含着巨大的寓意,因而是有利于世教之文。如对《原道》的评语为:

此篇推明仁义道德之说,历叙帝王左右生民之法,终之古今相传圣贤之统。其辟佛老与孟子拒杨墨同功。其言模仿《中庸》首章,《孟子》卒章,乃垂世立教之文,庶几续绍《孟子》,非特以文论也。其中博爱之说,引用《大学》之文,及列荀、杨于孔孟,惟见病于宋儒。此则其学之未纯,未可举一而废百也。

其评《祭鳄鱼文》也云:

祭一鳄鱼,而义理正大,讽喻严切,殆与"商盘""周诰"相表里,谓唐文之下于汉,以此观,未见其然也。

林希元将韩文与《孟子》与"商盘""周诰"等相提并论,并称之为"垂世立教之文",可见其对韩文价值的推崇。韩文所寓含的深意通常不是直接显露于外,而是通过某种间接的方式来展现,因而韩文多有文外之旨,需要读者去慢慢咀嚼品味。如韩文《蓝田县丞厅壁记》,全文花了大量篇幅去介绍崔立之是如何屈尊于县丞之职的,而对于题目所云的记厅壁之事则只于文末几笔带过,林希元认为此种写法显然是别有寄托的,其评云:"张官置吏,各有司存,丞贰于令,得相可否?乃于事无可否,相沿之失也。记丞厅,极言其无势,岂作厅者之意哉?正以讥末世之弊耳。其文简古清奇,所谓'盐梅止于咸酸,而味在盐梅之外者'。"又评《圬者王承福传》云:"此借圬者之事以规讽当世。其意以圬者之贱,犹知食人之食,不可不事人之事,况名为儒者,无功而食人之食,不尤可羞乎!此立言之意也,可谓垂世之文矣。"韩文多通过委婉方式来传达深刻寓意,或讥世之弊,或规世之人,因而在品读韩文时需要拨开面纱去探寻文字背后的深味。

林希元还认为韩文为初学作文者提供了很好的模板,熟读韩文有利于掌握作文之法,因而在书中屡次呼吁多读韩文。韩愈永贞元年自阳山徙掾江陵,路过衡山而作《送廖道士序》一文。全文前半部分大谈特谈廖道士所在的衡山、郴州人杰地灵,又接"意必有魁奇忠信材德之民生其间,而吾又未见也。其无乃迷惑溺没于老佛之学而不出邪?"最后文末点明主旨:"廖师郴民,而学于衡山,气专而容寂,多艺而善游,岂吾所谓魁奇而迷溺者邪?""廖道士"乃一佛老之徒,韩愈此文的主要用意是劝说廖道士摆脱佛老的迷惑,走上正途。林希元对此文评云:

> 送道士无可说,却盛道衡山之灵,当生杰人。因己未见,意在廖师,而悲其陷溺,又望其徙,拳拳接引之意,溢于言表,不但词意高妙而已。凡作文怕粘皮带骨,似此文字,看曾粘皮带骨否!昌黎家数多是如此。看"文畅""闲上人""王舍"诸作可见,熟此可得作文之法。

所谓"粘皮带骨",应指文章笔法东拉西扯,意旨含混不清,读者不知其所云。韩愈此文题为《送廖道士序》,却"盛道衡山之灵",看似离题散漫，却意深旨显，与"粘皮带骨"有天壤之别。之所以会如此，就是因为韩愈所用的"作文之法"高明，而此"作文之法"即"无中生有"之法。林希元评《送王（含）秀才序》云："味此序文意，必王含无大可称述，姑就其祖《醉乡记》上生出一篇议论，乃无中生有。学者熟此无难题矣。文字超伟，奇绝，可珍可爱。"评《送高闲上人序》又言："高闲上人无可说，因他能书，遂就张旭善草书上说道理，以归于闲，此是无中生有。学者胸中有此意思，天下无难题矣。"韩愈多能于无题之处找出可写之内容，形成一篇奇妙文字。因而熟诵韩文，掌握此种"无中生有"之法，天下便无不可写之题了，从而可以在科举考试中一展身手。

此外，林希元心中的韩文还多变体，即不遵循某类文体固有模式的束缚，突破常规，自辟蹊径。其评《南海神庙碑》云："此碑自'黄木之湾'以下，皆言刺史之祭祀，及其政令，于立庙之事全忽略焉。此与《滕王阁》《丞厅记》大略相似。此昌黎之家数，柳子厚便不同矣。其文字之美不待言也。"这里的"昌黎之家数"虽没有明确指出，实即指韩文多用变体。《南海神庙碑》一改碑体之文详述立碑之事的模式，花大篇幅去写刺史如何祭祀，即是一种变体。林评《新修滕王阁记》云："此篇三序不得观滕王阁。第三段皆序王公之政，末言求记之由，其于阁上之景与修造之岁月乃独略焉。此记体之变者。其文顺伏委曲，温醇典雅，愈读而愈不忍释，故虞邵庵取焉。"评《柳子厚墓志铭》云："子厚平生虽不得志，其所至皆有树立，其处中山，尤其行之卓异者。此志发扬子厚可以不死矣。自'呜呼士穷'以下，乃因之起议论，寻常无此体。乃学《伯夷屈原传》，亦铭体之变者。"这些都表明，韩文常打破常规，别具一格。对于此种改变，林希元持赞赏态度，其曾云："古文至韩，虽云一变，亦变之善者。"①

林希元《古文类钞》的出现，说明嘉万时期文坛风气正在悄悄发生改变，人们开始逐渐摆脱"前七子"之"文必秦汉，诗必盛唐"的束缚与局囿，以一种更加高瞻的胆识与宽宏的胸怀来观照文学发展，因而取法的对象慢慢地由秦汉文向唐宋元明文拓展。这为后来"唐宋派"的出现奠定了基础。

---

① 见《后廿九日复上宰相书》文前评。

第二节　唐顺之《文编》及其对韩文之评点

唐顺之（1507～1560），字应德，号荆川，江苏武进（今常州）人。嘉靖八年（1529）会试第一，授翰林编修，后调兵部主事。唐顺之是明代的八股文名家，也是古文评点大家。作为明代"唐宋派"的翘楚，唐顺之主张"文必有法"，并多通过对古文的评点来阐述其心中的文法理论。当前学界对唐顺之文学思想的研究多纠结于所谓的"文法论""本色论"等抽象概念，而对最能体现其文法的古文评点却鲜有关注。

（一）唐顺之古文评点文献考察

唐顺之一生热衷编选，经史子集无不涵盖。① 对所编选之书，其一般都会附上评点，如《左编》《右编》《稗编》等，② 今仅列举其有代表性的古文评点作品。

《荆川先生精选批点〈史记〉》十二卷，以及《荆川先生精选批点〈汉书〉》六卷，上海图书馆都藏有明刻本。首页有署"山阴龙溪王畿书"的《荆川先生精选批点〈史〉〈汉书〉序》，正文中有抹"｜"（分长抹与短抹）、点"、"、圈"○"、截"一"以及"[]"等评点符号，有旁批、眉批，评语简洁干练，要言不烦，多为对文中详略、转卸、虚实等文法的点醒，以及对文章妙处、文体传承和递进等的阐明。

《唐会元精选批点唐宋名贤策论文粹》八卷，国家图书馆藏嘉靖乙酉（1525）书林桐源胡氏刻本。全书选唐宋八家策、论两种文体，一百零二篇。此书主要是为士子应付科举考试而选评的，因此只选策、论两种与科

---

① （万历）《常州府志》及（康熙）重修《常州府志》卷十五顾完成《郡志传》曰：唐顺之，字应德，武进人……所辑有《诸儒文要》及《语要》、《儒编》、《左编》、《右编》、《文编》、《稗编》，批选《朱子集》《左氏始末》《周秦文》《六大家文略》。（光绪）《武进阳湖县志》卷十六：唐顺之选辑《朱子全集》十五卷（佚），《文编》六十四卷（存），《明文选》二十卷、《二妙集》十三卷、《策海正传》十二卷。批选《周汉文》十二卷、批选《史记》十二卷、批选《汉书》四卷（佚），《汉书揭要》一卷、《六家文略》十二卷（存）。
② 由于四库馆臣对评点的轻视，在抄录这些书的时候，将批点符号与评语全部省去，因而《四库全书》所收录的此类书皆无评点与评语。

考有关的文体。在一百零二篇文章中，以"三苏"之文最多。

《唐荆川批点文章正宗》，二十四卷，复旦大学图书馆藏明杨员寿"归仁斋"嘉靖辛酉年（1561）刻本。杨守敬在《日本访书志补》言及此书：

> 此本不记刊行年月，望其字体，盖即在嘉、隆间，亦无荆川序跋。每卷第二行题"荆川唐顺之批点"，中缝亦题"唐荆川批点《文章正宗》。"目录每篇上或作"○"，或作"、"，或作直竖，或并"○""、"无之。书中每篇题上或著一、二字，如第一卷第一篇批"转折"二字，第二篇批一"转"字，第三、四篇批一"直"字。栏外眉上间批数字。文中着圈点处甚少，皆批却导窍，要言不烦。明代书估好假托名人批评以射利（闵齐伋所刊朱墨本，大抵多伪托）此则的出荆川手笔，故阎百诗《潜邱札记》极称之。迩来学文者喜读古文家绪论，纷纷刻《归方评点史记》，独此书流传甚少，惟明刻，固当珍惜之矣。

> 所圈点至二十二卷止。其二十三卷后诗歌，则无一字之评。荆川本以古文名世，故只论文笔，而韵语非所长，遂不置一辞。然则视今人之强不知以为知者，天壤间矣。①

最能代表唐顺之古文批点成就的是《文编》。《文编》卷帙浩繁，共六十四卷，选文上起《左》《国》，下至南宋时文，共收文一千二百余篇。焦竑曾曰："毗陵唐应德先生，以文学主盟区宇，所贯穿驰骋于古今群籍，靡所不该洽。其归自词林，授徒荆溪者垂二十年，尝欲由制艺而引之古也，则取《文章正宗》《唐宋名家策论》批评之，即句栉字比，间于作者，往往洞朗关窍，若面相质不啻也。最后《文编》出，具诸体闳臣之观，又非二书埒矣。"② 由此可知，《文编》实乃唐顺之古文评点集大成之作。

---

① 杨守敬撰，王重民辑《日本访书志补》，《续修四库全书》930 册，上海古籍出版社，2002，第 762~763 页。复旦大学藏本与杨先生所述完全一致。
② 焦竑：《批点崇正文选序》，（明）施策辑《批点崇正文选》，浙江图书馆藏万历四十二年（1614）刻本。

（二）《文编》的版本概述

《文编》现存两种版本，上海图书馆均有藏。一是胡帛刻本，一是陈元素的重订本。① 关于这两种本子，《四库全书总目提要》言及：

> 阎若璩《潜邱札记》有《与戴唐器书》，述宋实颖之言曰，荆川才大如海，评书有详有略，惟《文编》出陈元素者，非其原本。又称两本舍下俱有，他日呈寄，自知之云云。今世所行惟此一本，其为原本、陈本，不复可考，要其大旨固皆出于顺之也。②

上海图书馆所藏两种版本应是此提要里所记载的宋实颖家里所藏的两种本子，四库馆臣应是没有见到胡本，因此《四库全书》所用的底本选择了陈元素之重订本。③《四库全书》本虽选择了陈本为底本，但只保留了唐顺之的《文编序》，没有保留陈元素的"重订唐荆川先生文编题辞"。三种版本从编排体例、所选文章篇目、批点方式到批语，都存在差异，在这里略作比较和说明。

---

① 上海图书馆藏嘉靖三十五年（1556）胡帛刻本《文编》六十四卷，三十八册。每半页十行，行字二十，白口，无鱼尾，四周单边。前有署"嘉靖丙辰（1556）夏五月既望武进唐顺之应德甫"所写的《文编序》，首页题下标"荆川武进唐之应德批，门人丹阳姜宝廷善编次，知福州府垫江胡帛子行校刊"。又有明天启元年（1621）陈元素重订本，六十四卷，二十四册。每单页十行，行字二十一，四周单边，白口，无鱼尾。书首亦有《文编序》，后又增吴郡陈元素于天启元年写的"重订唐荆川先生文编题辞"，首页题下有"武进唐顺之应德甫选，后学长洲陈元素订"。王重民先生的《中国善本书提要》对两种本均有收录，并对书有简明的介绍。（王重民撰《中国善本书提要》，上海古籍出版社，1983，第444页）这里可以补充一点：王先生在介绍美国国会图书馆所藏胡帛刻本时，最后有"督□闽县学训导陈桐重校"，可能原书缺一字，王先生用□来代替。今上海图书馆胡帛本恰好保留此字，按此框处字应是"工"字。

② 《四库全书总目提要》集部"总集类"，《〈文编〉提要》。

③ 四库馆臣在对陈本进行介绍时，有个小失误。《四库全书总目提要》言："陈元素序称以真德秀《文章正宗》为稿本，然德秀书主于论理，而此书主于论文，宗旨迥异，元素说似未确也。"细看陈元素题词，其原文是："李愚公曰，宏甫之有《藏书》，以《左编》为之稿也；应德之有《文编》，以《正宗》为之稿也。修饰易，草创难，然《左编》之局面，似不可废《藏书》之手眼，《正宗》之裁割，宁能敌兹编之大观？青出于蓝，冰生于水，其然，其然！"从中可知，认为《文编》是以《文章正宗》为稿本的人不是陈元素，而是李愚公。并且陈元素认为："《正宗》之裁割，宁能敌兹编之大观？"他明显是不认同这种看法的，四库馆臣冤枉了陈元素。

在编排体例上，三种本子基本相同。最大的不同是序言后的"文编总目"。胡本"文编总目"只有卷数以及每卷所收之文体类型，没有此卷所收的具体文章名称。如"卷之一　制策""卷之二　对"。陈本"文编总目"则将卷数、每卷所收文体以及所收的具体文章名称一一列出。可能是由于《文编》的卷帙浩繁，如果像胡本那样，查找起来颇不方便，因此增加这样一个详细的"总目"以便于翻阅。而《四库全书》本则将陈本的"文编总目"改为"文编目录"，同样只有卷数以及每卷所收的文体类型，并没有具体文章的名称。

在批点方式上，胡本的批点方式显得更为丰富，其有圈"○"、点"、"、抹"｜"（分为长抹和短抹）、"[]"、截"—"；而陈元素本则主要是字旁小点"、"、小圈"○"两种，同时偶尔会有截"—"，没有抹；《四库全书》本则完全略掉所有的批点符号。

从其所录之批语方面看，陈元素本要比胡帛本更多。旁批和文章题目上下简单的评语，二本基本相同。但在尾评方面，陈本增加了一些胡本所没有的内容。如该书第一篇文章是董仲舒的《对贤良策一》，两本在题下都有"暗对"二字，而陈本又有尾评："汉武意以法古无补，而董子专称任德更化，此学术醇固处。"胡本则无。又如董仲舒的《对贤良策二》，陈本有尾评："设诚致行，中武帝之病。兴学一议，得用贤根本。"《对贤良策三》，陈本后有："法天法古，是一篇大意，脉络井然。"又有对此三篇的总评："三问文采苍劲，似对者无以胜。"这些都是胡本所没有的。《四库全书》本全部省略了所有评语。

从所选文章篇目来看，陈本明显少于胡本。笔者对照前五卷，发现胡本卷二有萧望之《雨雹对》《复对》《伐匈奴对》、杜邺《上日食对》、孔光《日蚀对》、谷永《日食地震对》，卷四有冯唐《论魏尚》，贡禹《论赋箅铸钱及赎罪之弊》、王嘉《论应天之道》、谷永《论微行宴饮》、苏轼《代滕甫论西夏书》，卷五有王吉《谏昌邑王疏》《言得失疏》、翼奉《上徙都成周疏》、匡衡《上政治得失疏》《论治性正家疏》《戒妃匹劝经学疏》、薛宣《论阴阳不和疏》、谷永《上疏荐薛宣》《请赐谥郑宽中疏》、王嘉《荐公孙光等疏》、欧阳修《论水灾疏》、曾巩《熙宁转对疏》，均没有被陈本收录。《四库全书》本以陈本为底本，二者在所选文章篇目上完全相同。

综上所述，笔者同意《潜邱札记》里所记载的宋实颖的推断，陈元素本定非原本。陈本应是在胡本产生之后，陈元素对原本所选文章篇目进行了删减，且另加入了一些评语之作。其实从陈元素"重订唐荆川先生文编题辞"中的"重订"二字，也足以将此问题说得很明白。四库馆臣由于没有见到胡本，又为了防止露出马脚，便将篇首的"重订唐荆川先生文编题辞"删去以掩人耳目，姑且以"要其大旨固皆出于顺之也"来自圆其说。有鉴于此，本文在下面所论述的关于《文编》的所有问题，都将以胡本为依据。

（三）《文编》的编纂体例

《文编》所收录之文，上起先秦，下讫宋代，其编排体例跟明代很多文章总集一样，按照文体进行编纂。全书共分为制策、对、谏疏、论疏、疏、疏请、疏议、封事、表、奏、上书、说、札子、状、论、年表、论断、议、杂著、策、辞命、书、启状、序、记、神道碑、碑铭、墓志铭、墓表传、行状、祭文三十一种。纵观各体之下的文章，发现唐顺之对欧阳修和苏轼偏爱有加，二人的文章入选数目最多。如卷十五、卷十六、卷十七共选"札子"八十六篇，而欧阳修一人独占五十四篇。又如卷十八至卷二十入选"状"四十二篇，欧阳修二十一篇，苏轼十五篇，韩愈三篇，王安石一篇，苏辙二篇。在"论"中，苏轼一人独占鳌头，无人可比。从中不难看到，所谓的"唐宋派"其实更倾向于学习以欧阳修和苏轼为代表的宋代古文。

《文编》编纂文章的次第，看似杂乱无章，细细揣摩，仍有章可循。其大要有以下几种方式。

一种是在大的文体之下，或根据其内容，或根据其风格，再分为许多小的类别。如卷四十五"辞命"下收录的大部分都是《左传》和《国语》中的文章，《左传·齐国佐对晋人》《左传·王孙圉对赵简子》题下皆有"段"字；《左传·郑子家告赵宣子》《左传·晋侯使吕相绝秦》《国语·敬姜论劳逸》《国语·邮无正论垒培》题下均有"叙事"；《左传·鲁展喜犒齐师》《左传·定王使王孙满劳楚子》《左传·定王辞巩朔献齐捷》《左传·戎子驹支对范宣子》题下均有"直"字。如此这样，在同一文体之下，又根据其各自的特点，或"段"，或"叙事"，或"直"，将之编排。

此种编排反映出，在唐顺之看来，同一文体的文章不仅可以采用不同的笔法，而且还能形成多种互异的风格。

二种是将同一文体下的文章，根据其风格的差异进行对比，从而让我们领略不同作家的行文特点和艺术面貌。如第四十六卷"书"类，首先入选了欧阳修的《与高司谏书》《上杜中丞论举官书》，正如批语"贯珠"所表明的，两篇文章的共同特点是畅通连贯，接续自然。后选王安石的《上田正言书》，此书与欧书相比有着不同的特点，"欧公《上范司谏书》婉而切；荆公《上田正言书》直而劲"。接着再选曾巩的《上蔡学士书》《上欧蔡书》，分别点评为"平正"和"叙论纡徐有味"。这样欧阳修、王安石、曾巩不同风格和艺术风貌之文在对比中得到了更加鲜明的体现。

三种是将同一文体的文章，或根据时代顺序，或根据文体自身的变迁发展来进行编次。如卷二十一至卷三十二选录的"论"，基本上是按照《左传》《国语》《战国策》、先秦诸子、韩愈、欧阳修、王安石以及"三苏"这样的顺序来编排的；又如卷三十七"杂著"类依次选录了东方朔的《答客难》、班固的《答宾戏》、枚乘的《七发》、扬雄的《解嘲》、韩愈的《进学解》、柳宗元的《晋问》六篇文章，其中皆贯穿着编者很强的史的观念。从某种意义上讲，可以将《文编》作为一部先秦至宋代的古文作品选和文学史来看待。

（四）《文编》的评点方法与特色

《文编》主要是唐顺之为宣扬自己的文法观念而作的。其在书首序言中言：

> 然则不能无文，而文不能无法。是编者，文之工匠而法之至也。圣人以神明而达之于文，文士研精于文，以窥神明之奥。其窥之也，有偏有全，有小有大，有驳有醇，而皆有得也，而神明未尝不在焉。所谓法者，神明之变化也。《易》曰："刚柔交错，天文也；文明以止，人文也。"学者观之，可以知所谓法矣。

"法"是"神明之变化"，而所谓的"神明"应该类似于《文心雕龙》中"道沿圣而垂文，圣因文而明道"中的"道"，是形而上的；而"法"

是形而下的。"神明"不可以用一种直接的方式来显现，便通过"文"和"法"来使自己得到彰显。因而在唐顺之看来，凡"文"必有"法"，"法"与"文"共同构成一个统一不可分割的整体，凡是不讲"法"的"文"，不是真正的"文"。"神明"通过"法"而表现成"文"，学者通过对历代"文"的探究，直接获得蕴藏于其中的"法"，最终达到探求"神明之奥"的目的。《文编》一书实乃唐顺之为世人指明文法的工具。书中唐顺之通过点和评来阐述其所谓的"文法"，兹就此两方面稍做探讨。

明代的徐师曾的《文体明辨》卷首载有"大明唐顺之批点法"①：

长圈：○○○○○○○	精华
短圈：○○	字眼
长点：丶丶丶丶丶丶丶	精华
短点：丶丶	字眼
长虚抹：▯	敝
短虚抹：▯	故事
抹：｜	处置
撇：｜	转换
截：—	分段

《唐会元精选批点唐宋名贤策论文粹》前亦有"凡例"②：

○○○○○○○○	精华
丶丶丶丶丶丶丶丶	精华
○○　丶丶	止一二字者是字眼
▯	敝
｜	处置

---

① （明）徐师曾：《文体明辨》，《四库存目丛书》集部第310册，齐鲁书社，1997，第372页。
② 见国家图书馆藏明嘉靖乙酉年（1525）刻本。

〇　　　　　　故事
｜　　　　短抹　转调
一　　　　截　分段

对比上述二者，其形式和所表达的意义基本一致，可知唐顺之的批点法在当时已经相当盛行。今纵观《文编》胡帛刻本，并对照上面之批点符号可知，两者基本相符合。胡帛刻本中运用的批点符号主要有长抹、短抹、长点、短点、短虚抹、截六种，长圈和短圈偶尔有之。其中使用最多的是长抹，按上说法，长抹表示"处置"，应是用其标出文中的主题句以及带有结论性、总结性的语句。董仲舒的《对贤良策二》中的"愿陛下因用所闻，设诚于内而致行之，则三王何异哉"和"今以一郡一国之众对亡应书者，是王道往往而绝也"，句旁画有长抹。短抹对应上说是"撤"，表示"转换"，对照此书也是适用的。"撤"经常用于句子开头数字，其与吕祖谦《古文关键》中将短抹与截合用是一致的。如董仲舒《对贤良策一》开头"陛下发德音，下明诏，求天命与情性，皆非愚臣之所能及也。臣谨案……"中，"臣谨案"三字旁画短抹。"虽使舜禹复生为陛下计，亡以易此。夫树国固必相……"中，"亡以易此"后画截，"夫树国"三字画短抹。短虚抹按上说法应是"故事"，大约相当于今天所说的用典以及征引古例，如卷一董仲舒《对贤良策一》"臣谨按，春秋之中"，"春秋"二字旁有短虚抹；东方朔《化民有道对》中的"孝文皇帝"旁有短虚抹；冯唐《论魏尚》第一句话中的"上古"二字，以及贡禹《论赋箅铸钱及赎罪之弊》中的"古民"二字，字旁皆画短虚抹。至于长圈、短圈、长点、短点如上所言是一篇文章的精华或字眼，就不再繁录。

总的来看，唐顺之的批点方式是相当丰富的，既继承和综合了所谓的"古法"，又有所创新和发展。在评点发展初期南宋的几种古文选本中，吕祖谦的《古文关键》、楼昉《崇古文诀》，其批点皆以抹和截为主，到了谢枋得的《文章轨范》，圈和点才开始成为主角。唐顺之将其综而合之，并在此基础上又引入了"撇"和"故事"。尤其是"撇"的使用，说明唐顺之是本着实事求是的态度来评骘文章高低的，对于其中的瑕疵或是败笔要揭示出来，以警示初学者。虽然在《文编》中很少发现"撇"的使用，但至少说明唐顺之是坚守这样的原则的，因此，他也并不像后人所诟病的评点者，胸无点墨、胡乱批抹、满纸赞语。

再从评的角度来看，唐顺之评语的一个总的特点是简洁，着墨不多，却能切中肯綮，蕴含着丰富的内容，需要读者仔细体会和琢磨。其对文章的品评主要是通过首批、旁批、尾评三种方式来进行的。

首批一般在是文章题目上下用数字点出此文的文体特征、结构特色、运用的主要笔法以及艺术特色等。其中"某某格"一词，最为常见。所谓的"格"含义比较宽泛，一般来讲是指文章行文风格、结构特点，以及主要运用的创作笔法等。吕祖谦《古文关键》就曾多次用"某某格"来对文章进行品评。如其对韩愈《争臣论》的首批是"意胜反题格"，对韩愈《答陈商书》首批是"设譬格"，对苏洵《春秋说下》首批是"此一篇是反题格，与韩文《谏臣论》①相类"。《文编》此种品评方法应是对其的发扬。此种方法多用来品评序和记这两种叙述文体。如欧阳修的《帝王世次图序》题下有"辨证格"，曾巩《太祖皇帝总序》题下有"类事格"，苏辙《民赋序》题下有"发题格"，等等。日本人川西潜在《文编》的基础上编成《唐宋八大家文格》一书，收录了"譬喻格、借客格、借客显主格、牵合格、不照应格、互举格、两股格、分段格、片段格、抑扬格、开阖格、累棋格、贯珠格、尚奇格、古今格、入细格、脱卸格"等七十余种文格。除"文格"说之外，唐顺之还经常在首批的位置上用数字概括出此文的艺术风格和主要内容，或是写作手法。如欧阳修《端明殿学士蔡公墓志铭》题上有"平正"二字，王安石《内翰沈公墓志铭》题上标一"雅"字，是对其艺术风格的归纳；苏轼《应制举上两制书》首批"论政"，柳宗元《答周巢书》首批"论仙"，韩愈《答李翊书》首批"论文"，是对文章主要内容的概括；贡禹《论节俭》首批"质而不俚"，柳宗元《与崔连州论石钟乳书》首批"博喻"，苏轼《答刘沔书》首批"散论"，则是对其写作手法的总结。

旁批主要是点明文章主题句和行文过程中的起承、转合、缴束，有时也对关键性语句的含义进行简要的阐发。如苏洵《武王论》中"杀其父，

---

① 应为《争臣论》。

封其子，其子非人也"，旁批："接得无一些痕迹。"苏轼《韩非论》中"不足以为不仁，而不仁亦不足以乱天下"，旁批："借此一翻，便是深文手段。"苏轼《盖公堂记》中"盖公为言治道贵清净而民自定"，旁批："主意。"韩愈《原毁》中"舜大圣人也，后世无及焉；周公大圣人也，后世无及焉"，旁批："只转说一遍，更见精神。"韩愈《送文畅师序》中"民之初生，固若禽兽……"旁批："此文一直说下，而前后照应在其中。"诸如此类，不胜枚举。

尾评中，唐顺之除了对文章整体的结构、大意进行总结外，还特别重视用发展的眼光和比较的方法来探讨某一文体的源流、正变、承袭等。其中，从纵的方面探讨某一类文的发展脉络，从横的方面将同一文体下的不同作家的不同作品或同一作家的不同风格的作品进行比较。如柳宗元《桐叶封弟辩》有尾评云："此篇与《守原议》《封建论》三篇，所谓大篇短章，各极其妙。"苏洵的《上富丞相书》有尾评曰："此文各自为片段，正与东坡文体不同，老泉之文，大抵如此。"唐顺之对文中的段、项、节也十分重视，如曾巩《抚州颜鲁公祠堂记》有尾评云："此文三段，第一段叙事，第二段议论，第三段叙立祠之事。叙事议论处皆以捍贼、忤奸分作两项，而混成一片。绝无痕迹，此是可法处。欧公《王彦章记》[①]亦以忠节、善战分作两项而不见痕迹。又曰：王彦章之忠则略之，而独言其善出守；颜鲁公之捍贼则略之，而独言其忤奸而不悔，此是文之微显阐幽处。"此外，唐顺之在墓志铭这类文末，反复使用几个单字来对文章内容和笔法进行总结，颇耐人寻味。如韩愈《唐故河南令张君墓志铭》尾评云"正、片、实、简"；柳宗元《故襄阳丞赵君墓志铭》尾评为"正、实、整、散、文、片"；欧阳修《太子太师致仕杜祁公墓志铭》尾评曰"变、实、文、贯、简、整、总"。此种品评方法，应为唐顺之所独创，其所表达的内涵颇为模糊，需要读者反复对文章进行品味和咀嚼，才能领略其中之真谛。

唐顺之《文编》共选文一千四百二十篇，其中韩文一百五十四篇。疏议二篇，表一篇，状三篇，论三篇，议二篇，杂著十四篇，书三十八篇，序三十篇，记四篇，神道碑六篇，碑铭九篇，墓志铭二十四篇，墓表、行

---

① 应为《王彦章画像记》。

传五篇，行状、祭文十三篇。从中不难看出在唐顺之的眼中，书，序，墓志铭，碑铭，墓表、行传这几类文体最能体现韩愈古文之造诣，因此入选数量最多。从韩文接受史的角度来看，韩愈的序与书的艺术价值是较早被人所发现的。早在宋时，《古文关键》《文髓》《文章轨范》等选本在评选韩文时就都以书、序两类文体为主。《崇古文诀》在宋代较早发现韩愈墓志铭的价值，而《文章正宗》继承了此传统，在"叙事"类文章中选入了韩愈大量的墓志铭。此后元代的潘昂霄《金石例》卷六至卷八"韩文公铭志括例"，总结了韩愈墓志铭的各种式、体和例，将其作为后世志、铭创作的程式和模板，韩愈墓志铭的典范地位最终便被确立下来。而唐顺之则在明代较早从古文角度发现了韩愈墓志铭的价值。

唐顺之批点的一个最重要的特点便是简明扼要，且其所评多是关于古文文法的点明，而直接评论韩愈的文字非常少，现只能根据其只言片语探其大概。

在通信条件十分落后的古代，书这种文体成为人们交流、沟通最主要的载体。韩愈于书中经常表达三方面的内容。一是探讨文章的做法，如《答李翊书》《答陈商书》《答刘正夫书》三篇，唐顺之都首批曰"论文"。这从一个侧面反映出韩愈自身的文章造诣和其在当时文坛的地位。二是"求"，韩愈才高而位卑，不通世故，却喜奖掖后进，所"求"之书自然就不少。《后十九日复上书》批"求请"，《应科目时与人书》批"求荐"，《与于襄阳书》批"求通"，这些书都是韩愈向身居要位的宰相和重臣，或举荐自己和有才之士，希得到赏识和提拔，或希望上下级关系能够和睦融洽。三是"叙"，如《与崔群书》《与孟东野书》批"叙情"，《答崔立之书》《与李翱书》《上兵部李侍郎书》批"自叙"。在这些书中，韩愈多是向李翱、皇甫湜、孟郊等人抒发自己的怀才不遇之情与满腔孤愤之感。韩愈书体文最主要的特点便是"直"。唐顺之对《与袁相公书》《答吕医山人书》《代张籍与李浙东书》《与孟东野书》《与李翱书》五篇，都首批一"直"字。这里的"直"，有两层含义。一是指文之连贯通畅，一气流转，不去刻意谋划，文中没有太多的承递波澜和顿挫曲折，因此这几篇文章中很少使用表示起承转合的批点符号。另一层含义便是指韩愈在文中直露心意，将自己之想法或情感和盘托出，没有隐晦和隐藏。这表明韩愈对知己朋友,能够以诚相待,因此在书信中将自己的满腔真情任意挥洒,成一篇篇绝妙文字。此外,韩愈还有一些书,虽有段落与层次,却能一气贯注、浑融一体。如评《重答张籍书》云"本是三节文字而活动不羁",《答李翊书》尾评云"累累然如贯珠,其此文之谓乎",此亦是韩愈的情真所致。

唐顺之评点序这种文体时,经常用"某某格"一词。所谓的"格"大意是指法式、标准,"文格"即为文的规范和法式。《文编》共选韩愈三十篇序,有"立题格""借客格""古今格""反题格""贯珠格""叙事格""分段格""相形格""牵和格""抑扬格""尚奇格""脱空格""闲说格"十三种文格,这表明韩愈所作之序,不拘一格,采用多种笔法。唐顺之评点韩愈的序文,首先指出"奇"的特色。《韦侍讲盛山十二诗序》中"若筑河堤以障屋溜其容而消之也;若水之于海,冰之于夏日,其玩而忘之以文辞也;若奏金石以破蟋蟀之鸣、虫飞之声",旁批:"奇语。"《送文畅师序》中"今浮屠者,孰为而孰传之邪",旁批:"奇思。"《送杨少尹序》首批:"叙得奇。"《送齐皞下第序》中"吾用是知齐生后日诚良有司也,能复古者也,公无私者也,知命不惑者也",旁批:"结得奇。"《送王(含)秀才序》首批:"立意奇,尚奇格。"这表明韩愈的"序"文,不落窠臼,推陈出新,因而往往以"奇"制胜。此外,唐顺之还经常点出韩愈"序"文中所表现出高超的叙述技巧。《赠张童子序》中"天下之以明二经举于礼部者,岁至三千人……"旁批:"只是科举常事,而叙得何等顿挫。"《送文畅师序》中"可以与之游乎?扬子云称:在门墙则麾之",旁批:"开阖圆转,真如走盘之珠。"《送杨少尹序》中"其乡世常说,古今人不相及。今杨与二疏,其意岂异也",旁批:"前后照应,而错综变化不可言。"

对于韩愈的墓志铭、墓碑等文,唐顺之的批评主要是对叙述手法的关注。南宋真德秀的《文章正宗》从文体角度将文划分为辞命、议论、叙事、诗歌四类,而墓志铭、墓碑等文便被划分为叙事类文体。唐顺之的《文编》受到了《文章正宗》影响,因此在其评点此类文时十分重视叙述方式。《唐故相权公墓志铭》首批:"平叙多用虚说。"《曹成王碑》首批:"直叙。"这里所谓的"平叙""直叙"应大体相当于今天所谓的"顺叙",

即按照人物的生平或事件的发展顺叙。《赠太尉许国公神道碑铭》中"后汴之南则蔡,北则郓,二寇患公居间,为己不利……"旁批:"抽。"后唐顺之在批点《文章正宗》时将此批语进一步详解为:"此段宜在诛吴元济、李师道之间,乃抽出说。"《曹成王碑》中"绍爵三年,而河南北兵作,天下震扰,王奉母太妃逃祸民伍,得间走蜀从天子。天子念之,自都水使者拜左领军卫将军,转贰国子、秘书。王生十年,而失先王,哭泣哀悲,吊客不忍闻……"《旁批》:"追。"所谓的"追",即是追叙的意思。该文先述曹成王伴母逃亡,后又回追叙其十岁时事。无论"抽"还是"追",都大致相当于今天所说的"插叙"。《故江南西道观察使赠左散骑常侍太原王公墓志铭》首批:"倒格。"后又有尾评:"此篇叙事不依次序,乃倒转说。"此即今天所说的"倒叙"。除了叙事方式外,唐顺之对叙述的详略、繁简、虚实也十分看重。《太尉文正王公神道碑铭(并序)》,铭文之前首批云:"只叙作相时事,余官不叙一事","是时契丹初请盟,赵德明亦纳誓约,愿守河西故地……"旁批:"繁。"《曹成王碑》于铭词批云:"叙略者,详之于铭。"《唐故国子司业窦公墓志铭》中"后佐留守司徒余庆,历六府五公,文武细粗不同,自始及终,于公无所悔望,有彼此言者……卒莫与公有怨嫌者",旁批:"用虚语精神。"《清河郡公房公墓碣铭》批:"变。全虚,无一事实。"后又有尾评:"此篇与胡珦文体同,而虚实全别。"从笔法上讲,韩愈的墓志铭对古法有所学习和借鉴,如《曹成王碑》首评云:"直叙。太史公文。叙事处亦暗仿太史公。"《赠太傅董公行状》首评:"此文叙事全是学左氏。"但韩愈更多的是求新求变而自成一格。如《襄阳卢丞墓志铭》后总评:"变。一篇俱是求文者自言,更不书一事。"《唐故河南府王屋县尉毕君墓志铭》首批:"详叙世次,亦一格。"《孔司勋墓志铭》首批:"通篇只叙诤卢从史一事。"这说明韩愈之墓志文既能采纳古法而又自成一家。宋代欧阳修、王安石等人在墓志文中对韩愈所开创的笔法多有借鉴。《唐故国子司业窦公墓志铭》首批:"前叙历官,后叙事行,欧公、荆公多用此体。"《贞曜先生墓志铭》首批:"序一事。奇语。欧公《梅圣俞志》用此格。"

方苞曾断言:"以古文为时文,自唐荆川始。"如果再从评点的角度来讲,明代以时文法批古文,也应追溯到唐顺之。唐顺之的古文评点,既继承了宋元以来古文评点之古法，同时又紧贴时文之需要，对整个明代的古文评点都有着重要的影响，因而理应在古文评点史上占有重要一席。

第三节 "昌黎本色"："险涩"与"生割"：茅坤评韩文

关于茅坤《唐宋八大家文钞》的版本问题，付琼先生的《唐宋八大家选本在明清时期的衍生和流行》①、梅蓝予《茅坤〈唐宋八大家文钞〉渊源与流传考论》② 均有论述。按二文之见，《唐宋八大家文钞》的前身是茅坤为其家族子弟温习举业而为的课本，因而编选之初衷是"为操觚者之券"。该书首由茅坤之侄茅一桂于万历七年（1579）付梓于杭州，此本即为"茅一桂刻本"。但茅一桂刻本存在诸多弊端，因此问世后多次修补。崇祯元年（1628），时任山东学政的方应祥有感于齐鲁大地"结天地中之粹之气，孔子于此删经，为万世文字祖爰"，与闻启祥于杭州小筑社重新刊印。三年后，即崇祯四年（1631），茅坤之孙茅著与其舅父顾毓醇重新考校，由苏州金阊拥万堂刊印。茅著刻本晚出，又集前版之校刊成果，因而成为后世影响最大的本子。

茅坤《唐宋八大家文钞》面世后，风靡天下，家传户诵，随后便出现多种以"八大家"命名的古文选本。清初的诸多学者对"八大家"成书的源流进行了探讨，并对茅坤编纂《唐宋八大家文钞》的说法提出了疑问。今所知最早对此质疑的是黄宗羲，其在《答张尔公论茅鹿门批评八家书》中言："鹿门八家之选，其旨大略本之荆川、道思，然其圈点、勾抹多不得要领。故有腠理脉络处不标出，而圈点漫施之字句之间者，与世俗差强不远。"③ 后朱彝尊又对此种说法进行了补充和说明，其《静志居诗话》"茅坤"条目下云：

---

① 付琼：《唐宋八大家选本在明清时期的衍生和流行》，《中国社会科学院研究生院学报》2008年第4期。
② 梅蓝予：《茅坤〈唐宋八大家文钞〉渊源与流传考论》，硕士学位论文，复旦大学，2010。
③ 黄宗羲：《南雷文定·前集》卷三，《续修四库全书》第1397册，上海古籍出版社，2002，第283页。

世传"唐宋八大家"之目系鹿门茅氏所定,非也。临海朱伯贤定之于前矣。彼云"六家者",合"三苏"为一尔。今《文钞》本大约出于王道思、唐应德所甄录。茅氏饶于赀,遂开雕以行。即其评语称"关壮缪"为"关寿亭",不亦刺谬甚与?文既卑卑,诗亦庸钝。观其酬酢,多医卜、星相之流,知非意所存也。①

"临海朱伯贤"即明初朱右,字伯贤,编有《唐宋六家文衡》,此书已佚。②朱彝尊首次明确地指出"八家"之目并不始于茅坤,并且进一步认定《唐宋八大家文钞》应是王慎中、唐顺之所选,茅坤只是富于财资,将之付梓公之于世而已。

稍后清代著名学者李绂也秉承此说:

垂示所阅欧阳公文,乃坊间茅鹿门选本,此不足以论欧阳公文字也。有明嘉靖初,王遵严、唐荆川诵法欧、曾,录唐宋六家文,以"三苏"为一家,未及板行而二君没。鹿门颇饶于赀,因其所录,刻为《八家文钞》。嘉靖以后,士人为王、李辈所惑,薄唐宋以后文为不足学,古文中绝无能窥寻欧、曾文律者,故茅选虽陋,得流传至今。③

朱彝尊与李绂虽对此事言之凿凿,深信不疑,但皆未讲明其根据何在。今天能见到的还是唐顺之所辑《六家文略》一书,清华大学图书馆藏明万历三十年(1602)蔡望卿刻本。此所谓的"六家"仍延续了朱右的说法,将"三苏"合为一家,实乃"八家"。书前依次有署"泾里顾宪成题"的"六大家文略",署"时嘉靖癸亥(1563)冬十月六日门人无锡蔡

---

① (清)朱彝尊:《静志居诗话》,人民文学出版社,2006,第349页。
② 朱右《白云稿》卷五中收有《新编六先生文集序》一文。又,明初贝琼《清江文集》卷二十八有其为朱右《唐宋六家文衡》所作之序文。二文所言之书应是同一书。具体可参考高津孝《论唐宋八大家的成立》一文,王水照等编《首届宋代文学国际研讨会论文集》,复旦大学出版社,2001,第695~708页。
③ (清)李绂:《穆堂别稿》卷三十六,《续修四库全书》第1422册,上海古籍出版社,2002,第529页。

瀛书于陈司徒庙友山道房"的《辑六家文略引》，以及署"时万历壬寅（1602）孟春蔡望卿谨撰"的《镌六家文略引》。蔡瀛之此引言：

> 《六家文略》者，吾先师子唐子荆川公之所纂也。公于六经、子、史，既贯彻无余，乃独取韩、欧诸名家所作，纂为六大家文，以定万世作古文者之准矣。犹虑其浩繁，而初学之士或有兴望洋之叹者，复纂其略焉，使人因略以致详，得简易之途以入，而渐不觉其烦且杂，古之所谓循循善诱也。公之嘉惠后学之意勤矣。瀛既得其纂次题目，退而割裂诸文，依次辑之，缺者录之。始从事而病作焉，凡十三年而病愈，乃复搜其故所辑者完之。

据此可知，此书乃蔡瀛拜学唐顺之门下时，"得其纂次题目，退而割裂诸文，依次辑之，缺者录之"。因此全书之编排体例、选定具体的文章篇目，即所谓的"纂次"应是唐顺之所为，而蔡瀛只是依此"纂次题目"，前后共经历十三年时间编纂而成，后由其子蔡望卿将之付梓。按蔡瀛《辑六家文略引》最后所署的时间是"嘉靖癸亥（1563）"，并且蔡瀛还花费了十三年时间编纂此书，可知唐顺之辑成此书最晚于1550年。这比初刻于万历七年（1579）的《唐宋八大家文钞》的确早了很多。《六家文略》全书十二卷，按文体编次，分书、序、记、志、铭、表、论、策八类文体。每一类文体之下，又收"八家"文若干篇，既无批点亦无评语。其与《唐宋八大家文钞》按家分编，每一家都可以独立成集的方式实有较大差距。诚如高津孝先生所言，《六家文略》只是表明"在这个阶段，唐宋八大家已经成立"，其对《唐宋八大家文钞》的影响似乎并不十分显著。

就现有材料来看，直接影响茅坤《唐宋八大家文钞》编纂的不是《六家文略》，而是《文编》。一个最有力的证据是《唐宋八大家文钞》中于文后所征引的"唐荆川曰"的评语，都出自《文编》。韩愈《答李翊书》，《唐宋八大家文钞》于文后有："唐荆川曰：此文当看抑扬转换处，累累然如贯珠。其此文之谓乎！"柳宗元《与韩愈论史官书》文后有："唐荆川曰：提其原书，辨处有显有晦，错综成文。"欧阳修《太子太师致仕杜祁公墓志铭》文后有："唐荆川曰：此文之密岂班孟坚下哉！"上述评语均见于《文编》文后评。可知茅坤在编纂《唐宋八大家文钞》过程中,对《文编》中评语多有采纳。但正如四库馆臣所言,茅坤对此是"实未讳所自来"①,《唐宋八大家文钞》"凡例"第五则言:"凡录批评,特据予所见而已。古之吕东莱、楼迂斋、谢枋得而下多不录。以其行于世已久,而学士大夫无不知之者。独近唐荆川、王遵严二公所传,世未必知之。故唐以〇、王以△各标于上,以见两公之用心读书处。"今笔者察看了上海图书馆藏万历七年茅一桂刻本,即《唐宋八大家文钞》的初刻本,发现茅坤此申明其实并未在书中得到具体落实。茅一桂刻本,文中虽多可见"〇",但未必表明此是唐顺之所圈点。因为"凡例"第四则还言:"凡文之佳处,首圆圈〇,次则尖圈'◌',又次则旁点……"文中随处可见之圈,应是表示"文之佳处"的,而非表明其为唐顺之所为。至于"△",笔者在书中就根本没有发现。这样看来,想在文中严格区分哪些为唐顺之所圈,哪些是王慎中所点,哪些又归茅坤所画,根本不现实。将《唐宋八大家文钞》与《文编》相比,还会发现《唐宋八大家文钞》中许多文章中的旁批其实也来自《文编》。对于这些旁批,《唐宋八大家文钞》并没明确指出"唐顺之曰"。笔者将二书所选韩文进行了简单的对比,发现有数十处。现列举数处,可窥见一斑:

《贺徐州张仆射白兔状》:《文编》首批"似终军《白麟奇木对》";《唐宋八大家文钞》则于本篇首批"类终军《白麟奇木对》"。

《张中丞传后叙》:"当二公之初守也,宁能知人之卒不救,弃城而逆遁……"《文编》批:"当时必有讥二公当去之大郡而守之,不当守睢阳小邑以自困者。"《唐宋八大家文钞》同。

---

① 《四库全书总目提要》云:"《唐宋八大家文钞》一百六十四卷,明茅坤编。坤有《徐海本末》已著录。世传'唐宋八家'之目肇始于是集,考明初朱右已采录韩、柳、欧阳、曾、王、'三苏'之作为八先生文集,坤盖有所本也。然右书今不存,惟坤此集为世所传习。凡韩愈文十六卷,柳宗元文十二卷,欧阳修文三十二卷,附《五代史钞》二十卷,王安石文十六卷,曾巩文十卷,苏洵文十卷,苏轼文二十八卷,苏辙文二十卷。每家各为之引。说者谓其书本出唐顺之,坤据其稿本刊板以行,攘为己作,如郭象之于向秀。然坤所作'序例'明言以顺之及王慎中评语标入,实未讳所自来,则称为'盗袭'者诬矣。"

《赠崔复州序》："……苟有不得其所，能自直于乡里之吏者鲜矣，况能自辨于县吏乎；能自辨于县吏者鲜矣，况能自辨于刺史之庭乎……"《文编》旁批："两段只似一段，此文之妙处。"《唐宋八大家文钞》同。

《衢州徐偃王庙碑》："图像之威，黑昧就灭。藩拔级夷，庭木秃甄"，《文编》批"昌黎公至意平处，便想造奇语"；《唐宋八大家文钞》同。对此篇之铭，《文编》批"铭亦奇绝"；《唐宋八大家文钞》同。

《曹成王碑》："王生十年，而失先王……"《文编》批"追"；《唐宋八大家文钞》同。"标光之北山，踣隋光化，捂其州，十抽一推……"《文编》批"叙事处亦暗仿太史公"；《唐宋八大家文钞》同。"乃序而诗之。辞曰：太支十三，曹于弟季……"《文编》批"叙略者，详之于铭"；《唐宋八大家文钞》同。"畏塞绝迁"，《文编》批"铭亦务奇语"；《唐宋八大家文钞》同。

《贞曜先生墓志铭》："先生生六七年，端序则见，长而愈骞，涵而揉之，内外完好……"《文编》批："奇语。欧公《梅圣俞志》用此格。"《唐宋八大家文钞》同。

如果再将《唐宋八大家文钞》与《文编》进行细致对校，还会发现二者对同一篇文章在圈点的使用、段落层次的划分方面，亦多有雷同。所以有人认为《唐宋八大家文钞》本出自唐顺之之手，也就可以理解了。① 当然这里也并不是说明茅坤是在有意"剿袭"《文编》，从其在"凡例"中所言可知，其对此确有交代。《唐宋八大家文钞》首先是由茅一桂付梓，其可能在镌刻此书过程中出于技术性缘故，无法如茅坤在"凡例"中所设

---

① 吕襄中在《晚邨精选八大家古文》的"凡例"中言："古文选本从花山马寒中借阅数十种，其用批点者在宋惟吕东莱之《关键》、楼迂斋之《崇古文绝》、谢叠山之《轨范》而已。近世如茅鹿门《文钞》勾勒点缀之法，略备相传。《文钞》本子出自荆川，故有渊源，但其中有甚纰缪为世所指摘者，或茅后人所为也。董载臣语余云，曾见荆川手批《文章正宗》，其中数篇与《文钞》看吻同，可证其说。然荆川《文编》，其评点反甚率略，不可晓，但其偶着一二语处，必中肯綮，为不可及。其他若孙月峰、锺伯敬之属，则竟是批时文腔子，古法尽亡矣。"《晚邨精选八大家古文》，《四库禁毁书丛刊》第94册，北京出版社，1997。

想的那样，明确区分唐、王、茅各自之批点，如两种圈"○"之间的区别。后来茅著在重刻《唐宋八大家文钞》中就言："原刻标批，唐以○，王以△，今恐易混，直出唐荆川、王遵严二先生字号，使读者一览可知，不烦再审。"他亦认识到此问题的存在，试图做某些修补和改善。

由此可见，茅坤编纂《唐宋八大家文钞》，从选文、圈点、批评都深受唐顺之《文编》影响。唐顺之由于具备深厚的古文学养，其评点十分简洁，这使初学古文的士子有点不明就里，很难理解评点的蕴意。正是有鉴于此，茅坤编纂《唐宋八大家文钞》对文章品评切实详尽，并使之体例清晰。由于具备实用性、普及性，《唐宋八大家文钞》才风行天下，从此世人只知《唐宋八大家文钞》而不言《文编》了。但也正是由于《唐宋八大家文钞》功用目的过于明确，从而招致清代学者的众多批评。

其实，茅坤的《唐宋八大家文钞》不仅对唐顺之《文编》多有借鉴，对前人评选诸书也有采纳，今从其对韩文所作之评方面再举数例。《送李愿归盘古序》，宋楼昉《崇古文诀》评云："一节是形容得意人，一节是形容闲居人，一节是形容奔走伺候人，却结在'人贤不肖何如也'一句上。终篇全举李愿说话，自说只数语，其实非李愿言此，又别是一格式。"《唐宋八大家文钞》首评云："通篇全举李愿说话，自说只数语，此又别是一格。而其造语形容处，则又铸六代之长技矣。"茅坤显然是借用了楼昉之评，并在此基础上稍加阐发。《后廿九日复上宰相书》中的"山林者，士之所独善自养而不忧天下者之所能安也。如有忧天下之心，则不能矣。故愈每自进而不知愧焉"，谢枋得《文章轨范》评云："此一段尤占地步，只一句结上自身，好笔力。"《唐宋八大家文钞》眉批云："占地位，只一句结上自身。"《殿中少监马君墓志》中"君讳继祖，司徒赠太师北平庄武王之孙……有男八人，女二人"，程端礼《昌黎文式》眉评云："家世、历官、寿年、子女，只六十五字。"《唐宋八大家文钞》眉批云："以上叙世家、历官、年寿、男女，只六十五字。"茅坤基本上是照搬了谢枋得、程端礼之评。《与崔群书》中"或以事同，或以艺取，或慕其一善，或以其久故，……或其人虽不皆入于善，而于己已厚，虽欲悔之不可"，林希元于《新刊批点古文类钞》中评云："看六个'或'字，见得生平有此六样，崔又在外。"《赠崔复州序》中"于公之贤，足以庸崔君。有刺史之荣，而无其难为者，将在于此乎"，林评云："前面两段意，只一句收拾而尽，最妙，结最闲雅。""连帅不以信，民就穷而敛愈急，吾见刺史之难为也"句，林评云："此句是一篇命脉。"这三处茅坤原原本本地抄录了林希元的评语。可见茅坤的《唐宋八大家文钞》对多种古文评选本都有所借鉴。

　　《唐宋八大家文钞》全书共一百六十四卷，其中韩愈文十六卷，柳宗元文十二卷，欧阳修文三十二卷（又附《五代史钞》二十卷），王安石文十六卷，曾巩文十卷，苏洵文十卷，苏轼文二十八卷，苏辙文二十卷。虽然茅坤将韩愈列为"唐宋八大家"之首，不过是按照唐宋时间的先后顺序来选收各大家之文所采用的编纂次第而已。如果完全从文章的造诣上说，在茅坤的心目中，韩愈定非"唐宋八大家"之首。全书所收录各大家的文章卷数，也能充分地说明此推论。茅坤年轻时信奉李梦阳、何景明等"前七子"的"文必秦汉"之说，对司马迁的《史记》更是顶礼膜拜，作文时"字而比之，句而亿之，苟一字一句不中其累黍之度，即惨侧悲凄也"。虽然茅坤后来在与唐顺之等人的交往、争论中，对秦汉古文与唐宋古文的态度与看法发生了改变，但司马迁及其《史记》在其心中的崇高地位仍然根深蒂固。《唐宋八大家文钞》中，茅坤基本上以对司马迁文风与笔法的模仿程度作为评论各家文高低的尺度与标准。在茅看来，欧阳修文尤其是《五代史钞》一书，最得司马迁叙事之"风神"，因此全书中选欧文卷数最多。又因其在评论《五代史钞》一书中，多用"风神"一词，后世遂有所谓"六一风神"之说。茅坤也并不否认韩愈在某些文中借鉴了司马迁笔法。如《张中丞传后叙》中"当其围守时，外无蚍蜉蚁子之援助……虽愚人亦能数日而知死处矣"，茅评此段云："洗发痛快入骨髓，全是子长神解处。"《衢州徐偃王庙碑》中"周天子穆王无道，意不在天下，好道士说，得八龙骑西游……"茅旁批："本世传小说，文类史迁。"《曹成王碑》中"十抽一推，救兵州东北属乡……"旁批："叙事处亦暗仿太史公。"《平淮西碑》中"颜、胤、武合功其北，大战十六，得栅城县二十三……"旁批云："以下诸将会战次第，大略本史迁绛、灌等列传来。"而韩文中只是在某一段落、某一处偶现子长之风，并且也只是沾染其皮毛。对于司马迁文章精髓的"风神"领悟，相对于欧文，韩文则远不及。茅坤在《唐宋八大家文钞论例》中就言："世之论韩文者，共首称碑志，予独以韩公碑志多奇崛险谲,不得《史》《汉》序事法,故于风神处或少遒逸,予间亦镌记其旁。"其实此处与评欧文时多用"风神"语相对,茅坤在评价韩文时提出了另一个词——"昌黎本色"。《曹成王碑》,茅坤首评云:"文有精爽,但句字生割,不免昌黎本色。"尾评又云:"昌黎每自喜陈言之去,故曹成王碑当亦属公得意之文。而愚见则以务去陈言,却行穿凿生割,亦昌黎病处。特其识正而语确,故学者不能訾。"《曹成王碑》是韩愈为唐李皋所写的碑文,文中多用奇字僻句,如"群能著职,王亲教之搏力勾卒嬴越之法,曹诛伍界。舰步二万人,以与贼遌。嘬锋蔡山,踣之。剜蕲之黄梅,大鞣长平,铗广济,掀蕲春,撇蕲水,掇黄冈,笑汉阳,行跐汉川"。茅坤所谓的"昌黎本色"大体言韩愈奉行着"务去陈言"的为文原则,却走向了另一个极端,行文中运用大量奇字僻句,使文生"穿凿生割"之感。特别是在墓志铭中,茅坤多处指出韩文的此种弊端。《赠太尉许国公神道碑》,首批:"此篇大略类传,而中多险棘句。""进见上殿,拜跪给扶,赞元经体,不治细微,天子敬之。"旁批:"昌黎生平得力处在去陈言;生平为倔强荆棘,不能如史迁宕冶处,亦在去陈言。"《袁氏先庙碑》,首批云:"序袁氏世系千余年若一线,中多荆棘句子,不可读。""在慎德行业治,图功载名,以待上可",旁批:"昌黎句,不可读。"《唐故相权国公墓碑》,首批:"直叙中多句字生塞处。"

茅坤认为欧阳修之文于叙事处颇得司马迁的"风神"之美,而韩文则有"生割"之弊。同时他也指出欧阳修序、记、墓志铭诸文在笔法上多是学习和借鉴韩文而成。评韩愈《送廖道士序》文云:"文体如贯珠,只此一篇,开永叔门户。"评《燕喜亭记》云:"淋漓指画之态,是得记文正体,而结局处特高。欧公文大略有得于此。"《国子助教河东薛君墓志铭》中"君执弓,腰二矢……"旁批云:"后欧阳公摹画此文,志王德用墓。"《国子司业窦公墓志铭》中"大历初名能为诗文……"旁批:"前叙历官,后叙事行,欧公、荆公多用此体。"《贞曜先生墓志铭》中"端序则见,长而愈骞,涵而揉之……"旁批:"奇语。欧公《梅圣俞志》用此格。"《唐河中府法曹张君墓碣铭》,首批:"本其妻夫人泣哀之言为志,欧公志多慕此法。"从追溯文法渊源的角度上来讲,特别是于墓志铭文类,韩文是形成以欧阳修文为代表的宋文的重要源头。

茅坤于《唐宋八大家文钞》中将"生割"作为了"昌黎本色",对韩文提出了一些訾议。此说法在后世影响很大,多数人对此持否定态度,这也成为后人诟病茅坤学识浅陋、选文不精的一个重要依据。

第四节　钱縠《韩文评林》

明代钱縠评辑《韩文评林》,四卷,北京师范大学图书馆藏周绣峰刻本。[1] 钱縠,字文登,浙江仁和人,万历二十三年(1595)选贡员外郎,其他亦不可详考。[2] 今见《苏长公小品》及《苏长公密语》都曾列引钱文登评语。《韩文评林引》开头言:"帷中客既梓三苏文矣,乃复梓余所品骘昌黎先生文者,合为二集,近举业也。"据此也可知钱縠曾评选过"三苏"之文,所以《苏长公小品》《苏长公密语》两书可能将之引录。又,明代很多古文选本多引"钱鹤滩曰"的评语。这里的"钱鹤滩"应指钱縠。上海图书馆藏明闵氏刻茅坤所辑评的《唐大家韩文公文钞》十六卷,此书乃一朱墨套印本,韩愈原文用墨笔,茅坤之评语则用朱笔。其中又于书眉之处多引"钱鹤滩曰"之类的评语,评语与《韩文评林》中的一致,可知

---

[1] 按明代署名"钱縠"之人有三:钱谦益《列朝诗集》有:"钱縠,字叔宝,少孤,贫失学,迨壮始知读书。家无典籍,游文徵明门,日取架上书读之,以其余功点染水墨,得沈氏之法。晚葺故庐读书,其中闻有异书,虽病必强起,匍匐借观手自钞写,几于充栋,穷日夜校勘,至老不衰。尝编续《吴都文粹》若干卷。性劲直,不能容人,一介不苟,焚香洗砚,悠然自得,有吴中先民之风。子允治,字功甫,贫而好学,酷似其父。年八十余,隆冬病疡,映日钞书,薄暮不止。殁无子,遗书皆散去。自是吴中文献无可访问,先辈读书种子绝矣。"(嘉庆)《松江府志》卷六十一有:"钱縠,字子璧,华亭人。诸生,为夏忠节允彝高弟。忠节父子授命縠曾收辑其传略志铭,欲立碑墓道,其敦谊如此。精八法,尝摹古人名迹,书孝经一卷,注明某字、某帖、点画,皆有依据,人争宝之。又集王羲之书作《感应篇》勒石,司农王鸿绪跋其后。孙洪源,诸生,亦善书。"(民国)《芜湖县志》卷八有:"钱縠,字文登,仁和人,选贡员外郎,万历二十三年任。"此书书首有《韩文评林引》一文,最后署"万历八年庚辰秋八月望日仁和钱縠书于清芬轩中",钱叔宝为吴中人,钱子璧为华亭人,曾选贡员外郎的钱文登才是《韩文评林》的评纂者。

[2] 今仅见明赵世显《芝园稿》卷十六有七言律诗《同钱文登明府登振衣楼》诗一首:"宿雨初收晓气清,危楼一望不胜情。堤头万柳迎檐绿,天际诸峰入槛明。尧渡帆樯摇雾色,龙桥箫鼓送秋声。翩翩茂宰多嘉绩,谁道弦歌独武城。"明祝世禄《环碧斋诗》卷二也有《钱文登以虞部擢守黎平致政归越赋赠》诗一首:"夕阳归鸟下平芜,别路争看黔大夫。谢朓亭前山不断,越王台上月还孤。将随开士藏金界,直向清朝乞鉴湖。愧我浮沉青锁闼,秋风空老旧头颅。"

"钱鹤滩"应是指钱毂。

《韩文评林》前的钱毂《韩文评林引》一文,对编纂此书之经过以及意图都有所阐述:

> 昌黎先生文者,合为二集,近举业也。夫举业文,都人士借之为羔雉,士舍是虽抱奇不试,岂云渺小易就哉!所从来有本矣。余颇好览当世之作者,如震泽氏、毗陵氏及二三诸公,窃见其以理通窍,以格标骨,以才□气,窃得之六经,而骨与气多熔铸于古文,故采萃茹英,省括合度,称作者焉。夫何士习靡,大判厥□,或沿风而仆,或逸足而驰,均之真致不存,而雅道伤矣。致勤至上,尤出明诏,导之尊轨。夫士不尊轨而踵靡袭陋,千夫一口,取捷径,异诡遇,是市儿之啜遗羹也。士不尊轨而谈天雕龙,人人负奇至棘喉抗吻,以骇里耳,是蟆母之效颦也,去作者旨远千里矣。故士欲尊轨挽漓薄而还之厚,非探六经古文之遗而约其旨,其道靡由也。虽然六经要矣,古文递般繁,即白首不能遍,士将何求?间尝质之长老,先生辄曰,昌黎之文,变化错综,文中龙也,格百出而百新,熟之可以立骨。眉山父子之文,汹汹乎如江河之深,才纵肆而多态,熟之可以昌气。噫!有味乎,长老先生之言当余心也。功举业者果能求之六经以通其窍,求之昌黎以标其骨,求之眉山父子以□其气,是足为举业文矣。即震泽、毗陵诸公称作者、垂不朽,亦在是乎。余旧曾评骘三苏文,客岁自燕归,从身中阅昌黎集,得其文之近举业者九十五首,为之品骘如三苏文,未匝岁,帷中客复举而授之梓人。余方自谓不暇,而暇公诸人非予意也。因述所窃见与所闻于长老先生者,如是就君子正焉。复且缀曰,昌黎文,其表、议似刘向,其碑、志、传得子长之意而脱其迹,其杂著幻化处似漆园吏,其种种书序则独运妙裁,自立门户,超绝古今,读其文非独利举业也。

此文中,钱毂直言,不论选"三苏"文,还是韩愈文,都是直接为举业服务的。而举业并非易事,要有所本,"得之六经,而骨与气多熔铸于古文",方可跃登龙门。六经简而要,但古文卷帙浩繁,难以卒读。长老之言"昌黎之文……熟之可以立骨。眉山父子之文……熟之可以昌气",恰与钱榖之意不谋而合。于是钱榖便在评选了"三苏"文之后,又选韩愈文中近举业者九十五篇,为之品骘,在梓人要求之下,附之剞劂。文末,钱榖还评价了韩愈各体古文:表和议学刘向之文风;碑、志、传则学司马迁,又能化其模仿之迹;杂著则与《庄子》之幻变相仿;书与序则独创机杼,自立体格。因此熟读韩文,不仅仅有利科举之业,而且对于学习古文之法、提高古文造诣也有很大的帮助。

《韩文评林引》后又有"韩文评林九例"如下:

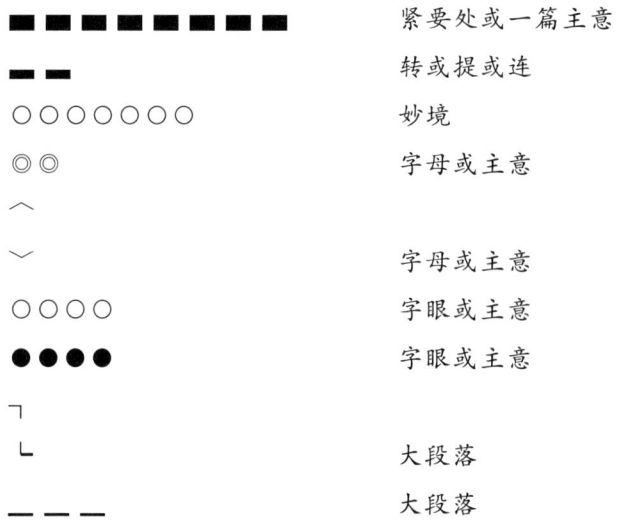

相对于唐顺之《文编》、茅坤《唐宋八大家文钞》中所使用的批点符号,《韩文评林》中的符号更加详密、细致,但难免有画蛇添足之嫌。评点符号的运用,本是为了指引初学者分清文章的脉络结构,把握文章大意,简洁明了是其原则。明代中后期,随着批点之风的兴盛,评点符号变得更加丰富多样,此九例应为此种风气之产物。

钱榖此书本是专为举业而设的,但同一般的时文评点家不同,钱榖在文中的评点并不单单阐释韩文的文法,而且对韩文的文风以及艺术特色也多有涉及,并且钱榖所评多用比喻,十分形象具体,给人耳目一新之感,现举例如下:

《上襄阳于相公书》前总评：庄重端雅，冠冕佩玉之文。

《上宰相书》前总评：平衍直叙，布帛菽粟之文。

《应科目时与人书》前总评：仅仅二百六十余字，而惊湍怒涛、波澜濈流，杂出其间，洞庭岳阳之胜亦止是耳。

《与于襄阳书》前总评：楼阁重重，似费结构，却又一气呵成，有建瓴之势。

《答崔立之书》前总评：平流直泻，不作风波，然其情词潆洄处，自是可爱。

《河南府同官记》前总评：文势起伏处，若平岗千里，草树葱郁，断接无际中一转，末一总，尤见笔力过人。

从上所列评语可以看出，韩文的艺术风格丰富多彩：或庄重而端雅，或活泼而灵动；或一气呵成，如"平流直泄，不作风波"，或结构重重，如"惊湍怒涛，波澜濈流"。其实韩文不仅艺术风格多样，所表达的内容也得到了钱穀的肯定。钱穀在评《原道》一文中云："韩昌黎《原道》一篇，立言正大，发先儒所未发。《唐书》称其'奥衍宏深，与孟轲、扬雄相表里，而佐佑六经'，知言哉！乃宋儒辈多为指摘，何欤？余窃谓韩公崛起六经残缺之后，奋然独悟，一归于正。此其事犹难而力犹大，不当訾之深也。至其为文神诡万状，出有入无，震荡天地，则自孔孟后称大文章矣。"评《对禹问》云："沉着痛快，此万世正论也。孟子之说主天命，韩子之说主人事，皆不可废。"上述都是对韩文意旨方面价值的肯定。

除此，韩文之作也多符合学习时文之需要。钱穀在评《与陈给事书》中直言："余尝谓韩文颇近举业，如此篇极锻炼，极洗刷，是举业文字之祖。"《与陈给事书》原是韩愈写给自己友人陈京的一封信，文中多用对偶排比句式。其首段云：

> 愈之获见于阁下有年矣，始者亦尝辱一言之誉。贫贱也，衣食于奔走，不得朝夕继见。其后阁下位益尊，伺候于门墙者日益进。夫位益尊，则贱者日隔；伺候于门墙者日益进，则爱博而情不专。愈也道

不加修，而文日益有名。夫道不加修，则贤者不与；文日益有名，则同进者忌。始之以日隔之疏，加之以不专之望，以不与者之心而听忌者之说，由是阁下之庭无愈之迹矣。

宋谢枋得《文章轨范》就选此文，并加评语："陈止斋作论，双关文法皆本于此。""陈止斋"即陈傅良，南宋著名理学家，嘉兴学派的代表人物，号止斋，人称止斋先生。谢枋得已经指出陈傅良所作的论体之文，多仿此篇"双关文法"。笔者觉得这里所谓的"双关文法"与我们现代修辞学上的"双关语"是不同的。谢枋得所谓的"双关文法"是指韩愈在论述与陈京关系日疏的原因时，分别从陈京与自身两方面论证。陈京是"位益尊，伺候于门墙者日益进"，韩愈则"道不加修，而文日益有名"。但二者又不是互相独立的，而是互相关联、相互影响的。这就是谢枋得所谓的"双关文法"，这种文法与我们今天所说的"互文"有着相似之处。唐顺之于《文编》中评此文云"洗刷"，后茅坤又进一步补充道："洗刷工而调句佳，甚有益于初进者。"唐顺之、茅坤都意识到此文之文风有利于初学时文者。钱毂也是延续了谢、唐、茅等人的观点，将其综而合成之，将此文定为"举业文字之祖"。

在文法方面，钱毂认为韩文具有两个突出特点。一是多用转折，使文章有起伏波澜之美。评《讳辩》云："考之于律，质之于经，稽之于典，三段中辩得曲折，如虬龙之不可羁络。一总处尤有归宿。至于末后四转尤奇，如虞人虎网，一动一紧。"评《送廖道士序》云："一篇之骨只在'魁奇而迷惑者耶'一句上。而自衡山郴州十余转说来，其文委曲顿挫，有龙蛇蜿蜒之势。"不论"虬龙之不可羁络"还是"龙蛇蜿蜒之势"，都指文章有起伏波澜之美。二是善用譬喻之法。钱毂在评《答陈商书》云："譬喻之妙，自《孟子》《庄子》外，吾独取韩退之。彼其意到笔随，伸缩变化，惟所欲为，吾不得而窥其迹矣。"

钱毂的《韩文评林》本是为科举考生应试所选的一部韩文选本，除了揭示文法外，对韩文的文风也多有评价。可能由于此书流传不广，后世少有人提及此书，因而对后世的影响有限。

第五节　孙鑛、郭正域对韩文的评点

孙鑛（1543~1613），字文融，号月峰、湖上散人，明朝大臣、学者，浙江余姚人。隆庆举人，万历二年（1574）会试第一，殿试中二甲第四名进士。历仕文选郎中、兵部侍郎、右都御史，代顾养谦经略朝鲜，迁南京兵部尚书，加封太子少保，参赞机务，人称其"手持书卷，坐大司马堂"。孙鑛是明代颇负盛名的评点大家，其一生评点诸多种书，经史子集，无所不包。

今可见的孙鑛批选的古文选本有《四大家选》[①] 一书，即评选韩愈、柳宗元、欧阳修、苏轼四人之文。书前有署"东海孙鑛题"的《选四大家小叙》：

> 法生于心，亦复生心。唐宋四大家，文之有法而灼然可寻者也。韩法而章，柳法而奥，欧法而夷，苏法而通，吾尝以为海，摘选一二，以当滴水。因水以知海，因一滴以知无穷，因韩、柳、欧、苏，以知六经、诸子、史，所谓生心者也。批一古文，有似拓影，日月灯皆有影，影遍影隙，而总之无不真。六经，日也；《左传》《史记》，月也；韩、柳、欧、苏四家，灯也。灯影宛在，凭人手目，自拓自认。我所拓者，有如此选。众目众手，作如何拓。拓一拓万，同此手目。叙四大家选。

孙鑛在这里将古文的评点比之于"拓影"，其实是强调了评点古文时所应坚守的一个重要原则，即真。这里的真：一方面是指评点者在批点过程中应遵循原文，从文本出发进行批评赏析，绝不能脱离文本去节外生枝地大谈特谈；另一方面是指评点者应坚守客观公正的态度。影子有的地方很美满，有的地方有罅隙，这取决于原物是否圆满。同样，古文有点睛之

[①] 《四大家选》（据序末题），韩、柳、欧、苏各二卷，共八卷，明孙鑛评选。美国国会图书馆原藏明末刻本。台北"中央图书馆"藏此书之胶片。现在友人的帮助下，从台北"中央图书馆"得到此书选韩愈的前二卷。

笔与精彩之处，亦有败笔与败局，因此对其评点就不能一味地用颂赞之语，而应将文中有的瑕疵给予揭露和纠正。正如"拓影"将原物的外貌原原本本真实地展现出来，古文评点亦应使原文的意蕴、作者的精神完整地展露在读者面前。此书即是孙鑛用自己之手目"拓影"唐宋四大家之"法"而成的。

书中只有字旁圈、字旁点两种评点符号，多施于文中重要的字句之旁。纵观书中的评点，孙鑛的古文批点十分重视文中的关键性语句，其或能涵盖一篇文章之主题，或在结构上起承上启下之联络作用。如韩愈《答李（师锡）秀才书》中"故友李观元宾，十年之前，示愈别吴中故人诗六章。其首章则吾子也，盛有所称引"句的"盛有所称引"，字旁有圈，旁批："通篇从此生情。"《原道》中"凡吾所谓道德云者，合仁与义言之也，天下之公言也。老子之所谓道德云者，去仁与义言之也，一人之私言也"，旁有圈，又旁批云："括尽一篇主意。""夫所谓先王之教者，何也"，眉批云："'夫所谓'句，承上启下，是一篇筋脉。"《赠崔复州序》："县令不以言，连帅不以信，民就穷而敛愈急。"旁批云："此句一篇命脉。"孙鑛的批点还十分重视从整体上去把握文章的结构，抓住文章的段落和层次。《圬者王承福传》眉批云："首略叙一段，后略断数语，中间都是借他自家说话，点成无限烟波，机局绝高。"《争臣论》后总评："此篇辩论攻击，节节关生。故截然四问四答，而首尾只如一线。"《与孟尚书书》眉批："上半篇辨己不信奉佛，下半篇明己所以辟佛，而末只用一句总点前意。格法妙绝。"由此可见孙鑛的古文评点总的看来与唐顺之、茅坤等人并无二致，十分重视揭示行文过程中的起承转合，以及所谓的"句法""篇法""章法"等文法，抓住整篇文章的关键和主脑，分清文章的脉络层次和框架结构。其评语也继承了此前明人的一贯作风，简洁明了，不作长篇大论和具体分析，只对文中的妙处以点睛之笔稍作提醒。

其中的《韩文公集选》共二卷，选韩文四十八篇，其中书十二篇，序十六篇，为诸文体中收选最多的。评点中，孙鑛认为韩文的开头和结尾都是作者精心酝酿的，极有特色。韩文的开头一般有两种。一种是如飞来之峰，突然仁立于眼前，如《原鬼》开头："有啸于梁，从而烛之，无见也。斯鬼乎？曰，非也，鬼无声……"评云："起处飒然而来，迷离莫测。"

《送董邵南序》开头："燕赵古称多慷慨悲歌之士……"旁批："兀然而起。"这样的开头，为全文奠定了一种文风或基调。另一种则或是概括一文之主旨，或是引起一文之议论。如《送高闲上人序》开头："苟可以寓其巧智，使机应于心，不挫于气，则神完而守固。虽外物至，而不胶于心。"旁批云："数句含罩一篇。"《圬者王承福传》开头："圬之为技，贱且劳者也。"旁批云："领起一篇议论。"与文章开头相对应，韩愈古文的结尾也有两种模式。一是将全文之主旨在篇末点出。如《圬者王承福传》中"虽然，其贤于世之患不得之而患失之者，以济其生之欲贪邪而亡道以丧其身者，其亦远矣"，眉批："立传本意，在此数语。"《送石处士序》结尾："于是东都之人士咸知大夫与先生果能相与以有成也。"眉批："前面许多妆点，结束在此一语。"《应科目时与人书》中"其哀之，命也；其不哀之，命也；知其在命而且鸣号之者，亦命也。愈今者实有类于是"，眉批："通篇都是借喻，只一句正收，义法最妙。"一种是于结尾处照应文章开头。如《争臣论》结尾："《传》曰：惟善人能受尽言。谓其闻而能改之也。子告我曰：阳子可以为有道之士也。今虽不能及己，阳子将不得为善人乎哉！"眉批云："就应第四问作通章掉尾，应转起处，作法极正。"《师说》结语："余嘉其能行古道，作《师说》以贻之。"眉批："'能行古道''古'字与篇首'古之学者''古'字相应。"

韩愈为文的一个最大特点便是行文过程中的反复回还与顿挫起伏，既能曲畅以尽情达意，又有一种惊涛骇浪之势。这种艺术效果的取得，主要有以下两种方式。

一是多用转折。韩愈古文从来都不是平坦如砥，而是奇峰峻岭交错其间，且如长江大河，千回而百转。《原道》中"老者曰：孔子，吾师之弟子也；佛者曰，孔子，吾师之弟子也……"眉批："又将老佛两段翻作波澜。"又，"舜，大圣人也，后世无及焉；周公，大圣人也，后世无及焉。是人也，乃曰不如舜，不如周公，吾之病也"，眉批云："复插此段申说一翻，便有波澜。"

二是多在行文过程中运用变换之法。如《原道》中"古之为民者四，今之为民者六。古之教者处其一，今之教者处其三……"眉批云："下六段皆以'古''今'相比，不觉其重复者，变换之法妙也。"《送孟东野序》中"其于人也亦然。人声之精者为言，文辞之于言，又其精也，尤择其善鸣者而假之鸣……何为乎不鸣其善鸣者也"，旁批云："是此至人题处，凡十三变。"

韩愈古文最突出的艺术特征便是"奇"。韩愈为文，虽遵循"古法"，但最能体现其创造性的无疑是其不循蹊径，独创一格。如评《送杨少尹序》云："借二疏形容，全在空中簸弄。故虚虚实实，不可捉摸。"评《送孟东野序》云："通篇将许多物、许多人，错错综综，奇奇怪怪，运用之妙，真不可测。其安顿四十个'鸣'字，尤为精巧。"《送许郓州序》有眉批云："赠许公却将于公来说，大奇！大奇！"评《送李愿归盘古序》云："就借李愿说话，别具一格。而其造辞艳丽，又撮六朝之胜。"评《送王（含）秀才序》云："只从《醉乡记》生发出一篇议论。此亦无中生有之法。"评《送石处士序》云："此篇纯是叙事体，其议论都借他人口中说出，气格绝奇。"

与孙鑛《四大家选》同时期的还有郭正域的《韩文杜律》。① 郭正域，字美命，号明农，江夏人，明礼部侍郎，赠尚书，谥文毅，其传详载《明史》。《四库全书总目提要》卷一百九十三《韩文杜律》卷二言：

> 明郭正域编。正域有《批点考工记》，已著录。是编选录韩愈文一卷，杜甫七言律诗一卷，各为之评点。大抵明末猖狂之论，如谓《佛骨表》不知佛理之类，多不足与辨。所评杜诗，欲矫七子摹拟之弊，遂动以肥浊为诟病，是公安之骖乘而竟陵之先鞭也。

四库馆臣延续了对明末批点之风泛滥的批评，将之定为"猖狂之论"。该书选韩愈文二十六篇，卷首有《评选韩昌黎文序》，首言：

> 谢叠山选昌黎文教童蒙，世儒见一斑，不睹其全，曰昌黎易与也。一见秦汉诸子、诸史，目眩神摇，曰昌黎不秦不汉也。读其三

---

① 《四库全书存目丛书》集部第327册，影印明闵齐伋刻朱墨套印本，本文所述，以此为据。

《上宰相书》，曰是干禄而急于游大人也。暨《原道》《原性》不畅佛理，《佛骨》一表不作佛事，曰昌黎不玄解，不了悟也。

在该序言之首，郭正域列举了世人对韩愈的三种訾议。一是认为韩愈对佛理毫无所知，因此其《论佛骨表》《原道》《原性》等作"不玄解，不了悟"。二是韩愈三次向宰相上书，实乃卑躬屈膝，干谒以求功名利禄。三是讥刺韩愈古文"不秦不汉"。该序言以及正文评点中，郭正域对此进行了反驳。

自宋代以来就有人批评韩愈对佛理毫无所知，其所作《论佛骨表》也只是隔靴搔痒，难以说到佛教深处。而郭正域却大不以为然，其于该序中言：

宪宗迎佛骨于大内，此有漏之因，何异盲人焚香佞佛？昌黎轻富贵，齐死生，危言危行，不惑不惧，不作人天小果，佛氏所谓谤佛者乃赞佛者也。王衍谈老庄而见缚，石勒稽首请称帝号，吕惠卿亲睹文殊而洒泪以媚安石，有如妾妇媚子。由先生观之，即绝口不言佛，固深于佛者也。

郭正域精通佛法，在其看来，唐宪宗为福田利益之说而迎佛骨，乃"有漏之因"，是作"人天小果"，本不值得一提。五代释静《祖堂集》卷二有：

又问："朕自登九五已来，度人造寺，写经造像，有何功德？"师曰："无功德。"帝曰："何以无功德？"师曰："此是人天小果，有漏之因，如影随形，虽有善因，非是实相。"

这里的"有漏之因"大意是指心中怀着某种特定的目的而为某事，有一定的功利之心，即"有漏"，所以最多只能称得上是"人天小果"。而韩愈"不作人天小果"，置个人富贵生死于不顾，不计后果地上谏唐宪宗，反对迎佛骨。其所作所为，反而迎合了佛家之真谛，因此"所谓谤佛者，乃赞佛者也"。书中《论佛骨表》一文有眉批云："佛宗旨，昌黎未之知也。独不惑福田，犹胜乎在佛门而求利益者，文字无粉饰，一味痛快。"又有尾评云："昌黎虽不达佛理，而气劲在释门中几乎独觉矣。藏中以即惠能，其担当直截，扫除外境，大略相似。"韩愈虽不懂佛理，但其拥有赤子之心与率真之性，敢冒天下之大不韪而上书直谏，是远胜于世俗中那些为了富贵功名而归入佛门的人的。郭正域甚至将韩愈与禅宗六祖慧能相提并论，认为二者皆能"担当直截，扫除外境"。因此韩愈实乃"绝口不言佛，固深于佛者"。

对于有人认为韩愈是"干禄而急于游大人"者，郭正域更是觉得荒谬不羁，其于序中对此直接批驳道：

先生为监察御史，论宫市，贬阳山令；权知国子博士，论刺史成党，贬封溪尉；议淮、蔡事，改太子右庶子，暨迁刑部侍郎；又以谏佛骨表，贬潮州刺史，不啻三黜矣。屡起屡蹶，屡蹶屡伸，几言几忤，几忤几言，万仞壁立，百折不回，横亘六合，竖立三界。富贵不淫，威武不屈，岂干禄而急于游大人者哉！

这里，郭正域通过对韩愈一生"屡起屡蹶，屡蹶屡伸"的回顾，认为韩愈乃"富贵不淫，威武不屈"之君子，对韩愈乃趋名逐利之徒的偏见不值一哂。

关于韩愈之古文，郭正域同样认为其造诣无人可比。该序言：

世儒评先生文，无如先生自评，"上窥姚姒，下逮百家，怪怪奇奇，不主故常，无所不有，无所不妙，大而化之，故而新之，臭腐而神奇之"。夫抉珠袭沫之徒，论事则班、马，非真班、马也；论理则庄、老，非真庄、老也。真为班、马者，不见其所为班、马也；真为老、庄者，不见所为老、庄者也。先生于秦汉何有哉？先生之文，无易言也。欧阳文忠作《唐史》，仅载其《进学解》、《佛骨表》暨《潮州谢表》、《鳄鱼文》四篇。第《进学解》不尽脱偶语，盖自《宾戏》《客难》《解嘲》化出，非其至文也。《佛骨》一表，即世尊见之当微笑，以为真知我。《鳄鱼文》驱风雷，感昆虫，合鬼神矣。《潮州表》以文章自命，目无唐人。其他如《平淮西》《南海神庙》诸篇，概未之及。文忠以为"与孟、雄相表里，而佐佑六经"，真千载知言。苏子瞻曰：先生命立磨蝎宫，所至不偶。由今观之，宪宗一读《谢表》，恻然怜之，即以示宰相，命改袁州。宰相读其《进学解》，奇其才，即改史馆修撰，知制诰中书舍人。当时君、相不可谓不爱才也。比于后世听之如风过耳，而深求之且成罪案矣，先生非不偶也。

正文中，郭正域同样通过评点对韩文给予了很高的评价。他认为韩愈为文，笔下犹如神助，变化多端，神奇莫测。韩愈尤其擅长摹写刻画，栩栩如生，如见其形，堪比画图。如《送穷文》中"结柳作车，缚草为船，载糗舆粮，牛系轭下，引帆上樯"，眉批："撰辞。"又，"屏息潜听，如闻音声，若啸若啼，砉欻嚘嘤，毛发尽竖，竦肩缩颈，疑有而无，久乃可明"，眉批："看他写入神鬼处，恍惚飘渺，画史不及。"《送郑尚书序》中"大府始至，四府必使其佐启问起居，谢守地不得即贺以为礼……"眉批云："将闲事形容岭南之尊，笔端如画。"《送杨少尹序》中"余忝在公卿后，遇病不能出。不知杨侯去时，城门外送者几人，车几两，马几匹？道边观者，亦有叹息知其为贤以否……"眉批："调弄虚景，笔端如欲舞。"《蓝田县丞厅壁记》中"文书行，吏抱成案诣丞，卷其前，钳以左手，右手摘纸尾，雁鹜行以进……"眉批："有得模写。"此外，韩愈经常以押韵之语入文，辞藻绚烂，有汉赋、六朝之风。如《南海神庙碑》中"公遂升舟，风雨少弛，棹夫奏功，云阴解驳，日光穿漏，波伏不兴。省牲之夕，载旸载阴。将事之夜，天地开除，月星明概……"眉批："用赋颂体叙事，而辞采绚烂。"《毛颖传》中"今日之获，不角不牙，衣褐之徒，缺口而长须……"眉批："韵语入画。"《送李愿归盘古序》中"穷居而闲处，升高而望远，做茂树以终日，濯清泉以自洁。采于山美可茹，钓于水鲜可食"，眉批："六朝。写出个中趣。"《进学解》中"抵排异端，攘斥佛老，补苴罅漏，张皇幽眇……"眉批："带赋体。"

第五章 明代天启崇祯时期的韩文评点

明代天启崇祯时期，东林党人兴办书院，聚众讲学，批判时事，臧否人物，俨然成风。而批点原是宋人谈学、授道的一种方式，东林党人在讲学过程中同样传承此法，因而此时的批点之学依然保持着兴盛的势头。但与嘉靖万历时期的批点相比，天启崇祯年间的批点稍有不同。嘉万时期的批点之书，多是为科举服务的，因此对文法的揭示是其批点的重心所在，如唐顺之的《文编》、茅坤的《唐宋八大家文钞》都属此类。科举士子们通过诵读这些批点之书，能够迅速掌握应试技巧。而天崇时期的批点则明显受到了批评时事的社会风气影响，评点者在评点原文的同时，还经常以古时与今时相比，以古讽今。同时，对人物功过得失的评价也随着增多，政治色彩明显加强。这都是当时社会风气在批点中的体现。此时期出现几种韩文评点本，其评点者如陆梦龙、顾锡畴、陈仁锡等人，亦都是东林党人，他们对韩文的批点亦大都延续此习。

第一节 陆梦龙、董应举评点韩文

明末陆梦龙辑有《唐宋四大家文选》[1]，选韩愈、柳宗元、欧阳修、苏轼四人之文，并加以批点品评。陆梦龙，字君起，浙江会稽人。万历三十八年（1610）进士，授刑部主事，进员外郎。（同治）《九江府志》卷二

---

[1] 北京大学图书馆藏《唐宋四大家文选》，陆梦龙评选，两函，二十册；每半页九行，行大字二十，小字双行同，白口，单鱼尾，四周单边。本章关于此书之内容，均以此本为依据，不再复出注。

十七记曰:"陆梦龙,字君起,会稽进士,曾官九江兵巡道。陆梦龙年轻时夙有诗名,特别是善谈文章关键,声名远播,风靡一时。讲艺阳明书院,仍亲为论说,第其高下,士风翕然丕变,咸相继鹊起。天启癸亥甲子之际,承平日久,人不知兵。梦龙远识,逆知酿祸,预召募健儿三百,教之技击,号称标兵,九江道之有标兵,自梦龙始。后十余年,西北盗起,卒如所料。是时德化养马最苦,金报革其弊,而领价于官,雇民于市,亦自梦龙始。梦龙抱经世略,锋棱八面,断决如流,有神君之号。后以才移领贵阳节殉奢獠难,则其慷慨任事见一班矣。"阳明书院位于广西武鸣,明万历间由思恩府(今属武鸣)知府侯国治建于府治西。而此《唐宋四大家文选》即应是陆梦龙讲学阳明书院的产物。

从版本方面看,《唐宋四大家文选》的出版应经历了一个先刊刻韩柳卷,再继之以欧苏卷的过程。今浙江省图书馆藏署陆梦龙编选的《韩柳合刻》,八卷,选韩愈、柳宗元赋、诗、文各四卷。书首有陆梦龙所写的《题韩柳合刻》,署"崇祯元年(1628)腊月既望寓西泠盐官陈梁亚星氏题"的《韩柳合刻序》,署"己巳(1629)季春清明日海昌查大京书于滴露轩"的《小引》三篇序言。陆梦龙《题韩柳合刻》称:"粤西选韩柳竟,携至江右,失所缮写。己丑(1625)自黔归,复遴择之,久贮箧笥。武林顾君霖调,开美士也。戊辰(1628)夏,同为西湖之游,谈易析义,文情欢洽。因出兹选,请为梓行,遂以相授。"顾懋樊,字霖调,浙江仁和人,淹通书史,以副车充贡举贤良方正。据此序可知,"四大家"中的韩柳卷应是陆梦龙在广西阳明书院讲学时所批选,后来陆徙官江西九江兵巡道,将前所评选韩柳卷丢失。陆梦龙又重新选辑,在崇祯元年(1628)以《韩柳合刻》为书名由顾懋樊首刊于杭州。北京大学图书馆藏署名陆梦龙评选的《唐宋四大家文选》,书首有署"辛未(1631)阳日会稽陆梦龙题"和"武林顾懋樊霖调父书"的两篇序言。陆梦龙在此书序中言:"夫韩柳及欧及苏,次第选竟,顾君霖调书来,言韩柳共一序,欧苏各一序。吾将合而刻之,当得共序如韩柳。若合之韩柳,又当得一序为共叙,俾览者知其意,则何若?"由此可知,陆梦龙明确地指出了自己将韩柳欧苏四家"次第选竟",后顾霖调给陆梦龙写信,要将四家合起来刊刻,但全书四家前的序言并不一致,韩柳有"共一序",而欧、苏各一序,因此请求陆梦龙再写一篇关于欧苏的"共序"以及关于整个四家的"共叙"。今对照二书之《韩退之集选》，皆四卷，选韩愈赋（2篇）、古诗（17篇）、联句（1篇）、律诗（11篇）、杂著（33篇）、书启（18篇）、序（22篇）、哀辞（1篇）、祭文（15篇）、碑志（35篇）、杂文（3篇）、行状（1篇）、状（5篇）、表状（5篇），共一百六十九篇。并且注释、批点也完全一致。由此可知《韩柳合刻》原是《唐宋四大家文选》一书的前部分而已。

陆梦龙文韬武略，样样精通，既有"善谈文章关键"之才，又怀"抱经世略"之志。其对韩文的评点亦集中体现在此两方面，即：一方面点评韩文文法、结构、风格等方面的精彩之处；另一方面抒发其经世济国之志。陆梦龙之评点，简洁而有法。一般在书眉处用数字概括出文章的中心内容、结构特点以及艺术特色等。如《行难》，眉批："矜奇二字，韩公愈为奇。然拙于杨之《法言》、荀之《成相》。"《南海神庙碑》，眉批："文固恢奇。然通篇是孔公祭神赞词，非神庙碑也。"《故太学博士李君墓志铭》，眉批："李博士无可称说，借此发挥服药耳。"此皆是对文章中心思想的归纳。《答李（师锡）秀才书》，眉批："愈淡愈古。"《集贤院校理石君墓志铭》，眉批："力能扛鼎。"《柳州罗池庙碑》，眉批："悲怆而流丽。"此皆是分析文章的艺术特色。《后廿九日复上宰相书》，眉批"联络、曲折、照应、间架俱备。照应处遂开近日滥觞"，则是指出文章的结构特点。另外，陆梦龙在评点中，还经常运用比喻的方式来谈文风，形象而又具体。如《送廖道士序》，眉批："吞天浴日。"《送区册序》中"入吾室，闻《诗》《书》仁义之说，欣然喜，若有志于其间也；与之翳嘉林，坐石几，投竿而渔，陶然以乐，若能遗外声利而不厌乎贫贱也"，眉批："似飞燕于掌中舞蹈，便恐因风飚去。"《殿中少监马君墓志》中"当是时，见王于北亭，犹高山深林巨谷，龙虎变化不测，杰魁人也。退见少傅，翠竹碧梧，鸾鹄停峙，能守其业者也……"眉批："凭虚御风而行。"

关于韩文的文风，陆梦龙认为是"透"与"切"，其在评语中经常出现此二字。如《原毁》中"己未有善，曰我善是，是亦足矣；己未有能，曰我能是，是亦足矣。外以欺于人，内以欺于心"，眉批："透切。"《张中丞传后叙》中"守一城，捍天下，以千百就尽之卒，战百万日滋之师，蔽遮江淮，沮遏其势，天下之不亡，其谁之功也？"眉批："透切。"《送齐皥下第序》中"于是乎有违心之行，有怫志之言，有内愧之名，若然者，俗所谓良有司也"，眉批："透切。"《祭十二郎文》中"在孙惟汝，在子惟吾。两世一身，形单影只。嫂常抚汝指吾而言曰'韩氏两世，惟此而已'"，眉批："悲切。"《黄家贼事宜状》中"其贼并是夷僚，亦无城郭可居，依山傍险，自称洞主。衣服言语，都不似人。寻常亦各营生，急则屯聚相保"，眉批："透切夷情。"所谓"透"是指文风畅达、恣肆，论证充分而又合理；而"切"则指韩愈能切合其时、其地、其情、其景来行文，令人心服口服。韩文既"透"又"切"，因而总能有一种深入骨髓、沁人肺腑的感染力。《圬者王承福传》中"嘻！吾操镘入富贵之家有年矣，有一至者焉，又往过之则为墟矣，有再至三至者焉，而往过之则为墟矣……"眉批云："说得妄庸富贵人毛骨悚然。"《代张籍与李浙东书》之眉批云："情事觊缕，能令疏者亲，淡者浓。"《祭河南张员外文》眉批云："喃喃不绝，却多啐金。"这些都是对韩文所具有的超乎寻常的感染力的赞赏。至于韩文的文法，陆梦龙认为韩愈对司马迁多有借鉴。《衢州徐偃王庙碑》眉批云："全似太史公矣。"《毛颖传》眉批："诙谐极矣，然字字马迁。"《与祠部陆员外书》眉批："洞见肺腑，易以感人。文章字字摹仿子长。"韩愈最擅长、使用次数最多的文法无疑是转折，陆梦龙在《获麟解》眉批中直言："转法是韩公惯家。"

陆梦龙的家国情怀、经世之志，在评点中主要表现为将韩文中出现的人物、情景、事件与现实进行对比，大发感慨，以古讽今。如其对《争臣论》中"闻其官则曰谏议也，问其禄则曰下士大夫之秩也，问其政则曰我不知也。有道之士固如是乎哉"的眉批曰："官谏议而不知政者，何可枚数？岂惟不知，且从而乱之。"这明显是讽刺现实中的谏议之官疏职从乱。其对《为河南令上留守郑相公启》的眉批云："安得如退之人，布满天下？"《与祠部陆员外书》中"陆相之考文章甚详也，待梁与王如此不疑也。梁与王举人如此之当也"，眉批言："安得有如此人，如此风俗！"其不满现实、映射现实之意颇明显。韩文《为河南令上留守郑相公启》言："坐军营操兵守御、为留守出入前后驱从者，此真为军人矣。坐坊市卖饼又称军人，则谁非军人也。"曾任九江兵巡道的陆梦龙对此段话异常认同，字字套圈，又加眉批云："痛切！今病。"《黄家贼事宜状》中"比者所发诸道南讨兵马，例皆不谙山川，不伏水土，远乡羁旅，疾疫杀伤"，眉批云："尤切今日事情。"正是由于陆梦龙始终心系家国，所以在读韩文的过程中才会情不自禁地联系当时之世事，发出无奈的感叹。

与陆梦龙《唐宋四大家文选》十分相似的还有董应举及其所选辑的《韩柳合评》。①《韩柳合评》十卷，韩愈六卷，柳宗元四卷。福建师范大学图书馆藏崇祯辛未年（1631）刻本。董应举（1557~1639），字崇相，号见龙，闽县龙塘乡（今属连江县）人。明万历二十六年（1598）进士，任广州府学教授。后迁南京国子博士，再迁南京吏部主事，召为文选主事，历考功郎中。著有《学庸略》二卷，文集《崇相集》十九卷。清董天工《武夷山志》卷十六记："董应举，字崇相，号见龙，闽县人，万历戊戌进士……尝建屯田之策，崔魏忌之，格其议，边功垂成而隳，识者惜焉。旬为阿珰者劾罢，居武夷之八曲涵翠洞，与生徒讲学，老而不倦。"《韩柳合评》一书即为董应举退官后于武夷山上讲学时所作。书首有署"崇祯辛未（1631）蒲月董应举崇相氏书于太虚庵中""崇祯己巳岁（1629）季秋之九日浙西陆之祺幼瞻氏题"的两篇序言。其中，陆序言："闽中有董崇相先生者，有心世道人也。于学无所不窥，于国家大经济，如兵政、屯田等事，无不著有成效，而当世未能究其用。其度量宏远夷旷，汪汪千顷，而难进易退，所如不合，正类昌黎。虽林居无事，念海氛未戢，留心筹划，俱百季必世之计。间以绪余，诠次古文词，闻将选韩、柳、欧、苏、曾、王六大家之文以行，而韩集先成，余得寓目焉。观其评骘甲乙，上可与作者之精神相参，而下可以为俗学针砭。"同陆梦龙的《唐宋四大家文选》先刊刻韩柳卷，再继之以欧苏卷一样，董应举原本打算评选"六大家之文"（此很可能是将"三苏"合为一家，亦应为"八大家"），而先将韩柳卷付梓，又请陆之祺作序。因而《韩柳合评》亦应是其"六大家之文"的一部分。根据《中国古籍善本书目》"宋别集类"记载，福建师范大学图书馆还藏"《欧阳文选》二卷，宋欧阳修撰，明董应

---

① 《韩柳合评》，十卷，明董应举选评，福建师范大学图书馆藏崇祯四年（1631）刻本。每半页九行，行字十九，左右双边，白口，无鱼尾。本文所论关于此书之内容，均以此本为基础，不再出注。

举辑并评，明末刻本"，此也应属董应举的"六大家之文"中的一种。

董应举在书前序言中称，自古作者如林，代不乏人，而韩柳却能以文独尊，最重要的原因就是韩柳之文皆"出入六经六艺而后"，皆是阐道之文，亦是"有用之文"。韩愈致力于古文三十余年，凭借如椽巨笔，一扫六朝魏晋以来绮靡余习，使文"直趋于古"。柳宗元被贬永州之后，亦从事于古道，与韩颉颃，二人合力，"文之趋始正"，因而二人可并肩屹立于天地间。此外，董应举还对韩柳二人不同的文风进行了比较：

> 韩公之才，长于刻画人物，翻覆事情，指次道要，不诡于圣人。柳公之才，长于刻画山水，创设论驳，旁通禅乘，时有超绝之语。韩脱胎于司马迁而无其迹，柳似取材丘明而迹微露焉。故韩文浑深，柳文廉悍；韩古而圆，柳古而鸷。韩之序，柳之山水游记，绝出前后，各不能兼。韩书多逸，柳书多怆；韩之议论，多能羽翼经术；而柳乃翻案出奇。韩之铭传，驰驱《史》《汉》，而别出炉锤；柳之佳者，乃能为古澹奇响，此其大较也。观二公所自揭为文指趣，与其所用力，可谓艰且大矣。韩排众而独复，柳抑才而反则，皆具绝世之力，一以贯道为事，而与之终始。其用功深，故其储蓄富；其取道远，故其树立独。而又勤求经术，业成而不懈于乎，此其所以能卓立千古欤！后之人其毋易言文也。

韩柳二人在才性、取法对象上都存在着差异，因而二人形成了各自不同的文风，亦有独自擅长的文体。尽管如此，宋代以来，韩柳二人就以文并称于世，亦非浪得虚名，二人"皆具绝世之力""一以贯道为事"，正由于此，董应举才率先将韩柳二人付梓合刻。

《韩柳合评》中的"韩文卷"共六卷，选韩文"表、原、对、说、议、释、辨"十六篇，书十九篇，序十八篇，记六篇，碑十五篇，志铭二十九篇，行状一篇，传三篇，祭文六篇。书中有圈、有点，文中有眉批，文后有评语。同明代很多古文评点本一样，董应举对韩文的评点明显是受到了茅坤的影响，因而其评点内容有的是对茅评的深入和补充。如韩愈《论佛骨表》中"昔者，黄帝在位百年，年百一十岁；少昊在位八十年，年百岁；颛顼在位七十九年，年九十八岁；帝喾在位七十年，年百五岁；帝尧在位九十八年，年百一十八岁；帝舜及禹，年皆百岁。此时天下太平，百姓安乐寿考，然而中国未有佛也。其后殷汤亦年百岁。汤孙太戊在位七十五年，武丁在位五十九年，书史不言其年寿所极，推其年数，盖亦俱不减百岁"。茅坤对此段有批语云："一意作两层，极波澜。"董应举对此亦评曰："本与上一意，翻作两层，不惟文字波澜。盖亦以一气稳叙，则气壅而少韵。翻作数层，则气疏宕而点省精神。此作文之法也。"有的则是对茅评的纠正和补充。如韩愈《重答张籍书》，董应举文后总评曰："此书茅公中间分作三段，不是。自'昔者'至'书于吾何有'，是引孔子作《春秋》虑患之道微，明著书辟佛之有患。自'夫子，圣人也'至'所以不敢'，是引孔子得其徒辅相而后书有立，明己著书之不易。二段总是一意，文法相生，活动不羁。至末自任，隐然有孔孟道不行而后著书之意。其文要渺爽健，尤为可喜。"

在评点中，董应举指出了韩愈学通经史，因而为文多发"儒者之言"。其评《复仇状》云："三引经术，而别其可行与不可行，律意自见。儒者议论正当如是。上段发明经律，极有原委。"评《答殷侍御书》云："柳公于陆文通《春秋》学，韩公于殷侍郎《公羊》学，恳恳如此。然则学不通经，安可言文？"评《禘祫议》云："按禘祫必推太祖所自出之帝，而以太祖配之，盖亦推太祖尊亲之意云尔。韩公此议甚当，先辨众论，后析以己意，惟其学本经术，故能如此。"董应举仿杜诗被称作"诗史"之说，将韩文称为"文史"，如《送水陆运使韩侍御归所治序》文后有评语云："只就屯田次第叙得详赡，便为千载故实。杜为诗史，韩公文为文史，皆不徒作者，故千载莫及。"他认为韩文虽然篇幅简短，却能畅尽其意，因而简古而有法。其评《获麟解》云："曲叠倔诘，尺寸千里，奇绝！"评《送殷员外序》云："文极得体，而简短紧严，能尽其意，尤难。"评《李元宾墓志铭》云："悲极矣。短歌当哭。"评《崔评事墓铭》云："文虽寥寥，崔公轶宕之气如见。"评《送区册序》云："寥寥数言，穷僻离索之感俱见。"

在文风、文法方面，董应举认为韩文对司马迁多有借鉴。其评《送郑尚书序》一文云："史迁叙事宕而逸，昌黎叙事险而多奇，皆超绝古今之笔。其实昌黎从史迁变化出来。"评《与孟尚书书》亦云:"番覆顿挫,千年绝调。其机轴从太史公《报任少卿书》来。"另外,董应举还认为韩文对庄周之文亦多有采纳。如评《韦侍讲盛山十二诗序》云:"叙得奇宕,从庄周变化,语语新异。"评《送高闲上人序》云:"其命意、造语从庄脱出,而不露色相,可谓青出于蓝。"董应举不仅追溯了韩文的师法对象,而且指出韩文对前人的学习不是一味地模仿照搬,而是在吸收基础上有所创新,如将司马迁"宕而逸"的叙事风格转变为自己的"险而多奇",从而"青出于蓝",却"不露色相"。正是由于韩愈善于融会贯通,汲百家之长,铸一家之格,因而写出了许多"千古绝调"。其评《送董邵南序》云:"此与送李端公意同。彼讽其帅,此讽燕赵豪杰。然仅仅百余字,而五转六折,生出无限感慨,足以激动忠义。其文一转一意,奇郁隐跃,与《获麟解》《龙说》同一机轴,均为千古绝调。"评《送孟东野序》云:"篇中三十七个'鸣'字,个个句法不同,错综变化,不可捉摸。古今无此格调,此命世笔也。学者熟此,何患笔力不奇?"

第二节 蒋之翘及其所注韩文

明末蒋之翘注《韩柳集》,今存崇祯六年(1633)蒋氏三径草堂刻本。(光绪)《嘉兴府志》卷五十三记:"蒋之翘,字楚稚,少工诗,采禾中先正诸咏为《槜李诗乘》。家贫,好藏书。明末避盗,村居,收罗名人遗集数十种,选有《甲申》前后集。又尝重纂《晋书》,校注昌黎、河东集。"

给《韩柳集》作注的缘由,大概源于蒋之翘心中的"文道"观。其在《注韩柳集序》对此做了详细阐述:

> 人有言"文以载道",其说何昉乎?盖尝闻诸古矣。《易》曰:"文明以止,观乎人文,化成天下。"《书》曰"钦明文思",又曰"浚哲文明文命,敷于四海",《论语》曰"郁郁乎文哉",《春秋传》曰"经纬天地曰文",凡此之文,虽非操觚染翰者之为,而操觚染翰者,欲去以为文,亦非所为文也。是故鸿蒙未剖,道在天地;鸿蒙既开,道在圣贤。圣贤没而其道在六经,六经者,文也。其于三才万物

之理，仁义、道德、礼乐、制度、治乱、是非、隐微之际，无弗察而通之。其大者可以驱引帝王之道，施于国家，敷于人民，以佑神灵，以浸鱼虫；次者可以正百度，叙百官，和阴阳，平四时，以舒畅元化，缉安四方。岂细故哉！故自《孟子》七篇以下，世不复有文。虽汉有毛公、董生之徒，其经术亦未甚著；邹阳、枚乘之流，而专以文辞显；马、班二家，纪事颇详，其于议论，尚多纰缪于圣人，之数子皆未闻道者也。浸淫至晋，以及宋、齐、梁、陈、隋之世，而文章萎繭亦已极矣。唐兴尚仍其弊，眩奇斗丽，气质丛胜，不有大贤者奋臂于其间，崛然而起，将无革之者乎？逮德宪之际，乃有昌黎韩退之愈出而振之。其学独去常俗，直以古道为己任，上溯羲皇之源，下绍邹鲁之统。自汉迄隋，佛老横行中国，无有遏之者。退之独昌言以斥之，嫉之如仇雠。然犯颜敢谏，虽万贬徙，有所无悔，非豪杰谁肯为此？嗟乎！孟子去孔子不远，能言斯道也宜也。退之去孔子后，千五百年间，历杨、墨、庄、韩、老、佛之患，不知其几，而能抗其声以言之不休，不亦难矣哉。譬如奏雅颂于郑卫之间，聆者当恍惚茫昧，有不骇而走，则必窥而窃笑矣。惟柳子厚宗元、李习之翱、皇甫持正湜、孟东野郊、张文昌籍数子深知而笃好之耳。而数子中，又特子厚文为最雄。此为倡，彼为和，其所制作，亦务于表章经术，扬扢风雅，铺张治理，绝非浮词滥语，无补于实际之文也。是以退之往往称之。而唐世之士，推可与退之匹者，亦舍此其谁归？由自韩柳之号，标著于天下。

蒋之翘通过追溯先秦《易》《尚书》《春秋》《论语》等经书中关于道与文关系的记载，为"文以载道"的论断找到了历史依据，从而阐述早期文与道本是统一的。孟子之后，由于道的缺失，文亦不复存在。即使是在两汉时期，虽有毛亨、董仲舒、邹阳、枚乘、司马迁、班固诸人，或以"经术"著，或以"文辞"显，但若与孔孟等"圣人"相比，仍属"未闻道者也"，因而其文也难以与三代相提并论。直到唐代韩愈的出现，"直以古道为己任"，"犯颜敢谏"，排斥佛老，使得湮没已久的道统在一千五百年之后，重新显现。后又有柳宗元等人之发扬光大，遂使道统大盛于世。

而韩柳二人亦同以文并著。蒋之翘在序中还从文与道的关系出发提出了韩柳文胜于两汉文的观点，其原文云：

> 唐三百年，文章所以坦然明白，揭于日月，浑浑灏灏，浸如江海，同于三代，驾于两汉者，惟韩柳之文也。则是文者，非道不立，非道不充，非道不由，其心与道一，故其言无非道也。所谓"文以载道"，其真无愧于文矣乎！

明代，即便是对唐宋文比较推崇的"唐宋派"，也认为秦汉古文法浑而疏，不宜初学者效仿，主张先习唐宋古文，再上溯至秦汉。骨子里，他们仍然将秦汉文作为为文的至高境界，认为唐宋文只不过是学习的阶梯，二者无法相提并论。而在蒋之翘心中，两汉诸家皆是"未闻道者"，韩柳二人则"其心与道一，故其言无非道也"，所以以韩柳文为代表的唐文才能"同于三代，驾于两汉"。蒋之翘选择给韩柳二人文集作注，也正是由于二人之文皆符合"文以载道"之旨。

书首有署"时崇祯癸酉（1633）六月华亭陈继儒撰""时崇祯癸酉（1633）夏六月朔，檇李蒋之翘书于硕薖书屋"的两篇《注韩柳集序》。又有"校注韩柳集论例"，分"论合集""论正文""论注""论评""论句节""论释音""论考异""论引证""论地名""论避讳""论外集遗文附录"十一则，对全书释评体例做了全面介绍。其中《唐韩昌黎集》四十卷，外集十卷，首列"门人李汉编"的《唐韩昌黎集序》，下有《读韩集叙说》，从唐至明摘选了李翱、皇甫湜、陆希声、司空图、姚铉、宋祁、程颢、苏洵、苏轼、黄庭坚、秦观、陈师道、蔡宽夫、李廌、洪迈、王十朋、朱熹、蔡绦、罗大经、刘辰翁、吴澄、方孝孺、王鏊、何景明、杨慎、王世贞、茅坤、陈禹谟、郭正域、胡应麟、孙鑛、锺惺、陈仁锡三十三家评论韩文之语。书首之陈继儒序对此书评价颇高：

> 今檇李蒋君楚穉，崛起诸生，便有尽天下古文奇字之志。凡韩柳集中师心妄驳、肆手影撰者，皆窜削之。订讹补阙，点缀题评，通计千有余条。或一事而究其始终；一说而参其同异。地理如指掌，岁月

如贯珠。五易寒暑，而后始成。昔六臣之注《文选》，以博胜也；郭象之注《南华》，以玄胜也；郦道元之注《水经》，以韵胜也；刘孝标之注《世说》、裴松之注《三国》，以旁出见胜也；蒋楚稈之注韩、柳，以精辨胜也。惜晏元献、欧阳文忠不及见此书，见则必置之博学宏辞科，以为后来读书之人镜，岂忍使之少年谢应举，渔钓于江岸之旁哉！后学鲜深心，多借口于诸葛武侯"略观大意"，又借口于陶渊明"不求甚解"。以此为读书法则可，以此为注书法则不可。

细察此书就会发现，陈继儒之言难免有赞誉过高之嫌。其实此书在卷数、文章篇目与排纂次第上，与东雅堂本《昌黎集注》完全一致，文中的考注校订亦大多抄录东雅堂本，不知陈继儒所谓的"精辨"如何理解。其与诸本相比最大的特点乃于文中增加大量的明人评论之语。其"凡例"中有"论评"一则云："论全文者，载题注下或篇末；论句段者，则随录于每句、每段之下。注下恐其有所混淆，故先著不佞之说，次折衷于古今诸儒，而系以姓氏。"东雅堂本《昌黎集注》中，韩文《原道》篇于题下有解题云：

  《淮南子》以"原道"首篇。许氏笺云："'原'，本也。"公所作《原道》《原性》等篇，史氏谓其"奥衍宏深，与孟轲、扬雄相表里而佐佑六经"，诚哉斯言！东坡尝曰："自孟子后，能将许大见识寻求古人，其断然曰：孟子醇乎醇。荀与扬也，择焉而不精，语焉而不详。若非有见识，岂千余年后便断得如此分明。"伊川亦曰："退之晚年作文，所得甚多，如曰'轲之死不得其传'，似此言语，非是蹈袭前人，又非凿空撰得，必有所见。"二先生之论，岂轻发者哉。山谷尝曰："文章必谨布置，每见后学，多告以《原道》命意曲折。后以此概求古人法度，如老杜《赠韦见素诗》，布置最得正体，如官府甲第厅堂房室，各有定处，不可乱也。韩文公《原道》与《书》之《尧典》，盖如此。"石介守道曰："孔子之《易》《春秋》，自圣人以来未有也。吏部《原道》《原性》《原毁》《行难》《禹问》《佛骨表》《诤臣论》，自诸子以来未有也。"

蒋之翘于《原道》篇题下亦云：

> 翘按：《淮南子》有"原道"篇。注："'原'，本也。"公所作命名之意亦如此。然其大旨，首推明仁义道德之说，次叙帝王维持生民之法，终之古圣贤相承之统，其辟佛老与孟子拒杨墨同功。其言模仿《中庸》首章、《孟子》卒章，乃皆垂世立教之语，非特以文论也。史氏谓其"奥衍宏深，与孟轲、扬雄相表里而佐佑六经"，知言哉！乃宋人若苏子由、张芸叟辈多为指摘，何欤？

其下又列苏轼、黄庭坚、石介、顾充、钱毂、敖英、茅坤、孙鑛八人之评。其中苏轼、黄庭坚、石介三人之评与上东雅堂本完全一致，蒋之翘又复增明代五人。对比上两段解题，就会发现蒋之翘基本上抄录了东雅堂本对"原"字的考注，又将全文"大旨"评论一番。其中"首推明仁义道德之说……非特以文论也"段评语，原出自林希元批点的《古文类钞》，亦非蒋之翘自评。因此蒋之翘在此只是将明代数人之评语进行了汇纂。正文中大体情况也类似，关于文字的校注考释，都抄录东雅堂本，又增明人之批语。如"博爱之谓仁，行而宜之之谓义，由是而之焉之谓道，足乎己无待于外之谓德"，文下有评："一起四句便觉文势变化不测。茅瓒曰：'破起解仁义道德，是学《中庸》解性道，教周子'德爱曰仁'等说，又更解之。'""为之君，为之师……害至而为之备，患生而为之防"下有评曰："此一段连用十七个'为之'字，起伏顿挫如层峰叠岚，如惊波巨浪，自不觉其重复，盖句法善转换也。何洛文曰：'"瞻""通""济""长""次""宣""率""锄"八字下得稳当，不可更易。'孙鑛曰：'说出圣人许多实功，正见佛老之谬，全在下"清净寂灭"四字。'"因而此书的最大特点，并不像陈继儒所称赞的那样做了多么精深的考注工作，而是汇集了明代诸人对韩文的评论之语。从此方面讲，此本对我们了解明人心目中的韩愈，无疑是十分有价值的。但是与明代许多评选本一样，蒋之翘所辑的评语颇为混乱，评语作者也多张冠李戴。如《与李翱书》题下有："虞集曰：反覆辩论，总不放倒自家地位。"此评语实出自茅坤《唐宋八大家文钞》。《答李（师锡）秀才书》题下有："吕雅山曰：'此篇与《答王

（含）秀才序》同调。一则由《醉乡记》立说；一则由李元宾立说，皆是借景生情文字，有许多转折．'"此评语实出自钱榖之《韩文评林》。因而，对书中所列之诸多评语，还需鉴别筛选。

第三节　顾锡畴、陈仁锡对韩文之评点

在明代评点之风盛行的影响下，明末出现了两种韩愈文集的评点本，分别是顾锡畴批点的《顾瑞屏太史评阅韩昌黎先生集》以及陈仁锡批点的《韩昌黎全集》。

《顾瑞屏太史评阅韩昌黎先生集》四十卷，明顾锡畴评，山东省图书馆藏明崇祯六年（1633）胡文柱刻本。顾锡畴，字九畴，号瑞屏，昆山人，万历己未（1619）进士，官检讨。此书前有"崇祯壬申岁（1632）小春月望日后学顾锡畴谨序"的《韩文全集序》，"清差总督粮储南京户部右侍郎兼都察院右佥都御史晋阶正议大夫新安吕维祺介孺甫题于葆存元气之堂"的《昌黎伯韩文公全集序》，"晋陵后学庄起元谨题"的《昌黎韩文公全集序》，"崇祯癸酉（1633）花朝日晋陵杨兆升叙"的《韩文公全集序》，"崇祯五年（1632）壬申岁腊月望后江右信丰后学谢坚用砺父撰"的《韩昌黎伯全集序》，"古歙后学胡文柱与立父谨题并书"的《韩昌黎伯全集序》"六篇序言。其中胡文柱序称：

> 月峰先生曰："批一古文，有似拓影，日月灯皆有影，影遍影隙，而总之无不真。六经，日也；《左传》《史记》，月也；韩、柳、欧、苏四家，灯也。灯影宛在，凭人手目，自拓自认。"柱深有味于斯言。嗜古之性，久而愈坚。若夫四家，则自成童以至于今，批阅不知凡几更，墨痕所积，五色黯澹，补缀累累，一如古衲，夫亦可验其用心之勤矣。同志有人，柱岂徒说哉……枣梨次第，昌黎集其先之。

孙鑛曾编纂《四大家选》一书，选录韩、柳、欧、苏（轼）四家之文。从此序可知，胡文柱应是受孙鑛《四大家选》启发，从而要刊刻四家全集。而韩愈作为四家之首，首先付梓。胡文柱在"凡例"中又言：

择本坊间诸刻皆系摘选，总非全书。间有一二旧板，亦模糊脱落，不堪审阅。偶得云林清贲阁秘藏校定昌黎集四十卷，点画精明，音释细备，始得誊正批评成。

由此可知此书所用之底本是"云林清贲阁秘藏校定昌黎集四十卷"，而清贲阁本现已不可复见。细审此书，发现其编纂次第与明诸韩集有较大差异。韩愈的文集最早是由其女婿及门生李汉编纂，全书大体上按照赋、诗、文的顺序编排。由于其产生的时间最早，后世的韩集编纂虽在某些文章的编排次第上有所调整，但整体上多沿用此顺序。而此胡文柱刻本（以下简成"胡本"）则首列韩文，其次举赋，最后列诗。胡本韩集全书四十卷，按照杂著、传、铭、颂、赞、议、牒、哀辞、启、书、序、记、状、表、祭文、碑铭、墓志铭、顺宗实录、五道、本传（《新书》"本传"、《旧书》"本传"、《文录叙》、《潮州韩文公庙碑》、《朱文公叙》、《李汉编叙》）、赋、古诗、七言古、七言律、五言律、五言古、七言绝、五言绝、五言排律、歌行、古歌、联句的文体次第编排，其相对于王伯大本、东雅堂本等赋、古诗、联句、律诗、杂著、书启、序、哀辞、祭文、碑志、杂文、表状的编纂体例细致了许多。正文中，句旁有连续的圈"○"以及点"、"，有眉批、旁批，文后又偶有尾评。全书整体上以韩集白文为主，文中也时时会出现注释以及注音，有的文章题下还有解题，如《原性》篇题下题解为：

今按《原道》《原人》《原鬼》之例，作"原性"为是。又此五原篇目既同，当是一时之作。《与兵部李侍郎书》所谓"旧文二卷，扶树教道，有所明白者"，疑即此诸篇也。然则皆是江陵以前所作。程子独以《原性》为少作，恐其考之或未详也。

此语原出自朱熹的《韩文考异》，后王伯大本、世彩堂本（即明代东雅堂本所用的底本）都将之收录。可知胡文柱所刻韩集亦参考了诸本，又加以删削注释、增缀评点。

顾锡畴于书前有序言一篇，其云：

畴幼颇嗜古，十岁而读昌黎公之文，有独喜焉。长而问之耆宿，或有以为不足法者，子何不模之秦汉以前，而昌黎是徇？畴未敢遽非是，而心窃以为不然。作者难，读者亦不易。昌黎公承六朝丽靡之后，燕许辈徒负大手笔之名，而终不能振。昌黎公吟不觉，披不停，兼总百氏，而卒以自成其家，其一时并峙者有柳柳州。然学柳而不成，则流为谲为媚，学韩而不成犹不失为大雅之音。盖先肆而后醇，此文人之大忌；先醇而后肆，昌黎公之所独得也。

从中可以看出韩文在顾锡畴心目中的崇高地位。即使面对宿儒的质疑，仍不改初衷。韩愈广学博采，兼收百家而自成一派，可以凌轹张说、苏颋所谓的"燕许大手笔"，为文一改六朝萎靡之风，趋向大雅之音。纵然在古文界，从宋代开始就多以"韩柳"并提。但顾锡畴却认为学柳不及学韩。学柳有可能误入谲媚之途，而韩愈所开创的"先醇而后肆"文风及其形成次第，才是学习古文的正宗途径。正是由于顾锡畴对韩文的无比推崇，所以当胡文柱"欲畴发其平昔喜读昌黎公集之旨于简端"，即请求顾锡畴对韩文进行评点时，顾锡畴才会欣然允诺，最终撰成此书。

顾锡畴在此书中的评点，分为文前总评、眉批、旁批、文后总评几种形式，但不是篇篇都评。评语多简洁，着墨不多。批点内容亦多是对韩文文意、文法的评析。其中对某些篇章文意的理解，较有新意。如韩愈的"杂说四首"共包含四篇短文，分别是"龙嘘气成云"篇（亦称《龙篇》）、"善医者，不视人之瘠肥"篇（亦称《医篇》）、"谈生之为《崔山君传》，称鹤言者"篇（亦称《鹤篇》）、"世有伯乐，然后有千里马"篇（亦称《马篇》）。此四篇短文都采用了寓言体，蕴含着深层含意。特别是《龙篇》与《马篇》，历代多有对其进行阐释之作。南宋谢枋得《文章轨范》对"龙嘘气成云"篇评云："此篇主意谓圣君不可无贤臣；贤臣不可无圣君。圣贤相逢，精聚神会，斯可成天下之大功。"又对"世有伯乐，然后有千里马"篇评云："此篇主意谓英雄豪杰必遇知己者，尊之以高爵，食之以厚禄，任之以重权，其才斯可以展布。"分别将"龙"与"马"比喻成"圣君"与"英雄豪杰"，后代诸说亦大都难逃此樊篱。而顾锡畴则将此四篇评云：

四说相联，不知是公原本，抑后人附缀。细玩之，似无谓，又绝有谓。昔人以龙、马喻君子，君子者，孔子之徒，能振理纪纲，以医天下者也。然始以凭依，属其所自为，励其操也。终以伯乐不常有为慨，悲其遇也。谓公有心作此亦可。

顾锡畴在这里巧妙地将四篇之寓意放在一起考虑，"龙"与"马"均是比喻"君子"，是"君子"则有"振理纪纲，以医天下"之职责，而这正是"医说"篇的主题。因此，四篇内部存在着一定的逻辑关系。"龙说"篇通过讲述龙与云的相互依存关系，即"以凭依，属其所自为"，鼓励"君子"保持操守，故放在首篇。末篇"马说"感惜伯乐不常有，则是对"君子"不遇知己的慨叹。因而四篇是以"励其操"开篇，以"悲其遇"收篇，浑然一体。

顾锡畴认为韩文多持论正大，阐发道统，有利于世教。其评《与孟尚书书》云："公以道统为己任，故其持论一出于正大。"评《论佛骨表》云："是文不独开圣道，辟邪说，尊中国，外夷狄。其学识之正，议论之大，可以垂示无穷。即此直言敢谏之气，足以开千古缄囊之口。使幸而上有转圜之君，下有深虑之臣，推明公说而行之。早严夷夏之防，五季之乱，恐未至于此极也。尚论者宜何如慨焉。"评《鄠人对》云："公持论合于大道，救正多少俗情。"评《师说》云："其说以闻道为主，而从否则为贤愚之关。杂举其凡，而又举'弟子不必不如师，师不必贤于弟子'之言以通之，可谓破尽俗情者矣。"顾评皆言韩文在维护道统方面的丰功伟绩。不仅如此，顾锡畴心目中的韩愈还是一个经济之才，其文亦多有经世之用。如其评《钱重物轻状》云："前人以文章名大家者，皆荦荦有经济。观公思救之法，真详求适变，可以便人，后人远不及矣。"

对于韩文的文风，顾锡畴的观点与前人无太大区别，他也认为韩愈为文变化无端，如龙在云中腾挪跌宕，有不尽之妙。顾锡畴对《送孟东野序》一文这样评道：

昌黎，文中龙也。其屈伸变化，乃所以为龙也。如《送孟东野序》不过叙历代文章耳。翻一"鸣"字立案，龙之脱胎也；出之以雄杰，运之以错综，龙之腾跃也；其间骨节相生，格法变化，龙之妖娇离奇也。漆园、子长而后，独擅其胜。文阵极雄，文格极整，文态极严，文情极变。今人若袭之则套矣。三个"亦然"，挫顿生澜。

此外，顾锡畴认为韩文颇具先秦、两汉之风。如评《刘统军碑》云："是篇文体整齐，而古奥特拔，有先秦之风。"《衢州徐偃王庙碑》文后有评云："绝似《西京》。"《黄陵庙碑》评云："其文大似太史公世家《伯夷传》，若疑若信，自有一种'白云明月吊湘娥'之意。"《送殷员外序》中"十二年诏曰：'四方万国，惟回鹘于唐最亲，奉职尤谨，丞相其选宗室四品一人，持节往赐君长，告之朕意。又选学有经法通知时事者一人，与之为贰。'"顾锡畴评云："语句大类西汉诏令。"因而单以时代之先后论文之优劣，难免有不当之处。其评《平淮西碑》云："今人往往以时代论文，遂谓后人断不及前。追想秦汉以后，勘定祸乱、塞天之功时有，而炳日之文竟眇矣。再读《平淮西碑》，令人致恨于高光之世，不生昌黎，竟使昆阳、垓下之绩不睹。典谟训诰之制也。可谓后人不如前人乎？"

对于韩文的笔法，顾锡畴认为韩愈对历来名文的笔法都有借鉴。其一是对《国策》《史记》文法的吸收和学习。其评《行难》云："笔法妙诀，得之《国策》。"评《释言》云："卓识名议，君相安可不闻此言？妙在入人情而不觉其有谓，此盖得之《国策》。"评《太学生何蕃传》云："太史公立传，往往有举一二事以成传者。《何蕃传》只举拒乱一事，便足以概其平生。其余葬死子孤，映带成文，亦史迁法也。"后又评云："传者，史法之最严者也。传一人，必举其名言懿行，而栉次书之，所以征实也。何太学，纯孝仁勇，皆从推荐人口中说出。且凿凿有据，是以美而可传耳。昔太史公不遇于时，每迹其事之相类者，倍为形容。公之志亦可概见矣。"其二是对魏晋之风的借鉴。顾锡畴认为韩文书类之文，多濡染魏晋之风。《答窦秀才书》中"捆载而往，垂橐而归。足下亮之而已"，顾锡畴有眉批曰："公尺牍时露魏晋风味。"又《上兵部李侍郎书》中"凡自唐虞已来，编简所存，大之为河海，高之为山岳，明之为日月，幽之为鬼神……非言之难为，听而识之者难遇也"，眉批云："有建安之风。"《至邓州北寄上襄阳于相公书》中"夫涧谷之水深不过咫尺，丘垤之山高不能逾寻丈，人则狎而玩之。及至临泰山之悬崖，窥巨海之惊澜，莫不战掉悼慄，眩惑而自失。所观变于前，所守易于内，亦其理宜也"，眉批云："语本曹植、吴质而更朴茂。"韩愈正是在旁采多家笔法的基础上而自成一派。

《韩昌黎全集》四十卷，补集一卷，集传一卷，外集十卷，苏州图书馆藏明崇祯七年（1634）陈仁锡刻本（以下简称"陈本"）。此书首页题下标"明太史常州陈仁锡明卿父评阅"。陈仁锡，字明卿，号芝台，长州人。十九岁举万历二十五年（1597）之乡试，天启二年（1622）以殿试第三名授翰林编修，后进经筵日讲官。陈仁锡是明末颇有名气的评选大家，其选评的作品涵盖了经史子集，其中《古文奇赏》一书名噪一时，后又相继有《续古文奇赏》《三续古文奇赏》《四续古文奇赏》等书问世，足以显示出其评选之书在当时的流行程度。

从版本方面看，陈仁锡刊刻评阅的韩集所用之底本应是来自明东雅堂的《昌黎先生集》，二本所收文章以及文下注释完全相同。只是在编排次第上，略有差别。东雅堂本按照正集、外集、集传、遗文来编排，而陈本则是按照正集、补集（即东雅堂本的"遗文"）、集传、外集来编纂，但每集所收文章完全相同。此外，陈本于书首增陈仁锡的《韩文全集序》，又于文中缀入圈点及批语。文中运用了字旁"○"、字旁点"、"以及抹"｜"三种批点标示。而评语则偶见于书眉处，如卷一《南山诗》书首眉批为："自怪怪奇奇，不须论次《南山》《北征》高下。"《上宰相书》有眉批云："如此上宰相书，谁敢哉！况再乎，三乎！"

书首有署"崇祯甲戌（1634）元旦左谕德陈仁锡书于学易斋"的《韩文全集序》。今查此文亦收录在陈仁锡之《无梦园遗集》中，可见"陈仁锡明卿父评阅"非伪托。陈仁锡于序中首先追溯了"文章"的来源：

> 文章原本六经，六经原本德行，三代以下，知此者鲜矣。是以秦汉之文一变，而典谟训诰之体遂不可复。夫其气非不昌，格非不严，体裁非不劲也，以未闻乎圣人之道也。故曰"韩文起八代之衰"，虽然公如遇濂溪之纯，程伯子之粹，罗豫章、李延年之静，必北面事之，以其求闻乎圣人之道也。

陈仁锡将"文章"的最终起源归结于"德行",而所谓的"德行",又与"道"密切相关,对"道"的体认水平决定了"德行"修养的程度,亦决定了为"文章"水平的高低。秦汉之文在"气""格""体"方面虽与六经相差无几,但由于未"闻乎圣人之道",因而总体上便略逊六经一筹。韩愈之古文虽称"起八代之衰",但相对于周敦颐(号濂溪)、程颢(字伯纯)、罗从彦(号豫章先生)等南宋理学家的谈性论理之文,也要甘拜下风。"德行"一词最早出现于《论语》中,《论语·先进》篇云:"德行:颜渊、闵子骞、冉伯牛、仲弓;言语:宰我、子贡;政事:冉有、季路;文学:子游、子夏。"孔子按弟子学业特长,将之分为"德行""言语""政事""文学"四科,被称作"孔门四科",成为后世衡量人物才干的重要标准。《世说新语》把人物的才能分为"德行""言语""政事""文学""方正""雅量"等三十六门,是在"孔门四科"的基础上进一步细化。陈仁锡在此序中还自言:"余既刻此书,又恐耳食之徒,漫相附和,反不若惊且笑且排者之知公也。"于是在序中以"孔门四科"为基础,对韩愈做了整体的评价:

  公之德行,具载本传,考其政事,策淮西,与裴中丞同上章。及请先入汴,说韩弘擒元济,已守潮而鳄鱼远,守袁而卖子赎,三为侍郎,一拜祭酒,皆能于其官焉。其文学则奥衍闳深,沛然若有余,卒泽于道德仁义。独所谓"言语"者,世俗颇不解,或误"言语"为政事,失之诬;或误"言语"为文学,失之躁甚;或误"言语"为德行,漫滤离其情实,张皇迂阔,靡所底柱。然则"言语"如之何,其列于四科也耶?以公叱王廷凑数语知之。彼且夸先太师血衣,公直曰"以为尔不记先太师也。若犹记之,固善",未几攓甲者,皆为侍郎言是。廷凑泣受命,天子闻而悦之,郭令公见虏,数语皆此类也。[①] 大

[①] 长庆元年,镇州发生了叛乱,将士不堪忍受原节度使田弘正的刻薄,杀之,立王廷凑。唐肃宗先是命深州刺史牛元翼去讨伐王廷凑,无奈牛元翼军队被王廷凑包围。后肃宗又命韩愈去招抚。虽有元稹等人指出此行凶多吉少,但韩愈仍毅然前往,并在朝廷上当面斥责王廷凑负恩失节,陈之逆顺利害,最终说服王廷凑,放回牛元翼。详情见《新唐书·韩愈本传》。

敌在前，语言一乱，祸患助之，实关学力。欧阳文忠不云乎，苟得禄矣，当尽力于斯文，以偿其素志。

陈仁锡认为韩愈在"德行""政事""言语""文学"方面都卓有成就。为此，他还特别纠正了人们对"言语"的误解，并以韩愈当面斥责王廷凑，使其改过自新来说明所谓的"言语"乃"学力"的体现，即人之综合学养水平在某一关键时刻的流露。从中也可以看出陈仁锡对韩愈的人品、学力乃至功绩还是十分赞赏的，所以才会刊刻韩集，并加以点评。

陈仁锡对此书的评点十分简洁，于书眉处增设批语，全书不过五十余处。批语有的也十分随意、即兴，只是表达其读韩文时的体会和感受。如《原道》中"老者曰：'孔子，吾师之弟子也。'佛者曰：'孔子，吾师之弟子也。'为孔子者，习闻其说，乐其诞而自小也，亦曰：'吾师亦尝师之云尔。'不惟举之于其口，而又笔之于其书"，陈仁锡眉批："真可恶。"《平淮西碑》中"皇帝历问于朝，一二臣外皆曰：'蔡帅之不廷授，于今五十年，传三姓四将；其树本坚，兵利卒顽，不与他等。因抚而有，顺且无事。'"陈仁锡眉批："公卿几误大事！"陈评点最大的特点莫过于对韩文提出了诸多訾病之言。这取决于陈仁锡对"古文"与"时文"（即八股文）关系的判定。其在文前序中就言："呜呼，宋人以时文为古文，其体弱；今人以古文为时文，其体伪。且时义嘐嘐慕古，一旦矢为古文辞，皆八股之唾余也，顾安所得古乎！"这说明陈仁锡认为在宋明两代，"古文"都不可避免地受到了"时文"的影响，因而或是"体弱"，或是"体伪"。而在明代，这种现象尤为严重。明代嘉靖万历时期，以茅坤、归有光等为代表的"唐宋派"提出了"以古文为时文"的口号，一时成为"时文"创作的定则。而在陈仁锡眼中，用此法为"古文"，无疑是"八股之唾余"，与真正的古文相差甚远。因此陈仁锡在评点韩文时，对文中带有"时文"气之处，则毫不客气地表示出异议。韩愈的千古名篇《获麟解》，历代对其评价甚高，亦是诸种为科举服务的古文选本的必选篇目。宋代的《古文关键》《崇古文诀》《文章轨范》等书都收此篇，很重要的原因是文中所运用的起、承、转、合等笔法契合初学八股"时文"的需要。而陈仁锡却对其评云："终篇无一句佳处。"又《猫相乳说》中"国事既毕，家道乃行；父父子子，兄兄弟弟；雍雍如也，愉愉如也；视外犹视中，一家犹一人"，陈仁锡眉批云："似时文。"他还对韩文中对偶、排比、对比等与八股"时文"相合的句法、章法表达不满。如《通解》眉批云："此篇对偶太多。"《与于襄阳书》中"莫为之前，虽美而不彰；莫为之后，虽盛而不传"，陈仁锡眉批："遂为章句窠曰。"《择言解》眉批云："三股，亦嫌少板，近程策。"《送穷文》中"其名曰智穷：矫矫亢亢，恶圆喜方。羞为奸欺，不忍害伤。其次名曰学穷：傲数与名，摘抉杳微，高挹群言，执神之机。又其次曰文穷：不专一能，怪怪奇奇，不可时施，只以自嬉。又其次曰命穷：影与形殊，面丑心妍，利居众后，责在人先。又其次曰交穷：磨肌戛骨，吐出心肝，企足以待，置我仇冤"，陈仁锡眉批曰："数段板拙。"上述诸处无疑都是因为与八股"时文"在某些方面的相似而受到了陈仁锡的诟病。因此，在陈仁锡心目中，韩愈仍然没有完全摆脱唐初承袭魏晋六朝时骈文文风的影响，在行文中会时时透露出来。《与陈给事书》中"邈乎其容，若不察其愚也；悄乎其言，若不接其情也"，陈仁锡眉批云："沓股多如此，唐人习气盖未除也。"此处，他直接点明韩文仍带"时文"气的缘由。

《顾瑞屏评阅昌黎先生集》与陈仁锡批点的《韩昌黎全集》是在明末评点之风盛行的条件下产生的两部重要的韩集评点本。顾锡畴更多的是表现出对韩愈为人、为文的赞赏与钦佩；而陈仁锡则透漏出对韩文时露"时文"气的不满，因而二者在对韩文的评价方面是有所区别的。

第六章　明代存疑本之考索

　　明代出现诸多的古文评选本，由商贾伪托名人以造声势的现象十分严重。现主要从考察评语的角度对托名归有光以及锺惺的几部著作进行辨析。

第一节　归有光《唐宋八大家文选》《四大家文选》辨析

　　复旦大学图书馆藏署"归有光选辑"的《唐宋八大家文选》，五十九卷，两函，三十四册。今按"唐宋八大家文选"之名，应是今人在做文献编目时所加，实非此书原有。此书前有署"归有光熙父题"的《题四大家文选》以及署"皇明崇祯辛未季冬望鹿城顾锡畴题"的《四大家文选序》，归有光在序中言："端居多暇，取四家文，各录一帙。"顾锡畴也在序言中言："千百年而一人，所称四大家之文非乎？第未得其中用意之至微也。夫韩退之之文，凌空说意，藏抑扬于雄浑之中，其质非子长也，而作以子长之法，意则独出一枢者也。何也？子长之文，现为《史记》，而其实凌空发论，其中历千头万绪，一行以感慨之胸臆，破空而走，不带一丝。韩取其法，以成一家，而人莫有知之者也。柳子厚较峭洁，其文独出体，虽取《国语》以饰之，然亦其才然也。欧学韩者也。子瞻之文，人见其跌宕豪往，而不知其纯乎孟坚者也。"二序都明言是"四家"或"四大家"，可知原书本应为"四大家"文选，而非唐宋"八大家"文选。而且所谓的"四大家"，应指韩愈、柳宗元、欧阳修、苏轼四人，但此种书实际上包含了韩、柳、欧、"三苏"、王、曾八家之文。颇令人疑惑。

今细察此书，发现后四家即苏洵、苏辙、王安石、曾巩之文应是后人在《四大家文选》成书之后，添加进去，从而成为八大家。从形式上看，前四家与后四家在总体的版面设计上基本相同，都为每半页九行，行字二十，四周单边，白口，无鱼尾，但在其卷首序以及卷端都出现了细微差异。如韩、柳、欧、苏（轼）四家，卷首有上文所言的归有光的《题四大家文选》以及顾锡畴的《四大家文选序》，卷端题下均有"太仆震川归有光选辑""吴太史瑞屏顾锡畴评阅"（按：自《宋大家苏文忠公文选》卷二开始，一直到卷十六，每卷卷端除标有"归有光选辑"和"顾锡畴评阅"外，还有"后学文昭徐开雍参定"）。而在《宋大家苏老泉文选》《宋大家苏颖滨文选》前均出现了署"始宁倪元璐题"的序，《宋大家王荆公文选》前有《王文公本传》，《宋大家曾南丰文选》前有署"鹿城徐开雍题"的序。并且后四家每家卷之一题下都有"太仆震川归有光选辑，归安鹿门茅坤评阅，后学文昭徐开雍参定"，而从卷二开始，"归安鹿门茅坤评阅"又变为"吴太史鸿宝倪元璐评阅"。因此前四家是顾锡畴评阅，而后四家变为了茅坤或倪元璐评阅，前后明显不一致。而且后四家在评点符号使用上也与前四家出现了差异，在后四家的评点中出现了斜三角圈"△"，在前四家中，评点符号只有字旁圈"○"及字旁点"、"两种。因此基本上可以断定前四家与后四家本不是一部书。

今于上海图书馆发现归有光选辑《唐宋八大家文选》，此书为和刻本，书首序言署"明治十二年龙集己卯秋十月后学宍户颂识"，书中"例言"云：

> 是编翻刻明归震川、顾鹿城所评辑之四大家文选，原本浩瀚烦翻阅，因钞录以为八卷，冀欲令读者便披览也。

因此，此书应是翻刻明归有光选辑、顾锡畴评阅的《四大家文选》，即复旦大学图书馆所藏的《唐宋八大家文选》之前四家，并且苦于原书之"浩瀚"，将之删改为八卷，以便翻阅。"唐宋"二字应是宍户颂所加。这就更加明确地证明了所谓的《唐宋八大家文选》，应是后人在《四大家文选》基础上增益而成。

上文只是说清楚了一个问题，其实，此书问题还颇多。《四大家文选》里所收的文章是不是都为归有光所选定？顾锡畴在此过程中又起了什么作用？这些问题笔者无法彻底说清楚。仅就现有材料而言，笔者认为归有光可能曾经选辑过《四大家文选》，但复旦大学图书馆所藏署"归有光选辑，顾锡畴评阅"的《四大家文选》应是顾锡畴和徐开雍等人参照茅坤《唐宋八大家文钞》对原书进行了增益而成的。其理由如下。

其一，从内容来看，《四大家文选》与茅坤的《唐宋八大家文钞》所选韩、柳、欧、苏之文十分吻合，甚至连入选文章文体的次第安排都一致。《四大家文选》中的《唐大家韩文公文选》共八卷，分别为"卷之一：表、状、议"，"卷之二：书"，"卷之三：书记"，"卷之四：序"，"卷之五：原、论、辩、解、箴、颂、杂著"，"卷之六：实录、碑铭"，"卷之七：墓志铭"，"卷之八：哀辞、祭文、杂传、本传"；而《唐宋八大家文钞》中的《唐大家韩文公文钞》共十六卷，其为"第一卷，表、状，共九首"，"第二卷，书，七首"，"第三卷，书，九首"，"第四卷，书，十四首"，"第五卷，书、启、状，共十六首"，"第六卷，序，十六首"，"第七卷，序，十七首"，"第八卷，记、传，共十二首"，"第九卷，原、论、议，共十首"，"第十卷，辩、解、说、颂、杂著，共二十二首"，"第十一卷，碑，八首"，"第十二卷，碑铭，九首"，"第十三卷，墓志铭，七首"，"第十四卷，墓志铭，十一首"，"第十五卷，墓志、碣铭，共十七首"，"第十六卷，哀辞、祭文、行传，共八首"。可以看出，二者虽不是完全相同，但整体上都是按照表、状、书、序、杂著（包括原、论、辩、箴、颂等）、墓志、碑铭，以及哀辞、祭文等顺序来编排的。再对照其同类文体下所选之具体文章篇目，二者也颇吻合。如二书在表下都收选《论佛骨表》《进撰平淮西碑文表》《潮州刺史谢上表》《论捕贼行赏表》四篇。状下二者都收录《复仇状》《论今年权停举选状》《论淮西事宜状》三篇；另外，《四大家文选》状下收录《御史台上论天旱人饥状》，《唐宋八大家文钞》状下则收录了《黄家贼事宜状》《论变盐法事宜状》两篇。由于《唐宋八大家文钞》之规模更为庞大浩博，入选之文更为繁多，因此在书、序、墓志铭等文体上，《四大家文选》所入选之篇目《唐宋八大家文钞》基本上全部入选。除此之外,《唐宋八大家文钞》还入选了一些《四大家文选》所未收之篇目。如《四大家文选》所选的韩愈二十七篇序文,《唐宋八大家文钞》全部选入(这里需要指出的是,《张中丞传后叙》在《四大家文选》中是被放入了序中,而在《唐宋八大家文钞》中却被放入了杂著中)。除此,《唐宋八大家文钞》还多收录了《送王(含)秀才序》《送王秀才垍序》《送张道士序》《送陈秀才彤序》《送郑十校理序》《送窦从事序》《送牛堪序》六篇。从总体上看,《四大家文选》和《唐宋八大家文钞》所选之文章篇目重合率非常高,不得不使人怀疑二书之间有着非同寻常的联系。另外,还需要特别指出的是,韩愈的《唐顺宗实录》被《唐宋八大家文钞》所遗弃,这也成为后人批评茅坤《唐宋八大家文钞》选文不精的一个重要理由,而今查此文却收留在《四大家文选》当中。此篇文章可能是《四大家文选》原本所有,因此顾锡畴给予保留。

其二,从文章中之眉批、旁批、总评来看,也可看出二书之密切关系。在《四大家文选》中,文章末尾经常会出现"茅鹿门曰""顾锡畴曰""归震川曰""徐文昭曰"等人之评语;除此还有"王遵严曰""孙月峰曰""陶石篑曰""钱丰豙曰"等人之评。这能够说明此书应不是归有光《四大家文选》之原貌,而应是顾锡畴、徐文昭等人在《四大家文选》的基础上增加了一些后人的评语,如孙鑛、钱榖等人评语以及自己之评语。接着细看文章中具体之眉批、旁批,发现其又多是抄录茅坤之《唐宋八大家文钞》。如韩愈《论佛骨表》中"昔者皇帝在位百年,年百一十岁……"眉批云"不事佛者如此";"武丁在位五十九年,书、史不言其年寿所极……"旁批云"虚";"汉明帝时始有佛法……"眉批云"事佛者如此";"其后竟为侯景所逼,饿死台城,国亦寻灭",眉批云"议论痛快而近于憨";"当时群臣材识不远,不能深知先王之道……"眉批云"借虚情作实景";等等,全部为抄录茅坤《唐宋八大家文钞》之评。再观其他文章,也多与此种情况类似。《四大家文选》中,只有部分文章在开端天头处有关于此文之总评,不见于《唐宋八大家文钞》中。如韩愈《论佛骨表》眉评:"昌黎一生大节所在,读之正气凛凛。"此为《唐宋八大家文钞》所无。

综上所述,我们大体可以断定所谓归有光选辑的《唐宋八大家文选》,理应是后人在"归有光选辑、顾锡畴评阅"的《四大家文选》的基础上增益而成的。而《四大家文选》是顾锡畴等人在归有光选辑的基础上，依据茅坤的《唐宋八大家文钞》增益而成的。

第二节　署"锺惺"评选《唐宋十二大家文归》《唐文归》辨析

上海图书馆藏署"锺惺"评选的《唐宋十二大家文归》十四卷，又有《国朝大家文归》一卷，总计十五卷。[①] 书前有署"竟陵伯敬锺惺题于金陵公署之暇"的序一文，特录如下。

　　文章，经国大猷，垂之不朽。然如陶者尚型，冶者尚范，师心无准，焉用文之。迩来作者如林，猥云拟古，上说下教，正始之文，几于若夏之裘，冬之葛，鲜有过而问者。惟务虚恢谐谑，澜翻变换，初学辈齿频笔端，往往嗜之。所谓有大力者负之而趋，虽朝家功令，莫能挽之。举业之变已极，未有知其来繇者也。往弘正时，王文庄、杨文贞皆以十二大家为准，所作皆治世之文，正始之音也。夫十二家者，元和长庆间，昌黎、子厚文起八代之衰，而文饶、遐叔，与有功焉，则唐之文必规于四家。嘉祐、庆历间，永叔、三苏、子固、介甫锐然一禀于雅训，而文潜、少游，亦丽美焉，则宋之文，必归于八家。王、杨二公之文，十二家之文也。其法则左、马之法，而其意则古六艺之余也。古之六艺，惟道其中之所欲言，故和平谲怪，正变互作。如风水相遭，文生乎其间，而作者无心。若十二家崛起天地之中，循习先民之准，其以自得为宗，自然为趣。其才无所不骋，而驭之以法，不为战国之纵横；其学无所不窥，而束之以裁，不为六朝之雕绘；于境无不收，而以情附境，不为庄、列之虚恢；于情无不摹，而以理定情，不为屈、宋之怨诽。盖率尔泛应，不离典型；寂寥短篇，各标闳矩。如入清庙，所见无非法物；如骤广陌，所践无非坦

[①] 署"锺惺"评选的《唐宋十二大家文归》，十四卷，每半页九行，行大字十八，小字双行同；四周单边，白口，无鱼尾。

途。奚以句栉字比，用非圣之书，气尽语竭，迳无穷之辨为哉？繇其模拟之力已偏，千秋之论未定，余故欲以十二家之文悬衡天下，神明再还，日月重朗。是集也，后学者时而习之，习而悦之，当得其熏染之妙。弘正王、杨二公，其佐证也。予以《诗归》为词林赤帜，以《文归》为艺林赤帜焉。虽然胡宽营新丰，至鸡犬各识其家，而非真新丰也；优孟效孙叔敖，抵掌惊楚王，而终非真叔敖也。读十二家者，会其神情则得之，泥其形似则失之。诚会其神情之际，斯知十二家之所以大，文之所以归矣。

全书前十四卷选唐代韩愈、柳宗元、李德裕、李华，宋代欧阳修、苏洵、苏轼、苏辙、王安石、曾巩、秦观、张耒十二人之文。没有标明分卷之标准，大体上看来，其按照制、札子、疏、论、策、议、书、序、记、赋、碑铭的文体顺序编纂。文中有眉批、旁批以及夹注，文后有总评。文中亦有连续的字旁小圈"〇"以及点"、"。今从此书所选韩愈文的评语来看，其应为明末书商委托锺惺评选的一部伪书。卷二选韩愈的《许远论》，后有评语曰："锺伯敬曰，通篇成句、用字、连气，得太史之神，非昌黎本色。即书画家亦有效人而神肖者，昌黎是也。"此文篇名本应为《张中丞传后序》，此书将其改为《许远论》，并将原文大量删减，文首启自"李翰所为张巡传颇详密，然尚恨有阙焉"，尾至"亦见其自比于逆乱，设淫辞而助之攻也"，可知其沿用了明末书商肆意删改的恶习。并且上述所谓的"锺伯敬曰"，其实并非是锺惺之言。茅坤于《唐宋八大家文钞》中对《张中丞传后叙》的评语为："通篇句、字、气皆太史公髓，非昌黎本色。今书画家亦有效人而得其解者，此正见其无不可处。"对比所谓的"锺伯敬曰"，可知其不过是将茅坤之评语稍作改动，而冠之以锺惺之名。此书卷二还选韩愈《争臣论》一文，文后又云："王凤洲曰：此篇是箴规攻击体，是反难文字之格，当以欧阳公《上范司谏书》相参看。"此评语实非出自王世贞。吕祖谦《古文关键》对此文首评为："意胜反题格。此篇是箴规攻击体，是反题难文字之祖。"后吕祖谦的学生楼昉在《崇古文诀》中品评此文为："此篇是箴规攻击体，是反难文字之格，当以《范司谏书》相兼看。"《答李翊书》文末有："锺惺曰：文章一道，昌黎公每不肯轻易语人，此独详尽。"此评语实出自孙矿的《四家文选》，亦非是锺惺之语。因而此书乃伪造锺惺评选无疑。

上海图书馆藏署"锺惺"评阅的《唐文归》十卷。① 书前有署"黄严陶珽稺圭父题"的《唐宋文归序》以及署"吴郡顾梦麟麟士序"的《唐宋文归叙》。另有"唐宋文归选例"九则和"唐文归氏籍总目"，即将本书所选文作者作一简单介绍，如首列太宗皇帝，言："国姓李，讳世民，陇西成纪人。选文二首。"全书共选唐代一百三十五人。其于卷一、卷三、卷五、卷六、卷九卷端有"竟陵锺惺伯敬父评次，古杨彝子常父参订"字，（其中"参订"有时写成"参评"，"评次"有时写成"点次""评选"）其余各卷卷端都有"竟陵锺惺伯敬父评选，古吴顾梦麟麟士参订"字。卷心刻"唐文归"、卷数、页码及"集贤堂"。书首陶珽的《唐宋文归序》称：

> 古人往矣，其精神邈不可接矣。而使千载下低回企慕，若其人至今存，而精神旦暮接之者，舍立德、立功而外，非文章一脉乎！夫文章在，而其人始不朽。则其人既无德功，又不与于文章。虽精神满腹，不过与蟪蛄、木槿争一日之寿，而一旦不讳，则形销影灭，不几何时，已有不识其姓字者矣，况精神乎！故古人于文章一脉，竭性命为之者，非独徇人，亦所以自寿也。人苟能以文章自寿，则虽不幸沦忘，而九原之痛，尚可慰也。竟陵锺伯敬，予同年友也。清瘦过于卫洗马，而好吟不减杜拾遗。虽病愈之余，往往寄情于千载上下。予尝戏戒之曰："伯敬重耶？文章重耶？伯敬重文章耶？抑文章重伯敬耶？何费思乃尔！"伯敬颦蹙曰："亦文章重耳，伯敬何足重。伯敬重文章，不过一时；而文章之重伯敬者，盖无穷期也。伯敬何足重！"既而伯敬果以好文之故，先予而往。丝绣不可，金铸不可。予每痛其言之过也。无何，而海内读《隐秀轩集》者曰"此伯敬也，文人也"；读《诗归》者曰"此锺子伯敬也，诗人也"；读《史怀》者亦曰"此楚人锺伯敬也，博学人也，经济人也"。伯敬死愈久，而识伯敬者愈多。往时伯敬自叹莫知者，而今莫不知之深，而低回企慕如古人，是

---

① 署"锺惺"评阅的《唐文归》，十卷，上海图书馆藏明集贤堂刻本。

则伯敬虽死，而伯敬之精神常留于天地间矣。予虽犹视息，既德功之不立，又著述之无闻，而放逐一隅，舍二三故旧之外，已无复如逌叟为何如人者，况死后耶？回思往昔之言，谁为寿夭，将自痛不暇，又何暇为伯敬痛哉！庚午，予寄官武昌，于嗣君处得其评阅遗书一十八种。每刻一种，而天下翕然称伯敬如故。数年来，次第刻已殆半，而低回企慕者犹索刻不已。况愿寿伯敬如予，宁忍秘之？因复简其所评唐宋文归，邮寄吴中梓行，非独慰海内企慕伯敬之心，亦以见伯敬之企慕唐宋诸君子，不减海内企慕伯敬也。又以见企慕千载以上古人之文章，便可作千载以下文章之古人也。而立德立功者，又从可知矣。是为序。

顾梦麟的《唐宋文归叙》言：

原夫古今之有选，亦文士所用以自托，岂徒挚虞"代繁"云尔乎？何以言之？高论渺思，自非一家之物。彼其实者，崇经济；而精者，明道德；巨者，持伦纪，而细者，辨名物，则载籍备矣。骤而观之，亦如江行之观山，方舟数尺而游翔千里，不知心目之频易也。当其中有所得，而因类为聚，附以赞跋，则虽述而不作，而斐然之致常足。自名一书及行于世，而又得而观之，以定其佳恶，验其久暂，则各有铢两分限，不得而强矣。晋以下人，已间有专集，而昭明不传，独《文选》则久而弥著。托或在彼，而亦在乎此，信非一端也。今天下言诗派者，动称竟陵。然士不必尽读《隐秀》《岳归》两集，而《诗归》一编，则几案咸有，岂非亦以得其托与？顾非锺谭之识与笔，真有以剔其幽微而标其孔翠，以入人于心腑之细，而感其情神之深。即古人无以自托，而锺谭何有？故自伯敬先生殁而遗书愈出，咨讽靡倦者，皆先生心手自为之，亦不可强而致也。乃《文归》一书，实与《诗归》旧相表里，而梨枣未布。近始获自楚中，刻之吴门，称备事焉。先生序《诗归》曰："吾取而覆之，而见古人久传诗反若今人新诗；见己所评古人语，如看他人语。"以移视《文归》之文与《文归》之评，其善刀之乐，何独不然？而容此没没，两《归》宜璧合耳。或又曰："《诗归》迄于唐者也，《文归》始于唐，何居？"曰："诗之道至唐已至矣。"文繇唐迄宋而愈以邃，其疏通愉夷之气，著其周详切实之理。崇经济，明道德，持伦纪，辨名物，则皆与今朝野边腹之事近。而比偶论策之篇宜。盖姚宝臣之《粹》，吕伯恭之《鉴》概焉。而先生又融液之指，固在斯也。虽当时不言而道可意断，亦自信不惑矣。

今按，此书应与《四库全书总目提要》集部第三百四十册影印山东省图书馆所藏明集贤堂刻本的《宋文归》二十卷为同一部书。不知何种原因，其被切分为《唐文归》与《宋文归》两部分。所以上海图书馆所藏的《唐文归》前面陶珽、顾梦麟的序都是《唐宋文归序》，而山东省图书馆藏《宋文归》书首便是"宋文归氏籍总目"，无序言；其实序言、选例都是保存在《唐文归》前。并且上海图书馆所藏《唐文归》卷心标有"集贤堂"，也与山东省图书馆所藏《宋文归》一致。因此可知二书必为同一部书无疑。《四库全书总目提要》中也只言及《宋文归》，而并未提及《唐文归》，想必当时此书已经一分为二了。李先耕先生在《锺惺著述考》中也涉此书，其言为：

> 故宫博物院图书馆藏有《历代文归》四十册，夹签云："《历代文归》原五十七本，今做六套四十本，是明崇祯间学臣锺惺、浙东人朱东观选集自《左》《国》至唐宋以来历代古文，史臣徐汧等序。四十三年十月十六日赫世享进《左》《国》，赵昌进《秦文归》至《宋文归》，奉旨配成《历代文归》。"这说明它出自不同的藏家，内廷"奉旨配成"一套，其实是误配：《左国文归》为一种，或题徐汧所为；其他则另为一套，盖朱东观作伪。

故宫博物院所藏《历代文归》，笔者未见，不敢乱言，只能引李先生之言。笔者在浙江图书馆却看到了署名"朱东观"评选的《唐文归》，二十四卷。首页题下有"钱塘朱东观全古纂选，同邑陆彦龙御天（原名梦龙）、张炜如道先参阅"。前有署"仁和陆彦龙御天氏书于抱月楼中"的《唐文归序》，署"钱塘朱东观全古氏题"的《唐文归序》，下又有署"全古氏再识"的"选事记略"五则。陆序称："往予与全古参选汉晋诸文，盖得之读史之余耳。《史》《汉》而下及魏晋南北朝诸籍，用昔人限年读经法，统几年月，毕了群编，固以次第，得其条贯。纪传、书志之外，间取所载诸文，代为裁别，或置评断焉。而坊人谓可取以名选，综为文编，不俟旁揽它籍也，犹夫班、马、陈、范诸人之所选焉尔。今读唐史新、旧二书，盖亦仍厥前志也。"朱序称："予去夏归自吴门，道先以晋选流布既广，博采唐集，充悦栋宇，属予继治选事……乃与同社诸子相为纂论焉。始于丁丑八月，其间以疾废者四旬，以房书易治者又一月，迄于戊寅季春，始克竣选。盖总为二十四卷也。"由此可知，此书是朱东观、陆梦龙、张道先等同社之人，于观史之余，编纂而成。此书与上海图书馆所藏署名"锺惺"评选的《唐文归》应是两种书，二书在选文的篇目、卷数方面都完全不同。是不是由于二书书名相同，后人将之作为一种书看待，所以才会出现上文李先耕先生所言的"误配"现象。

今细阅署名"锺惺"评选的《唐文归》中所选韩文所缀的评语，没有发现抄录他书的现象，并且其于所选韩愈《伯夷颂》文后有尾评云：

> 锺惺曰：昌黎排斥佛老，颇有独行一世之思，故以非之不惑立论。颂伯夷，盖自颂也。
>
> 锺惺又曰：孟子曰，君子亦仁而已矣，何必同。予尝谓殷周之际，前不生夷齐，后不生管蔡，亦觉宇宙雷同，索然失色，不见造物与君臣之大。今且有非采薇之歌为不经，指叩马之谏为荒唐者，非迂腐则好为立异之过也。

锺惺于《史怀》的《伯夷论》中言："武王克商，天下宗周，前不生夷齐，后不生管蔡，亦觉宇宙雷同，索然无色，不见造化与君相之大。"又在《古诗归》中，锺惺于《采薇歌》后评云："此诗真有一段不满于周之意，非独不忌毁也。古人胸中是昨，天且不能夺，而况人乎！揖让之不能不化为征伐也。孔子感之，孟子顺之，宋儒周旋之。武王克商，前不生夷齐，后不生管蔡，绝世界雷同，索然无色，不见造化与君相之大。"《史怀》与《古诗归》均为锺惺所撰，此无疑问。将二书中之语与上文评语相对照，可知锺惺确实发表过此言。现在还无法找到十分确切或直接的证据来证明《唐文归》是伪托锺惺所撰，所以对此书的态度，笔者更倾向于存疑待考。

清代篇
韩文评点的繁荣和巅峰

第七章　清代专选类韩文评点本

　　清朝是我国封建社会最后一个朝代，同时也是我国古典文学与学术集大成的时期。此时各种传统文体如诗、词、曲等都再次焕发生机，实现了复兴与繁荣，盛况空前。古典学术研究也在经历了长期的沉淀后开始爆发，尤其是乾嘉时期的考据之学，是对中国传统学术的一次系统性的总结。清代韩愈古文的评点就是在这样的背景下展开的。纵观清代的韩愈古文评点，一个总的印象便是翔实。而形成这种印象的原因，大概源于两方面。一是受考据之风盛行的影响。其最为直接的表现便是清代的韩文评点本多非单纯的评点，而是在评点的基础上增入注释、考辨等内容，因而是一种集注、考、评为一体的评注本。并且清代的评点者在评文时，亦非就文论文，如明人那样只对文章的风格与文法做浮光掠影的点评，而是经常结合文章时、地、人等相关内容，对文章进行全面、深层次的评析。二是清人对文法的阐发更加具体。明人对文法的阐发多是蜻蜓点水，点到即止，而清人则本着更加务实的态度去对文法做详细解释，将文章段落层次的划分、行文过程中的起承转折等一一析出。桐城派对此尤其擅长。由于上述两方面的原因，清代的韩文评点便形成了详细而赡实的特点。此外，作为集大成的时期，清代出现的韩文评点本数量也是各朝之首，如起源于明代的"八大家"类的选本在清代就出现了二十余种，这从一个侧面反映出清代古文评点的盛况。本编试分为专选类、唐宋"八大家"类、桐城派三方面，对清代的韩文评点进行论析。

　　清代出现了诸种专选类的韩文评点本，其中清初康熙年间及后来的桐城派最有代表性。此章将简论《韩昌黎文启》《韩文起》《唐宋十大家全集录》《韩子粹言》《韩笔酌蠡》《韩文集成》《韩文百篇编年》七种。

第一节　气雄与文法：吴铬《韩昌黎文启》

吴铬的《韩昌黎文启》是清初一部重要的韩文评点本，但由于其比较稀见以及长期以来对评点类书的忽视，几乎无人提及。就笔者所查，国内仅有南京图书馆与浙江图书馆两地藏有此书。其中南京图书馆藏此书的前二卷，共二册；浙江图书馆藏三卷，共十册。① 吴铬，字幼舆，又字念克，浙江石门人，顺治己亥（1659）进士，十四年（1657）为天台教谕，因"学问渊邃，训迪严明，重名检，黜轻浮。官至桂林推官"②，又"多政绩，分校乡闱，称得人。归田后日以著书为事，有《韩欧文启》行世"。③

书前有《韩文叙》一文，叙中吴铬表达了对清初一代学韩文的反思与忧虑：

> 《史》《汉》之后，变而为大家。大家之文非若孙樵、刘蜕之流，好为崖异，不可跻攀者也。然人尽学大家，而尽人不竟其学，其门室堂奥诚有未易窥较者。而韩吏部犹为大家之冠。夫韩吏部之文，韩吏部之人为之也。昔贤论书法犹以为胸无千卷，行非忠恕，则笔下无千岁之韵。况于骈俪相先，浸淫有日，一旦自开疆域，为末学小儒所束手却步者乎！然读其所为文，或见摧于主司，或受嗤于时论，其为困踬淹抑也政复不少，则下此者又复何言！至夫书、叙、碑、记之属，无局不变，取道必新，真如日月数见而光景常鲜，拓人慧性不小。

"大家"之文，上承《史记》《汉书》之余绪，虽非故作矜持、标新立异，使人无可企及。但如果学之只"尽人"而"不竟其学"，则无法登

---

① 吴铬编订《韩昌黎文启》三卷，十册，浙江图书馆藏，每半页九行，行字二十五，四周双边，白口，无鱼尾。首页题下有"语水吴铬念克氏论定，男清世泳思、侄泽世霖汝全订"。版间刻"昌黎文启"、卷数、页码。行间无栏，天头处有框，镌有评语。本节所论述此书之内容均以浙江图书馆三卷本为底本，不再出注。
② （民国）《台州府志》卷九十八。
③ （光绪）《嘉兴府志》卷六十。

堂入室。韩愈文起八代之衰，其文"无局不变，取道必新"，因而即使是在唐时，犹"或见摧于主司，或受嗤于时论"，何况是在千百年后的清代呢！但这并不意味着清代之人不可学韩文，关键是要学得其法，吴铭在叙中说："第文无平奇，必有指归；篇无大小，必有段落。苟不考其端末而诠释焉，有日诵习而忘其自，竟昧昧不知所从者。故余参较旧本，更出新得，手授二小子渭与泽。而渭与泽亦间出臆见，以附缀一二焉。是用公之同好，以告世之学大家而必务竟其学，尤不可草草卒业。有如此者，而天下沐浴于大家之教，其功于是乎不在《史》《汉》以下。"此书便是吴铭在平时教授子侄吴渭世、吴泽世读书为文并与之切磋、研磨时的产物，乃父子侄三人合作的成果，目的便是指导世人学"大家"之文，不但要"尽人"，而且要"竟其学"，只有这样才能使"大家"之文如同《史》《汉》一样泽惠后世。

叙文后又有"选例"四则，介绍了此书的编选原则以及体例等，现结合此四条"选例"，对全书作梗概性介绍：

选例一：慎出入。昌黎文选，惟叠山先生本，于举子业最近，次之则月峰选尚焉。他如鹿门《文钞》，取最富矣。然《顺宗实录》，不乏如椽之笔，何得竟遗？明卿《奇赏》，手眼别矣。然《正宗》所载，实多垂世之篇，未可树异。伯敬未尝有选，沈大生目为《文归》，遴次最备，汪玄杓汇为《文选》，评释独烦。其苦心亦不可掩，何必托竟陵以自传！近如卢文子之钞，严于出入，纪武京之近，详于注评。兹选概多折衷，于众美为较备云。

"选例一"为我们勾勒了一条简明的宋明时韩文选本的线索，其中对各种选本的选文原则及其优缺点都有说明，如谢枋得《文章轨范》、孙鑛《四大家选》是专为举业而作，因此其时文特色更浓厚；茅坤《唐宋八大家文钞》之《唐大家韩文公文钞》所收韩文最为丰富，但其取舍颇有可议之处；陈仁锡的《古文奇赏》虽视真西山的《文章正宗》"别出手眼"，却似标新立异，过犹不及，难免有失妥之处。对各种以"锺惺"署名的所谓《文归》《文选》，吴铭也都提出了质疑。署名"锺惺"评选、汪玄杓刊定的《唐宋八大家文选》，上文明代篇中对此书亦有所涉及。吴铬认为其"评释独烦"，亦是实事。其实《韩昌黎文启》在眉批和旁批方面也多抄录此书之评，但在文尾，却将署名"锺惺曰"之评语全部删去。而所谓的《文归》一书，今不确定其具体所指，"沈大生"何人，也不得而知。清初卢文成选有《唐宋八大家文选》一书，"卢文子之钞"应指此书。《韩昌黎文启》就是在"折衷"上述诸书的基础上，又参以吴氏父子侄之己见，从而"于众美为较备"。

> 选例二：详考注。文必有所由作。不知其由，于文虽甚晓畅，终未能尽明其所以然也。文中或有引古起义，或依时立言。不通于古，不明于时，尤未能尽明其所以然也。兹选于题之下，必述当日作文之由；于文之终，必详文中所述之义。大概本之朱子旧注与蒋氏全集，靡于作者有阐发云。

"选例二"介绍此书之注评体例。于每篇文章题下都有类似解题的一段文字，主要内容是关于此文写作背景的介绍，即所谓的"所由作"。《论佛骨表》题下有"先是凤翔法门寺，有护国真身塔。塔内有释迦文佛指骨一节，其法三十年一开，开则岁稔人泰。至是宪宗遣中使杜英奇押宫人三十，持香花迎入大内，留禁中三日，乃送佛祠。王公士庶，奔走赞叹。公为刑部侍郎，上疏极谏。帝大怒，欲抵死。崔群、裴度、戚里诸贵，皆为公言，乃贬潮州刺史"。文后在泛引诸家评语之前，先有"考"一项，其内容与前解题相似。《论佛骨表》文后首列"考"："唐高祖武德九年，太史令傅奕上疏，请除佛法。高祖乃下诏，命有司沙汰天下僧尼道士。《礼记》：'君临臣丧，先以巫祝桃茢，恶之也。''桃'，鬼所恶，茢苇苕可以扫不祥。""考"后便引历来诸家之评语，以"详文中所述之义"。《论佛骨表》文后先引郭明龙（正域）之评曰："文字无粉饰，一昧痛快。此公一生大节所在，读之犹觉正气凛凛。"继之黄石斋（震）之说曰："福田利益之说，佛老家无不恃此为惑人之饵。佞佛老者，亦无不因此为受惑之根。贫贱则徼富贵，富贵则徼长生极乐，其身足矣，并思为子孙弥之，终其身足矣，则思并来生。'乞丐言'即僧道之离父母，弃妻子，忘身家，绝嗜欲，号为真苦修行者，亦不过忿其未带于前生，而祈预修于来世也。则孰非贪其饵而逐其流耶！但须明其渺茫无益之由。进以求其在我，自有得福之理。即汉武梁皇，亦宜憬然悟矣。惜乎！未见此论耳。"最后再缀以吴辂、吴淯世、吴泽世之言，前分别标以"念克氏云""淯按""泽按"，以与众家区分。对于这些考注，吴辂毫不隐瞒地指出其对朱熹的《韩文考异》以及明蒋之翘注韩文多有引用。

　　选例三：严删订。文贵高古，次期适用。叠山选本，专为制艺谋，所以一篇之内，有节取者，虽欲章法不备，不顾也。兹选虽有删抹，必不使结构有不完之叹。惟书笺中截去通问之言；于碑志内，稍去官爵之叙；至《顺宗实录》，记载过烦，特为截取，不敢全录云。

"选例三"主要言为了使所选之文更"高古"，对文中的某些繁枝赘叶进行"严删订"。如书信中删去客套之语，墓志碑文中除去某些繁叙官爵之言，但不是胡删乱截，必不损文章结构的完整。今见书中《尚书库部郎中郑君墓志铭》，前有"淯按"，曰："全文先叙世系，及拜官爵、卒年月日与葬处。后方述其为人。予以前段无可采，故节取之。"因此，此文从"君天性和乐，居家事人"开始，将前文介绍郑君世系、官爵之言全部删去。《试大理评事王君墓志铭》文后有"淯按"，曰："适求娶时，谩谓媒妪一段，高与适两无足取，特为删去，以文其陋云。"因而将原文末尾叙述王适娶侯高女一段删除。此习或是受明末一些古文选本删截原文风气的影响。

　　选例四：辑评语。家君旧有八家选，所以庭训予兄弟者。篇有评，段有释，句有注，或取之前辈，或出之己裁。而予兄弟，亦因以管见附识其后。然以考注未备，特于友人处，得蒋氏全集一书。阅之则余先介子所手阅也。内有品题，俱具别眼，故节取其十数则以志不朽。至马子雪航，素为吾郡望，与余商榷古今，美不胜志。予姑录其论韩者一二云。

"选例四"大致说明了文中批语的来源和出处。此书有眉批、旁批，文后有总评。其中文后所载的"念克氏曰""涓按""泽按"云云，则是吴辂及其子侄二子之语。另外，上面"凡例"中还提到了"介子""马子雪航"，但二人之生平，俱不可详考。"介子"应是吴涓世、吴泽世的先祖，书中《进学解》文后有："介子云：子厚《晋问》，退之此解，俱沿初唐气质。二公文之入俗者也，洵美矣。谓为韩之杰，恐未然。"《蓝田县丞厅壁记》文后有"泽按"，曰："介子云：文有奇峰，有正峰。《滕王阁》及《燕喜》，正峰也；《画记》及此作，奇峰也。终觉奇文傀诡，能移我情。"这些评语或来自吴介子所批阅过明蒋之翘所注的韩文。而书中的旁批和眉批，情况十分复杂，或摘录明末一些评选本的批语，如茅坤《唐宋八大家文钞》（下表1简称《文钞》）及署"锺惺"评选的《唐宋八大家文选》（下表1简称《文选》），或出自《韩昌黎文启》（下表1简称《文启》）吴氏父了侄之手。下面以首篇《论佛骨表》为例，列表1对照一览。

表1 《文钞》《文选》《文启》批点内容对照

《论佛骨表》	《文钞》批	《文选》批	《文启》批
伏以佛者，夷狄之一法耳。		首辟。	数语提清。
昔者黄帝在位百年……	不事佛如此。		不事佛如此。
此时天下太平，百姓安乐寿考，然而中国未尝有佛也。		点破妙。	点破妙。
其后殷汤亦年百岁……		述上古帝王之安乐寿考，以见不用事佛。	述上古帝王之安乐寿考，以见不用事佛。
此时佛亦未入中国，非因事佛而致然也。		再点破，妙。	再点破，妙。
汉明帝时始有佛法……	事佛如此。	举后汉以下之乱亡夭折，以证事佛无益。	事佛如此。举后汉以下之乱亡夭折，以证事佛无益。
事佛渐谨，年代尤促。		帝深恨此两句。	二句是文公得罪之由。
其后竟为侯景所灭，饿死台城，国亦寻灭……佛不足事亦可知矣。	议论痛快而亦近于戆。结。	议论痛快。结。	痛快！结出本意。
高祖始受隋禅……	祖法。	祖法。引本朝事切。	祖法。引本朝事切。

续表

《论佛骨表》	《文钞》批	《文选》批	《文启》批
当时群臣材识不远……	借虚情作实景。	借虚情作实景。	借虚情作实景。
即位之初，即不许度人为僧尼道士。	即就他醒时所行提之，更妙。		即就他醒时所行提之，更妙。用近事更有据，分明画宪宗两截人出来。
直以年丰人乐，徇人之心……	婉曲回护。	反为回护开导，使之便于转念。	反为回护开导，使之便于转念。松一步法。
苟见陛下如此，将谓真心事佛，皆云……	极论事佛之弊。	极论事佛之弊。顽冥之情，实是如此。	曲尽愚冥之情。
夫佛本夷狄之人……	又起。	又起。	又起，应篇首一语。
假如其身至今尚在……	言法而正。	设所以待奉使之礼，言要而法正。	推论得体。空中立论，言法而正。
乞以此骨，付之有司……		处置此骨得体。	才说处置之法，处置此骨得体。
佛如有灵，能作祸祟……	安顿塞他后路。	安顿塞他后路。凡祸与祟，一己任之，人主方无疑畏，而肯决然以行其言。	是一篇担当处，有此六句，方可收拾。恐其疑惧，塞他后路。

由上表 1 不难看出，《韩昌黎文启》中的旁批、眉批多是在综合《唐宋八大家文钞》与《唐宋八大家文选》的基础上加以引申而得，以发其未尽之处。

吴铭在序中曾言"第文无平奇，必有指归；篇无大小，必有段落"，因此，其在评语中亦多是注重阐明文章之大意，分清文章中之层次以及结构等。如其评《论佛骨表》云：

辟佛老处，全在合仁义、去仁义一段。一篇文字，从此生身。治佛老处，全在不塞不流不止不行一段。一篇文字，从此结穴。辟之于先，以服其心。治之于后，以绝其祸。真大关系文字。

评《燕喜亭记》云：

> 总一丘池洞谷，偏作两节撰出。前是虚叙阳山之景，引到亭上；后是分次命名之由，结到亭上，最有法度。末又以他处名胜，振起本位，是以大形小法，据地极高。

在吴氏三人看来，韩文处处透露出一种恣肆雄浑、激昂刚直的文风。而这种文风形成的原因便是气雄。吴铭在评《柳子厚墓志铭》一文中云："凡为文者，气欲其雄，而心欲其细。然气雄者失之卤莽，心细者失之葸弱。如公于子厚，不可不赞其美，却不得极赞其美；不可不掩其失，又不能尽掩其失。一字一句，不肯轻下，可谓心细如发矣。而纵恣奇崛，辟易万人，抑何气之雄也。"吴淯世在评《答吕医山人书》中也云："按，文之名世者，必不作卑葸语。叠山论文有'小心''放胆'二种。然所谓'小心'者，小心于法度，非小心于词气。则其文必颓尔如委矣。文如此等，方肮脏不弱。"这里的"肮脏"，当指一种高亢昂直的文风。吴铭与吴淯世都强调了为文时要保持气之雄，否则所写之文则或葸弱，或颓唐，如萎靡之草，随风摇摆。韩文这种刚健的文风，还是在于韩愈的笔力超群。韩文中经常用转折的笔法，夭矫如龙。吴铭评《与李翱书》云："通幅是诘辨语。笔笔放，笔笔留，转折处直是矫捷。"评《与孟尚书书》云："转折纵送，惟意所之。势如游龙，令人不可捉摸。"此外，韩文中还经常用逆笔起势，使文章显得峭拔挺立。吴铭在评《代张籍与李浙东书》一文时便云："语语逆锋而起，笔折峭劲，不可攀倚。"正是由于韩愈气雄、有笔力，其文自然刚健爽朗、高古简贵。

韩文所体现出的另一文风便是文法井然，合规度矩。宋元以来的一些古文选本，多钟爱韩文，亦是由于此因。韩文的文法主要表现在两方面。一是得体适宜。吴铭评《为人求荐书》一文中云："公凡作求援书，总不放倒地位，只是隐约言表，不肯直下。如此文，只就喻意反复说人，末用一语结出。立格最高。"评《与于襄阳书》云："凡与先达文字甚难。语太抗则骄，太卑则谄。此文不卑不亢，可谓得法。"评《祭鳄鱼文》又云："'刺史'二字，必从'天子'生出，欲张大'刺史'，先夸示唐家，是古人立言得大体处。""不放倒地位""得法""得大体"都表明韩愈深知在不同的场合，面对不同的对象，应该采用不同的文章笔法，使文与事、人、时、地等相符合，既不降低自己的身份，又不与礼仪规范相冲突，此即所谓"得大体"。韩文符合文法之处体现在韩愈对历史上优秀的文法传统的继承，如对《左传》《史记》等一脉传承下来的文统多有继承和采纳，并将之创造性地融入自己的文中。评《送幽州李端公序》曰："叙次描画似史公，词命似《仪礼》，摹神肖景，亦趣亦庄。"评《平淮西碑》云："序文只是序事，不着一字议论。看他序次遣将、会战、赏功次第，大略本史迁项高诸纪，绛灌等传来。"评《南海神庙碑》云："以赋颂之体序事，亦魏晋以后遗调也。而昌黎以撰次情景，故用此体。"正是由于韩文与文法多相契合，所以吴铬才将其作为教授子侄为文之范本。因此，《韩昌黎文启》实际上就是吴氏父子侄切磋、琢磨韩文文法的产物。

第二节　自然与含蓄：林云铭《韩文起》

清初评点韩文最负盛名的莫过于林云铭的《韩文起》了。林云铭（1628~1697），福建闽县（今福州仓山）人，字道昭，号西仲，又自署其斋曰"损"，遂又号为"损斋居士"，取室名"挹奎楼"。清顺治十五年（1658）进士，官徽州府通判。王晫《今世说》称其："少嗜学，每探索精思，竟日不食。暑月家僮具汤请浴，或和衣入盆里，人皆呼为书痴。"林云铭著作颇丰，有《挹奎楼选稿》《损斋焚余》《楚辞灯》《韩文起》《庄子因》《古文析义》《四书存稿》等存世。林云铭凭借其《古文析义》一书，以文章评点在清初名噪一时。而《韩文起》一书，即是林云铭在《古文析义》评选韩文的基础上增入韩文其他篇目而成的。

林云铭在序言中自言，自己在乡塾读书时，见制艺之文中有用韩文字句者，喜之。于是从书肆购一韩文坊本，从此对韩文的热爱便一发不可收。从最初的熟读吟诵，慢慢地转为探究评阅，于是"暂有所得，即作蝇头小书，逐段逐句分记于各篇之内，常恐有兔起鹘落、稍纵即逝之虞，不惮一夜十起，如是者有年，渐觉鄙见日新，积疑尽释"。因而，此书是林云铭多年研读韩文之心得体会的集大成之作。关于此书之所以被命名为"起"，据其序言所称，"起"有三层意思：一指"振起"，即言韩文在"波流萎靡中，能自树立，屹然不仆"，亦苏轼所谓的"文起八代之衰"之意；二指此书为"扫尽俗解传讹，独攄管窥一得，是前此未曾有而始有"，有"创起"之意；三指希望读者能通过阅读此书而"当见韩文堂奥，必能于剽窃词句之时，溯流穷源，湔涤故习，慨然自命，以为一代作者，是古人不可学而可学"，即"兴起"学韩之意。三层意思之"起"表明林云铭作此书之动机，此书之特点、价值与贡献，以及希望此书所能达到之目的，统而涵之，可谓全矣，难怪林云铭也在序中直言："知此三说，思过半矣。起之时义大矣哉！"

《韩文起》共十二卷，选韩文一百五十八篇。关于文章次第的安排，林云铭在"凡例"中给予了说明：

> 韩文坊刻编次杂乱，即李汉原本，于正集后又分外集。且于所作之前后，颠倒甚多。兹择其有关道统者，定为首卷；而以表、状、论议、辩解为世道、治体、学术、官方所系者次之，其余悉照书、序、传纪、杂著、志铭，格以类聚。而各类中，又按所作之时为先后，庶有定次。但碑文二卷，则当先神而后人，先国而后家，又不可以年月拘也。

林云铭的《韩文起》总的来看，仍然是为科举服务的，但又同一般的单纯注重评论的时文选本有很大的不同。与其他坊间选本相比，《韩文起》具有以下特点。一是"析制度"。由于各朝各代，制度沿革不一，若以今日之制度去读唐代之文，无异于"盲人问路"，因而"凡有制度名目与今日异同者，必为辨出，附入各篇小注或总评之内，乃知从前评语，皆与本文了无交涉"。二是"辨人事"。"凡例"中云："韩文内，其人其事，皆有来历根据。若不知其人为何等人，其事为何等事，与其人、其事之本末如何，始终如何，便思学作解事小儿，说长道短。犹今日制艺选家，议论他人文字，自己先认不得题目，徒供作者胡卢耳。余取《唐书》一一考证，即起作者于一堂，受其耳提面命，亦不过此，快心曷极！"三是"考时地"。"韩文之作，必有所值之时与所处之地，向来未有开载。然不细为别白，则立言之意，似篇篇可以移用。"正因如此，林云铭在书之末尾，还为韩愈做了一个简单的年谱。四是"增碑铭"。一般的古文选本只选择一些策论性的文体，而对于韩愈的碑铭多置而不闻。林云铭对此大不为然。"凡例"云："韩文杰作在碑铭尤多，其叙事篇法，有近史氏。公曾自言：'与诗书相表里，虽使古人复生，未肯多让者也。'乃坊本登录甚少，盖缘选家粗心俭腹，不解其中事实，即段落句读间，亦茫然不能分析。以故千余年来，无人注得，亦无人读得。兹特登选四卷，逐字考究，使命意炼局之工，无不跃跃毕现。凡有志者，于此着眼，则百法俱备，不待他求矣。"由此可见，《韩文起》不仅仅是一部批点之作，还是一部集校、注、评合为一的研究韩文的集大成之作。林云铭在评点过程中，除了如上述能结合文中的社会背景、人物、事件发生的时间和地点等发论之外，也十分注重阐发文章立意、布局的妙处。"凡例"亦云："韩文全在立意吞吐轻重，布局伏应起落，人不能及。总要寻出他眼目来。然后知其个中神理。"《与陈给事书》后有评语云：

唐制，给事中位最尊，凡制敕有不便者，即于黄纸后批之，谓之批敕。往由是拜相，非如今世之给事中，仅与御史同作言官已也。此书当在贞元十七年，公自洛阳入都，尚未调国子监四门博士。故不自叙职衔，其所云去年春进谒之说，乃十五年冬，为张建封朝正京师，抵春犹在京师无疑，旧谱载十九年，误矣。独怪公见给事有素，又曾荷其吹嘘，何之后此绝无一字相通。且两年之间，两番进晤，换出两样面目乎？大约交道恶薄，始合终离，总为升沉异路，其当久不得见而忽见也。欲卖弄其置身之荣，故特妆出故人之恋，及其既见未久，而再求见也。欲杜绝其干泽之望，故预示以陌路之情，此古今仕途常态。篇首提出"始"字，转出"其后"两字，又再提出"去年春"，转出"其后"两字，而以"位益尊"三字作个前后眼目，则亲疏厚薄，判若两人，肺肝如见矣。奈公已挈家累抵京，又图仕进，不能引去，必不敢悻绝招尤，因想出一个不得继见的话，自为引咎，且代他回护，而以赋序为献。其实文章不堪吃着，正其欢幸，以热眼对人冷面，自知扯淡之极，无可奈何，只得如此支离附会也。人止赏其结构自工，而不知其握笔时泪落如雨耳。悲哉！

此段评语,对文中的制度、其人、其事、其时、其地都有十分详细的考证和论述。这样再结合文中的具体内容,对文章的中心大意以及艺术特色进行阐发,就显得翔实可信,不会如单纯的评论那样给人以空洞无物之感。

林云铭于书前"凡例"中对韩文做过总体的评价与总结:

> 韩文根本六经子史,必以圣人之道为宗,与夫忠君信友、忧国忧民之意,皆不必复道。但其行文遇繁杂处,偏能用省笔;遇率直处,偏能用曲笔;遇短促处,偏能用宽笔。或无中生有,或正中出奇;或拉拉杂杂,说出无数语,只逼出一句正旨;或劈头一二语,便已包藏许多妙义;或明写在此,而主意却在彼;或铺张,或回护,而其中错综变化,呼应收纵,又无不极其自然。所以后来作者,俱不能出其范围。

林云铭认为韩文以经史为根本,为文皆是阐道扬理,此毋庸赘言。因而于此只着重强调韩文形式方面所体现出来的特色——"奇"与"变",即不拘常态,采用各种不同的笔法,超出人们的意料,总给人一种耳目一新之感。而这一切又极其自然,丝毫没有做作、生割之弊。"自然"一说,无疑是林云铭对茅坤将生割作为"昌黎本色"的纠正和反驳,亦是林云铭对韩文艺术特色的最高赞誉。当然,韩文的自然,并非其空无依傍杜撰而出,恰恰相反,韩文字字皆有来历,这亦是林云铭著《韩文起》的一个重要原因。"凡例"中有一则云:

> 韩文之佳,本传称其"不蹈袭前人,沛然若有余",盖以其学之赅博,酝酿脱化,不见有蹈袭之迹,非全无来历,只凭自己杜撰而出也。"沉浸酿郁,含英咀华",公曾自言之矣。乃近世有等鹘突之徒,割裂《左》《史》成语,组织成篇,自矜目不睹秦汉以后书,岂知"非三代两汉之书不敢观"乃公之唾余乎?此辈大言欺世,仍是一副蹈袭伎俩而已。酝酿脱化之妙,细读兹编,久当自悟也。

因而韩文的自然体现的是韩愈"学之赅博"基础上的"酝酿脱化"之功,而非无本之木、无源之水。

韩愈为文"含蓄之极,又发明至尽",因而林云铭的评点多是指出韩文文字之外的不尽之处。《应科目时与人书》是一篇带有寓言性质的古文。文中写了一个"天池之滨,大江之濆"的怪物,"其得水,变化风雨上下于天不难也;其不及水,盖寻常尺寸之间耳",但其自身又不能自至于水,宁"烂死于泥沙",而不愿向"有力者""俯首帖耳、摇尾而乞怜"。文中最后一句"愈今者实有类于是"点明主旨。林云铭对此评云:

> 一篇譬喻到底,末只点出自己一句,人以为布局之奇,而不知应科目时与人之书,分明衔玉求售,与钻营嘱托相去几何!不得不自占地步,若不借喻,恐涉夸诩。况篇中所谓"摇尾乞怜",骂尽前此应举之徒,营求卑屈,如狗之依人。所谓"熟视无睹",骂尽前此主试诸公,黑白混淆,如盲之辨色矣,岂不以轻薄取罪乎!按,公应科目,四举而后成进士,卞和之璞,被刖数献,其心甚苦,且恐落笔必有许多干碍,故出于此,非以譬喻见奇也。

林云铭分析此文之妙不在"布局之奇",此文布局乃韩愈为表达其内心的不满而被迫采用的一种形式。读者更应注意的是,此种布局之后所反映的韩愈内心真实的表达。《欧阳生哀辞》原为韩愈为欧阳詹所写的一篇情辞饱满的祭文。欧阳詹原为闽地读书士子,其突破儒家"父母在,不远仕"的约定,成为闽地第一个科举登第而远仕京城之人,后在京城与韩愈相知。文中高度称颂了欧阳詹"事父母尽孝道,仁于妻子,于朋友义以诚"的高洁品行。又反复强调了欧阳詹虽于父母尚在时远仕他乡,却"于孝道最隆也"。历来的评论家多言此文实乃韩愈安慰欧阳詹父母而作,其词凄恻动人,故成名篇。如宋楼昉评曰:"詹死于京师而不在父母之旁,未必免于惑者之疑。父母不得见其死则哀之深,故此文多推原詹之本心,且言詹之心即父母之意,纡余曲折,曲尽其妙。"茅坤评曰:"多凄怆呜咽之旨,而哀辞特尔雅。"林云铭则另辟蹊径,提出一种新的观点,其云:

> 欧阳詹文词秀出，独破闽俗之见，离亲远仕，闽人未尝不斥以为非。及仕路不达，夭死异地，徒弃乡井，而闽人又未尝不传以为戒。是篇始称其文名之盛，继叙其品行之优，末推其所以离亲远仕之故，实体亲心而行。所谓养志之孝，可以传之无穷，死犹不死。较之终身里闬，泯灭无闻者，相去万万。虽为其父母舒垂老之悲，实为詹解死后之嘲也。玩篇中先提出闽越人不肯仕外及哀其死，又再提闽越人句，便知此意，却不露痕迹，所以为佳。

林云铭从本文的背景、情理方面入手对文章进行解析，出人意外地断定此文实为"解嘲"而作，可为一说。

林云铭于《韩文起》中十分注重考查文章的时、地、人，以此来探究其文外之意，发前人所未发，多有创见，因而是韩文评点史上一部极其值得重视的著作。

第三节　文统与道统：储欣 《唐宋十大家全集录》评韩文

储欣（1631~1706），字同人，清朝宜兴人。自幼好学，精通经史。早年无意仕途，以制艺为业。直到六十岁，始领康熙乡荐，一试礼部不遇，遂闭门著书。著有《春秋指掌》三十卷与《在陆草堂集》六卷等。给储欣带来盛誉的是其于康熙四十四年（1705）所编纂的《唐宋十大家全集录》。"十家"是在茅坤《唐宋八大家文钞》的基础上又增添了唐李翱、孙樵二人，共五十二卷。[①] 后储欣又编有《唐宋八大家类选》，则此书是在前书基础上精简而成的。

储欣于《唐宋十大家全集录》的总序中称，此书的编纂乃"因也，非创也"，所谓的"因"即指因循了明代茅坤的《唐宋八大家文钞》。储欣少时初涉古文之教材便是《唐宋八大家文钞》，"口诵心维"；认为"茅先

---

① 韩昌黎集八卷，柳河东集六卷、外集一卷，李习之集二卷，孙可之集二卷，六一居士集五卷、外集二卷，苏老泉集五卷，苏东坡集九卷，苏栾城集六卷，曾南丰集二卷，王临川集四卷。

生表章前哲，以开导后学。述者之功，岂在作者下哉！"追读韩柳全文时，才发现其亦"何其疏也"，因而对《唐宋八大家文钞》的看法有所改变："虽曰表章前哲，而挂漏各半，适足以掩前人之光；虽曰开导后学，要所以锢蔽其耳目，而使之不广者，亦已多矣。"不仅如此，储欣还认为茅坤之《唐宋八大家文钞》从选文到评论，处处都是为科举时文而设的，"其标间架，喜拍叠，曰此可悟经义之章法也；其贬深晦，抑生造，若曰此可杜经义之语累也；其美跌宕，尚姿态，若曰此可助经义之声色也"。但世风在变，又不同的人对经义和古文有着不同的需求，因而储欣"欲破学者抱匮守残之见，适当旧刻图新"，而纂成《唐宋十大家全集录》。

与《唐宋八大家文钞》相比，《唐宋十大家全集录》最大的变化无疑是在篇幅和容量方面更多、更宏阔，将原来《唐宋八大家文钞》的"八大家"增至"十大家"。其"凡例"十一言："昌黎作《师说》抗颜为师，由是奇材辈出。若李习之、皇甫持正、李义山、杜牧之，奇矣，至孙隐之而愈出愈奇。宋初若王元之、穆伯长、苏子美，亦大有人也。选大家而限以八，得毋为坐井之窥乎！予不敢骤益，故以唐二家先之。盖韩、李并称，所从来久。若隐之经纬，集扬、马之才，若彼自选三十五篇，精约如此。故篇篇登载，无一遗者。"储欣认为韩愈不仅有起衰振溺之功，而且其奇奥之文风，在其门生李翱、孙樵等人之文中也得到了进一步的发扬，因而将二人并入"大家"之行列。① 并且，对于"大家"之文，《唐宋八大家文钞》之选录，储欣"篇篇登载"，大大拓展了《唐宋十大家全集录》之卷帙。此外，储欣还对文章评点，声称要纠正茅坤以时文法批古文之弊。如《原道》后评："茅鹿门云：'一下打破分明时论中一冒、一腰、

---

① 为什么选取了唐代的李翱和孙樵入"大家"之列，而不是宋人。笔者认为这可能与储欣对唐宋文的看法和评价有关。《唐宋八大家文钞》所选的"八大家"中，唐代只有二人，而宋代有六人，这已经清楚地表明了以茅坤、唐顺之等人为代表的所谓"唐宋派"，其实更倾向于学习宋人之文。《唐宋十大家全集录》"凡例"十言："西汉之兴，作者麻列。然生龙活虎，变化莫御，子长一人而已。建武以后，是气萎靡。贞元元和之间，是气复振。庐陵之师昌黎也，尽变其奇奇怪怪之词，而不失其浑灏流转之气，眉山继之，纵横捭阖，无以加矣。故词气并胜者，唐文也；气胜词者，宋文也。夫气胜词似不若词气并胜者尤光焰万丈也。然文固以气为主。"储欣心中的"唐文"，振魏晋以来萎靡之风气，乃宋文之先导。唐文虽称不上优于宋文，但至少毫不逊色，所以储欣才将得韩愈真传之李翱、孙樵列入"大家"。

六腹、一尾',何言之鄙也。愚按老子《道德经》,异学所扬徽以前驱也。张吾军以临之,先人有夺人之心,此固已挫锋斩将搴旗矣,故列第一段。'周道衰'以下,原二氏所缘起,而蔽以一言曰'怪'。古四今六,正所谓'怪',非别条也,为第二段。'古之时'以下,堂堂之阵,正正之旗,其法其言,左冲右突,战如雷霆矣。'夫所谓先王之教者何也'一句掣转,数擒数纵,斩然而收,止如风雨矣。是则中权后劲,为第三段。'人其人,火其书,庐其居'乃先生素志,一篇结穴,义异余波,即谓之第四段可也。某素恶夫后来者之掎撅前人也,然以茅所云,未敢承命,因详说之如此。"储欣用战场上的排兵布阵之法来分析《原道》的段落结构,的确比茅坤所谓的"一冒、一腰、六腹、一尾"高明不少。但从整部书来看,其批点与茅坤其实并无二致,只是在关于文章含义、风格等方面表达不同见解罢了,并没有从根本上颠覆茅坤之评。① 或许如其所言,仍是对《唐宋八大家文钞》有所"因"。另外,《唐宋十大家全集录》又于文末增加了"备考"与"辑评"两项。"凡例"七则言:"辑评,尊前人也。然惟精当而妙于言语者,始掇之,故寥寥无几。备考,便后人也。然必艰深者,始稍加注释,其易晓及彼此集中互见者,概勿注。"所谓的"辑评"即将前人有见地的评语辑录下来。"备考"是指对文中所出现的奇僻字词以及涉及的人物、史实进行的考订和说明。其中"备考"的增设,可能是为了弥补《唐宋八大家文钞》空疏之弊。"凡例"二言:"余每读一家文集,必求之史传,旁及他书,下至稗乘所载,以想见其为人。即读一篇,必考究年月,循其显晦顺逆之遇,以窥其所以言之意。""凡例"六又言:"读古书如治大田,卤莽而耕之,可不可耶?曾南丰先生卒于元丰,而归安评《讲官议》,以为为伊川发,似并南丰史传及家状亦未尝寓目矣。学者当所戒也。"明显是对茅坤《唐宋八大家文钞》中的"卤莽"表示不满,而以"求之史传""考究年月"的"备考"来弥补《唐宋八大家文钞》中的空疏之处。

---

① 爱新觉罗·弘历《御选唐宋文醇序》:"明茅坤举唐宋两朝中,昌黎、柳州、庐陵、三苏、曾、王八大家,荟萃其文各若干首行世,迄今操觚者脍炙之。本朝储欣谓茅坤之选,便于举业,而弊即在是。乃复增损之,附以李习之、孙可之为十大家,欲俾读者兴起于古,毋只为发策决科之用。意良美矣,顾其识之未衷,而见之未当,则其去取与茅坤亦未始径庭。"

《唐宋十大家全集录》中的韩昌黎集——《唐韩昌黎先生全集录》，八卷，收录韩愈的四篇赋和文，虽名之为"全集录"，其实并不包韩诗。其大致是依照李汉所编的《韩昌黎集》的顺序，按体编排，又将原书中的若干卷合为一卷，并注明其在原书中的卷数和篇目。如《韩昌黎集》卷三下有书（原第十七卷十首），书（原第十八卷十首），书、序（原第十九卷十五首），序（原第二十卷十三首）；即将原书中的第十七卷至二十卷合为一卷。

　　韩文在储欣的心中有着极高的地位，他认为其乃"文章之宗，八家之主"：

　　　　自夫子定六经，教万世，其后周益衰，百家益杂出。于是圣人之道，由群言而乱，遭暴秦而焚。至汉武帝而复。凡此数百年间，言道德仁义有孟子，序史氏本末有司马子长。建武以后，积七百年而韩文公出，深造孟子，陶铸子长，勒一家之言。而柳先生辅之。然后贞元、元和之文，粹然复古，号为文字中兴。是则韩、柳者，文章之宗，八家之主也。

　　六经之后，百家蜂起，后又历战国、秦火之祸，道愈微愈杂。其间幸有孟子"言道德仁义"与司马迁"序史氏本末"，使道统与文统之绪得以一脉相承。韩愈出现后，他"深造孟子，陶铸子长，勒一家之言"，又有柳宗元的大力辅佐，因而使"贞元、元和之文，粹然复古"，使得断裂已久的道统与文统重新得到了延续。因此，韩柳二人乃"文章之宗，八家之主"，其地位非他家所可比拟。

　　储欣对韩愈古文赞赏有加，"韩之文，富于海也"。不仅如此，他还进一步探讨了韩愈为文之本，认为韩文本之于天，实乃"天之未丧斯文也"：

　　　　周公孔子既没，处士横而七篇作，书籍烬而《史记》兴。自魏晋已降，柔筋脆骨，嫣然弄姿，雅道塞绝，而韩公奋发，皆天也，天之未丧斯文也。先生生于大历，卒于长庆，是曰中唐。由中唐而来，千有余岁。此千岁中，聪明才智豪杰之士思立言自见者，靡不师先生。

犹夫百川学海，不舍昼夜，而蕲至之。学海至海，是即海矣；学韩至韩，又一韩矣。虽未至海，犹有舟楫灌溉之资焉；虽未至韩，犹有规矩绳墨之守焉。而不学海，则潢污行潦耳；而不学韩，则鲁莽灭裂耳。嗟乎！千年如是，则自此而万亿年以及天地日月无穷期之年，其有不如是者乎！无也！则是雅道终不塞绝也，天之未丧斯文也。

"天之未丧斯文也"最早出自《论语·子畏于匡》，其原文为："子畏于匡，曰：'文王既没，文不在兹乎？天之将丧斯文也，后死者不得与于斯文也。天之未丧斯文也，匡人其如予何？'"这里的"文"不是今天所谓的"文章""文学"等狭隘的"文"，而是指周朝遗留下来的文物、礼仪以及制度等，接近于儒家一直所恪守的"道"。储欣断定韩愈之文，本之于天，亦是说韩愈所为之文，乃阐道之言，是天借韩愈之笔而为之。因此，韩文如海纳百川，无所不容，其中又有法度可寻、有绳墨规矩可守。韩文也会如"六经"一样，成为后人世世代代揣摩和取法的对象。

综上所述，在储欣眼中，"六经"乃道统与文统之统一。其后孔没周衰，百家纷起，道统与文统也开始逐步分离。其中孟子得道统之真传，而文统在司马迁那里得到了承继。韩愈则兼继孟子与司马迁，使分离已久的道统与文统重新得到了统一。这也是韩愈之人、之文永垂千古的终极原因。

在文中的具体评点中，储欣仍然遵循了上述对韩文的评价，并将之深入和具体化。在储欣看来，韩愈"约六经之旨而成文"，其文多取法先秦之经书、诸子之著作。因而，韩文某些篇章在阐道方面，足以超越先秦诸子之作而与经书相提并论。如《原道》后有评曰：

天垂日月、列星，短永昏旦中之象，羲和一命载焉；地具高山、大川、土田，物产之富，《禹贡》一书载焉；人事、聪明、睿智、古皇、帝王开物成务之列，《原道》一篇载焉。天、地、人，不可以一阙也。故《尧典》《夏书》已后，得《原道》而三才备。浩乎浑成，始终条理，天造地设。

《原人》后有评云：

　　即万物同体之说。亦即"亲亲""仁民""爱物"理一分疏之说，发得如此雄奇。公之文所以超乎子而赞乎经也。西铭亦以奇胜，无迂语。

《对禹问》后有评云：

　　前人谓孟子主天命而公以人事言之，是矣。看来公此论实出孟子上。三代以下，虽如尧得舜，舜得禹，欲举天下而授之，亦不可行矣。此天下为公、天下为家之世，所以截然不相谋。而王莽矫诬揖逊，为魏晋作俑，所以不胜诛也。

储欣将《尧典》《夏书》与韩愈的《原道》并称"三才"，即《尧典》载"天道"，《夏书》载"地道"，《原道》载"人道"，三书齐现，而天、地、人三才之道亦备。由于对"人事"的重视，其见解有时甚至可超越孟子等诸子，而与经并肩。韩愈虽在文统方面对司马迁多有借鉴，但对道的体认，似乎更胜一筹。《与卫中行书》后评曰："真见道之言。司马子长知此，胸中笔下省却多少怨尤。"因而在道统之传承上，韩愈之功绩要凌越司马迁。《送王（含）秀才序》后评曰：

　　论定于此矣。太史公亦尝孔孟对举而未有必然之说。若宋人则因公所论定而尊之，非宋人始能尊孟子也。窃以此为太史公惜，为宋人幸也。然公虽尊孟子，而于荀、杨则曰"大醇小疵"，于子夏、商瞿则曰"学焉耳，得其性之所近"，其真知灼见、心平气和如此。宋以后则不然。于荀、杨如见怪物焉。于子夏之徒，辄遭检点，何心之不平，气之不和耶！抑犹未能真知灼见耶！悲夫！

司马迁在《史记》中虽将孔孟并举，但孟子之地位仍不明晰。韩愈则首次从道统的角度，将孟子直接上承孔子。宋儒继承此绪，最终使孔孟并称。韩愈发现孟子、创建道统之识，可谓"真知灼见"也。宋儒虽在韩愈的指引下尊奉孟子，但不能有"心平气和"之怀抱，对荀、杨等人多有所指责，因而也无法与韩愈等量齐观。

毫无疑问，韩愈为文，多上溯至秦汉古文之法，其中司马迁对韩愈的影响最大。尤其是在墓志铭等文中，韩愈对司马子长之笔法多有承继，《唐故河南令张君墓志铭》后总评曰："《史记》诸传，每以数字笼人生平，而其后千端万绪，俱不出数字中，此传神法也。然耳闻不如亲接，所以卫、霍、李将军及诸酷吏传犹工。公惟与张同谪南方，山阻水险，患难相知，故以'方质有气'笼张生平，而行迹一一应之如此。"《衢州徐偃王庙碑》后总评云："子长多好，好奇也。此篇酷类太史公。嗟乎！假设韩先生世掌天官，抽金匮石实之藏，本《诗》《书》《左传》《国语》，辑一家史籍，较子长必加丽焉，无不及也。"储欣甚至认为，韩愈足可超越司马迁，青出于蓝而胜于蓝。

韩愈所为之墓志铭，最具太史公"史笔"之真髓，具体表现为其发扬了司马迁史书撰写不虚美、不隐恶的"实录精神"。《襄阳卢丞墓志铭》后评云："简法。不称所铭者之可铭，特表求铭者之真能子，可铭而遂以铭。良史不虚美如此。是故，有不言也，言则必信。"《兴元少尹房君墓志铭》后评为："少尹之位不为贱矣，历十二官，不为无事矣。前扬太尉，后述乃弟，于少尹不苟叙一绩，不滥美一言，此之谓实录。"另外，韩愈在墓志铭中所体现出来的严、洁，亦应是瓣香太史公。《故中散大夫河南尹杜君墓志铭》后评："杜有大官，然迹其杀韦赏陆楚事，则其人可知，此昌黎公所不欲志者。不得已，念与游之情，以塞其母兄妻子之请。然其辞只如此，于此尤见史笔之严。"《清边郡王杨燕奇碑文》后评："人知其畅耳。不知其可贵处尤在洁。此正是善法太史公。"除了学习太史公"史笔"之外，韩愈还常将自己之真情注入文中，读之不禁使人潸然泪下。《祭郑夫人文》后评："直述颠末，而嫂夫人之贤，公之沐其鞠养教育之恩，而未及报以为恨者，昭昭如揭。此与下《祭十二郎文》只是一真，古今无量。"《祭李氏二十九娘子文》中"我哀汝母，谁慰穷嫠？我怜汝儿，谁与报持"，眉批："真极，惨极！公凡祭骨肉文，一言脱口，斗泪如倾。"因此与太史公为文一味地严、洁相比，韩愈之文有时会体现出其自身所特有的

"快肆"之风。《张中丞传后叙》尾评："辨论序事，豪恣满意，此正昌黎本色。眼中笔下，何尝有太史公？"

储欣还于评点中透漏出韩文在古文史上所具有的重大意义，关于这方面的表述，具体见于《上宰相书》文后评：

> 以六籍、西汉之理法气骨，变易绣绘雕琢割裂之文。公之推陷廓清，于此篇始基之矣。文章至西汉极盛矣。然西汉文原有两种：其一为邹阳、枚乘之徒，属辞缀事，藻耀风流，一家之美也；《东京》以后，转相仿效，遂为夸多斗靡，骈四俪六之祖。其一晁、贾之论事，司马相如之从谀，子长之发愤，虽体裁各出，要皆雄伟顿挫，直写胸臆。其尤醇者，则董仲舒、刘向、扬雄，原本经术，不为浮辞。雍雍乎儒者之言，大家之美也。《东京》以后，追配者罕。沿及魏晋，而遗响绝矣。公此文是以汉法扫六朝，尤以汉大家之美扫邹、枚也。学者概言公文绍西汉，不知六朝之文，其滥觞亦在西汉时，顾所则何如耳。

储欣将西汉之文分为"属辞缀事，藻耀风流"与"雄伟顿挫，直写胸臆"两类。东汉以后，前一类至六朝时便发展成为讲究辞藻、对偶的四六之文，而后一类也终成绝响。世人只笼统地认为韩愈古文是以西汉之"理法气骨"，扫除了六朝"绣绘雕琢"之文风。殊不知六朝之"夸多斗靡"，亦起源于西汉邹、枚等人。因此在储欣看来，韩愈实是以西汉董仲舒、刘向、扬雄"原本经术，不为浮辞"之文风，取代了邹阳、枚乘等人"夸多斗靡"之文风，从而成就其"摧陷廓清"之功的。不仅如此，韩文在古文史上的意义更多地体现为为后世开启了一代新文风。《为裴相公让官表》后评："江河浑灏流转之气，行于四六骈俪之中，亦厥体一大变也。晚唐诸贤之工辟，宋大家之流利，鲜不奉公为祖。而月露风云，有志之士，罕有过而问焉者也。"高度肯定了韩愈之文对后世文风转变所起的重要作用。

总而言之，储欣认为韩愈在道统与文统方面都卓有建树。从道统来看，韩愈发现了孟子，将之直接上承孔子，从而使道统之脉有迹可循。在文统方面，韩愈高度重视司马迁，并身体力行，为文多学太史公之"史笔"。韩愈又以"六经"为取法对象，试图将分割已久的道统与文统重新合而为一，最终成为"文章之宗，八家之主"。

第四节 "简质明锐"与"有体有用"：
李光地《韩子粹言》

李光地，字晋卿，号厚庵，福建安溪人。康熙九年（1670）进士，历翰林院掌院学士、直隶巡抚、吏部尚书、文渊阁大学士等要职。其一生笃嗜程朱理学，曾奉旨编修《朱子全书》以及《周易折中》、《性理精义》等理学书籍，为清初官勋最高的理学大臣之一。

李光地对韩愈诗文的品评，主要集中在《韩子粹言》、《榕村语录》卷二十九诗义以及《榕村诗选》、《榕村讲授》中。《榕村诗选》是李光地所编的一部诗歌选本，选入韩愈的《谢自然诗》《夜歌》《江汉答孟郊》等诗，共计二十五首，并且于部分诗歌末尾附以评语，内容多阐述此诗之旨所在。如《重云赠李观》有尾评曰："言李生忧世之志虽可贵，而非职所当。今日贫贱如此，苟富贵当如何乎？有以独乐而知天命，则不以岁寒改柯易叶，如高飞之凤凰，览德晖而来下也。"《榕村讲授》是李光地为其家子弟所编的一部教科书，内容多为"近世先儒说理之文"，其于"中编"收韩愈的《原性》《原道》《原人》《原鬼》《师说》《送王秀才埙序》《与孟尚书书》《答侯生问论语书》《论佛骨表》《禘祫议》《请迁玄宗庙议》十一篇文章，但并无讲解和评论。《榕村语录》是李光地门人徐用锡及其从孙清植所辑记录李光地言论的一部书，其中有些为李光地自记，有些为子弟门人所记，均在诸条言论之后标示出来。内容多为论经、史、子以及性命、气理之言，此书末两卷为《论诗文》，集中记载李光地关于诗歌和文章的评论。而《韩子粹言》是李光地编纂的一部关于韩愈古文的选本，内附李光地对所收文章所作的批点和品评。全书不分卷，共收录韩文五十七篇。《韩子粹言》中的一些批语与《榕村语录》卷二十九诗文中涉及韩愈的评论多有重合。如《榕村语录》中有："'龙嘘气而成云'一首，寄托至深，取类至广，精而言之则如道义之生气，德行之发为事业文章，皆是也。大而言之,则如君臣之遇合,朋友之应求,圣人之风,兴起于百世之下,皆是也。"此段话在《韩子粹言》中便是《杂说·龙嘘气成云》的眉批。又如《韩子粹言》中的《原性》首句"性也者,与生俱生也;情也者,接于物而生也",有眉批曰:"起两句极精。程子曰,心如谷种,其生之理为性,其阳气之发则情也。故'性'字从'生',言生理之与生俱生者也。'情'字从'心'、从'青',如草木之萌芽初发,感于物而生者也。"此批语同样存《榕村语录》中。据此可知,《榕村语录》中所记载的李光地的这些言论应是徐用锡和清植从《韩子粹言》中摘抄的,并且在文末都加"自记"二小字。但《榕村语录》中还有一些《韩子粹言》中所无的关于李光地对韩愈的评价,这些评语后并无"自记"二字,可知其应是出自李光地子弟或门人之手,后也并被收入《榕村语录》中。由于二者可以相互补充,又多有联系,现将之统而论述,从而能够更为全面地展现李光地对韩愈的评价。

关于《韩子粹言》此书,《榕村语录》中也多次涉及,如:

  韩文选定七十一篇,若再去其有疏漏者十许篇,存六十许篇,真是文宗。其气极古雅,如西汉人,而又无其累坠。只《原性》一篇,有不尽当处。然却去不得,要以他压卷,若去此则《原道》无根矣。

  某选韩文,许多精奇玮丽者俱不登。然凡昌黎之粹然,一出于正,有体有用,确可见之行事而有补于世者尽此矣。其它或有病痛,或无关轻重,随人自去拣读。

  问:选韩文甚少,《送董邵南序》何为入选?曰:闻得友人说,当时不得志者往河北都是要从乱贼,故此文"吊望诸君"为其不忘燕也。此关系忠孝,岂容不录。凡文字有寄托者便好。《答李翊书》亦好,但太似自己,一生学问供状为贤者讳,故去之。①

---

① (清)李光地:《榕村语录》,《影印文渊阁四库全书》第725册,台湾商务印书馆,1986,第452页。

现存的《韩子粹言》共收文章五十七篇，这与上说"存六十许篇"数目稍有出入，应是李光地对自己所选进行了删减。并且在《韩子粹言》中，收入了《送董邵南序》，而没有收《答李翊书》，都与上说相符。可知上文所谓的"选韩文"当指《韩子粹言》一书。又《韩子粹言》前序言中也言：

若文之一道，则其至者简质明锐，以视西汉，能者邈乎！

今摘公文授子孙辈，则择其发于理、济于事者，而文之简质明锐，亦似非他酬酢所及，欲令后生识文章之正的，且以发明公之雅志。

其与上说"其气极古雅"及"然凡昌黎之粹然，一出于正，有体有用，确可见之行事而有补于世者尽此矣"等都比较吻合，因此可以推断二者所言应是同一种书。

综上可知，李光地认为韩文"简质明锐""气极古雅"，几乎可与西汉之文相媲，因而"公言学圣人之道自孟子始，吾亦言学古之文自公始"。不但如此，韩文还"一出于正，有体有用，确可见之行事而有补于世者"，即"发于理，济于事"，此二者是李光地《韩子粹言》收选韩文时所遵循的原则，继而希望此书能"令后生识文章之正的，且以发明公之雅志"，可谓用心良苦。

作为清初官显位重之理学名臣，李光地在批点韩文的过程中时时透露出其理学家身份，韩愈能够进入李光地的视野，很大程度上是因为韩文在有意无意中，闪耀着理学的光辉。李光地已经把韩愈改造成一位在理学发展史上不可缺少的理学文人。

韩愈的"五原"即《原道》《原性》《原毁》《原人》《原鬼》成为李光地发挥理学武器的重要突破口。《韩子粹言》首选《原性》《原道》《原人》《原鬼》四篇文章，由于《原毁》与理学之关系不是甚密，因此并未入选。对于此"四原"，李光地提出了一个十分重要的观点，认为《原性》理应在《原道》之前。其于《原道》题下有："此篇当在《原性》之后。因昔人多举此篇为称首，遂编序于《原性》之前，失其次矣。"韩愈文集的最初编纂,是由其门人李汉所为,李汉在卷十一杂文中首列《原道》《原性》《原毁》《原人》《原鬼》。按此次第,显然是遵循着文章意义轻重而为,而不是按照文章的写作时间来编排的。这样的编排次第,也引起了后人对这几篇文章写作时间的争论。在《韩文考异》中,朱熹也言:"《与兵部李侍郎书》所谓旧文一卷,扶树教道有所明白者,疑即此诸篇也。然则皆是江陵以前所作。程子独以《原性》为少作,恐其考之或未详。"李光地在《原道》尾评中进一步阐明自己的观点:

> 此书大指,明仁义、排佛老而已。然仁义之道,皆出于性,而释老言道之谬,皆由其性之差也。故《原性》之篇,首言五性而主于一,深得"以诚为本"之意。末言二氏言性之异,以斥虚空断灭之非,然后道之大用,流行于天下者,皆性之固有,而非自外至矣。故《原性》一篇,乃此篇之根柢。自编文者失次而学者诵习,又专此而舍彼,反缘此而滋无本之疑,则韩公之扶树教道,有所明白者,何自而使后人知之哉?"扶树教道"是公初年自道语,朱子谓《原道》等篇是也。然公至壮岁,尚盛推扬雄以继孔孟之传,并荀卿皆目以大醇也。作《进学解》时,年又加长矣,犹言孟、荀二儒,"优入圣域",惟此篇断置分明,则其非少壮之作无疑。

在《榕村语录》中,此又被反复提及,可见这个问题的不同寻常:

> 古人文字难看,《原道》连程朱亦看不透。程子谓从博爱说起,没有头脑,不知他已有《原性》了。若复从性上说起,非《原道》也。喜怒哀乐之未发,只是大本;而"皆中节"乃是达道。《原道》自当从发处说。朱子说他引大学漏了格物致知,为不知学。不知他引此正对佛教,所以下面断一语:"今也欲治其心而外天下国家。"引到格致,便与佛不对针。"欲治其心而外天下国家"一语甚精,洞中其弊。汝楫云:"《原毁》不过是题目有个'原'字,门人便编做一处,其实韩子未尝以此与性道并原也。"曰:"《原鬼》亦是感触而作,故云'适丁民之有是时也',元都是门人汇在一处的。"

有谓《原道》开口一句便不稳当，仁自是心之德、爱之理，如何曰"博爱之谓仁"？某答之曰："仁是性，他《原性》已讲过了，这是'原道'。《原性》是说天命之谓性，《原道》是说率性之谓道，故云'博爱'与'行而宜之'相对。"①

据此可知，李光地对自己的观点信心满满，其应是在学生和门人面前多次提及，所以后来被收入《榕村语录》中。在理学观念的指导下，李光地按照《原道》《原性》之间内在的逻辑顺序而得出此结论。《原道》一篇之"大指"是"明仁义、排释老"，而二者均是以《原性》篇为"根柢"，因此《原性》篇便理应在《原道》篇之前。因此，在李光地看来，"五原"并不是韩愈随性而发的，而是韩愈理学思想的集中体现。又，《原道》首两句"博爱之谓仁，行而宜之之谓义"，旁批："《原性》言仁、义、礼、智、信，此只言仁、义，以仁、义包五常也。二篇著作之先后可见矣。"《原性》中"其所以为性者五，曰仁、曰礼、曰信、曰义、曰智"，李光地旁批："以五行为序。"此处李光地又为其论点找出一条证据：《原性》已经明言仁、义、礼、智、信，皆为性，因而在《原道》中就不必将之全部列出，姑且以仁、义并包五者便可。

李光地批点韩文的理学色彩不仅表现在对性、理、道细致入微的探究上，而且还表现在对韩愈文内容的阐析、归纳和理解中。《原性》首两句："性也者，与生俱生也；情也者，接于物而生也。"李光地眉批："起两句极精。程子曰：'心如谷种，其生之理为性，其阳气之发则情也。'故'性'字从'心'、从'生'，言生理之与生俱生者也。'情'字从'心'从'青'，如草木之萌芽，初发感于物而生者也。"《答殷侍御书》中"每逢学士真儒，叹息踟蹰，愧生于中，颜变于外，不复自比于人"，旁批："此程明道所谓恻隐之心。"《答刘正夫书》尾评："宋人论程伊川曰，三代以下凡事必求其是者，伊川一人而已。伊川之门上，蔡谢氏则以'求是'二字为穷理之要，公此篇以'求是'论文。噫！此其所以独出于诸家欤？"《重答张籍书》中"前书谓吾与人商论，不能下气若好胜者然。

---

① （清）李光地：《榕村语录》，《影印文渊阁四库全书》第725册，第450页。

虽诚有之，抑非好己胜也，好己之道胜也"，旁批："程子谓理胜则事明，气忿则招怫。'好己之道胜'者，心气固不妨于和平也。"此几处很难说韩愈在讲评理学，但李光地都运用理学之原理，对其进行分析。《原性》尾评："此篇言性，上接孟子，而下启周、程。盖其品三，即气质之性也；而其所以为性者五，则天地之性也。然既知所以为性者五，则性非善而何？性既善，则孟子之与孙、扬，又岂可若是班哉？盖孟子之言性也，授天命以权而掩气质者也。韩子之言性也，授气质以权而掩天命者也。孟子非不知有气质，故曰非才之罪也，非天之降才尔殊也，不能尽其才者也。以为虽有不齐之才，而不足以夺其所受之中。韩子非不知有天命，故曰下之性亦畏威寡罪而可制也。以为虽有未泯之性，而不足以移其所定之品，韩子之极推尊孟子，而言性之有不合者，其在斯乎？抑此盖韩子之于孟子，所谓未达一息者也。不然排佛老之功，且与距杨墨者并矣。"

另外，李光地在其批语中还多次申言，韩愈之古文，文质并兼，颇具秦汉之遗风。如《复仇状》尾评曰："事理周尽而辞令简要，此等文非秦汉未所有，盖自韩公始也。观韩公论礼、典、兵、刑处，岂可以文学之科限之？其老练精核，远侔武侯，近比宣公矣。"《潮州请置乡校牒》尾评云："为政知所先后。体格气味，纯乎前汉。"《与鄂州柳中丞书》尾评："气体浑厚，汉《西京》之文。"其实在李光地的心中，秦汉古文特别是西汉古文有着非常重要的地位，其在《榕村语录》中曾言："选文惟从汉起最干净。近选多把《左》《国》都收入，却不妥。大抵三代以上文当另作一类读之，索性以汉为断，只是《昌国报惠王》《信陵上魏王》二书，割舍不得。想来有一法，将此二篇收入《史记》选内，便无遗憾矣。"在李光地看来，古文文法大概成熟于汉代，因此学习汉代之古文，尚有法可循。而先秦之古文，尚处于"无法"之阶段，所谓的"另一格"便指此，因此不便作为初习古文的取法对象。但韩文之最高者，尚不停留在秦汉阶段，而是直溯先秦孔孟之列，《榕村语录》中言："今日翻韩文，果是才大。如《复雠》《禘祫》《黄家贼》《平淮西事宜》《与柳中丞论兵》《佛骨表》《与孟尚书书》之类，洗刷得一个闲字没有。事理直说个透，马班尚是汉文，此则洙泗之派也。"又，《韩子粹言序言》称："韩子之文、之学,非汉以下,其周之衰,讲切于孔氏之徒者乎?故言其继孟子者,非独文家如欧、苏称之,虽二程亦云。"将韩愈归入"洙泗之派",与孔孟并肩,对韩文之推崇可谓至矣。而韩愈古文之所以能够跨越千载而登峰造极,是因为韩愈善于学习古人之文,能青出于蓝而胜于蓝。《榕村语录》中言:"武侯《出师表》自肺腑流出,即以文章论亦居最顶,惟韩子最顶文字方能到他地位。如《佛骨表》《与孟尚书书》是也,此等皆当另一格视之。韩子学那样文字便过之,《进学解》好似《客难》《解嘲》诸作,书《张中丞传后叙》好似史迁。惟《原道》是学《大学》《中庸》却不及,要亦精矣。"又有"柳子叙事学《史》《汉》,便是《史》《汉》。韩子不肯学《史》《汉》,高于《史》《汉》。《张中丞传后叙》亦仿《伯夷》等传体,而词调风格毫不步趋。《段太尉逸事状》居然是孟坚极得意文字。"

在《韩子粹言》中,李光地不仅关注性、理、道等抽象的理学概念,作为一部教导子弟为文的教材,其对韩愈文中所运用的为文之法,也颇为重视。其批点对文中的段落大意以及照应之处都十分细心。《师说》中"古之学者必有师,师者所以传道授业解惑也。人非生而知之者,孰能无惑⋯⋯"旁批:"此段是主意。传道、授业,归于解惑而已。故又专以解惑言之。""生乎吾前,其闻道也固先乎吾⋯⋯"旁批:"此段言师无少长贵贱。""古之圣人,其出人也远矣⋯⋯"旁批:"此段举古圣人以切今之庸人也。""爱其子,择师而教之⋯⋯"旁批:"此段是应师无少长意。""巫医乐师百工之人,不耻相师⋯⋯"旁批:"此段是应师无贵贱意。""圣人无常师⋯⋯"旁批:"此段又应古之圣人一段意思。"这样其将《师说》全文分为六段,并将其中各段之大意以及其内部之照应揭示出来。又如《读仪礼》尾评云:"作文章熟后,虽无意写出,必有结构,有呼应。如此篇首两句,是反起一篇之意,中间说无用于今,而圣人之制度不可泯没,是照应第二句意而结完之。后言掇其大要,奇辞奥旨,以备览观而已,是照应第一句意而结完之。末叹恨不得生及其时,则两意俱结也。"李光地的这种批点方式,将文章全篇之主要内容通过勾勒段意来形成,并且其结构上各种呼应、承接关系也得到了彰显,从而获得了内容与形式的兼顾、文意与文法并得的效果。

第五节 "纡余为妍"与"设色空灵"
　　　　　卢轩《韩笔酌蠡》

　　《韩笔酌蠡》是清初卢轩所撰的一部集合了注释与评点的韩文著作。①卢轩，字素功，号六以，康熙己丑进士，授翰林院编修。卢轩精通《春秋》三传，曾撰《胡氏传疑》《三传纂凡表》《读〈春秋〉偶得》《春秋古经》等著作。又奉康熙帝之命，编纂《〈春秋〉传说汇纂》。②

　　书名《韩笔酌蠡》，其"例言"称："取杜牧之诗'杜诗韩笔'，今所谓'文'，古所谓'笔'，故不录诗赋。"因此全书三十卷，只录韩愈之文，不含诗和赋。书首有署"雍正十三年乙卯（1735）四月剑水赵弘恩书""雍正十三年岁次乙卯八月朔日桐城侍生张廷璐拜题""商丘宋荦书""雍正八年庚戌（1730）重阳教习馆门生歙州程崟谨识"的四篇序言。其中程崟序称：

　　　　《韩笔酌蠡》三十卷。海宁卢六以先生之所撰也。岁癸巳崟成进士，而先生以国子司业奉命为教习师，又同直武英殿。晨夕相从，论

---

① 卢轩编《韩笔酌蠡》三十卷，上海图书馆藏雍正十三年刻本。每半页九行，行字二十四，白口，四周单边，单黑鱼尾。本节所述关于此书之内容，均以此本为底本，不再出注。
② （乾隆）《海宁州志》卷十一载："卢轩，初名铬，字素功，学有经术，通《春秋》三传，以诗游京师，倾动公卿间。康熙丙子，以大兴监举乡，御史张泰交劾其侨寄，遂削籍。越三年，上南巡，献《圣德诗》十章。召试，行在称旨，命教习内官学，旋入南熏殿，侍世宗于潜邸。从容读书，日见亲重。世宗读书新园，圣祖每幸，必召见轩，顾问经史，应对不穷。且其衣冠进止，谓世宗曰，此端士也，善遇之。丁父忧归。逾年被召，复举人，与纂《佩文韵府》。奔母丧。旨下抚臣促赴编纂。乙丑成进士，改庶吉士，授检讨，教习进士。充武英殿总裁，迁国子监司业，仍入内直。恪慎勤敏，泰交后抚浙，轩亟称其廉静人，尤以长者多之。论撰《春秋》凡五种，曰《胡氏传疑》，笔其不切于事理者；曰《玩占广师》，揲著书也，取《左传》《国语》十九筮，合为一书，间发明以己意；曰《三传纂凡表》，取三传不置褒贬之凡，及褒贬众人、众事之凡，汇而表之，同异了然；曰《读〈春秋〉偶得》，自三传、《国语》至子、史、百氏，语涉《春秋》者，有得辄参论之；曰《春秋古经》《左氏》，经文也，以今之《春秋》皆从胡传录出，杂用三传经文，忽彼忽此。乃采苏子由、朱子、马端临说，以左氏经为准，参注《公》《谷》，遵唐石经，辨正字画。圣祖嘉其究心绝学，遂承修《〈春秋〉传说汇纂》。轩又欲为《三传择善》，未及就而卒，年五十六。世宗哀悼出涕，赙奠至渥。圣祖览遗奏，深惋惜焉。子凤辉，举人。"

文殊相得也。一日先生出一编示鉴,行笺句释,丹黄参错,日吾生平心血半耗于此。今老矣,非子莫能成吾志,以广其传。鉴受而藏之。未几,先生殁。鉴一官鲍系京邸,及病而归,又于役河上数年。每念此书尘阁,辄以有负先生之托是惧。而轮蹄奔插,启处不遑,未暇谋也。今年工事竣,始告梓氏而成之。昔扬子云著《太玄》,举世莫能识,而弟子侯芭独深知之,鉴非能知先生者,而传先生之书以俟侯芭可也。

程鉴,字夔州,安徽歙县人,康熙癸巳(1713)进士,授刑部主事,桐城方苞门人。程鉴中进士后,因与当时国子监教习师卢轩"晨夕相从,论文殊相得",遂受卢嘱托将此书付梓传世。《韩笔酌蠡》是一部关于韩文的注评本。赵弘恩在书序中亦言:"《韩笔酌蠡》一书,少司成卢六以先生所编次也。别门类,清钩勒,加点勘,又考核于通转叶韵,以求其微。集唐宋诸儒之证解注释,存信阙疑,专精覃思,穷年继晷,凡例条目,较若列眉,计三十卷。"因此,卢轩于此书中将编纂、评点、音韵、集注、笺释融为一体,综合而成之。其中笺释方面,取他人之说多,参之以己见少,其中最主要的是在文中加之以音释。韩愈常以散体文中加以韵语,如《原道》篇有此四句:"入者主之,出者奴之;入者附之,出者污之。"卢轩于此夹注为:"三叶六韵。'主'、'奴'、'附'、'污',此隔句叶。与《诗》'和彼秾矣'、《桑柔》等篇同。"又如《本政》首言:"周之政文,既其弊也。后世不知其承,大斁古先。遂一时之术以明示民。民始惑教,百氏之说以兴。"卢轩于此注云"一叶四韵"等。

此书在文章次第的编纂方面独具匠心。全书正文之前有韩愈年谱,但此年谱稍显简略与粗糙。其从唐德宗贞元五年(789)韩愈二十二岁开始记录,且只标年份与韩愈此年的年龄,如"六年庚午(790),公年二十三岁;七年辛未(791),公年二十四岁……穆宗长庆四年甲辰(824),公年五十七岁。孔戣墓志后不复有文"。正文则以此年谱为依据,按照编年的方式来编排。如果某篇文章有具体年份可考,必于题下注明,如《慰国哀表》题下注"元和十五年作",《请上尊号表》题下注"长庆元年作",《贺雨表》题下注"长庆二年作",再按年代的先后顺序来编排。不仅如此,卢轩对李汉原用的文体类别也多有修正。书前"例言"第二则就言:

《文献通考》载晁氏评韩集云:"屡经名人是正,舛讹绝少,但编次殊失伦类,有暇者宜再编之。"因不揣固陋,以公《樊绍述墓铭》为律,而辅之以宋人编书目录,辄为更张,离析其门类,易置其前后。其不改者则仍原次。昔小司马氏改定《史记》编目,轩于是集亦妄窃其义云。

全书共三十卷,分杂著、说、传、赞、颂、论、议、书、序、记、哀辞、祭文、祭神文、纪功碑、庙碑、神道碑、墓碣、殡表、墓志、表、状、行状、牒、题名、代言及连名作,共二十五种文类,其中卷二十五至卷二十九为《顺宗实录》。与李汉所编纂的原韩集文体分类相比,《韩笔酌蠡》发生了三方面的变化。一是新增文体,如"说"类,下有注释云:"李南纪原目不另列,今按公《樊绍述墓铭》有云:'表、笺、状、策、书、序、传、记、纪志、说、论、赞、铭,凡二百九十一篇,则'说'自当另列也。"除"说"类外,依《南阳樊绍述墓志铭》而新增文类还有"传""赞""论"类三种,共计四种。另外,"颂"类下亦有注云:"原目不另列,今按《文苑英华》列'颂'一门,依之。"按《文苑英华》新增文类除"颂"类外还有"议"类,共计两种。二是将李汉原文体分类中之含混不清者,进一步细化。记类下注云:"原目混'记'于'杂著'中。今按'记'有七首,外集又二首,则可以自为一类,不当混入'杂著'也。又《樊铭》云'书、序、传、记',则'记'应列序后矣。""祭神文"类下注云:"祭神、祭龙等文,自与祭人有别。原目浑列,今辨之。""纪功碑"类下注云:"原目纪功碑、庙碑、神道碑、墓碣、殡表、墓志铭总概以'碑志'二字,亦欠分明,今悉区之。""表"类下注云:"序云'表状五十二',而目中又先状而后表状。而表状又浑序不分,皆欠妥。今分表为一类,状次之,行状又次之。""牒"类下注云:"原目'牒'混入'状'内,按《唐志》,'状''牒'各为一种,不可同也,又分一类。"三是将李汉原文体分类的先后次序进行了调整。"启"类下注云:"原目叙'启'于十五卷之末,止二首,前后皆'书'也,殊无伦次。今改列'书'后,且其序云'书启',则'启'应列'书'后无疑也。""疏"类下注云:"外集目列'题名'前,按《英华》'启''书'之后即列

'疏'，今依之。""代言及连名作"类下注云："原目不另列，缘今人代人作文，便以境地、性情不同借口，而连名文字，又以众人公其难抒己见，少有工者。公作情文曲挚，各以全力赴之。如此可见古今人用心公私不同，而设身处地构思之法，亦欲使学者有所则焉。特为别出之，以其少，不能分类。"

卢轩不但对李汉的文体分类作了较大的调整，而且还对一些具体篇目的文体归属也提出了自己的见解。其依《南阳樊绍述墓志铭》新增传这种文类，下收两篇文章。《太学生何蕃传》下注云："原目入'书'类，'传'字或作'书'。朱子云'其词则实传也'，今改入'传'类。"《圬者王承福传》下注云："原目入此于'杂著'，而入《毛颖》于'杂文'，序所谓'笔砚'是矣。传人、传笔，自不可一类，非李之疏也？"又，《感二鸟赋（并序）》下注云："原目入'赋'类，今以其序长成文，故即采入'序'类，如《元和圣德诗》及《和刘给事诗》例。"《元和圣德诗（并序）》下注云："原目入'诗'类。集中《送张道士诗序》仅七十言，尚入'序'类，此序一百八十五言，反不入'序'类，何也？盖李南纪当日诗笔合编，故不能两存，且其诗又属四言。题之庄重，文之巨丽，宜用以弁诸诗，犹之取《原道》以弁诸笔也。轩今独编笔类，此例自不必拘。凡诗序文长可诵者，尽数收拾，以归于一。如《刘给事诗》，亦其类也。"《郓州溪堂诗（并序）》下注云："此系诗序，原目入'杂著'，不可晓，今改正。"卢轩根据《感二鸟赋（并序）》《元和圣德诗（并序）》《奉和虢州刘给事三堂二十一咏（并序）》《郓州溪堂诗（并序）》四首前的序文较长，可单独成篇，将之纳入"序"类。此外，《吊武侍御所画佛文》一文下注云："原目入'祭文'类，今按'吊'与'祭'不同，故改入此（杂文类）。"

综上所述，我们可知卢轩主要是以韩愈所写的《南阳樊绍述墓志铭》以及《文苑英华》中的文类编排法为依据，对李汉原目或添增新文类，或细分文类，或调整文类之编排顺序，或重新安排某文的文类归属，其结论是否正确，尚有商榷的余地，但卢轩无疑较早地在此问题上做了一次大胆的尝试，为韩集的重新编纂提供了一家之言。

《韩笔酌蠡》文中既有批点又有评语。书前"凡例"云："古文选本，如《文选》《文苑英华》《文粹》《文鉴》等书皆不缀评语圈点，其缀评语圈点者，盖自《正宗》《轨范》始，今窃仿之。"又云：

> 主意句末用△，小断用—，大断用∟，其碑志、实录等篇间不用△，以其逐事铺叙，无所统会故也。
> 总评书篇尾，细评皆书行间，若字太多难缩，亦单行入句下如注例，偶然耳。

书中运用了△标示"主意"，用—和∟标记文章的段落与层次。其评语则主要是旁批与文后总评。偶尔因旁批字数太多，则将之改为文下夹注。

卢轩在评点中多次指出韩文"纤余为妍"的特点：

> 《送齐皞下第序》后评：命意极高，不是世人骂主司法。然今日主司之弊，究不外此。其文则所谓"纤余为妍""不专一能"也。
> 《答李翊书》后评：虽论文章，仍本志行。古人议论，所以高雅可传。遍阅公文，纤余为妍，居其大半。世人但以"卓荦为杰"求之，不知公者也。

"纤余为妍"本出自韩愈《进学解》的"登明选公，杂进巧拙，纤余为妍，卓荦为杰，校短量长，惟器是适者，宰相之方也"。这里的"纤余"与"卓荦"都表示人身上所具备的气质与秉性。有的人低调沉稳、温文尔雅，有的人则奔放豪迈、慷慨激昂。人们惯以为韩愈之文气势恢宏、奇肆怪伟。苏洵曾言："韩子之文，如长江大河，浑灏流转，鱼鼋蛟龙，万怪惶惑，而抑遏蔽掩，不使自露，而人望见其渊然之光、苍然之色，亦自畏避，不敢迫视。"卢轩在此并不否认韩文具有"卓荦"之特点，但"纤余"之文，居其大半。韩愈"纤余"之文风，主要表现在以下几个方面。

一是韩文多非一气贯注而下，而是呈宛转悠扬之致，如《守戒》后评："旁引曲喻，宛转恺切"；《为河南令上留守郑相公启》后评："峻厉而委婉，正大而闲雅。"《上巳日燕太学听弹琴诗序》后评："优游夷愉，广厚高明。"

二是韩愈为文非只任才情之恣肆挥洒,而是对行文过程中的虚实、主客、断续有着细致周密的布置和考虑,因此法密而情深,颇具匠心。《送杨支使序》后评:"客主双关,究竟重在客上,其并带主来者,以中丞故也。看他错综参伍,而轻重向背,一丝不乱。"《送廖道士序》后评:"未出廖师以前,蹩起四层;出廖师以后,又遮杀一层。想其下笔时,惨淡经营,总不许后人窥见其金针所度。"

三是韩文所表达之深层含义多隐晦于字里行间,而非直露。《送董邵南序》后评:"董往干藩镇,而公以明天子动之,非所谓法语邪!然骤读之,句句郁勃慷慨,若为失意人吐气者。文章之妙,故在含蓄也。"《赠崔复州序》后评:"赠崔君,却是讽于公,命意如此深迥,用笔亦婉转悠扬。"《送高闲上人序》后评:"薄其草书,正美其浮屠,立意如此深迥,用笔亦宛转悠扬。"《祭田横墓文》后评:"叹田横以怼时宰,文有言在此而意在彼者,最宜寻究。"《答冯宿书》后总评:"宿见甚卑。此书虽属谢教,而胸中实老大不然。故词气虽悔而实怙,似承而实拒也。"

卢轩指出韩愈文的另一特点是"设色空灵"。"设色空灵",即言韩愈偏能以无须着色处写出精彩,给人一种意外的惊喜。《上兵部李侍郎书》中"凡自唐虞已来,编简所存,大之为河海,高之为山岳,明之为日月,幽之为鬼神,纤之为珠玑华实,变之为雷霆风雨,奇辞奥旨,靡不通达",卢轩旁批:"明是说自己之文章,却借古人来说,立言既得体,而设色亦空灵。"其评《袁氏先庙碑》一文云:"如此铺叙,入近人手,断无出色处矣。以古奥诘曲之笔写之,遂觉耳目一新。然不是少作僻涩一种,所以难学也。"《衢州徐偃王庙碑》中卢轩后总评:"本是枯题,以秦作伴,而以有后无后较量二国优劣,皆是凿空结撰,如造凌云台,其奇巧并在结构之外。"其都在言韩文笔法之妙。

在追溯韩文文法方面,卢轩提出的一个较有新意的观点是韩愈对《楚辞》的学习和模仿。《讼风伯》后总评:"极深刻,极平允。公于《楚辞》学最深,此可见一斑。"《感二鸟赋(并序)》后总评:"极其哀怨,而卒归于'求配古人,无羡斯类',所谓'怨诽而不乱也',此等身分,全是三闾,不徒声调之似。"《祭河南张员外文》卢轩后总评:"曲折琐屑,包罗万象,于韵语中,此为奇事。闲处极力出色,要处却以淡简料过,文家虚实之妙,从此参入。祭文第一。奇丽全是《楚辞》。"

此外,卢轩对韩愈墓铭之文十分欣赏,如其评《李元宾墓铭》云:

> 寥寥数言,不置一字褒贬,奇矣。然此犹详其履历也。至李于志,并履历亦不详。通首数百言,惟叙服食之失,以攻其短,则更奇矣。盖公碑版之文,无奇不备,人所不肯为、不能为、不敢为者,务悉为之,以尽其变。令后贤无复出手处。集中若无此二首,即不可言备矣。但此乃神明之极功,未可与学步邯郸者语耳。

因而韩愈所写的墓志铭等文最主要的特点是"奇"与"变"。所谓的"变"主要是指韩愈所写的墓志铭不居一例,撰写过程中多种笔法并用。如其评《卢浑墓志铭》云:

> 卢氏为公妻家,夫人苗氏,及于陵浑兄弟,及唐玄妻之墓,皆公所志。而浑独略,岂以"前汝父母右汝兄"之故邪?按方崧卿谓公碑志例书三代,考集中亦不尽然。有竟不书三代者,李元宾、登封县尉卢殷、赠工部尚书太原郡公、曹成王、司法参军李君、太学博士李君、乳母等是也。有书父而不书曾祖者,平阳路公、殿中侍御史李君、商州刺史董府君、贞曜先生、赠绛州刺史独孤府君、赠太尉许国公、柳子厚、金吾将军李公、楚国夫人、处士卢君、女拏、唐玄妻卢氏等是也。有书祖父而不书曾祖者,施先生、考功员外卢君、清边郡王杨燕奇、河中府法曹张君、河南令张君、少府监胡良公、故相权公、司业窦公、殿中少监马君、樊绍述、赠给事中张君、虢州司户韩府君、周况妻韩氏、韩滂等是也。尚有记其远祖而反略其曾祖者,其例不一,特为拈出之。又按集中通例,本人书讳,三代不书讳,然亦有本人不书讳者,考功员外卢君、登封县尉卢殷、河南府王屋县尉毕君、河中府法曹张君、尚书左丞孔公、司法参军李君等是也。有三代书讳者,元君妻韦氏夫人、兴元少尹房君、集贤院校理石君、襄阳卢丞、袁氏先庙、虞部员外郎张府君、右龙武统军刘公、监察御史卫府君、河南令张君、少府监胡良公、故相权公、柳子厚、越州刺史薛

公、司业窦公、尚书左丞孔公、江南西道观察使王公、殿中少监马君、樊绍述、周况妻韩氏等是也。有祖父并不著其名者,沂国公先庙、商州刺史董府君、凤翔节度使李公等是也。更有父书讳而祖不书,祖书讳而父不书者,种种难以细列。大抵公碑版之文,千变万化,即此浅浅书法,亦不可方物如此。观者能细求其义例所在,斯为善读书矣。又按集中有以前为序而后为铭者,贞曜先生、《试大理评事胡君墓铭》也。有以前为志而后为铭者,《处士卢君墓铭》也。有以前为序而后为诗者,《曹成王碑》也。有以"语曰""诗曰"分者,《袁氏先庙碑》也。有以"辞曰""系曰"分者,《施先生墓铭》也。有称铭诗者,《楚国夫人墓铭》也。南雷《金石要例》云:"所谓志铭者,通一篇而言,非以序事属志,韵语属铭",恐未然。

韩愈墓志义的"变",还体现在详略、虚实、宾主、议论与叙事等方面的错综变化。如其评《河南缑氏主簿唐充妻卢氏墓志铭》云:"只详其本宗,及夫家之家世而已,余不饰一字也。然不觉其径直,但觉其迤逦,学者亦当知此一格。于陵墓铭不着景柔,苗氏墓铭不着晋卿,古人文章参互变化,故无重复之病。今人不识此法,落笔便层见叠出,垒垒可厌矣。要贵能割舍。"评《唐朝散大夫赠司勋员外郎孔君墓志铭》云:"通首只写一事,只'君与为义'五句在事外,然止是虚写,恐碍前后波澜也。此格最高,近时无之。"评《送湖南李正字序》云:"以李生作主,以太傅侍御作引,以己与司录作陪,其间悲欢离合,只实实叙去,便有无限烟波,令人低徊不尽。"韩愈自己也说"务去陈言",因而在其文中经常变"陈言"为"新语",如卢轩评《故贝州司法参军李君墓志铭》云:"以三'曰'字经纬成文,高脱详尽。公贞元中碑版之文,变化如此。公不肯用古人成语,如此篇'固于是乎在',《曹成王碑》'王生十年而失先王',《祭房君文》'犹有鬼神'[①]之类。恰好处偶一用之,然皆左氏语耳。秦汉以降,故勿屑也。"

综上所述,卢轩的《韩笔酌蠡》在清代首次将韩文篇章次第进行了尝

[①] 应为"若有鬼神"。

试性的修正，又以编年为序，将之重新排纂，无疑对后世韩集的重新修订提供了新的视角。在对韩文的品评方面，卢轩提出了韩文"纡余为妍"的特质，并将之追溯到韩愈受《楚辞》文风的影响，多给人以启迪。

第六节　华达《韩文集成》残卷概述

乾隆年间华达著有《韩文集成》一书，不分卷，北京大学图书馆藏华达手稿本，笔者曾于北京大学图书馆亲见此书。由于其为未经整理的原稿本，许多问题无法彻底搞清，现只能结合书前的序言、凡例及部分正文中的内容，对此书作梗概性的介绍。此书前有题"乾隆乙丑（十年，1745）天中节日梁谿后学华达景欧氏书于春草第四轩中"的《韩文集成题辞》一文：

《西京》而降，昌黎韩公始复于古，学者奉为山斗，旧矣。前代茅子鹿门尊唐宋而斥伪为秦汉者，爰创"八大家"之名，而以公为首。然观《文钞》所评，惟盛称记、序、书、奏，而于叙事之文，若墓志铭、神道碑辄訾为荆棘。间有采者，谓终不得太史公丰神。夫昌黎之文，庐陵之俎豆也。茅子好五代史，至以上配马迁，而《顺宗实录》则擯而不录……昭代西仲林子、同人储子起而矫之，林谓公之杰作全在碑铭，储更称其"颉颃两汉，鞍轹子长"，而诋茅评为时艺蹊径，不足称。岂茅之识果不逮储耶？抑储固矫枉而过欤？宋大家中，荆公最高古劲，至论昌黎则曰："力去陈言夸末俗，可怜无补费精神。"则訾公者实不自鹿门始也。《尚书》有古今之分，说者谓训诰之文与一时纪述，其体固应各别，甚则谓伏生真而孔壁伪。嗟乎！佶屈聱牙，《书》固有，然"点窜二典"者，独可訾乎哉！达服膺既久，爰不揣固陋，汇诸家之说，而参以管见，评其集，名以"集成"。公固曰："文无难易，惟其是尔。"学者能为公之学为其难可也，否则以庐陵之学韩者学韩亦可也。公又曰："师古者，不师其辞。"夫惟不师其辞，斯可以师矣。

又有题"乾隆庚午(十五年,1750)立夏日梁谿后学华达景欧氏书于吴门敦素斋中"的"续题"一篇:

余之读昌黎集也,自成童始,其评注则始于乙丑(1745)夏日。盖妄思附骥,以自见也。然业之不专,旋作旋辍,既而公车北上,随度高阁。岁己巳(1749),重整旧业,又越一岁而竣。回思五年之中,叠遭变故,触目沧桑,抚卷彷徨,魂惊心悸,盖笔不成书者屡矣。天诱其衷,幸得编成。翻阅数四,窃不自揆,乃复为之说曰:庐陵有言:"余于进不为喜,退不为惧者,盖志先定而所学者宜然。"呜呼!欧公位登宰辅,功并范韩,此其经营规划之大,宜何如者,顾其志尤沾沾于是,何耶?然或谓欧公文章之士,天性所钟,三公不易,情固宜然。至若考亭朱子,岂屑屑志于词章之学者,乃独爱韩公文不置,甚则为之句疏字释,不异六经四子,岂文之工妙足以移人耶?抑韩公之文,皆韩公之道,固当与六经四子之书并尊也欤!昔人有云,文者,载道之具。顾圣人之道,自遭秦火,晦盲否塞,为已极矣。黄老行于汉,清谈盛于晋,由齐梁以逮李唐,批缁髡发之徒,窜入中原,揭竿扬帜,与黄冠羽客声势相依,日新月盛。一时聪明俊伟、非常之士皆簧鼓于瞿昙,甘心以雄奇瑰丽之才,代为润色经典,鼓吹梵音,弥强其阙,而张皇其义。迄今观累代巨公,其论说所著,登梨枣而寿金石者,大半皆四十二章唾余也。又其下者,惑于烧丹炼气、星日地理一切左道,迄于身丧而不悔。其有谈六经、四子者,谁哉?独韩公崛起,攘臂而攻邪说,奋其前无千古之笔,阐千圣不绝如缕之传,虽濒九死,其志不少挫。程子称公为"三代豪杰之士",讵不信夫?假令唐之世无韩公,则礼乐文明之朝,渐成侏离魔障之世。孔孟一脉,岂能复隔千载以待程朱也哉?然韩公之文,谓不如日月之经天,江河之行地,不可也。且依古非乏著作之林也,然或文雄而理致不深,或理正而文采不彰,求其文与道并隆者,前独一孟子,后独一考亭,上下千年中则仅一韩公而已。"非韩不学",欧公岂虚语哉?愚不敏,才识不足以登作者之堂,学业不足以究理蕴之精,顾自束发受书,即慨然以崇正辟邪为志。每读韩公卫道诸文,慷慨歔欷,忧愤交并,尝思有所发明，以吐平生所知见。今老矣，南北奔驰，功业不就，桑榆暮景，恐遂湮没。爰取公文集，汇诸家之说，上自庐陵、考亭，下讫昭代诸公，而复不辞固陋，参以管窥之见。攘斥二氏，则公指其显而余更摘其微；诋排左道，则公废其端而余更竟其委。至于论列古今人与古今事，则必由公所言而及于未言，尝因论一人而及数人，论一事而及数事，非敢曰上下千古，盖诚有不得已者。公尝曰："使道由愈而粗传，虽灭死，万万无恨。"区区之忱，盖敬承公之志云尔。

从上两篇序中可知，华达年少时便立下了崇正统、辟邪说的宏伟志向，迨其接触到韩文时，便对一生致力于攘斥邪教异说、维护与传承儒家道统的韩愈产生了强烈的共鸣，从而对韩愈之人、之文都无比推崇。其应是于乾隆五年至乾隆十年（1740~1745），花费五年时间，最终撰成此书。书名所谓的"集成"，即"汇集前人评注而附以管见，聿称大备，固名其编曰'集成'"。其中的"前人评注"，华达在"凡例"诸条中亦一一指出：

昌黎之文，编自公之婿李汉，没而不见者二百年。自欧阳公得蜀本，始复显于世。然欧阳公云："蜀本脱谬尤多，闻人有善本，必求而改正之。"后集《金石录》，得石本，则与刊本又多不同，是在北宋时已不能划一矣。今欧阳之校本不传，惟朱子《考异》为世所崇，盖汇诸本而校其异同（如某字或作某，义可并存也），辨其是非（如某字或作某，非是，明其不可通用也），析理精细（如《禘祫议》《与孟尚书书》等评，皆阐发孔孟之蕴，而昌黎之学术、品行亦论之不渝累黍），考据博核（文中凡所引用，必注其来历而辨其讹），其大旨务在去险怪而归醇雅，不惟昌黎之功臣，实斯文之正统也。故兹编凡异同处，悉照《考异》正文。

昌黎全集，今世所传者，有明集东吴徐氏东雅堂本，此本全录朱子《考异》，而又自为笺注。或云旧有五百家注，后人或仿朱子《离骚集注》例，悉删去诸家姓氏，汇辑群书，自为一书。玩其词气，大约出自朱门弟子之手，而其人不传。今东雅堂，即其翻刻本也。明季又有檇李蒋穉辑注（名之翘，有《韩柳合刻》全集，名"三径藏书"），汇《考异》、东雅堂本，而参以己见，又附元明诸家评论，尤为美备，兹编悉采录无遗。

唐宋八大家选本，向推茅鹿门《文钞》，韩文已十登八九（名坤，字顺甫，归安人，明嘉靖间进士）。近有储同人《唐宋十大家全集录》，则昌黎几无遗文矣（名欣，宜兴人，康熙庚午举人）。其评论俱可为法。两家俱古文作手，各抒心得，非悠悠耳食也。兹编采录特多。

韩文专选，向有林西仲《韩文起》。虽非全集，已十登七八矣（名云铭，晋安人，顺治进士）。章分句析，细注既详，总评尤精透。林君自言，独出手眼，千余年来，无人注得。兹编广为采录。

明季有王闻修《唐宋八大家渎编》。韩文收录已多（名志坚，字淑士）。但其议论多偏，非中庸之道，又好诋毁前贤。其所引用事实，每舍正史而取野乘，然自成一家言，非人云亦云者。兹编亦附载，但不尽从其说耳。至坊间选本，大约碑止收数首，文既不备，其评语亦止互相钞袭，然就其中亦多有可取者。朱子《考异》序云："苟是矣，虽民间小本不敢违。"余师其意，凡前人评论，务广搜兼录，其或大同小异，亦必并存，欲使阐发无余蕴也。至有显然相反者，两说并载，末则参以管见。

从上可知，华达对多种韩文的注评本都有借鉴和采纳，以达众美俱备。今按，文中每句之下，都有双行小字的注释、考校以及汇评。其中注、考基本上全部取自朱熹的《韩文考异》，而汇评则以引茅坤的《唐大家韩文公文钞》、蒋之翘的《韩文》、林云铭的《韩文起》、储欣的《唐大家韩文公全集录》为最多，后又附以己见。此书虽名为"集成"，但华达不仅将宋代以来诸家对韩文的评注精华集于一处，而且在评析诸家评语的利弊基础上，又提出自己独到的见解。如上述诸本中，茅坤、储欣二人选评韩文在明清两代最具代表性，但二者评论中的龃龉之处甚至是截然相反的观点颇多。华达深明此理，对此给出了自己的理解：

茅、储二家论文之旨，大都抵牾。盖茅主排宕，故记事之文，每宗欧而訾韩，甚则谓其生吞活剥，不得太史公丰神。储主浑穆，故必以唐贤驾宋人之上。谓其词气俱雄，真得《西京》骨力。其说各有所见，不妨并存。愚则更为参酌之说。文品固以高古为最，然佶屈聱牙，亦不可训。善学昌黎者，莫如庐陵。而抑扬骀宕，已尽变其面目，今必袭韩之生字硬句以矜奇，毋乃为欧公所窃哂乎？但学者徒规模宋人门户，又恐易失之卑靡，有志者固不得不更求其上乘也。要之善学古者，得其神，勿袭其貌；肖其骨，勿窃其辞。宏深奥衍之作，更加之以神韵；流逸疏畅之文，更炼之以气骨。古人之文，异曲同工，我之所学，舍短用长，卓然自成一家，而不致为古人之舆台皂隶，乃为善学古人者。故兹编于茅、储评后，每附臆说。

华达不但在文章品评方面多附己见，而且对韩文的考注也倾注了一定的心血。如"凡例"中言：

文中事实，诸家已详，然以愚观之，其中仍多未备，更有沿讹舛错，不啻风马牛者。爰取《唐书》、《通鉴》及《文献通考》等书，细加参考，而增辑改正焉。盖记、序、书启，所言者虽止一人一事，然不考其人之贤愚与事之始末，则作者立言之旨必不能确见其真。况奏疏系朝政之得失，碑铭记一生之品概。公盖有微辞，见志而不能显言者，亦有姑取一节而讳其所短者，不悉其故，不惟失作文之苦心，亦岂足为尚论之道？孟子谓，颂诗读书，必更知人论世，诚读古者之金针也。故兹编考据，必求大备。

今见此书分上、下两卷，共收韩文三十九篇。目录前又有一"小序"：

按昌黎公集，原编有"杂著"四卷。公之文多经世宏辞，云"杂著"者，以无类可叙也，今仍其名。又《杂文》四首，另为一卷，今合为一。外集文亦即编入，但每篇必注明"外集"二字。前后则略以类叙，凡系于首，皆史所谓"佐佑六经，与孟夫子相表里"者，故"杂文"中《鳄鱼文》，独列于前。

此序后便是文章目录。除了列出文章题名外，还于每篇文章题后标明此文在原李汉所编的韩集中的卷数。四十二篇篇目如下：

《原道》（原编卷十一）、《原性》（原编卷十一）、《原人》（原编卷十一）、《原鬼》（原编卷十一）、《原毁》（原编卷十一）、《师说》（原编卷十三）、《对禹问》（原编卷十一）、《伯夷颂》（原编卷十二）、《子产不毁乡校颂》（原编卷十三）、《行难》（原编十一）、《张中丞传后叙》（原编十三）、《争臣论》（原编十四）、《禘祫议》（原编十四）、《请迁玄宗庙议》（原编外集）、《改葬服议》（原编十四）、《讳辩》（原编十二）、《颂风伯》（原编十二）、《樗人对》（原编外集）、《鳄鱼文》（原编三十六）、《本政》（原编十二）、《守戒》（原编十二）、《省试颜子不贰过论》（原编十四）、《省试学生代斋郎议》（原编十四）、《通解》（原编外集）、《进学解》（原编十二）、《太学生何蕃传》（原编十四）、《圬者王承福传》（原编十二）、《读荀子》《读鹖冠子》《读仪礼》《读墨子》（原编十一）、《获麟解》（原编十二）、《杂说四首》（原编十一）、《五箴序》（包括游箴、言箴、行箴、好恶箴、知名箴）（原编十二）、《后汉三贤赞三首》（原编十二）、《进士策问十三首》（原编十四）、《释言》（原编十三）、《送穷文》（原编三十六）、《毛颖传》（原编三十六）、《瘗砚铭》（原编三十六）、《高君仙砚铭并序》（原编外集）、《高君画赞》（原编外集）

书前"凡例"还言：

兹编卷帙次第，颇与李汉原编不同。首杂著，公之经世宏文也，继以表状，公之经济宏猷也。次书启，公之性情、学术于此发抒也。又次碑志，又次记序，皆记事之文而议论存焉，又次则哀词祭文，此世人所为应酬之作，而公则皆至情所流露也。终之以赋，备著作之一体也。《顺宗实录》则另为一帙，尊史也。后附本传年谱，及历来序文与前贤论说，从《考异》例而加广焉。古今诗则拟别为一集，不附于此，至于篇目之前后，亦颇异原编，其书详于各卷之首。

将此条"凡例"与上文目录对照,可知现存的部分乃全书首章"杂著"类,即"公之经世宏文也"。不知是北京大学图书馆所藏此书为一残卷,还是华达并没有像自己在"凡例"中所预想的那样,著成一部完整的韩集评注的鸿篇巨制。但从书前乾隆十五年"续题"中言——"余之读昌黎集也,自成童始,其评注则始于乙丑(1745)夏日。盖妄思附骥,以自见也。然业之不专,旋作旋辍,既而公车北上,随庋高阁。岁己巳(1749),重整旧业,又越一岁而竣"——可知,《韩文集成》已经完成。但尚有疑问二。其一,现存部分正文前的篇名目录与正文完全相符,如果此是整部书的残卷,是不是太过于巧合?其二,书中有多处涂抹、删改、用箭头指示位置次第发生改变之处;正文前"凡例"与"目录"之间,还有一段说明性文字:

  是编或病其太繁。按朱子作《考异》,最为详悉,反说正说,两边俱透,无一语含糊者,余故师其意也。刘安世论作史之法云:"《新唐书》叙事好简略其辞,故其事多郁而不明,此作史之弊也。"且文章岂有繁简?有意必欲其多,则冗长而不足读;必欲其简,则僻涩令人不喜读。史笔且然,况□论之词乎!

此段话的书眉处有一条批语"此条移前"。这些都使人产生此书尚未完成之感。据笔者臆测,此书可能是一部誊抄本的部分。华达先前已经完成了《韩文集成》的编纂,后来在誊抄的过程中,对原书内容作了一些删补修改,所以才会有一些涂抹删改标记。而北京大学图书馆所藏此部分,就是誊抄本的序言、凡例以及全书的首章。可备一说,俟后再考。

第七节 "引喻、引古"与"一线到底":
刘成忠《韩文百篇编年》

  刘成忠(1818~1884),字子恕,号因斋,江苏丹徒人,清末著名小说家刘鹗之父。咸丰二年(1852)进士,选翰林庶吉士,散馆授编修。历官都察院福建道监察御史、河南归德知府、南汝光道等。现有《因斋诗存》

二卷存世，《清代诗文集汇编》第六百七十一册为影印南京图书馆藏清光绪十四年刻本。《韩文百篇编年》为刘成忠多年评阅韩文的结晶之作。

《韩文百篇编年》分上、中、下三卷，精选最能体现韩文文法的百篇文章，按照写作年代进行排纂。清初方世举就曾撰写过《韩诗编年笺注》，即将韩愈诗歌按照编年的方式进行编排，后来雍正年间卢轩的《韩笔酌蠡》亦是将韩文按照写作年代进行编排的，此书亦继承此传统。书首篇为写于二十六岁的《争臣论》，末篇为"不可考，或五十八岁作"的《殿中少监马君墓志》，最后又有"七首无考附末"（《伯夷颂》《改葬服议》《为人求荐书》《对禹问》《送王秀才埙序》《答吕医山人书》《送高闲上人序》），共一百篇。文章题下皆考列此文的写作年代，如首篇《争臣论》题下有"城以贞元十一年进谏，时在位七年，此甫五年，应为贞元九年作，公二十六岁"。《圬者王承福传》题下有"天宝乱后四十三年作此，公年盖二十八岁"。全书末尾还附一简略的《韩文公年谱》，起于"大历三年，公一岁"，止于"长庆四年公五十八岁"。

书前有署"同治十年（1871）三月辛卯朔子恕书"的《韩文百篇编年序》一文，其言：

> 公集文二百九十首，大篇短章，单辞只字，人珍之皆如球璧，无有敢轩轾之者。予自己巳岁（1869）矢志揣摩公之文，以求古文家所谓法者。初时取少所读公文，约取八十首，朝夕玩索，凡法所在则标出之。如是者历二十月，所探既深，所得乃审确。然见韩子之文之法，非犹夫凡为文者之法也，然犹但通其法而已。其主持乎法者，则法所出之义而已。至于神理、气韵，因年而异者，迄未有以辨其畦畛也。今年春，阅五百家韩文注，见公文多有年月，因补足百篇，分年而列之，孰为少作，孰为中年、晚年作，一经排次，蹊径判然。凡百篇中，不可得知其年者，唯七篇而已。综而观之，不独公文与宋以后之文，其高下之不同者见，即公文之自少至老，各有其高下者亦见。而其文之与孟子、杨雄相表里，不以年之老少为高下，故能少至老，历久而益重于时者，亦莫不于此可见。后之读公文者，或亦有乐乎此也。

刘成忠从同治八年（1869）开始研读韩文，历经二年多的时间撰成此书。其首探韩文之"法"，又继之以"义"，再辨析其"神理、气韵"，最终将之按年编排，使韩文之发展历程了然于目。文中有"○"、有点"●"、有截"—"，又有旁批、眉批，文后有总评。书中的评点涵盖韩文的"法""义""神理""气韵"。刘成忠的评点十分细致周密，对韩文中文法及含义的描述详细具体。更为重要的是，刘成忠还十分地善于总结和概括，因而此书虽是评点韩文，亦从韩文中归纳出古文通用的文法。如《守戒》一文后有评云：

引喻、引古，为古文中波澜意度之所在。既引于前，必应于后，无置而不问者。惟正意已见前，引喻、引古以申明于后者（如《上于頔书》之"太山巨海"，《原道》之"坐井观天"），不必再应，鹿豹之譬是也。其余或正喻夹写（如《师说》"为子择师"，《与李翊书》"气之于言犹水"），或接说正文（如《上于頔书》言农焉，《十九日上书》言陷水火），或一再复述（如《进学解》之"医师、匠氏"，《释言》之"狂惑水火"）。随手之变，不拘一格，要之皆所以为应耳。《上李巽书》之应"宁戚皷明"，《师说》之应"巫医乐师"，此篇之应"野人鄙夫""猛兽穿窬"，若有意，若无意，借所引为过，文尤巧于用应者。合数者观之，其法可无遗矣。

此段评语中，刘成忠通过对数篇韩文中"引喻""引古"等笔法的对比及分析，从而得出了"引喻、引古，为古文中波澜意度之所在"的结论。对于韩文的文法，刘成忠在《杂说·龙嘘气成云》后评中也进行了总结：

韩文篇法略有数种：谨严布置中藏变化，如高山深林巨谷，人不能测。盖公所极意经营者，《原道》《争臣论》《师说》等篇是也；忽起忽落，乍断乍续，若《守戒》《上李巽书》等篇是也；一气转折洄漩反复，以刀划之而不断，若《答李翊书》《后二十九日复上书》及诸短篇是也；创立一格，前无古人，可一不可再，若《画记》《送孟郊序》《送杨巨源序》等篇是也；引纸直书，期于达意，不立间架，而自饶邱壑，《答崔立之》《与孟简书》等篇是也。

对于韩文的妙处，刘成忠认为在结构方面多呈前后一线，而在前后一线中又蕴含着多种变化。如其评《上兵部李侍郎书》云：

> 古人之文，无不一线到底者。于一线到底中，幻出烟波，乍离乍合，不使人一览而尽，此最韩文胜处。而脉络之分明，亦惟韩文为尤易见。如此篇"听之之明"二句，乍读之似收束"宁戚之歌"一段耳。然既曰"听之明"，则上文"奇辞奥旨"等语，自然关合。既曰"振之"，则上文"困厄悲愁"等语，亦自然关合，岂必有意为之哉！其构思本无庞杂，故首尾自成一线也。

评《后廿九日复上宰相书》云：

> 此书之引周公，《送杨序》之引二疏，《十九日书》之引水火，《送温序》之引知马，皆借之以发议。与正意彼此夹写，其有未尽之意，则于篇末补之。其所言不必皆与所引之意相关，或从前文转下，或别出一说，从前文转下者，不必再顾上；文别出一说者，必于言终兜转，使前后皆成一线。不然，不成章矣。观此四篇可见。

所谓的"一线到底"或"前后皆成一线"有两方面所指。一方面是指韩文在内容方面都有一条主线，其余的材料都是围绕着这条主线来组织，不枝蔓、不分散。如《送李愿归盘古序》后评："前列两种人，一宾一主，题事已毕。妙于已到题之正面后，又生一波，别出一种人以错综之。局势化板为活，看似添设，实则此一种人即取之前两段之反面者也。公文无不一线到底者，细绎之自见。"楼昉于《崇古文诀》中曾对此文评云："一节是形容得意人，一节是形容闲居人，一节是形容奔走伺候人，却结在'人贤不肖，何如也'一句上。"而在刘成忠看来，"奔走伺候人"实乃"得意人"与"闲居人"的"反面"，因而与前两种人并非"两线"。另一方面是侧重在文章结构上的前后呼应与对称。如评《与陈给事书》云："文家章法，必在相称。前奇后亦奇，前偶后亦偶，前奇偶相间，后亦奇偶相间，称之谓也。此篇前后两扇，阵中有阵，营中有营，与《原毁》章法略同。古文之工者，伸纸疾读，每一段毕，读之只如一句，每一篇毕，读之亦只如一句。譬长房之缩地，须臾尽耳。及至一一读之，其中有伏应，有开合，有浅深，有离合。横岭侧峰，重关叠键。一篇有一篇之结构，一段有一段之结构，必备种种法相而后成其为篇也。"此外，"前后皆成一线"或"一线到底"指通篇而言，但在上下段间则有所不同，应该加以区分。如刘成忠评《送陆歙州傪序》云：

  古文首尾之一气合，通篇言之者也。至上下段之间，有一气，有不一气，以其有开合离即，不能不断也。是有二类：一语连而意断，如《原毁》"舜，大圣人也"云云，此篇"歙，大州也"云云，紧跟上文说下。上文一意，此又一意，语虽连而意实断也；一语意皆断。如《上李侍郎书》"夫牛角之歌"云云，《上于頔书》"夫涧谷之水"云云，《原道》"周道衰"云云，与上文绝不相蒙，是辞意皆断者也。

  刘成忠认为韩文不是空无依傍、自铸伟词。韩文也是学习先秦两汉文家之法酝酿而成的。学文之人几乎都知道要"学古"，但如何"学古"却是至关重要的。"学古"而不泥"古"，化"古"为己用，才是决定一个人"学古"所能达到的境界。刘成忠觉得韩愈"学古"之法，给后人提供了一个好的借鉴。韩文多在文末以神来之笔收束全篇，使文章浑然天成、无懈可击。如《应科目时与人书》中"愈今者实有类于是"一句，有眉批曰："一气倒卷，如疾风之扫箨。公文之神于收束，盖自其少时已然矣。北宋名家纵能法其完密，不能肖其矫变也。"对于此种笔法，刘成忠断定此是韩愈学习汉人刘向等人之文的成果。《上宰相书》中"伏惟览《诗》《书》《孟子》之所指，念育才锡福之所以，考古之君子相其君之道，而忘自进自举之罪，思设官制禄之故，以诱致山林逸遗之士"，眉批云："满屋散钱，一线穿之，凡篇中征引故事多者，于此体最宜。汉人文无不引古者，故此种收法最多。"《送齐皞下第序》中"吾用是知齐生后日诚良有司也,能复古者也,公无私者也,知命不惑者也",眉批云:"一气倒卷,如疾风之扫箨。此用刘中垒法,而变其形貌者。"《祭十二郎文》中"呜呼!汝病吾不知时,汝殁吾不知日,生不能相养以共居,殁不得抚汝以尽哀……"眉批云:"总束一大段,其体亦本刘子政。然汉人总束,大率于篇中征引古事及设譬者乃用之。至寻常议论亦用总束,似自公始有之。"从上述评语中不难看出,韩愈"学古"而不泥"古"。其在学习先人文法的基础上总能有所变化,从而开创一新法。如其对《改葬服议》评云:

　　篇中引古凡五,其三事是论改葬父母于三年后者,不应重服,议之正文也;其二事是借他事以证正文,议之敷佐也。据刘向、扬雄文法,当于篇末收束正文之三事,而其余二事则可舍置之。今变文为之,不收正文,而收他事,文成法立。细味之,若必当如此者。姚惜抱谓韩公最善学古人,以此类观之尤信。

　　文法至西汉已经定型,如刘向、扬雄等人在为文时,经常在文末用一段话或是几句话对前文所引之事进行总结收束,从而达到首尾呼应、浑融一体之效。后人也颇识此道,无奈生搬硬套,千篇一律,以至于法不成法,反为赘疣。《改葬服议》总体结构上模仿了刘向、扬雄这种前分后总的为文之法。全文共引五事来论证,其中前三事从正面论证,是"议之正文";后二事从侧面论证,是"议之敷佐"。但学习并不等同于生搬,模仿也不意味着硬套,韩愈在学习文法的同时又稍加变化,恰恰是这种变化,才是韩愈"学古"的点睛之处。故在此文最后,韩愈没有效法于篇末"收束正文"之常例,而是"收他事",最终也可以"文成法立"。如泥"古"而不化,硬搬而不变通,最终的结果只能是拾人牙慧,贻笑大方。即使是古文名家,有时也会犯此忌病。如《韦侍讲盛山十二诗序》中"若筑河堤以障屋溜……蟋蟀之鸣,虫飞之声",刘成忠眉批云:"绘于无形,酣恣不可当。今人效之,丑态百出,勉强之与自然也。刘才甫有《送人使琉球序》,颇仿此格,令人读之欲笑。"造成"丑态百出""读之欲笑"与"文成法立"的原因便是"勉强之与自然也"。由此可以看出刘成忠对于"学古"所持的态度:"学古"不是完全照搬、照抄古人为文之模式,而应寓变化与贯通之中。在模仿中求变化，在学习中达贯通；并且"学古"切忌生硬而有斧凿痕，而应自然而然，即所谓"文成法立"。因而在刘成忠的眼中，韩愈的为文之法、"学古"之道都给后人以无穷的启示，理应倍加重视。

此外，对于韩文学史迁笔法，前人对此多有论述，但大多是集中在句法、结构、风格等方面。与刘大櫆看法相似，刘成忠认为韩文诡谲其词、言外寓意的特点乃真得龙门之精髓。如他在《平淮西碑》后评曰："太史公论赞，大半抒己之感慨。凡纪传中所载功罪，悉置不言，言亦非实。所以然者，以汉人而论汉事，其势不得不隐晦，故仿《春秋》之例，凡褒贬皆寓之言中。如李广书'将军'，陈平书'丞相'，项羽书字，《韩信传》历述蒯通、武陟之言，微文诡辞，使千载以后细绎其辞，然后得之，不欲人一览而知也。《项羽纪》内直书'分我杯羹'，而论则犹称高祖为'大圣'；《韩信传》既载其拒蒯通、武陟，而论犹责其谋叛，彼其视论赞如筌蹄耳。其取之本文之外也，不亦宜乎！"司马迁由于其所处的时代背景，不得不在文中隐晦其词，以抒发己意。而一生不断感慨生不逢时、怀才不遇的韩愈同样也是牢骚满腹，但不能在文中直接抱怨，因而便仿效司马迁通过文辞委婉以达此意。刘成忠在评《祭鳄鱼文》一文中云：

> 此文虽为鳄鱼而作，言外慨然有迁谪之意，真得龙门神髓者。鳄鱼残害民物，凡有人之地，皆不可容其杂处，毋论远近也。此文专以远近立论，自伤远谪意已在言外。一则曰与刺史抗拒，再则曰与刺史杂处，自以为与异类为伍也。若曰此非人所居，惟我与鳄鱼耳。太史公既受腐刑作《史记》，时寓悲愤意，此文盖本其例。

《祭鳄鱼文》是韩文中的千古名篇。后人对此文的评价多是赞叹此文义正词严，颇有先秦诸子之风。明代署名"锺惺"的评云："说得凛凛然，斩斩然，虽天地鬼神，不能有以夺之。然天人间实有一段相通消息，可以自信。非大言不惭，而侥幸其万一也。"清人储欣亦云："《周书》大诰之遗。羊豕以食之，礼也；导之归海，仁也；不听则强弓毒矢随其后，义也。享其礼，感其仁，畏其义，安得不服。"而刘成忠则独辟蹊径，认为韩愈实乃通过此文来寄托其"迁谪之意",此才是"真得龙门神髓"。

刘成忠在评点韩文中,对"桐城三祖"之语多有引用,可见其对"桐城派"的"义法"之说应是十分推崇的。但他对其中的不确切甚至是错谬之处给予反驳与纠正。如方苞在《书淮西碑后》一文中云:

> 碑记墓志之有铭,犹史有论赞,义法创自太史公。其指意辞事,必取之本文之外。班、范以下,有括始终事迹以为赞论者,则于本文为复矣。此意惟韩子识之,故其铭辞未有义具于碑志者。或体制所宜,事有覆举,则必有以补本文之间缺。如此篇兵谋、战功详于序,而既平后情事则以铭出之,其大指然也。

对此,刘成忠在《平淮西碑》文后评中抄录了方苞的此评语,并进行了针锋相对的反驳:

> 铭者,碑记墓志之正文也。序者,序所以作铭之故。又铭所不能详之事,因此以详之也,非正文也。铭虽有长句、短句,大率四言者为多。既限以字数,又拘以声韵,于其所载,必不能备,于是乎有序以详之。苟其事不待序而始详,则序但书年月,不载事实,可也。自为人子孙者,欲尊其祖父,唯恐铭辞简括,不能备史家之采择也。于是墓志之文,序较铭为更重,风会使然,实非体要。然于铭所载之事,序先述之,可也。谓序所有之事,铭不得再载,则大不可也。故勿论重大之事,铭不可以不载。即谓见于序者铭阙之,见于铭者序缺之,则是其人一生之事,序载其半,铭载其半,而分一人为两橛也。有是文体乎?序之为言引也,本以引起所作之铭,今反以序而使铭不能载,则是序为正文,铭为余波也。有是文法乎?韩文碑版,冠绝古今,凡其人重大之事,未有不序铭并见者,甚至举其人之生平,序与铭皆一一述之,不以为复。《韩宏志》《王宏中碑》《袁氏庙碑》具在,有目者皆可睹也,望溪何所见而谓其铭辞未有义具于碑志者乎?此文既平、未平之事,铭皆备载,然序但言未平时命将、出师及战几次、斩几何、降几何,而既平后略焉者。赈饥、赦胁从诸事,铭所能

详。李光颜之兼将河东、魏博、邠阳；重裔之兼将朔方、义成七军；颜裔武之得栅城县二十三，大战十六；道古之降万三千，李愬之帅山南东道；公武之以散骑常侍帅鄜坊、丹延，皆铭所不能详也。今乃谓"兵谋、战功详于序，既平后情事以铭出之"，不亦谬乎！韩公碑记、墓志，序详于铭者有之，徇人所请，不得不然。然法所宜书之事，铭未有不载者。虽序详铭略，正班《书》括始终事迹以为赞论之例也。如谓"所铭必在序外"，则全集实所未见矣。望溪侍郎于《史记》探讨颇深，于韩文虽知推重，尚未能入其奥窔。今人竟讲方、姚法，此论为古文家所尊奉久矣，似是而非，遗误后学不小，予不可以不辨。

单从对此文的评价来看，刘成忠的观点似乎更胜一筹。纵观韩愈所有的碑铭文，序文与铭辞并非皆可分为"两橛"。

综上所述，刘成忠的《韩文百篇编年》对韩文中的文法多有精彩的点拨与阐发，在此基础上对韩文中所蕴含的文外之意亦有精妙解析，不失为一部重要的韩文研读之作。

第八章　清代"八大家"选本评点韩文

"大家"类的古文选本，在清代才真正意义上达到了高度繁荣程度，其表现为此类选本的喷涌而出。特别是在康乾年间，这种现象更为明显。这与清代的政治文化环境有很大关系。清初统治者为了平息国内的反满情绪，拉拢汉族知识分子，大力实行文治政策，增设"博学鸿词"科等，大大刺激了为科举服务的此类古文选本的产生。

第一节　清代"大家"类总集考察

清代出现的诸多"大家"类的古文总集，多为"八家"或"八大家"类，这与明代出现了数种"四家"或"四大家"有所不同。这说明在"四家"或"四大家"与"八家"或"八大家"较量的过程中，"八家"或"八大家"最终被历史所选择，成为主流。

清代出现的"四家"或"四大家"选本，今仅发现有《唐四家文》，十三卷，清董采选辑评点，复旦大学图书馆藏康熙四十三年（1704）刻本。这里的"唐四家"是指韩愈、柳宗元、李翱（习之）、孙樵四人。董采，字载臣，号力民，石门（今浙江崇德）人。光绪《石门县志》卷八下言其"善古文辞，得力于南丰而简洁峭，诗近放翁，字学黄山谷，尤饶生动之趣"。书首有《胡会恩序》称：

　　自时文专行，选评渐盛，艾东乡始以雒闽之理为主，而参以历代大家行文之法，以为甲乙弃取，盖前此所未有也。顾入理浅而为法粗，未可以为知言。至近日晚邨吕先生出，而后于时文之文势、义理，始穷微达眇，而不复有所遗隐。晚邨先生之论文，孟子、朱子之法也。惜乎，于古文仅有选，而未暇评，为后学之深憾焉。癸未春，其高第弟子董力民设教洪川、蔚罗之间，便道过京师见访，亟索其行笥，得手批韩文一编，盖本吕先生之所选而加批点焉。其评点之法，一如吕先生评点时文之法。昔人所称"鲸铿春丽，惊耀天下，栗密窈眇，章妥句适"者，然后人人可以共喻。嗟乎！仲达按行岐山行营，桓公周览定军石垒，非夫才略足相抗衡，安能心解而服膺之至此耶？时与力民谈宴累日夕，因戏语之曰，使予得侍吕先生，恐闻道不在诸君后。力民亦笑领之。今秋复荟萃所批唐四家文，从曹南寄示，并乞荒言，以为弁首。

由上可知，此四家文是董采在其师吕留良所选文的基础上，复加以评点而成的。此书文中有旁批，文后有总评。其评点十分详细具体，多是对文中文法的阐释。文后总评中对明唐顺之、茅坤之评，多有纠正和补充。如评韩愈《新修滕王阁记》云："茅鹿门谓通篇不及滕王阁中情事。采谓惟不及，所以精切。看其题外远引间，文无一字不为本题而设，此做法之妙，而其用力致胜处，尤在一结，又如绝不用力者，真不可到也。"对韩愈《送王秀才埙序》文评云："唐荆川曰，此是立主意之文，而紧要全在好举孟子之所道者一句。予以为主意在'必慎其所道'，特好举孟子，正其慎所道处。而'慎'字却是韩公看出，以作篇中骨子。开手于古圣人中特提出一孔子以立极，次序诸弟子分途别派之多，后又说出杨墨老朱佛诸异道，与孟子皆道也。所以不可不慎，主意在此，用力全赴之。细细看破，方见作文法。"另外，王昶《春融堂集》卷四十一有《四家文类自序》一文：

四家何？韩、柳、欧、苏也。曷取于四家？文之最也。曷为以类？辨其体制格式也。自明茅氏坤论次古文，取八家为縠率。嗣后甄古文者以十数，斤斤焉墨守厥训，不敢有所进退损益。其于篇帙，茅氏取录外，亦不复采置一二，犹划鸿沟而界之也。夫八家以外，若朱子熹、陆氏游、陈氏亮、黄氏潛、戴氏表，元虞氏集，暨明宋氏濂、方氏孝孺、归氏有光、唐氏顺之，于韩欧为苗裔，斥而弗录，固也。八家中若韩之《三上宰相》《应科目与时人诸书》颇蒙识者訾议，而弗削鄙也。苏之范景仁、张安道墓志，《富郑公神道》《司马温公行状》，可与日月争光屏，而弗摭，愼也。是选也，沿者斥，屏者收，以四家式，不以四家断世。有淹雅君子，固将于前所云诸集浏览而会通之，绝乎固与鄙与愼之病，当不抱此区区以自终矣。孔子曰："多见多闻，择其善者从之。"孟子曰："博学而详说之，将以反说，约也。"择则约，约则熟，熟则沈冥融冶，忽与心通，忽与手会，汩汩乎左右逢其源焉。譬之水触地而出，不审其孰为淄，孰为渑也。如是合四家为一家，亦不自知肖于某家，斯为文之极工尔矣。又何类之足云！①

王昶可能曾择选韩、柳、欧、苏四家之文，并将之以类即按文体编排。但此书今已不可见，不详其情。

除上二种"四家"选本外，又发现"八家"或"八大家"选本二十种，今分别对其作简单介绍。

《唐宋八大家集选》，十二卷，清卢元昌选辑。北京大学图书馆、浙江图书馆藏顺治戊戌年（1658）金阊王遇升的刊行本。卢元昌，字文子，江南华亭（今上海）人，诸生，有《杜诗阐》传世。此书乃卢元昌在综合明茅坤、锺惺二家选评"八大家"文的基础上，重新加以编辑，附以己见而成的。

《唐宋八大家文分体读本》，清汪份评选，不分卷。清华大学图书馆藏康熙五十八年（1719）刻本，每半页八行，行字二十，小字双行同；左右双边，白口，单鱼尾。前有署"康熙五十八年正月三日翰林院编修钦定春秋传说汇纂分修官长洲汪份"的序，署"原充日讲起居注官左春坊左中允兼翰林院编修南书房九直今候补弟汪士鋐书"的《唐宋八大家文分体读本序》，以及署"长洲汪份武曹"的《唐宋八大家文分体读本后序》。汪份，字武曹，康熙癸未年（1703）选授庶吉士，先后历广东乡试，云南学政等

---

① （清）王昶：《春融堂集》，《续修四库全书》第1438册，上海古籍出版社，2002，第86页。

职。此书最大特色是按照文体来编排八家之文,全书共分为书,序,记,志、铭、表,论,策六大类,每一类文体下又筛选"八家"文若干篇。文中没有具体的圈点标识,以夹批的形式进行评论文意、句法等。

《评注唐宋八家古文读本》,三十卷,清沈德潜评选。上海图书馆藏乾隆十五年(1750)小郁林刻本,十六册,每半页十行,行字二十,白口,左右双边,单黑鱼尾。沈德潜,字确士,号归愚,苏州长洲人。清代著名的诗人,由其所选的《古诗源》《唐诗别裁》《明诗别裁》等流传颇广。而《评注唐宋八家古文读本》则是沈德潜评选文章的代表作。书首有"乾隆十五年岁次庚午仲冬月长州沈德潜撰"的序,又有"凡例"十则。文中有圈"○"、有点"、"、有截"一",又有旁批、有眉批,文后有总评。其中旁批、眉批多来自储欣《唐宋八大家类选》,可知沈德潜编选此书受储欣《类选》影响较深。

《山晓阁选唐宋八大家全集》,二十卷,清孙琮选辑。此书现存两种版本。南京图书馆藏康熙辛亥年(1671)孙琮序本,其为"山晓阁选古文"十三种之一。国家图书馆有康熙五十四年(1715)龚舜锡参订本。书前有龚舜锡自序,称:"向所点次,珍尚者固众,而訾议者亦恒有。无他,特以圈评太密,反致眉目不清之故。要之《文钞》之疏略,孙选之周密,其失则均也。兹适重新,因为去其圈之浓者,削其评之非紧要者,务使起伏、照应、宾主、伸缩之法,了然豁然,庶学士得所寻求,不至如游五都之市,所睹皆光彩陆离,心怡目眩良久,归时仍素手也,不识礼庵以为何如?"可知,此本应是龚舜锡对孙琮原选"圈之浓者""评之非紧要者"删汰去繁后而成的,眉目更为清晰。不仅如此,龚还对原选的篇目也进行了删减。如《韩昌黎文选》,龚刻本就此孙琮原选本少了十七篇。孙琮,字执升,号寒巢,浙江嘉善人,工诗,多有警句。孙琮是清初著名的古文评点家。"藏书万卷,手不停批,每一书出,人争购之。"此书中有圈点,有旁批,文后有总评。孙琮在评点中多通过具体的文章内容,分析出文章中所使用的笔法以及内部的段落层次。如其评《后廿九日复上宰相书》云:"文章妙处,最在曲折,固矣。而曲折妙处,又最在顿跌。盖顿则是其曲处,跌则是其折处。此文前幅说周公,明将当时天下,周公才德,贤士不如周公,顿起三段,然后跌出周公求贤之急。中幅说宰相,亦明将当时天下，当时贤士，顿起二段，然后跌出宰相不急于求贤。只此两幅，却用如此顿跌，便令文字无数曲折。后幅明上书之故，却又用古人与山林之士，写出两层，以明己非此两种人可比。此又是旁击一法。"

蔡方炳评选《蔡关息先生八大家集选》，八卷，台湾大学图书馆和日本公文书馆藏有"康熙辛酉（1681）新镌，吴郡宝翰楼、文雅堂刻本"。蔡方炳（1626~1709），字九霞，号息关，别号"息关学者"。明末江西巡抚蔡懋德之子，江苏昆山人。康熙十八年（1679），举博学鸿儒，以病辞。好学不倦，工诗文，尤留心政治性理，著有《耻存斋集》，增订《广舆记》二十四卷、《铨政论》一卷、《历代茶榷志》一卷、《马政志》一卷、《愤肪编》二卷。蔡方炳在书前序言中称："越自孔孟已往而后，濂洛未兴以前，圣道几绝而不续，虽天人三策、石渠虎观诸儒，不无阐扬发明之力，而后之学者不尽读其书。惟唐宋八家，殆弦诵遍家户，则道之绝而不终绝者，八家之义与有功焉。夫八家之文，有合乎道者，有不尽合乎道者。盖其旨主于揆时度势，救弊补偏，以洗儒者迂疏无用之学。要其衷诸孔孟以上，推二帝三王之说，何尝不异轨而合辙乎！是合道者，守道之经；即不合道者，亦用道之权。讵必专言理学，乃为荷道之人；不专言理学，遂非诩道之人耶？余故断以孔孟已往而后，濂洛未兴之前，赖此八家之文以载道于天壤间也。"因此，蔡方炳主要是从"文以载道"的观点出发，肯定了"八家"文有传承圣道之功，因而编纂此选。文中有圈点，有旁批与夹批，文后有总评。旁批与夹批点明文法，总评多是阐述文章大旨。

姚婧评选《唐宋八大家偶辑》，二十卷，哈佛大学图书馆藏康熙甲子（康熙二十三年，1684）芸文馆刊本。姚婧之居里、生平不可详考，其于康熙年间增删刊刻明人田汝成《西湖志》八卷、《志余》十八卷。书首有署"时康熙甲子"之姚婧序，言："癸丑（1673）春仲，余自京师还里，无事闲居。检童子时所记诵《左》《国》秦汉文评，有古文八种。八种者，《左传》、《国语》、《战国》、《史记》、两汉、六朝、八大家、元明文也，今屈指几十年矣。缘囊无余资，余复性懒动，辍积岁，是以蓄是愿十年而因循莫之逮也。去年冬，文芸馆主人先请八大家行世，且曰：'八大家自月峰、鹿门、伯敬三先生始，其集浩繁，诵习者莫能得其指归。故虽诵之习之，而多未能揣摹而得其精神也。诚得一至简至严者与世更始，俾诵习者无揣摹之苦，而有得其精神之乐，因源溯流，使人能沦肌浃髓于八大家之中，而复引而伸之，而至于《左》《国》秦汉八种，则是集也，非特裨益于韩柳八大家之全文，并能裨益于《左》《国》秦汉八种之全文也。'"此"八大家"乃姚婧为"童子"读书时所选辑"古文八种"中之一种，后在"文芸馆主人"的劝说与资助下将之付梓。文中有圈点、有眉批，文后有总评。但眉批评语多引用明人茅坤、孙鑛、锺惺、郭正域等人之语。文后总评亦首罗列前人之评，后又缀以"姚天目曰"云云。姚婧之评语有明人遗风，多简洁干练，寥寥数语。

储欣评选《唐宋八大家类选》，十四卷，复旦大学图书馆藏光绪九年（1883）重刊静远堂刻本。储欣曾撰著《唐宋十大家全集录》，前已言及。此《唐宋八大家类选》乃储欣晚年于在陆草堂讲学时所用之课本，基本上是《唐宋十大家全集录》的节选本。全书最大的特点是按类编选，共分为奏疏、论著、书状、序记、传志、词章六大类。文中有圈点，有眉批、旁批，文后有总评。评语也多与《唐宋十大家全集录》中之评相符。

《八家古文精选》，八卷，清吕留良选、吕葆中评点，《四库禁毁书丛刊》集部第九十四册影印北京大学图书馆藏康熙吕氏家塾刻本。书前有署"康熙甲申（康熙四十三年，1704）成至后三日御儿吕葆中谨识"的序，称："先君子晚岁选定古文，其于唐之韩柳，宋之欧、曾、王、苏诸家，则又撮其精腴若干篇，以付家塾。而命葆中曰：'汝试为点勘，以授学者。毋繁冗，毋穿凿，但正句读，分段落。于一篇要害处，稍为提出，粗示学者以行文之法。至精妙处，则在学者熟复深思，自得之耳。'"因而此"八大家"选本本是吕留良所选辑，以作为"家塾"之用。后吕留良嘱托其子吕葆中对其批点。书中对批点符号的使用颇为严格。吕留良在"凡例"中言：

> 大段落用"—"，小段落用"凵"。古文惟段落最要，批古文惟段落最难。盖段落有极分明者，有最不易识者，其间多有过接、钩带、显晦、断续、反复、错综之法，率由古人文心变化，故为此以泯其段落之痕，多方以误人。即如《原道》一篇，传诵千年至今鲜人堪破，故段落分则读文之功过半矣。

一篇中纲领及案据处或用"囗",或用"丨"。紧要字眼,或字外用"〇",或旁用"囗"

文章精妙、议论警策处,或连用"〇〇〇〇",或连用"、、、"。

除评点标示外,文中还有旁批,文后也有尾评。旁批多是揭示文章的纲目与关键,以及段落层次的划分;尾评则概括文章主旨,评析其艺术特色。

《唐宋八大家古文读本》,不分卷,清江承诗辑选。浙江图书馆藏康熙四十三年(1704)学古堂藏本。江承诗生平不可细考。书首有《桐城戴名世序》[1]以及署"时康熙甲申十月望前一日吴门江承诗雅臣氏题于学古堂"的序。此江序称:

犹忆岁丁丑(1697)冬,冒雪访田有于秦淮旅舍。田有,当代古文宗工也。其夜挑灯对坐,杯酒谈文。论及八家渊源,与予心契神合,而独虑世无善本。因谓予曰:"八家虽有鹿门先生《文钞》甚善,而卷帙浩繁,学者不能卒读。且点次简略,使人汗漫无所窥测。而坊间所盛行选本,则又浓圈密赞,使古人用意之所在,反因之而晦。子盍不选定为一书?"予因是数年来于八家之文,反复讽诵,取其与时文相近者,不及三百篇,为之次第排缵。凡一篇中起伏照应、波澜意度之所在,无不一一指而出之,未敢遽谓登古人堂奥也,其于古人之

---

[1] 戴名世此序,今也收录在王树民编校《戴名世集》卷三中,题为《唐宋八大家文选序》。(中华书局,2000,第63页)对照二文会发现其内容大部分相同,但在此八家选本的编纂者归属问题上出现了差异。《戴名世集》中此序称:"余(戴名世)少好古,而尤嗜八家之文。居尝盖有读本,其择取者仅二百余篇,而八家之美已尽。一二学徒,复请余为之评点论次。于是闲昼无事,乃执笔为明其指归,与夫起伏、呼应、联络、宾主、抑扬、离合、伸缩之法,务使览者一望而得之。虽不谓开学者之明,而救其眯目之患,而八家之尘区区,窃不欲其纤毫之有存矣。闻之适秦者立而至焉,有车也;适越者坐而至焉,有舟也。二三子以是书为为文之舟车也,其庶乎哉!"而江承诗《唐宋八大家古文读本》文前戴名世序却称:"江子雅臣,少好古,而尤嗜八家之文。吾尝见其读本,其择取者简而不繁,而八家之美已尽。其评点论次,则务著明其指归,与其起伏、呼应、联络、宾主、抑扬、离合、伸缩之法,洗刷眉目,疏通脉理,而八家之尘于是乎尽去。所以开学者之明,而救其眯目之患,将在于是书矣。适秦者,立而至焉,有车也;适越者,坐而至焉,有舟也。雅臣是书,是亦学者之舟车也。余故劝其刊以行世,而书此以先之。"浙江图书馆今存江承诗此书,则《戴名世集》中的此文有被改之嫌。

用心，庶乎百不失一焉。盖卷帙既简，易以记诵；而圈点无滥，则其眉目一览了然。至于评语，亦止就其意思法度，各指明之，不敢妄为赞美，文之至者，无所用其赞也。书既就，自用为读本，不敢示人。今年（1704）田有来姑苏，予因出而就正。田有大喜，且劝予梓以公之世，曰："时文而有是，其殆为为琴瑟之美材，为衣裳之美锦乎。世之为时文者，而能从事于此书，则时文莫非古文也。"

戴名世，字田有，号南山、夏庵等，安徽桐城人，清代著名的散文家，桐城派的先驱。此"八大家"选本是江承诗在与戴名世谈文析义时，受戴名世的启发与嘱托编纂的。文中有圈点，又有旁批，文后有评语。旁批有抄录孙琮《山晓阁选唐宋八大家全集》之嫌。

《唐宋八大家文钞》，十九卷，清张伯行选评。张伯行（1651~1725），字孝先，晚号敬庵，河南仪封（今兰考）人。康熙二十四年（1685）进士，累官至礼部尚书，历官二十余年，以清廉刚直称。张伯行力崇程朱理学，是清初著名的理学名臣。撰有《二程语录》《性理正宗》《道统录》《伊洛渊源续录》等理学专著。此"八大家"文钞，张伯行亦遵循着理学家论文之旨。其在序中言："道者，文之根本；文者，道之枝叶。圣贤非有意于文也，本道而发为文也。文人之文，不免因文见道。故其文虽工，而折衷于道，则有离有合，有醇有疵，而离合纯疵之故，亦遂形于文而不可掩。"从此观点出发，张伯行于此"八大家"文钞中选曾巩文七卷，为诸家中最多。文中有圈、有点，文后泛引诸家之评语。

《唐宋八大家文选》，八卷，清唐瑄辑评，北京大学图书馆藏雍正九年（1731）稿本。唐瑄，字复堂，青浦人。光绪《青浦县志》记其有《庄子集解》、《列子辨》、《韩子摘隽》、《冬荣居诗稿》（十卷）等著作。书前有署"雍正辛亥仲冬"唐瑄所写之序，称：

唐宋八大家之选，始自有明茅鹿门先生，至今因而不易，名曰古文，实为举业计也。盖举业之文，虽骈次并偶，而非得秦汉人气魄，使有浩然沛然者行乎其间，则每患其颓堕萎靡，稚弱而不振，阅之者未及终篇，而已闭目不欲观矣。尚得谓之文乎？而气魄之雄悍卓荦，奔放流转，起八代之衰，复秦汉之旧者，则惟昌黎公；树厥帜辅之者，柳先生而已。夫一人倡之，必有数十人从而和之；一时开之，必历数十百年因其绪而昌大之，是故继唐而能扩弘文运者，则有宋是，而欧、苏诸公，其最也。六一居士之文，力追昌黎，纡余委折之中，自寓浑灏之气，而奇则稍逊；苏氏父子，各自成家。老泉则得力于先秦，其气之纵横排奡，能使千人坐废；东坡则更曲畅而豪横矣，庶几近于昌黎之神奇，而复兼柳州之峭警者乎。至若栾城，仅得其一体也耳。而选家每以醇厚推南丰，予虑夫气之优柔，或犹乎东汉之就衰也。更可怪者，以半山足其数。读者无不以为滥厕。纵其文洵称峻洁，独不计其得罪于圣人，流毒于天下后世耶？余欲以紫阳朱子易之。顾君子不以人废言，朱子亦不以能文为重，且此八家之选，由来已久，何必不仍其故哉？故于半山暨南丰、栾城三家，仅仅择其一二十篇，而居士、老泉倍之，东坡又倍之，如柳柳州之数。惟昌黎更为诸家之所宗，起八代而复秦汉，犹秦汉文之支分派别，而其源则悉仰给于左氏，故方之《史记》《汉书》，又加倍焉。而炳炳烺烺，鸿篇橼笔，极宇内之具观，不可不寓目者，犹以其稍无裨于举业，故从割爱。盖真超轶前后，时时以不能尽录为憾，毋疑其与诸家多寡不齐也。然则即兹所选，可以知唐宋八家之大概矣。而予于家塾读本之属，亦可以告竣矣。虽然古文岂特此数种而已哉？即有宋而论，紫阳朱子而外，岂繄无文乎？即有唐而论，昌黎之前有陆宣公，后有李习之辈，岂繄无文乎？予欲选唐宋杂文以补鹿门之所阙，且由周以来，有庄、有骚、有荀、有韩非、有吕览之类，苟于举业足以畅其枝叶，发其精英者，亦将采摘掊撱，以游乎富有盛大焉。讵不称铦钉之胜事矣乎，而病未能也。然使天假之年而培其精力，虽老矣，尚能续而成之。

原文用墨笔抄写，又有朱笔圈点以及朱笔旁批、眉批，文后有总评。
《唐宋八大家文选》，三十六卷，清秦跃龙选辑。台北"中央图书馆"藏乾隆十八年（1753）序刻本。据钟志伟先生言："秦跃龙，字山公，号鹤峰，江苏无锡人。生于康熙三十年（1691），卒于乾隆二十二年

(1757），享年六十八。兄，秦伯龙，事迹不详，仅见《锡山历朝书目考》与《锡山秦氏族谱》简录。"书首有署"乾隆十八年癸酉仲冬长至前三日"的秦跃龙所写之序，言："有明中叶，前后七子之徒，论文断自西京以上，恢恢乎有其形貌。摹拟剽窃，谬种流传。吾吴唐荆川、归震川相继而起，以唐宋八大家文矫之。学者始知循流探源，复归于正。维时归安茅氏爰有《八家文钞》盛行于世，迄今二百余年矣。且夫八家之文，亦自《西京》门户中出，初何尝摹拟剽窃为耶？各因乎性情之所近，学问之所到，以驰骋其笔力，东西南北，分路扬镳。而按之马、班诸风，风神脉理、波澜意度之所以然，无不吻合，故足贵也。"文中有圈与点，有旁批，文后有评语。评语多取自诸家之说，十分简洁。对此秦跃龙在"唐宋八大家文选总目"末作出说明："右录八家文共三十六卷，自愧管窥蠡测，未可俱依，故多采诸家之评。然必其切中肯綮者始收入。否则宁缺毋滥。尝思古人之文，因评而明者十之三，因评而晦十之七。兔园夫子，各处其一知半解，操觚以踞品题之席。醉呓梦吃，曲说附会，而古人之真面目亡矣。故学者不可不深思而慎取之也。"

《唐宋八家精选层级读本》，四卷，清吴炜选辑，浙江图书馆藏乾隆二十四年（1759）序刻本。乾隆《宣化府志·歙县志》卷十载："吴炜，字觐阳，号南溪，徽州歙县人，庚戌进士。工科给事中，乾隆九年补授口北道。"书首有署"乾隆二十四年二月朔日古歙吴炜觐阳氏叙于紫阳书院"的《唐宋八家精选层级读本序》言："余承乏口北时，每于公务之暇，取储在陆先生《八家类选》引而伸之，触类而长之，以发其所未尽发，课予子若孙。选文不满二百篇，分为四集以示层序升阶之意。"此书是吴炜在储欣评选《唐宋八人家类选》的基础上"引而伸之，触类而长之"，后又于紫阳书院讲学时应学生之邀，将之付梓。此书最大的特点是按照吴炜心中学文的次第来编选文章。宋谢枋得在《文章轨范》中云："凡学文，初要胆大，终要小心。由粗入细，由俗入雅，由繁入简，由豪荡入纯粹。"《文章轨范》全书分为"放胆文"与"小心文"两大类。相对于《文章轨范》，吴炜的分类方法更加详细、具体。全书共分为四集。每集之前均有一小序，结合学文的次第介绍此集所选的文体。四集文前小序依次云：

初学入门，读古先求其洋洋洒洒之文而读之。使其气疏达而不滞，使其词意明白而晓畅，使其局法层次而开展。无艰深之苦，无窘促之状，便为循序渐进之方。先选策略，共计十七篇。

初学入门，既先读策略以疏其气，达其意矣。再宜开其心思，使之如茧抽丝，愈出而愈不穷；拓其议论，使之如泉赴壑，愈达而愈不竭。正东坡先生所谓"少年文字，须先令其光采绚烂也"。次选论，共计四十九篇。

初学入门，既读策略以疏其气，达其意矣。复读论著以开其心思，拓其议论。又当上下书、序，以观其知人论世之识。而浑灏流转之气，愈拓而愈不穷，光怪陆离之奇，愈出而愈焕发，此文章大观也。次选书、序，共五十二篇。

初学读古，自策略、论著后，又益之书序，以充其气势，发其光华矣。更当进诸章奏以穷其事，博诸杂体，以会其趣。庶几大可施之清庙明堂，而下亦可采为春华秋实。而气更懋而词愈古，而文益闳以肆。斯为时艺之极至，而学古之阶梯也。终选表、奏、疏、状、碑铭、传记各体，共五十八篇。

《唐宋八家精选层级读本》全书共选策略、论、书、序、表、奏、疏、状、碑铭、传记十类文，一百七十六篇。文中有圈点、有旁批，文后有总评。其中圈点与旁批多与储欣的《唐宋八大家类选》相一致，吴炜在文后总评中独抒己见。

《古文八大家公暇录》，六卷，清王应鲸选辑。王应鲸，字霖苍，号暗斋，清任丘人。十九岁时中乾隆元年（1736）举人，博通群籍，曾任福鼎知县，因疾归，以读书考道为事。王应鲸于书前序中称："严选八大家文脍炙人口者，都为一集，共一百二十篇。洵以八家之文，于制义为近，初学易读，亦便用也。凡程、朱诸儒语录有论断及八家者，合东莱、真、谢诸说，暨茅、吕、储氏等评，详载于尾。至愚之管见，亦附录于末，要使世之读八家者得备览诸儒之评论，而于文之委曲毕尽焉，庶可以无憾矣。"因此，此书可以视为一本唐宋八大家的集评本，其中选录程朱理学家之评，应为其最大特色。文中有圈点、有旁批，文后有总评。多征引二程、朱熹、茅坤、吕留良、储欣等人之评语。

《陈太仆批选八家文钞》，不分卷，清陈兆仑评选，复旦大学图书馆藏光绪二十六年（1900）天津文美斋石印紫竹山房家塾本。陈兆仑（1700~1771），清代官员、文学家，字星斋，号句山，钱塘（今浙江杭州）人。雍正八年（1730）进士，授知县。乾隆元年（1736），举博学鸿词，授检讨，官至太仆寺卿。工诗善书，论书法有卓识，有《紫竹山房诗文集》。文中有朱笔的圈点，又有眉批、旁批，文后有总评。

《唐宋八家文百篇》，不分卷，清刘大櫆评选。此乃刘大櫆精选八家文共一百篇，并对其进行简单评析而成的。书首于目录后有《乾隆四十二年二月桐城刘大櫆撰集序目》云："予谓论则韩、苏，书则韩、柳，序则韩、欧、曾，碑志韩、欧、王，记则八家皆能之，而以韩、柳、欧为最，祭文则韩、王，而欧次之。三苏之所长者一，曰论；曾之所长者一，曰序；柳之所长者二，曰书、曰记；王之所长者二，曰志、曰祭文；欧之所长者三，曰序、曰记、曰志铭；韩则皆在所长，而鹿门必欲其似史迁，何其执耶？此韩之所以作《毛颖传》也。"刘大櫆对八家擅长文体都有所解析，其中流露出对韩文的高度推崇。文中有简单的圈点，文后有总评，评语多简洁。

《唐宋八家钞》，八卷，清高塘辑评，《华东师范大学图书馆藏稀见丛书汇刊》第二十册影印本馆藏清乾隆五十三年（1788）广郡永邑培元堂杨氏刻本。《沁源县志·名宦传》记："高塘，字梅亭，直隶顺德府南和县人。乾隆庚辰科举人，三十二年委属沁源县，三十七年题属沁邑。"此《唐宋八家钞》为高塘"高梅亭读书丛钞"中之一种。文中有圈、有点、有截。评语有旁批、眉批。其中旁批主要揭示起承转合等行文之法，眉批则是揭示、归纳文章每段的意旨，文末又泛引"茅鹿门"（茅坤）、"储同人"（储欣）、"沈归愚"（沈德潜）、"浦二田"（浦起龙）等人之评，偶缀己评。

《唐宋八家文》，十七卷，清姚培谦辑评，上海图书馆藏乾隆丙戌（乾隆三十一年，1766）序刻本。光绪《金山县志·重修华亭县志》卷十二载："培谦，字平山，培和从弟，五保人，诸生。勤学好交游，名噪江左。雍正七年，马谦益以孝友端方荐；乾隆十二年，尚书沈德潜以闭户读书，不求闻达，荐均不赴，人以是高之。校刊及编辑书甚富，其所撰有《经史臆见》《松桂读书堂集》，入《四库全书存目》。"姚培谦曾编选《古文矸》，此书分前、后两集，前集选《左传》《国语》《战国策》《史记》《汉书》之文，共计十六卷，后集则是《唐宋八家文》。《唐宋八家文》正文前有署"时乾隆丙戌春二月望日华亭姚培谦书于北垞之招鹤楼"的序，又有"读唐宋八家文例言"九则。序中，姚培谦就八家文与经义制策间的关系进行了探讨：

> 夫八家之文，追踪秦汉，至其队仗精明处，未始不寓整于散。制举义之文，幅尺森严，至其筋脉振动处，未始不寓散于整。且制举义之设，意取明道。明道之文，辞取达意。辞不衷于八家，则意不达斯。则以制举义论之，亦必胎息于八家，不胎息于排偶之文，可知也。余于《左》《国》《史》《汉》之后，复钞录唐宋八家之文如千首，而疏栉其字句、篇章之法，附以管窥之见，非谓八家之文观此已足，从此引而伸之，上窥《左》《国》《史》《汉》文之堂奥，而不悖乎六经；下统唐宋以来历代之著作，而补益于制举义。庶不至眩瞀于擎悦之华，饾饤之陋，而忘布帛、菽粟之不可以一日而或废也。

文中有圈、有点，行间有评与注，文末附"姚平山曰"，录己对文之评断。

《唐宋八大家选》，八卷，清李元春评选。南京图书馆藏道光己亥（道光十九年，1839）年刻本。此书为"桐阁七种文选要"中的一种。① 李元春，字仲仁，号时斋，嘉庆戊午（1798）举人，拣选知县，后改就大理寺评事。李元春一生以讲学闻名。前后曾主讲潼川、华原各书院，学宗程

---

① "桐阁七种文选要"包括《〈史〉〈汉〉文选》、《两汉文选》（魏晋六朝及隋文附）、《八家文选》（唐诸家、宋元诸家各附）、《两朝（明清）文选》、《经世文选》、《经义文选》、《正学文选》。

朱，教人以身心性命之学，诚正为本。光绪《同州府续志》称其："讲学必宗程朱，然于心学良知之说不过排斥，谓皆本圣学，特学之者不无弊耳。又谓义理、考据、古文、时文一以贯之，要在读书明道，以圣贤之学为归。"曾讲学文昌阁下，于此地多植梧桐，学者称其为"桐阁先生"。此书首有李元春弟子张铭彝的序，称："夫古今作者代出，即唐宋作者岂止八家？然自茅氏有选，而八家之名不可易矣。八家之文之高，以其能继两汉者也。特两汉气朴而法浑，八家文笔墨之迹较密较显，此则时运日新，论文日益详，不能不然耳……实则善学八家者，不规规于八家者也。犹之善学两汉者，不规规于两汉者也。七种文之刻，能一视之。而以古人为我，即以我为古人，得其长而舍其短，取其精而遗其形。是则吾时斋师评辑之意也。"李元春于书首《七种文选要序》中言："评诸文即以时文法批之。"文中有圈点，有旁批，指出起承转合等文法。文后有总评，对文章大意以及文风特色进行归纳。

第二节　卢元昌《唐宋八大家集选》及对韩文之评点

清初卢元昌选辑《唐宋八大家集选》，何焯曾言"近者卢文子、蔡九夏、王惟夏、孙执升评骘八家文"[1]，其中"卢文子"便指卢元昌。今发现北京大学图书馆、浙江图书馆都藏有顺治戊戌年（1658）金阊王遇升的刊行本，十二卷。沈德潜《清诗别裁集》卷八云："卢元昌，字文子，江南华亭人。诸生。文子衡门两版，下帷著书，选定古文，不胫而走。为诗少欢娱之词，多愁苦之言。由生平遭际使然，而颂法常在少陵。故忧伤感愤，不知其然而然也。上海陈生龙岩为余述其梗概如此。"[2] 据此粗知，卢元昌选定之古文在当时已颇有名气，其选辑唐宋八大家之文也顺理成章。除选文外，卢元昌还撰有《左传分国纂略》十六卷、《杜诗阐》三十三卷、《明纪本末》等著述。细观此书，可知其并非完全由卢元昌评辑而成。书

---

[1] 转引自付琼《唐宋八大家选本在明清时期的衍生与流行》，《中国社会科学院研究生院学报》2008年第4期。

[2]（清）沈德潜：《清诗别裁集》，岳麓书社，1998，第245页。

封页背面题:"云间卢文子先生参选,鹿门、月峰、伯敬三先生原评,金阊王遇升梓。"书前卢元昌《唐宋八大家序》称:"予幼好读书,耻为章句学。又有泉明癖,意有所得,不求甚解。其所当意,既异于章句。而过目辄解者,惟唐宋八大家文而已。始从事茅鹿门一编,继苦其浩瀚难读,取孙月峰一编参之。既又以月峰一编与鹿门见解各出,取锺伯敬一编折衷之。自十五岁至二十岁,五年中,朝斯夕斯,孳孳不厌,此书而外,无他嗜也。"此书是卢元昌综合了茅坤、孙鑛、锺惺所选的唐宋八家古文,又参以己见编纂而成的。因此,文章末尾多载有"茅鹿门曰""月峰先生曰""伯敬先生曰"等评语。在最后附以己见,语末用加小字"卢元昌"以示区分。

　　卢元昌在书前之序中说明了其编选此文选之初衷。其青年时期便酷爱唐宋八家之文。在研读八家文过程中,又慢慢体会到"善读唐宋八大家文者,又当识八大家文之所自来,而博观于唐宋八大家以前诸书",于是广览经史子集,"遂了然于八大家之所自出也"。以此为基础,卢元昌后参编多种制义时文选本,以至"天下之为文者津津焉,莫不心慕手追,竟自拟于先辈诸大家矣"。虽有此盛誉,但卢自己心中却明白"今之所为大家者,不过制义之大家,上则王、唐、瞿、薛,次亦归、胡、汤、杨已耳。亦知此诸公之号为制义大家者,其所得力,由于古文大家也。取其所为制义大家者,而舍其所为古文大家,是犹二十年前余读唐宋八大家文而未曾会心于大家之所自出也,乌乎可哉?"正是为了让更多人通晓此理,扭转舍本逐末、急功近利的世风,卢元昌编选此八家古文集。此外,序中他还郑重申明了其自己心中的学文之术与为文之道:

　　　　大抵作文之道,传神为主,而干之以骨,导之以情,鼓之以气,裁之以体,运之以意。神须深远,骨须廉峭,情须绵渺,气须洞达,体须典硕,意须淡折。参之韩,以取其神;参之柳,以取其骨;参之欧,以取其情;参之苏,以取其气;参之曾,以取其体;参之王,以取其意,融而会之,错综而贯穿之,始能使韩不混柳,柳不混欧,欧不混苏,苏亦不混于曾、王。既能使韩与柳化,柳与欧化,欧与苏化,苏复与曾、王化,是为善读八大家文者,是为善学八大家文者。

爰取三先生所评次者，覆为较雠，汰其无用，取其有裨者标出，以质海内。庶海内之为制举义者，使知不可不脱胎于古大家，而古大家之为文，其脱胎亦自有本。则虽谓读一唐宋八大家文，而凡五经、诸子、史记、两汉、国策、三传以及丛书各种，尽在是焉，可也。

神、骨、情、气、体、意，是为文的关键性六要素，也是初学为文时所要重点学习之处。八大家古文本来就是从浩如烟海的唐宋古文中筛选出来，以便为后人学文提供一条便捷之径。卢元昌在八家古文的范围内又将各家之特点与擅长之处和其上所言的为文六要素相结合，采各家之精，学其所长。即如"例言"中所言："八家文，每一家，各有一长。韩长于书，序次之；柳长于记；欧长于札子，而记、序、碑志，各臻其妙；三苏长于论、策；曾子长于书；王长于奏疏，而铭、诔诸体，往往特制。读者详之。"在此基础上又兼采众长，融会贯通，化而为一，以为己用。此八大家集选从总体来看，仍不出科考用书的范围，但卢元昌始终在强调为文之"有本"，时文本自古文，古文中最具代表性的八大家之文也并非无源之水，同样是有所来自。因此卢编纂此书之目的是"读一唐宋八大家文，而凡五经、诸子、《史记》、两《汉》、《国策》、三传以及丛书各种，尽在是焉"。其用心不可谓不深，其见识不可谓不远。

尽管对茅、孙、锺之评有所引征，但书中的评点也能够体现出卢元昌自己的特色。其在"例言"中对此直言：

> 古人作文，无论长篇、短篇，必有一主意所在。予特标出，为作文者立一准也。
>
> 每一文必有起讫段落，不经钩勒，终欠分晓，予特勒出。或一篇数段落，不厌其详；或一篇一二段落，不嫌其略。总令读者了然心目可也。

卢元昌本着"使作者之意，得是评而出；使读者之意，得是评而入"的原则对文章进行评点。其总的特点便是简洁有法，正如其"凡例"中言："圈点须严。不严，则佳处不醒。古人作文，其击节处，原不在多，点睛数语,圈出足矣。"其评点之重点,主要是标出主意之所在以及分清文章的层次结构。纵观文中,卢在文中主题句旁经常加"囗",然后又批"主"或"主意",以提醒读者此乃一篇之"主意"之所在。如韩愈《上宰相书》中,卢于"君子能长育人材""又当爵命之,赐之厚禄,以宠贵之""君子之于人材,无所不取"三句旁加"囗",旁批"主";《答崔立之书》中,于"何子之不以丈夫期我也"句旁加"囗",又批:"'丈夫'二字,通篇骨子。"不仅如此,卢元昌经常于文后评语中揭示文中的"眼目""关键"等处。如其评《送温处士赴河阳军序》云:"以'空'字作骨,通篇只擒发此意。而乌公之善取,温生之不负所取,言外悠然。"评《祭田横墓文》云:"一篇词意,皆括于'感横义高,能得士'句内。"评《上宰相书》云:"以'长育'句为主,而以爵禄厚之,使其才无所不展。只此三意……读此书有不怜才者鲜矣。"评《答李翊书》云:"作文之道,以养气为主。所以为难也。'道'字、'难'字,篇中眼目,读者详之。"评《与孟东野书》云:"'物不得其平则鸣'句虽似主,却泛论也。'孟郊东野,始以其诗鸣'句,毕竟是主。"卢评点的另一个重点便是分析文章的结构与层次。除了于文中加截"一"以示之外,在文后评语中也多对此进行说明。如评《进学解》云:"提'业患不能精'四句。中托之诸生口中云'业精''行成'如此,而'不明''不公'如彼,后仍自归咎于'未精''未成',不关有司之'不公''不明'也。首尾布置,响止阵图。"评《答崔立之书》云:"历叙所试,忸怩不堪,以见其非丈夫所为。中以孟轲五人,写出'丈夫'气概,后结出'丈夫'收场。有异于寻常万万者,公之耿介,略可见矣。"

卢元昌对韩愈的评价,多将之与孟子联系在一起。其眼中的韩愈古文,对《孟子》一书借鉴得最多。如评《圬者王承福传》云:"此为才不称职、食禄怠事者警也。故断然以中四语为主,通篇章法,全学《孟子》。"又评《争臣论》云:"四问四答,各得一意。周环攻击,使阳子无处躲闪。君子责人以善,惟恐不尽,其意恳切如此。终不许以'有道',则'道'字是主。昌黎此篇,就子舆'仕非为贫'章摹出。'仕非为'结亦云:'立乎人之本朝而道不行,耻也。'"按,《孟子》卷十曰:

孟子曰："仕非为贫也，而有时乎为贫。娶妻非为养也，而有时乎为养。为贫者，辞尊居卑，辞富居贫。辞尊居卑，辞富居贫，恶乎宜乎，抱关击柝。孔子尝为委吏矣，曰：'会计当而已矣。'尝为乘田矣，曰：'牛羊茁壮长而已矣。'位卑而言高，罪也。立乎人之本朝而道不行，耻也。"

卢元昌认为韩愈即是模仿《孟子》此段话，而将之衍生出《争臣论》一文。韩愈对《孟子》的学习，不仅仅是表现在文法方面，而且文中所表达的文意亦与《孟子》相吻合。评《送浮屠文畅师序》云："以浮屠喜文章立论，正与孟子引杨墨归儒之意合。喜文章，即与之语文章，归斯受之，大指如是。"因而其对韩愈的评价颇高，如其在《与孟尚书书》文后评云："昌黎之功，不在孟子下。"

第三节　汪份《唐宋八大家文分体读本》及其对韩文之评点

汪份的《唐宋八大家文分体读本》是清初"八大家"选本中较有特色的一部。汪份，字武曹，明广东布政使汪起凤曾孙。文辞雄迈，登康熙癸未年（1703）科，选庶吉士。后丁继母忧归，家居近十年。癸巳年（1713）授编修。先后历广东乡试，云南学政等职。[①] 汪份于文评中多引用"右衡曰"云云，此"右衡"是汪份的弟弟汪钧。汪钧，字右衡，康熙壬午年（1702）举人，亦善属文，尝笺注《陆宣公集》。兄弟两人应经常谈文析义，因而汪份在编选此书过程中也记录了汪钧的言语。

与其他"八大家"选本相比，汪份的《唐宋八大家文分体读本》最大

---

① 《国朝先正事略》言："当丁卯戊辰间，吴中以文学知名者，份与常熟陶子师、同里何焯称最，皆与桐城方苞游。时同郡司寇徐乾学、司成翁叔元方收召后进，所善名立起，举甲乙科若操券。然三人素游其门，并自矜重，不求亲昵，士以此重之。份气和而性忼直。游太学时，尝与益都赵执信会广坐中。赵年少负才名，傲睨一世，份愤，发面数其过，失赵。虽交讦，而气为之夺。方苞初之京师，见时辈言古文多称钱谦益，尝私语份，牧斋文秽恶藏于骨髓，一如其人，效之不可涤濯。子师与焯皆不谓然。份亦讶之。既老乃曰今而知望溪非过言也。"

的特点无疑是如其书名已经所揭示的"分体",即全书总体按照文体来编排。对于这样的编纂方式,汪份显然是别有用心的。汪于书前《唐宋八大家文分体读本后序》中言:

> 将以救乎或者学八家而伪之弊,而告之以文章之真诀,则莫若即举八家各体之文焉以告之。且夫遑遑焉,勤一生之心与力于斯,而适以成其为伪八家者,何也?得其粗而遗其精,袭其貌而失其神。如是而起,如是而承,如是而转,如是而合。其笔无之而非平也,其笔无之而非顺也,其笔无之而非板实钝拙也。则虽日取斯文而诵习之,而摹仿之,而沾沾焉,自以为似之,而不自知其违而去之也则愈远矣。今夫所恶于伪者,为其似之而实非也。是故昔者为史汉而伪,是史汉之贼也;今也为八家而伪,是八家之贼也。病生于不求其真诀,而惟似之是求也。

在汪份看来,世人虽多知学八家之文,却不懂其法,不得其要,"得其粗而遗其精","袭其貌而失其神",自以为"似之",不知乃"伪之",实是"八家之贼也"。汪份此"八大家"读本按体编纂,正是为了纠正"学八家而伪"的弊端,告之以"八大家"为文之"真诀"。尽管汪份对自己编选"八大家"读本的分类之法颇感自豪,认定其为学"八大家"之"真诀"。但从历史上看,分体之法,早已有之,实非汪份之创见。早在茅坤《唐宋八大家文钞》刊刻之前,署"唐顺之"编选的《六家文略》一书就是按文体编排。此"六大家",是唐顺之将"三苏"合为一家,其实就是"八大家"。《六家文略》全书共分为书、序、记、志、铭、表、论、策八大类,每一类文体下又筛选"八大家"文若干篇。清初储欣于康熙己卯(康熙三十八年,1699)编选了《唐宋八大家类选》,所谓的"类选"即是按文体之类编纂。汪份《唐宋八大家文分体读本》刊于康熙五十八年(1719),晚于储欣《唐宋八大家类选》初刻二十年。储欣的《唐宋八大家类选》在当时家喻户晓,汪份不可能没有见过此书。虽然汪份在序言中没有明确点明,但其至少应受《唐宋八大家类选》的启发。当然《唐宋八大家类选》与《唐宋八大家文分体读本》在很多方面都存在着差异。如从篇幅容量上看,《唐宋八大家类选》与《唐宋八大家文分体读本》不可等量齐观。储欣最初是选评《唐宋十大家全集录》,风靡一时。而《唐宋八大家类选》一书只是在《唐宋十大家全集录》的基础上筛选"八大家"文章之精华,按类编纂而成。因而全书只有十四卷。相比而言,汪份的《唐宋八大家文分体读本》则庞博得多。全书共分为三集,每集八卷,共计二十四卷,并且每卷所收文章篇数相对于《唐宋八大家类选》也扩充了很多。因而相对于《唐宋八大家类选》,《唐宋八大家文分体读本》可以说是卷帙浩繁了。另外,二者对文体所作分类也不同。储欣于书前《唐宋十大家全集录引言》对全书的文体以及编纂次第作了说明,按其所言,列表2如下。

表2 储欣《唐宋十大家全集录》文体分类

策疏第一	书、疏、札子、状、表、四六表
论著第二	原、论、议、辨、说、解、题、策
书状第三	状、启、书
序记第四	序、引、记
传志第五	传、碑、志铭、墓表
词章第六	箴、铭、哀辞、祭文、赋

在《唐宋八大家文分体读本后序》中,汪份还对全书所涉及的文体以及编排作了说明:

夫学者之于文也,求之必有其序焉。分之为三集,而先后之序见矣。然则求之恶乎先?曰:"莫先于作论。"刘勰曰:"述经叙理曰论。"盖论也者,兼乎议、说、传、注、赞、评、序、引诸体者也。故第一集先之以论三卷;而曰议,曰制策,曰策问,曰策,共为三卷;次之曰原,曰辨,曰说,曰问对,曰解,曰戒暨诸杂作,合为一卷;又次之其第八卷,则章奏之文之尤工而皆可成诵者也。东坡先生教其侄作文,宜令气象峥嵘,采色绚烂,而使之读已及颍滨应举时文字。余之定此八卷为第一集,即此意也。第一集成矣,请言第二集。曰序，曰记，曰书，各二卷，共六卷；曰赋，曰文，曰箴，曰铭，曰颂，曰赞，合一卷；曰祭文，曰诔，曰哀词，及题跋，合一卷，盖得此第二集八卷，而古文之体略具矣。而独不及碑志、行状、传者。抑凡古文之难，尤难于作史，而碑志之属，则近乎史者也，故姑留置第三集中。第三集首之以王言，曰诏，曰批答，曰册，曰制诰，曰口宣，皆王言也。王文中虽有散文，而四六居多。既及四六之文，故以四六、表、启为卷二卷三。乃若碑志、行状、传则共为五卷，以终是集云。

汪份曾主持过广东乡试，又历云南学政，因而汪份编纂此《唐宋八大家文分体读本》主要是向科举士子们传授行文之法。其于书中对文章的品评也大多是解析文章中所使用的多种文法。文中没有圈点标示，汪份只以文中夹批以及文后总评的形式归纳各种文法。与明人揭示文法相比，汪份对文法的评述十分详细周密。如唐顺之于《文编》中对韩愈《唐故朝散大夫商州刺史除名徙封州董府君墓志铭》一文的评语只三字"虚借形"。汪份则在文后评语中对此进行了详细的阐释："唐荆川曰：'虚借形。'荆川所谓'虚借形'者，如云'诸子虽贤，莫敢望之'，是借其兄弟相形也。太师累践大官及太师之平汴州二段，是借其父相形也。已而又借陆长源相形，又借杨凝、孟叔度相形，其曰'大尹屡黜已见'，则又借大尹相形也。"茅坤于《唐宋八大家文钞》中对韩愈《上张仆射书》文评云："一意翻两层，是退之惯法，却自《孟子》中来。"汪份则于此文"下之事上，不一其事；上之使下，不一其事"句下夹批云："上下虽对说，然重在上之使下一边。此书以'不失其性''足以为名'二意作主，上使、下事虽在此处'不失其性'边点出，其实二意中又各含上使、下事二者在内。惟上之使下，当使之不失其性，足以为名也，故有'执事好士'云云一正一反文字。惟下之事上，在不失其性，足以为名也。故有'韩愈识所依归'云云一正一反文字，所谓一意翻作两层也。"因而，相对于明人提纲挈领的点拨，汪份之点评更加翔实而具体。

汪份将韩愈作为唐宋古文运动中的首领与翘楚，并言："宋朝诸名家为文，无有不自韩文出者。"（见《送李愿归盘古序》文后评）其评《送杨少尹序》亦云:"客形主,以主形客,彼此纽合。其错综变化,曾、王集内无之。若苏公则最得此法。观《六一居士集序文》可见。"评《兴元少尹房君墓志铭》云:"名字下即逆提所终之官,下方追叙。欧公、杨偕、杜杞志叙官从此变出。《孔戣志》姓名下即逆提出'事唐为尚书左丞'句,与此'历官至兴元少尹'句,皆欧、王志文逆提法之祖。"此外,汪份认为韩文文法最值得借鉴的地方在于能够避免为文所忌讳的"平""钝"等弊端。如其评《送石处士序》曰:"从事曰:'大夫文武忠孝,求士为国,不私于家。'"对于"茅云'又借从事之言安顿石生,却好'",评曰:"愚谓说大夫亦就从事作颂美,皆所谓以虚为实法也。若将宾主之美实写,便苦平钝。"《石鼎联句诗序》中"刘往见衡湘间人说云'年九十余矣,解捕逐鬼物,拘囚蛟螭虎豹',不知其实能否也。见其老,颇貌敬之,不知其有文也",汪份夹批云:"弥明生平就刘师服叙出,若正叙便平钝。"评《韦侍讲盛山十二诗序》云:"若就'其玩而忘之以文辞'正叙、实叙,便苦平顺,须看他'然或曰不'一段,在题前说,便有凌空之致。"《太学生何蕃传》结句"故凡贫贱之士必有待,然后能有所立,独何蕃欤!吾是以言之,无亦使其无传焉",汪份夹批云:"上文'施者不返'就何蕃说,此言必有待,然后能有所立,却就蕃推开说。文笔变化,若只就蕃收,便苦平钝。此专为何蕃立传,本不重在推开说,观篇末'吾是以言之,无亦使其无传',可见其所以推开说者,只恐就蕃用正笔、顺笔收,便平钝耳。凡作为切忌收处平钝。"

第四节　沈德潜《评注唐宋八家古文读本》及其韩文评点

沈德潜(1673~1769),字确士,号归愚,长洲(今江苏苏州)人,清代著名的诗人、诗论家。乾隆元年(1736)荐举博学鸿词科,乾隆四年(1739)进士,曾任内阁学士兼礼部侍郎。沈德潜为叶燮门人,论诗主格调,提倡温柔敦厚之诗教。著有《沈归愚诗文全集》,编选《古诗源》《唐诗别裁》《明诗别裁》《清诗别裁》等,流传颇广。所编的《评注唐宋八家古文读本》亦凭其盛名成为清代流传最广的唐宋"八大家"选本之一。

沈德潜少时热衷于科举仕途，先后参加过十多次乡试，虽均以失败告终，但在长期的备考过程中，对那些为科举服务的选本熟读成诵。其于《评注唐宋八家古文读本》序中亦言："唐宋八家文，始于茅氏鹿门撰次。后储氏同人病其疏漏，因增益之，倍有加矣。予赋性谫陋，少时诵习只十之三四。年既长，亦尝综览两家选本，并八家全文。而精神关注，仍在少时诵习。既因门弟子请，出向时读本，粗加点定，俾读者视为入门轨途，志发轫也。"此段话也透露出其"八家"文选本是深受茅、储二人选本之影响。《评注唐宋八家古文读本》旁批中的很多批语都与储欣《唐宋八大家文类选》相一致，亦可作为证明。《评注唐宋八古文读本》虽深受茅、储之影响，但沈德潜评选此书亦有自己的原则，如于"凡例"中言：

赋为古诗之流，主文谲谏，卒归于正。然既为韵语，则与散体文自别。虽前人选本有采入者，兹仍舍旃。论体裁也。

是编为初学读本，故概从其简，且半属家塾中诵习者。第上书、表奏、札子，学者他日拜献之具。而碑版、墓表、墓志，特备作史家搜讨采择者，不可不讲求于平日。故韩、欧、王、苏诸大篇，选择增入。志古者宜究心焉。

文不嫌于熟，然太熟而薄，则不能味美于回。昌黎如《与张仆射书》《与李秀才书》《送何坚序》之类，庐陵如《醉翁亭记》，东坡如《喜雨亭记》之类，编中汰之，嫌其熟，实嫌其薄也。若昌黎《上于襄阳书》、后二次《上宰相书》、《与陈给事书》、《代张籍与李浙东书》之类，此又因其摧挫浩然之气，当分别观之。

沈氏此"八家"读本是在自己家塾读本的基础上，对一些文章的篇目进行了增减而编纂成的。沈德潜主要是从文体与文风两个角度，对"八家"之文重新进行删汰筛选。在文体方面，舍弃"古诗之流"的赋，增入书、奏表、札子、碑版、墓表、墓志等实用性文体，以备后日之用。在文风方面，去掉偏"熟"、"薄"以及"摧挫浩然之气"之文，重塑刚健硬朗的新文风。

沈德潜对评点有着清醒的认识，"凡例"中言："文有评点，以清眉目；有钩乙截住，段落井然。然必窥其立言之意，与前后提掇、照应、往来、顺逆、断续、离合诸法，本文中固有者，一为指画。非敢取古人之文，强就臆说也。且恐觊缕纷纭，转歧学者心目，故语从其简。"因而，沈德潜的评点继承了明人遗风，着墨不多，且多是指点文章肯綮处及归纳文章主旨。同时，受清代学风的影响，沈德潜对明人评点的"肤泛"之弊也有着清醒的认识，因而主张"读八家文，如见其学问、心术，并其所际之时事推论之，方不肤泛"。"凡例"中亦言："文中事有关系者，每考诸史传，旁及诸文籍记载。或录为总评，或列于旁批，俾读者两相印证。亦尚友古人之一助焉。若稗官野乘，不敢泛入。""前人评论，故宜采入。然必议论精当，有知人论世之识者，始搜择之，无容夸多斗靡也。至于征引典故、语属艰深，及关切时事、有待考核者，亦注释一二。""字有四声，初学误读者多矣。兹按其平上去入，加一小圈，阅时心目了然。"所以《评注唐宋八家古文读本》不仅是一本单纯的评点之作，而且还将鉴别、考释、音注等纳入其中。

沈德潜书首序言中言"八家"之文固然"多因事立言，因文见道者"，但与"六经四子""宋五子"之"有醇无驳者"相比，则多是"醇驳互参"："昌黎上书时相，不无躁急；柳州论封建，挟私意窥测圣人；庐陵弹狄青以过激，没其忠爱；老泉杂于霸术，东坡论用兵，颍滨论理财，前后发议，自相违背；而南丰、半山于扬雄之仕莽，一以为合于箕子之明夷，一以为得乎圣人无可无不可之至意。此尤缪戾之显然者。"既然如此，为什么不直接学习"六经四子"与"宋五子书"，反而要学习八家之文呢？对此，沈德潜也给出了自己的解释：

宋五子书，秋实也；唐宋八家之文，春华也。天下无鹜春华而弃秋实者，亦即无舍春华而求秋实者。惟从事于韩柳以下之文而熟复焉，而深造焉，将怪怪奇奇、浑涵变化与夫纡余深厚、清峭遒折，悉融会于一心一手之间，以是上窥贾、董、匡、刘、马、班，几可纵横贯穿而摩其垒者。夫而后去华就实，归根返约，宋五子之学，行且徐趋，而輘轹其庭矣。若舍华就实而徒皈皈焉。约取夫朴学之指归，穷其流弊，恐有等于兽皮之鞨者。吾未见兽皮之鞨，或贤于虚车之饰者也。

北宋周敦颐、邵雍、张载、程颐、程颢五位理学大家并称为"宋五子"。沈德潜将唐宋"八家"与"宋五子"分别比喻成"春华"和"秋实",即二者在内部本质上统一,只不过处在不同的发展阶段而已。先学习"八家"文之精髓,方能上溯至西汉诸大家,然后再领会"宋五子"之意,"去华就实","归根反约","华"与"实"、"文"与"理"才能融会贯通,靡不通达。沈德潜是将"八家"文作为统贯两汉经学与北宋理学的桥梁。并且"八家"之文各有造诣:"昌黎出入孟子,陶铸司马子长,六朝后故为文字中兴。维时雄深雅健,力与之角者,柳州也。庐陵得力昌黎,上窥孟子。老泉之才横,矫如龙蛇;东坡之才大,一泻千里,纯以气胜;颖滨渟蓄渊涵。南丰深湛经术,又一变矣。要皆正人君子,维持文运。半山之文纯粹,狠戾互见,芟而存之,勿以人废言可也。"

在具体的评点中,沈德潜对韩愈于墓铭文中所运用的对各种材料的取舍、删增的笔法十分推崇。其评《魏博节度观察使沂国公先庙碑铭》一文云:"奉敕撰文,自应典重肃穆。入手一段,公故以吉甫史克自任也。叙事简贵,铭亦入雅。古人叙事,举其重且大者。帅河南北,六州归命,此忠孝之大,余俱可删弃也。作古文者,宜知删弃之法。"评《唐正议大夫尚书左丞孔公墓志铭》文云:"大概略叙,而独详岭南诸政,乃见轻重。不似后代文字,缕述生平,刺刺不休也。中间处黄家贼一段,描写生事邀功之心,腑肝如揭,此尤通体着力处。"评《施先生墓铭》云:"只就通二经,为太学师,已足传先生,不在罗列生平也。作志铭须得此意。笺注太多,本意转晦,所谓'说经经亡'也,昌黎不胜慨叹。"这些实际上都说明了沈德潜对韩愈墓铭文的推崇。

第九章　清代桐城派对韩文的评点

第一节　桐城派的"评点之学"与方苞、
　　　　刘大櫆对韩文的评点

评点是桐城派一种重要的为学之法，包括对书中义法与神韵之领会，桐城派诸家将之施于授业，以启发后人。桐城派能够在清代长盛不衰，某种程度上得益于通过评点使其为学之法与治学之道得以代代相传。可以说，评点是桐城文学所树立的一面旗帜。刘声木先生的《桐城文学渊源撰述考》①，就列举了大量桐城派的评点之作，从中亦可见评点对于桐城派的意义与影响。

尽管如此，桐城派早期的代表性人物对评点并没有太多理论上的阐发与论述，只有零星片语。刘大櫆在给姚鼐的一封信中言："得《五楼诗稿》一卷，久为标录一过。虽未加评语，而赏识分明。弟看古人书，亦多有标录而少批评。以批评则滞于语句之下，不能尽文字之妙也。"姚鼐在《答徐季雅书》中也言：

> 文章之事，有可言喻者，有不可言喻者。可言喻者，韩、柳诸公论之详矣。若夫不可言喻者，则在乎久为之自得而已。震川有《史记》阅本，但有圈点，然极发人意，愈于解说，可借一部仿为之，熟玩必觉有大胜处。②

---

① 刘声木撰，徐天祥点校《桐城文学渊源撰述考》，黄山书社，1989。
② 张舜徽：《清人笔记条辨》（二），辽宁教育出版社，2001，第225页。

刘大櫆和姚鼐都对评点中的点钟爱有加，标示和圈点优于批评与解说，二人都看重评点给人带来无声胜有声的启发。

乾嘉时期，考据之学盛极一时。与此同时对桐城派以及评点批评的声音也与日俱增。批评者认为评点之作实乃腹枵者的胡乱涂鸦，空疏无物。此时以方东树为代表的桐城派，开始为评点正名。方东树《书归震川〈史记〉圈点评例后》一文，最具代表性，其曰：

古人著书为文，精神识议固在于语言文字，而其所以成文义用，或在于语言文字之外，则又有识精者为之圈点、抹识、批评，此所谓筌蹄也。能解于意表，而得古人已亡不传之心，所以可贵也。近世有肤学颛固僻士，自诩名流，矜其大雅，谓圈点、抹识、批评，沿于时文伧气，丑而非之，凡刻书以不加圈点评识为大雅。无眼愚人，不得正见，不能甄别，闻此高论，奉为仙都宝诰。于是有讥真西山、茅顺甫、艾千子为陋者矣，有讥何义门为批尾家学者矣。试思圈点、抹识、批评亦顾其是非得真与否耳，岂可并其真解意表，能得古人已亡不传之妙者而去之哉？牝牡骊黄，诚迹论矣。其外所以为天马者安在，非得九方歅其人者，孰能辨之？姚姬传先生之《类纂》，古文辞也，原本有圈识、评抹，后来亡友吴佑之重镌板本，误信人言而尽去之。吾苦争之而不得，可惜也。今此本刊传，大雅则诚大雅矣，试令后来学人读之能一一识其文中之秘妙哉？此关学问文章一大义，吾故不得不明以著之。宋程时叔撰《春秋本义》三十卷，凡采一百七十六家之言，前有问答、通论、纲领及点抹例一卷，中有所谓红、黄、青、黑、侧、截、点、抹之别，成容若刊入《通志堂经解》。徐东海因其中有阙叶，不敢擅增句读、圈点，何义门谓："圈点有无，皆宜照依元本，而东海必欲一例，竟全未刻句读、点抹，何甚惜之。"夫圈点、评抹，古人所无，宋明以来始有之。去之以为大雅，明以前所无，国朝诸公始为此论。吾以为宇宙亦日新之物也，后起之义为古人所无，而必不可蔑弃者亦多矣，荀卿所以法后王也。后人识卑学浅，不能追古人而又去其阶梯，是绝之也。

方东树，字植之，安徽桐城人，曾师从姚鼐。乾嘉时期，汉学炽盛，而方东树独尊宋贤，著《汉学商兑》一书批驳汉学之伪。方东树在此确立了批点的意义所在，即能帮助学者解作者寄托于语言文字之外的"精神"，见"古人已亡不传之心"。此外，其还提到了《古文辞类纂》中的圈识、批抹。《古文辞类纂》初撰于乾隆四十四年（1779），当时姚鼐正主讲扬州书院。后来又多有修订，直至晚年定稿于钟山书院。因此不同时期，其版本形式亦不同。嘉庆二十五年（1820），鼐之弟子康绍镛依据李兆洛所藏姚鼐中年的抄订本，首次将《古文辞类纂》刊行，世称"康本"。书中有姚鼐的圈点、评语、校语，但无句读。道光二十五年（1845），师事姚鼐于钟山书院的吴启昌，又依据姚晚年的抄订本重新刊刻《古文辞类纂》，世称"吴本"。由于吴本是以鼐晚年修订本为依据，因此在文字的校订以及篇目次第的安排方面都要优于康本。但吴本最大的一个特点是将姚鼐的圈点全部删除，此举饱受后人诟病。后李承渊于光绪二十七年（1901）第三次刊《古文辞类纂》时便恢复了圈点。在民国时期，有吴汝纶的《古文辞类纂评点》、徐树铮《诸家评点古文辞类纂》等专以评点命名的版本出现。同时为了给圈点寻找历史依据，方东树还提及了元代程端学《春秋本义》的点抹。

清代的桐城派与明代以唐顺之、茅坤、归有光为代表的"唐宋派"无疑有着千丝万缕的联系，二者在取法对象以及为文主张方面都有相似之处，如都主张由唐宋八家古文入手，上溯至先秦诸子；学文过程中都十分重视文章的起承转合；等等。但这只是从大的方面而言，细观二者还是有一些异处，如二者心目中唐宋文的地位显然不同，甚至连"唐宋派"这个名称，学界也是有争议的。有的学者主张将之称为"尊宋派"，即指其对宋代的欧阳修、苏轼、曾巩更为青睐有加。唐代的韩愈虽在其取法范畴之内，但相对于欧阳修、苏轼等人，地位却逊色不少。为了能将此问题说清楚，笔者选择了"唐宋派"与桐城派几种比较有代表性的古文选本，统计出其所收的唐宋诸大家古文篇目，从中可以更为直观地看出两派心目中诸大家的地位，见下表3。

表3 "唐宋派"和桐城派代表所选八大家文对照一览

单位：篇

八大家	《文编》（唐顺之编）	《唐宋八大家文钞》（茅坤编）	《古文约选》（方苞编）	《唐宋八家百篇》（刘大櫆编）	《古文辞类纂》（姚鼐编）
韩愈	162	178	72	31	125
柳宗元	70	131	45	19	36
欧阳修	267	290	58	20	65
王安石	129	197	26	5	60
苏洵	37	60	32	5	24
苏轼	220	219	34	11	49
苏辙	93	156	20	3	16
曾巩	58	83	26	6	27

从中不难看出，"唐宋派"与桐城派在收选韩文方面差异十分明显。从入选数量上说，"唐宋派"所选韩文排在了欧阳修和苏轼之后；而桐城派，无论方苞还是刘大櫆、姚鼐，都对韩文的倾爱相当一致，在各自的选本中，韩文独占鳌头，无人可及。现结合方、刘、姚对韩文的评点，对此进行分析说明。

众所周知，奠定桐城派古文理论基础的是方苞的"义法"说。总览方苞关于"义法"的阐述，会发现韩愈在方苞的"义法"链条中占据着十分重要的地位。

《春秋》之制义法，自太史公发之，而后之深于文者亦具焉。"义"即《易》之所谓"言有物"也；"法"即《易》之所谓"言有序"也。"义"以为经，而"法"纬之，然后为成体之文……夫纪事之文，成体者莫如左氏，又其后则昌黎韩子，然其义法皆显然可寻。[①]

按此说法，"义法"初现于《春秋》，后来司马迁在《史记》中将"义法"进一步发展，并使之成熟和完善，"义法"随后成为"深于文者"所必备。而韩愈之"纪事"古文，对"义法"的使用与《左传》一脉相

[①]（清）方苞：《方苞集》，上海古籍出版社，2009，第59页。

承。除此之外，方苞还在多处指出韩愈对"义法"的领悟：

> 《春秋》之义，常事不书，而后之良史取法焉。昌黎韩氏目《春秋》为谨严，故撰《顺宗实录》削去常事，独著其有关于治乱者。①

> 碑记墓志之有铭，犹史有赞论，义法创自太史公。其指意辞事，必取之本文之外。班史以下，有括终始事迹以为赞论者，或于本文为复矣。此意惟韩子识之。故其铭辞，未有义具于碑志者。或体制所宜，事有覆举，则必以补本文之阙缺。②

韩愈对"义法"的深蕴与精髓深有领悟，因此在其所为之文，如《顺宗实录》及诸墓志碑记，均能体现出对"义法"的运用。这也是方苞钟爱韩文的最重要原因。

今所见方苞对韩文的评点，均来自方苞雍正十一年（1733）所编选的《古文约选》③一书。此书是方苞应当时国子监祭酒果亲王允礼之请，为国子监初学古文的八旗子弟所编选的一部具有启蒙性质的读本。所谓的"约选"，大概指此书选文范围仅限于两汉、唐宋八家之文，上之先秦，下之元明，均不收选，甚至是被方苞视为最能体现"义法"内涵的《左传》《史记》亦不收录。方苞在书前序中言：

> 盖古文所从来远矣，六经、《语》、《孟》，其根源也。得其支流，而义法最精者，莫如《左传》《史记》。然各自成书，具有首尾，不可以分割。其次《公羊》、《穀梁》传、《国语》、《国策》，虽有篇法可求，而皆通纪数百年之言与事，学者必览其全而后可取精焉。惟两汉书疏及唐、宋八家之文，篇各一事，可择其尤。而所取必至约，然后义法之精可见。故于韩取者十二，于欧十一，余六家或二十、三十而

---

① （清）方苞：《书〈汉书·霍光传〉后》，《方苞集》，第62页。
② （清）方苞：《书韩退之〈平淮西碑〉后》，《方苞集》，第62页。
③ 《古文约选》，不分卷，清方苞评选。复旦大学图书馆藏雍正十一年（1733）果亲王府刻本。下文所引用此书的内容，均来自此本，不再出注。

取一焉；两汉书疏，则百之二三耳。学者能切究于此，而以求《左》《史》《公》《榖》《语》《策》之义法，则触类而通，用为制举之文，敷陈论策，绰有余裕矣。

虽然《左》《史》为"义法之最精者"，《公》《榖》《国策》诸书亦多有可取之篇，但诸如此类之书，俱记几百年之言与事，不宜分割，必览其全，方可得其精。因而不宜亦不能入选本之列。而两汉、唐宋大家之文，篇章完整，各记一事，可约而择其优者，熟读精思。待领悟其精髓后，再上溯《左》《史》《公》《榖》之"义法"，便可触类旁通，融会贯通了。正如"凡例"所言："三传、《国语》、《国策》、《史记》，为古文正宗，然皆自成一体，学者必熟复全书，而后能辨其门径，入其窔奥。故是编所录，惟汉人散文及唐宋八家专集，俾承学治古文者先得其津梁，然后可溯流穷源，尽谙诸家之精蕴耳。"虽然此书方苞奉行严格的"约选"原则，但"于韩取者十二"，即十篇韩文中取二篇，居各家之首，因而全书选韩文篇目最富。其所依据的是什么？方苞在"凡例"中对此给出了答案：

> 退之、永叔、介甫，俱以志铭擅长。但序事之文，义法备于《左》《史》，退之变《左》《史》之格调，而阴用其义法；永叔摹《史记》之格调，而曲得其风神；介甫变退之之壁垒，而阴用其步伐。学者果能探《左》《史》之精蕴，则于三家志铭，无事规橅而自与之并矣。故于退之诸志，奇崛高古清深者皆不录。录马少监、柳柳州二志，皆变调，颇肤近。盖志铭宜实征事迹，或事迹无可征，乃叙述久故交亲，而出之以感慨，马志是也；或别生议论，可兴可观，柳志是也。于永叔独录其叙述亲故者，于介甫独录其别生议论者，各三数篇，其体制皆师退之，俾学者知所从入也。

尽管韩文在格调方面与《左》《史》异途，却能接《左》《史》"义法"之正脉，因而碑记、墓志等叙事之文能自创格局。其后的欧阳修、王安石等人虽也"俱以志铭擅长"，但其所作之墓志诸文，实乃步趋韩愈。全书选韩文最富，也是循照此理。

在对文章的评点中，方苞进一步结合具体的韩文篇目来阐发韩愈是如何运用《左》《史》之"义法"来为文的。如评《故金紫光禄大夫检校尚书左仆射同中书门下平章事兼汴州刺史充宣武军节度副大使知节度事管内支度营田汴宋亳颍等州观察处置等使上柱国陇西郡开国公赠太傅董公行状》一文云：

此韩文之最详者，然所详止三事，其余官阶皆列数而不及宦绩，虚括相业。其为人则于叙事中间见一二语。北宋以后，此等义法不讲矣。文贵峻洁而亦有故。为复踏繁冗者，所以肖急遽中口语也。《左传》宋之盟、赵孟叔向相语；《史记》张良难高祖皆然。公此文子厚《段太尉逸事状》乃遵用其法。

又评《中大夫陕府左司马李公墓志铭》云：

世称退之叙事文，不肯步趋太史公，故作《毛颖传》以示不为，非不能。此篇叙次世系，不惟骨法大类，即径陌亦同，肤学自弗能辨耳。序事文最易散漫，故《左传》细碎处往往两事相对，于通篇杼轴外随处置机牙，使章法相抱。篇中姑之怜于母之弃、诸父之不闻相对；鲁公之拔擢与郑尹之抑根相对；喜得有为与喜不受责相对，乃其遗则。

方苞凭借其对《左》《史》书中对"义法"的精深研究，而能对韩文中使用"义法"之处作中肯之评，令人兴叹莫及。

方苞还认为，韩愈之文具有周秦诸子之文风。如评《原鬼》云："理蕴、词气，俱类周人。又曰，包刘越嬴，与姬为徒，必韩子尝自言为文指意若此，故其徒述之云尔。文格调近诸子，而义蕴类国侨、叔肸所陈，洵不愧斯语。"评《画记》也云："周人以后，无此种格力，欧公自谓不能为，所谓晓其深处；而东坡以所传为妄，于此见知言之难。"而所以会形成此种文风，其原因便在于韩愈所读之书皆为周人之书，所作之文自然具有周人之风。如对《读荀》"孟氏醇乎醇者也；荀与扬，大醇而小疵"句评云："止如槁木，惟史公及韩有此，以所读皆周人之书故也。"评《祭裴太常文》云："韩公之文，一语出则真气动人，其辞熔冶于周人之书，而秦汉间取者仅十一焉。祭裴、薛二篇（《祭裴太常文》《祭薛中丞文》——引者注），浅直多俗韵，在唐杂家中尚不为好，而谓公之文欤？意者同官联祭之文，他人所为，两家矜为公作，编集者莫能辨耳。"《原毁》是韩愈"五原"中的名篇。"古之君子，其责己也重以周，其待人也轻以约。重以周，故不怠；轻以约，故人乐为善。""今之君子则不然。其责人也详，其待己也廉。详，故人难于为善；廉，故自取也少。""虽然，为是者本有原，怠与忌之谓也。怠者不能修，而忌者畏人修。"全文以"古之君子"与"今之君子"为两大支柱，以"重周""轻约""详廉""怠忌"八字为骨干，敷衍出一篇大议论文字。文中多用对偶、排比句式，洋洋洒洒，极有气势。对韩文颇多訾议的茅坤，亦给此文很高的评价："此篇八大比，秦汉来故无此调，昌黎公创之。然感慨古今之闻，因而摹写人情，曲邕骨里，文之至者。"与茅坤认为"秦汉来故无此调，昌黎公创之"不同，方苞则评曰："管、荀、韩非之文，排比而益古，惟退之能与抗行。自宋以后，有对语则酷似时文，以所师法至汉唐人之文而止也。"

方苞稍后的刘大櫆对韩文亦有所评点。刘大櫆对韩文的评点，今多见于刘大櫆所编选的《海峰先生精选八家文钞》。① 此书前有署"道光三十年（1850）九月邑后学徐丰玉谨记"的序言。据此序言，刘大櫆也曾编选过《古文约选》一书，而此《海峰先生精选八家文钞》就是从《古文约选》中选出一百篇，因而是"约中尤约也"。但两书皆未刊行。后来方苞的《古文约选》及姚鼐的《古文辞类纂》流布海内，大行于世。因而刘大櫆的《古文约选》亦不再复刊。徐丰玉科举不第，捐纳铨授贵州平远知州。至黔后见此地交通不利，书贾难至，方、姚之选，皆不可见。于是将刘大櫆此《海峰先生精选八家文钞》付梓，启发后学。书前除此序外，还有乾隆四十二年（1777）刘大櫆所撰的"序目"：

> 予谓论则韩、苏，书则韩、柳，序则韩、欧、曾，碑志韩、欧、王，记则八家皆能之，而以韩、柳、欧为最，祭文则韩、王，而欧次

---

① （清）刘大櫆：《海峰先生精选八家文钞》，不分卷，上海图书馆藏光绪二年（1876）重刻本。本节所用此书诸内容，均出此本，不再出注。

之。三苏之所长者一，曰论；曾之所长者一，曰序；柳之所长者二，曰书、曰记，王之所长者二，曰志、曰祭文；欧之所长者三，曰序、曰记、曰志铭；韩则皆在所长，而鹿门必欲其似史迁，何其执耶？此韩之所以作《毛颖传》也。

由此"序目"可知，刘大櫆大致将文分为论、书、序、碑志、记、祭文六大文体。其中各家对各文体多兼有所长，韩愈更是众体兼长，风流独步。这里刘大櫆还认为，茅坤固执地以司马迁之文风作为衡文的唯一准则，从而贬低韩文，殊不知韩愈不以模仿为高，《毛颖传》一文正是对司马迁文风的一种反拨。《毛颖传》一文，自产生之日起便争议不断。如与韩愈关系极好的裴度在《寄李翱书》中称之为"不以文立制，而以文为戏"[1]，后五代史臣刘昫等所编的《旧唐书》便以此为基础进一步讥讽道："《毛颖传》，讥戏不近人情，文之甚纰缪者。"[2] 而柳宗元则对此文推崇备至，"读之若捕龙蛇，搏虎豹"，认定其"有益于世"[3]。唐代李肇在《唐国史补》中称赞道："沈既济撰《枕中记》，庄生寓言之类；韩愈撰《毛颖传》，其文尤高，不下史迁。二篇真良史才也。"[4] 而从文体渊源的角度上讲，后世之人大都以为韩愈此文是学司马迁史传体而写的。宋楼昉在《崇古文诀》中对此文评云："笔事收拾得尽，善将无作有，所谓以文滑稽者，赞尤高古，是学《史记》文字。"明茅坤于《唐大家韩文公文钞》中对此文评云："设虚景摹写，工极古今。其联翩跌宕，刻画司马子长。"又于文尾引王慎中言曰："王遵岩曰，通篇将无作有，所谓以文滑稽者，赞论尤高古，直逼马迁。"胡应麟《读昌黎〈毛颖传〉》中言："昌黎之有古意者，《毛颖传》《进学解》《送穷文》，皆以文为戏，示不欲步骤前人也，世徒知其滑稽，而罔测其微旨所在，乃不佞窃独窥之。"[5] 他首次指出此文实乃韩愈反其笔而为之。此意在清代得到了进一步的发扬。储欣在

---

[1] （清）董诰：《全唐文》，中华书局，1983，第 2418 页。
[2] 吴文治：《韩愈资料汇编》（二），中华书局，1983，第 68 页。
[3] （唐）柳宗元：《柳宗元集》，中华书局，1979，第 569 页。
[4] （唐）李肇：《唐国史补》，上海古籍出版社，1983，第 55 页。
[5] （明）胡应麟：《少室山房集》卷四，《影印文渊阁四库全书》，台湾商务印书馆，1986，第 467 页。

《唐大家韩文公全集录》中于书眉处对此文评云:"此传直以太史公为戏耳。其逼真处正其恶谑处,而或以为摹画子长。昌黎有知,得不仰天大笑,冠缨索绝。"浦起龙《古文眉诠》也评此文云:"昌黎云'惟古于文必己出,降而不能乃剽贼',虽赞樊,实自道也。独此有意规模《史记》,特著'太史公曰'四字,正自以显生平不寄人篱。"刘大櫆同样也认定此文乃韩愈有意而为的。刘大櫆对文章的品评方式与方苞有所不同。方苞对文章的点评,多从"义法"的角度,分析文中各种笔法的使用。而刘大櫆则更善于从文章的"神理""气韵"等方面去点评。如评韩文《讳辩》一文云:"结处反覆辨难,曲盘瘦硬,已开半山门户。但韩公力大,气较浑融。半山便稍露筋节,第觉其削薄。"评《送杨少尹序》云:"驰骤跌荡,生动飞扬,曲尽行文之妙。"评《送廖道士序》云:"此文如黑云漫空,疾风迅雷甚雨骤至,电光闪闪,顷刻净扫阴霾,皎然日出。文境奇绝。"上述皆是从文章的风格以及文境等方面去点评的。世人大多以为韩文主要是学习司马迁之文,刘大櫆却并不以为然。其评《送董邵南序》一文云:"微情妙旨,寄之笔墨之外。昌黎平生作文,不欲托《史记》篱下,独此篇为近。"又评《送王(含)秀才序》云:"含蓄深婉,颇近子长。退之文以雄奇胜人,独董邵南及此篇深微屈曲,读之绝高情远韵,可望不可及。"由此看来,刘大櫆认为司马迁的文风,主要是"屈曲深婉",而韩愈之文风是以"雄奇"取胜,因而二者是不同的。

第二节 "为文渐进之道":沈闇《韩文论述》与林明伦《韩子文钞》

《韩文论述》,十二卷,清沈闇著。① 沈闇,字师闵,苏州北麻人,博学善为古文。同治《苏州府志卷》第一百零八卷记其:"诗不苟作,议论

---

① 吴文治先生的《韩愈资料汇编》收《韩文论述》三十七篇。末有"编者按"条,言:"沈闇《韩文论述》韩文计七十二篇,全书已不可得。兹据北京图书馆(今国家图书馆)藏残本,得前三十七篇。"今按,南京图书馆藏全本尚友斋藏版《韩文论述》,十二卷,共四册。每半页九行,行大字十七,小字双行同,左右双边,白口,单鱼尾。此节所述,以尚友斋藏版全本为依据。

纵横,皆有脉络。乾隆元年,邑令聘修邑志,明以前人物皆其所纂。"著有《韩文论述》《杜诗笺注》等。

《韩文论述》书首有沈彤所写的《韩文论述序》,此序开头便言:"今天下之善论古文者,吾得二人焉:曰方灵皋,曰沈君师闵。二人者,皆能上下乎周、汉、唐、宋、元、明名世之文,较其利与病之大小浅深而辨析之。"沈彤(1688~1752),字冠云,号果堂,江苏吴江人。自少力学,笃志群经,尤精《三礼》,著有《果堂集》《仪礼小疏》等。沈彤曾师事方苞,又与方苞商订《三礼》,文格大进。沈彤将沈闵与方苞并称为"善论古文者",可知其对沈闵此书之推崇。而《韩文论述》中亦多次出现了"冠云曰"之语,也可推知沈闵与沈彤平日应多有交流切磋。尽管如此,相对于方苞的赫赫盛名,沈闵还是显得默默无闻。后来桐城派的吴德旋在《书果唐集》中也替沈闵鸣不平:

> 与冠云于时之言古文者,推方灵皋、沈师闵。灵皋论文以左氏、司马之义法为标准;师闵则举韩退之之文,以明示著作之轨范,谓左氏法微,退之法显,有志乎古者所宜以是为先务。故尝取其文而论述之。然灵皋久负重名,故至今家有其书;而师闵则无人焉道之者,岂其老死深岩穷谷中,惟求有以自尽,而不欲人知之耶!抑当时固有文名士大夫间,而未及百年,姓氏已若将泯殁。不知其所讲明退之之法,果有异于人人耶?否耶?而世之灭裂古法,肆意以为文者,往往使人叹美,以为不可及几,其何故也?

看来沈闵平生十分坎坷,以至于寂寞地"老死深岩穷谷"中而无人问津,但其所著的《韩文论述》一书却颇有名气。从上文看来,吴德旋也是只闻其书之名,而未见其书,所以才有"不知其所讲明退之之法,果有异于人人耶?否耶?"的遗憾与惋惜。

《韩文论述》书首除了沈彤的序外,还有沈闵一篇自序。沈闵在这篇序中集中地阐发了其心中的"为文之道"以及撰著此书的缘由与目的。

> 嗟乎!为文之道惟三:曰义,曰辞,曰法。义,所以制事;辞,

所以达义；法，所以叙次其义而连缀其辞者。故不得于法，虽义合而辞富要，不足以成章也。前古作述，义莫精于六经、四子，法莫备于《左传》《史记》，而辞之能秩如绎如者，不可胜计也。沿至有宋及乎元、明，号称成家者亦代不乏人，文率杂乱而无序，甚者上下不相属。虽最著如庐陵犹不获免，奚论其他！斯似辞、义之为文累，而实于法有失，以累其辞、义焉尔。噫！文之弊至此，其道不几绝矣乎！

昔尝忘其愚陋，思述《左》《史》二家之法，为志乎古文者所循蹈。既又以其辞义浑穆而法神化，浅学者恐不能识，于是焉止。年来以唐韩文公文实祖述邱明、子长而复平正、明达，乃举若干篇，详其事，发其义，剖其辞而标揭其法。夫法必缘其义与辞而立，义必随其事而起者也。志乎古文者傥不以余言为妄，从而寻绎焉，知其然且知其所以然。其将为文也，叙义缀辞必有条贯。宋代以来文之疵类，概可免已。自是而进于《史》，进于《左》，其浑穆深化，盖不难探索而识之矣。将更进而探索于六经、四子之文，亦必能批导其窾，却有以识其精义之所在。则是书也，固为为文者道，抑用之穷经读古，其亦不为无助者邪！

沈闇认为"为文之道"是由"义""辞""法"三部分组成的，三部分各有所重，又互相牵连，共同形成了"文"。但文发展到宋"率杂乱而无序"，而造成此种局面的最终原因是为文之"法"的缺失。尽管《左传》《史记》是文"法"之最高典范，但考虑到"其辞义浑穆而法神化"，初学者对此可能不能遽识。而韩愈之文实为《左》《史》嫡传，文风又复"平正、明达"，更加有利于初学者入门。因此沈闇选取了七十二篇最能体现韩文文法的作品，"详其事，发其义，剖其辞而标揭其法"。但对韩文文法的学习并不是最终目的所在，学者在此基础上更要循序而渐进，首先克服为文无序之弊，从而进一步探寻《左》、《史》、六经、四子为文之道。沈闇在这里还提出了文发展至宋元，便"率杂乱而无序"的观点。在序后的"凡例"中，沈闇进一步将此观点明确化：

文中小批间有浅近处，间有似可省去处，其亦批而载之，有故焉。宋元人文,起首一二行,只四五语有病耳;至四五行,即十余语有病矣。再至十行、二十行,惟见瑕疵满幅,几不得谓之成文。其根由于层折不分划与句语无归宿,故至此。今既欲为文者不犯宋元人之病,论述文公文以示之于层折处不得不加以分划,句语下不得不明其归宿。所以其中间有浅近处也,又有时欲为后半发明文义而于前相关动处,或先植一根,或先提几语,此在前半亦可不批,但批此在前,后半乃易以发明,所以其中间有似可以省去者,读者其知之。

沈闇在《韩文论述》一书中的批评方式是文中夹批与文后总评。夹批主要揭示文章的转应、伏根、立案等行文之法,又十分重视划分段落与章节,归纳此段、此节之大意。而文后总评则主要针对整篇文章的文意、文法、艺术特点等进行提纲挈领的总结和概括。其总的特点是繁复而细致,详密而具体。所以针对有人可能在翻阅此书时难免会有繁冗啰唆之感,沈闇给出了如此的解释。沈闇同样将矛头指向了宋文,指出正是由于宋人为文"层折不分划与语句无归宿",自己才会在文中不厌其烦地划分文章层次,提醒行文之法,目的便是避免学文者重蹈宋人为文之弊。他在《画记》文后评中言:"凡一文必分几节,但一节须止叙一事,止用一意。前节不可侵后节,后节不可缠前节;侵则僭,缠则扰。及几节并合,又须前后贯穿,彼此互应;前节必合此节而有终,后节必连彼节而有始。自始至终,又须增减一节不得,增则赘,减则缺。斯固古人为文之定法也……独宋元以来文,其极易分节互应者,常犯侵扰诸病。"由此可以断定,沈闇将后世为文文法缺失的罪魁祸首归于宋文。正是由于宋人为文,不讲究段落与层次,才导致了秦汉以来至唐代,以《左传》《史记》至韩文为代表的文法链条断裂。从而后世之文,弊端百出,文病丛生,毫无文法可言。这一点再次证明了桐城派对宋文的评价,与明代的"唐宋派"有着天壤之别。

《韩文论述》共选韩文七十二篇。前六十篇是按照时间先后顺序的编年法来排列的,后十二篇由于创作年代不可确定,姑且以李汉原编的顺序来编排。沈闇对文章篇目的筛选,甚至是次序的排列,显然有精心考虑与周密安排。其在文前"凡例"中言:

前六十篇不用类编，而用年次，欲学者有以见公少时文未尝不烦、不疏、不浅，至三十后乃渐简、渐密、渐深，自少及老，凡五六变而得大成。则古人之文，其成亦由于功夫，可以学而至，而不懈于用力也。

书中首选的二篇文章是《争臣论》与《赠张童子序》，沈闇在文后的评语中花大量的笔墨来指摘两文在笔法方面所存在的缺陷与疏漏。如其评《赠张童子序》云：

凡用反正详略之法，须视其文主意之何在。如此文，既以进童子于道为主，"始自县考"两节，自当用略笔，随叙随撇，即侧到将进童子于道。文用详叙反跌，就前半论，此文竟似以"张童子"三句作主者，则"将进于道"节，犯重起之病矣。其不见重起之迹，因"请于其官"节，文势委蛇，假以递下耳，实非前后一意贯注也。

沈闇在这里指出《赠张童子序》一文，犯为文之大忌，即详略不明、主次不分。此文本意是勉励在科举道路上一帆风顺的张童子不要满足于此，而要以求道为终极目标。文章第一段却用大量的笔墨去详述科举的过程，如何由县考升于州和府，州和府又贡之于天子，天子又属之于吏部，因而最终进吏部者"斑白之老半焉，昏塞不能及者，皆不在是限，有终身不得与者焉"。有了前一段的铺垫，第二段段首便言："张童子生九年，自州县达礼部，一举而进，立于二百之列。"这样给读者的感觉就是，文章主要讲述的是天资聪颖的张童子是如何在科举仕途上飞黄腾达的，而所谓的"进之于道"的文章主旨则成为陪衬了。因而文章前后两部分严重脱节，而非"一意贯注"。这样一些在文法上还存在瑕疵的篇目，大都是韩愈年少时所作。沈闇选评这些篇目，不是为了讥刺韩文文法的不醇，而是向读者表明，即使是韩愈这样"文起八代之衰"的古文大家，在学文的道路上也同样经历了渐进的过程，也是通过一段"功夫"，才慢慢地使文由"烦""疏""浅"向"简""密""深"转变的。沈闇此举最终是为了勉励学文者，只要持之以恒，不懈用力，就可使自己的为文水平大进。

学文不但需"不懈用力",要有"功夫"在,而且还要遵循学文的次第与方法。沈闇在第三篇《后廿九日复上宰相书》文后评语对此作出了回答:

> 凡为文,必须渐进。其始先有生气,此生气由读书穷理而后有也;有此生气,进而不已,则气渐旺,而文有秀色;复进不已,则气渐滂沛,而文乃畅茂;仍进而不已,气乃克实,文遂浑圆;浑圆之后,渐老渐古,而文自有光辉。故秀色者,光辉之基;光辉者,秀色之积。世人常于始进之时,为文辄求其老而古,此不知为文渐进之道也。若学未足,气未充,而先为苍老古劲,无非矫揉造作而已,未见其能为也。愚前录《谏臣论》① 及《赠张童子序》二篇,见公始为之文,亦不过有生气而已耳。至此乃气渐旺,而文有秀色矣。

沈闇阐述的为文渐进之法,仍遵循了自孟子所开创的"养气"说,将"气"的升华与文风的承递质变相联系。因此全书七十二篇文章,特别是前六十篇,就是按照韩文从最初的有"生气"至有"秀色",再至"畅茂""浑圆",最终达到文的"渐老渐古"而"自有光辉"这样一个发展历程来编纂的。其中蕴含着沈闇对韩文的发展历程,以及学文次第的归纳与总结。此外,《答李翊书》是韩愈结合亲身经历,向弟子李翊阐述自己学文之道的一封书信。文中"无望其速成,无诱于势利",气"不可以不养"等言,成为传授给后世学文者的千古箴言。沈闇撰述《韩文论述》,其目的亦是启发学文者之为文之道。因此,沈闇对此封书信深有感触,其对文中所蕴含的为文之法与学文之道阐发得颇为具体、细致:

> 此书备告翊以蕲至于古之立言者之道。而"无望其速成,无诱于势利",是存心之旨要;"非圣人之志不敢存",气"不可以不养",是用功之始终。盖立言专发明圣人之道,故"非圣人之志不敢存",非气不足以达其言,故气"不可以不养"。然志必尽醇,气必极盛,

---

① 应为《争臣论》。

而后可称至于古之立言者，是岂能一蹴而几也，故曰"无望其速成"。欲其成则甚难，用于人则无取，苟有慕于富贵，此心安能历久而不变，故曰"无诱于势利"。使志古之士循公之所言，存心得其旨要，用功全其始终，何忧古之立言者之不克至邪！宋人无论矣，唐之能文者，自推昌黎与河东为最。然愚以二公之施功，已不能无得失，而根柢已不能无浅深矣。盖公之施功与根柢，备见于此书，而河东则于《答韦中立论师道书》备道之。今观二书，公之工夫，用于临文仅十二三，其十七八用于读书养气；河东则但极言临文之刻励谨慎，至读书之详审，养气之盛大，未尝一道，则虽有工夫，不如公之倍施于根本者得矣。公之根柢，非不成于诵读，然贤圣之道，存之于心，措之于事，而能自具识见，自立规模；河东则但谓道必求合乎经，而又旁推交通于子史已耳，则虽有根柢，不如公之实有得于己者深矣。公撰《子厚墓志》云："居闲益自刻苦，务记览，为辞章。"夫岂不以河东之工夫，多施于记览；辞章之根柢，多本于记览；而于公所言《诗》《书》仁义，未能倍施其功，而鲜有实得于己邪？故河东之文，立说命意，于理或未尽醇；属词构局，于法间有不密，但可与公佐徐州前所著者相上下。若与公佐徐州后所著者论长短，相去岂特墨丈寻常而止哉。

沈闇在此又进一步明确地指出了学文过程中如何"用功"，即要"存心"与"养气"。所谓的"存心"，即要将"《诗》《书》仁义"等"贤圣之道"存于心中，使为文之旨能合乎"圣人之志"，并且不能满足于此，在合适的时机还要将其"措之于事"。而所谓的"养气"，则是指要多读圣贤之书，在读书的过程中培养自己的浩然之气。"存心"与"养气"相互滋育，是"用功"之"根柢"，为文之"本"。而韩、柳文境界的差异，实乃"用功"之差异。

与方苞的评点不同，沈闇在《韩文论述》中只有评，而无点，因而全书对文法的解析、文意的归纳，全部都是通过评（包括夹批与文后总评）来实现的。如上所言，沈闇断定宋人为文不讲层次与章节，从而导致后世文法的缺失。因此沈闇对文章的品评尤其重视文章段落与章节的划定，此亦是其评文的一大特色。如其在《圬者王承福传》文后评中言：

> 此文层折虽多，但当分作三段。"为京兆长安农夫"至"废饥饿者"为一段，是承福之自序；"粟稼而生"至"不可能"为一段，是承福之议论；"始闻而惑"至"亦远矣"为一段，是公之断辞。而每段再分为两节。"为京兆长安农夫"至"余三十年"为一节，自叙弃官勋而业圬；"舍于市"至"废饥饿者"为一节，自叙居处饮食之事。第二段"粟稼而生"至"岂异于人"为一节，发明首段前半所以弃官勋而业圬之意；"功大者"至"不可能"为一节，发明首段后半所以舍于市之主人之意。第三段"吾有讥焉"至"劳其心以为人"为一节，是论断次段"功大者"至"不可能"一节；"虽然"至"亦远矣"为一节，是论断次段"粟稼而生"至"岂异于人"一节。文之章法结构乃如此。

沈闇将《圬者王承福传》全文分作三段，其中每一段又分两节，段与段之间，节与节之间，又存在着各种照应、承递之关系，这样作者的行文思路、文章的结构框架以及主旨、大意等都能清晰可见。其实对文章段落的划分，能够很好地反映出读者对整篇文章的理解。清初吕留良之子吕葆中就曾言："古文惟段落最要，批古文惟段落最难。盖段落有极分明者，有最不易识者，其间多有过接、钩带、显晦、断续、反复、错综之法，率由古人文心变化，故为此以泯其段落之痕，多方以误人。即如《原道》一篇，传诵千年至今鲜人堪破，故段落分则读文之功过半矣。"韩愈为文，就十分擅长描述烦乱复杂的事物，从中寻绎出脉络与层次，使全文层第井然，脉络分明。沈闇在评《画记》一文时禁不住赞叹道："若兹画卷，有人，有马，有器；又马为人骑，器为人执；又有不骑之马，不执之器；马之外，又有牛、驴、橐驼及众畜。散而难并，连而难断，若何分节？若何互应？作者以人、马及众畜诸器，分作三节记，不相侵僭，不相缠绕。而首节先记人之事，下两节所记之马与器，即与首节所骑所执，相互应，相始终。其间不骑之马，不执之器，与马外之诸畜，即连类而记，既不缺落，又不散漫，真所谓因难见巧者矣。"

另外，沈闇在解析文法的时候，对文章主旨的揭发也很精彩。其经常能通过对文中文法的使用，探寻到文章字面以外所蕴含的深一层次的含义。韩愈的《张中丞传后叙》，是其读李翰所作的《张巡传》时，有感于"翰以文章自名，为此传颇详密，然尚恨有阙者。不为许远立传，又不载雷万春事首尾"，从而补写的一篇文章。文中韩愈推原出许远与张巡同为捍城而战死的事实，但由于两家子弟"材智下"，不能辨明世人诬蔑许远"畏死而辞服于贼"的荒谬言论，以至于李翰只为张巡立传，对于许远则只字不提。对此，沈闇评论道：

> 盖翰当日不为许远立传，为淆于两家子弟之疑，说者之诟耳。但既以文章自名，应有材智，应达于理，不当以材智下者之疑为疑，不达于理者之见为见。故"子弟"二节，正谓翰随声附和，不为许远立传之无识也。其辨子弟之疑远，正深责翰之材智下也；其辨说者之远诟，正深责翰之不达于理也。不然，何得李翰所为《张巡传》下，即提"翰以文章自名"为言邪？且许斯时显加追赠，并巡立庙已五十年，人亦孰不知远之守死与巡无异，而公犹呶呶表其死节，决无是理。

沈闇在这里指出，韩愈不厌其烦地为许远辩解，其实蕴含着韩愈对"以文章自名"的李翰才智低下、不达于理的深深责备。这样文意更加深入一层，而韩愈为文之用心与精神也通过沈闇此说得到了进一步的体现。

与《韩文论述》相似的还有清林明伦著的《韩子文钞》一书。[①] 林明伦，号穆庵，广东始兴人。乾隆十三年（1748）进士，官衢州府知府。

书前有署"乾隆二十一年（1756）七月既望始兴林明伦序"的序言。林明伦在此序中高度赞扬了韩愈"扶树教道之功"及其"为文辞必己出，不泥古陈，搜抉怪奇，归于从顺"的为文主张。从韩文中选取了一百三十五篇，"篇分细段，段注其义法于下，以便观览"。后来林明伦为官衢州府

---

① 林明伦：《韩子文钞》十卷，上海图书馆藏"乾隆丙子（1756）冬镌、文起堂藏板"。此书共二册。每半页九行，行字二十二；左右双边，白口，单黑鱼尾。

知府，见此地之人虽晓读古文，却不得善本。于是便将之前所评选的一百三十五篇韩文付梓，"凡文章离合之法，略备于此"。

相对于沈闇的《韩文论述》，林明伦的评点就显得简洁得多。正如序中所言"篇分细段，段注其义法于下"，其对文章之批点法多是以"—"将文章划分段落，然后在文下阐述此段之大意。如对《杂说一》"龙嘘气成云"篇评点如下：

> "龙嘘气成云"，句下划"—"，评语："起。""云固弗灵于龙也，然龙乘是气，茫洋穷乎玄间，薄日月，伏光景，感震电，神变化，水下土，汨陵谷，云亦灵怪矣哉。"句下划"—"，评语："写云气之灵。""云，龙之所能使为灵也。若龙之灵，则非云之所能使为灵也。然龙弗得云，无以神其灵矣。失其所凭依，信不可欤。异哉！其所凭依，乃其所自为也。"句下划"—"，评语："写嘘成之妙。""《易》曰：云从龙。既曰龙，云从之矣。"句下有评："结。"

文末又有总评，曰：

> 此公文法度之最整齐者，而从来选家界划多不能清，盖先存一好奇之心，自眩其识耳。通篇龙、云相承，一丝不乱，于兹可悟文从字顺之法。

与沈闇相同的是，林明伦在评点中也十分重视文章段落、层次的划分，将此作为古文文法的集中体现。林明伦还十分注重抓住文中决定整篇文章结构的、具有"承上启下"作用的过渡性语句。如《本政》中"长民者，发一号，施一令，民莫不悱然非矣。谓不可守，遽变而从之。譬将适千里，及门而复，后虽矻矻，决不可暨。原其始固有启之者也"，句下评云："束上起下。"《师说》中"是故圣益圣，愚益愚，其皆出于此乎！"句下也评云："承上开下。"这些句子，乃文章的筋络处，对文章的结构具有决定性的影响。将其找出，便掌握了整篇文章的结构。

在文后的评语中，林明伦还经常用韩文中原句来评论韩文。如评《省试学生代斋郎议》云:"骨节通灵,如辘轳之转。公铭樊宗师,所谓'文从字顺'者,此类是也。"评《答李翊书》云:"大意不出孟子'知言养气',而无一语陈袭。此《答刘正夫书》所谓'师其意,不师其辞'。"评《送李愿归盘古序》云:"'愿之言曰','为之歌曰',与前两'或曰'相应成章法。读之但觉一篇绝妙好辞,若网之在纲,有条而不紊。此《答李翊书》所谓'浩乎其沛,然又惧其杂也'。"

林明伦认为,以"义法"的角度来考察,韩文亦非篇篇均得"义法"之精髓,其中亦有瑕疵:

> 初选韩文,欲登《原鬼》《对禹问》二篇。及细观之犹觉有疏漏处。如《对禹问》谓禹传子为忧后世争乱,则未为知禹者。禹之心有天下而不与,如以为忧后世则犹是看得天下重,将与贤、与子犹有许多计较。不如孟子"天与则与之"言尤为直截也。且谓汤与伊尹不可待而传。然则禹臣伯益非圣人乎?皆非不易之论也。至《原鬼》所见亦粗,不如《易传》《中庸》所言为得鬼神之情状。此与《原毁》《讳辩》皆一时有感而作,不可与《原道》诸篇并论,故不录也。

《送孟秀才序》后评:

> 寥寥短篇,然义法周备,胜殷员外、孟东野诸序。东野一序,人人叹为奇作,而李安溪云"起手物不得其平"一句便不确,下有"五臣夔"等,如何云"不得其平",当云"有动于中则鸣"耳。又云夔不能以文词鸣,以韶鸣,尤可笑,便是文人趁笔之习。此论甚是。盖文之义法两失也。至殷员外序前云,"学有经法,通知时事",后云"士不通经,果不足用",何等庄重。中间乃以"今人适百里,悯悯有离别可怜之色。持被入直,顾婢子语,刺刺不能休"相形,词义浅率,与前后不称。又如《杨少尹序》云"不知太史氏能为传继二疏踪迹否",犹之可也;至云"又不知当时二疏之去,有是事否",则似信笔牵和,全无意义,不足效也。兹故不录而附论之于此。

由此看来，林明伦多是从古文"义法"的角度指出了韩文的某些篇目未醇处。相对于千篇一律的颂赞之语，这些稍显刺耳的批评之声似乎更应引起读者的重视。

第三节 "广博易良"：高澍然之《韩文故》

高澍然所著的《韩文故》，是桐城派研读韩文的集大成之作。[①] 高澍然，字时野，号雨农，福建光泽人，嘉庆七年（1802）举人，授内阁中书。民国《厦门市志》言："吾闽自朱梅崖后，继起为古文词者惟澍然。澍然肆力于韩昌黎、李习之，而与李极相近，一时碑版之作多出其手。兴泉永道周凯，工古文，不轻许人，见澍然文，叹曰今之宗匠也。聘主厦门玉屏书院，方三月，士皆知古学，受业者日益众，学舍至不能容。及归，诸生远送，有泣下者。"民国赵尔巽等撰《清史稿》，于列传二百七十二卷记云："福建古文之学，自仕琇其后，再传有高澍然……尤笃嗜昌黎集，其文陈义正言，不过物高视尘埃之表，名不如仕琇。要其自得之趣，有不求人知，能自树立者。著《春秋释经》、《论语私记》、《韩文故》及《抑快轩文集》。"由此可知，高澍然与朱仕琇都是福建桐城派杰出代表。

对于书名《韩文故》，书首富阳周凯在序中这样阐释：

> 按《汉书·艺文志》，《诗》有鲁故、韩故、齐后氏故、孙氏故、毛氏故；《尚书》有大小夏侯解故；小学有杜林仓颉故，皆注也。故颜师古释曰："故，通其义，指也。"是书兼有评，统曰"故"者，夫亦就其已然之迹，发明夫自然之理而已矣。欧阳子曰："孟、韩文虽高，不必似之也，取其自然者耳。"欧阳公以是取，先生以是评。评，即所以取之也。凯因思"故"之为训，有"通其故""仍其故"二义焉。注，"通其故"也；评，"仍其故"也。何以言之？孟子曰："天下之言性也，则故而已矣。故者，以利为本。""利"谓"自然"，

[①] 高澍然：《韩文故》十三卷，上海图书馆藏道光丙申年（1836）抑快轩刻本。每半页九行，行大字二十四，小字双行同。四周双边，黑口，单黑鱼尾。本节所述，便以此本为底本。

"自然"谓"仍"也。故又曰:"所恶于智者,皆为其凿也。"读前人书,通其故者鲜矣。况仍其故哉!先生之言曰:"吾之求之也,合气于朕,合神于漠,以追取其气与神,而冥与之会。然后循其本以出之。"今评是也。夫韩子之文,已然之迹也,循其本以出之者,因其迹以求其气与神。是即已然者,以发明夫自然而完其所固有,不敢支,亦不敢踰,仍焉而已。又岂有作为于其间哉?此孟子之所谓"故也"。韩子曰:"文从字顺各识职",曰"从",曰"顺",曰"职",利也,即"故"也。故先生自序谓"韩子虽寻常赠答之词,题记志传之作,鲜不器于道"。道希自然也。作者然,评者可不然乎?是书可谓得其"故"也。彼不求诸自然,徒以私智参焉者,即得其似,而似之亦孟子之所谓"凿"矣,其神、气亡焉也。

周凯认为"故"原是"注"之意,而《韩文故》一书既有"注"又有"评",因此这里的"故"有"通其故"与"仍其故"两层意思。为了将"故"的含义进一步阐释清楚,周凯还引用了《孟子》"天下之言性也,则故而已矣。故者,以利为本"来进行说明。此语原出自《孟子·离娄篇》。后世对其中的"故"与"利",众说纷纭,莫衷一是。但从周凯的阐述中,大体可知周凯是遵循了宋朱熹之说。朱熹在《四书集注》中对此句话这样阐释:"性者,人物所得以生之理也;故者,其已然之迹,若所谓天下之故者也;利犹顺也,语其自然之势也。言事物之理,虽若无形而难知,然其发见之已然,则必有迹而易见。故天下之言性者,但言其故,而理自明。"因而韩愈之文是"故",是"已然之迹";而高澍然于书中对韩文所作的"注"与"评",则是"就其已然之迹,发明夫自然之理",即是"利"。周凯在这里强调的是高澍然对韩文所作的注释与评论,均是切合韩文本身所固有的,不枝不蔓,更不缀以私意。因而《韩文故》一书最大的特点是切实自然。学者通过诵阅此书,一方面能"通其故",读懂韩文中的字词之意,弄清文中的历史典故与事件,另一方面还能"仍其故",体会与领略韩文的气韵与神味,千年之下和韩愈在精神层面上进行情感的交流与共鸣。

《韩文故》全书共十三卷,分为原(5篇)、读(4篇)、议(3篇)、论（1篇）、辩（1篇）、解（3篇）、说（2篇）、对（2篇）、策问（13篇）、杂著（5篇）、制（1篇）、表（12篇）、状（12篇）、启（2篇）、牒（2篇）、序（35篇）、书（43篇）、碑（19篇）、墓志铭（51篇）、行状（2篇）、传（5篇）、题（4篇）、记（9篇）、操（10篇）、赋（4篇）、诗（2篇）、赞（3篇）、颂（2篇）、箴（5篇）、哀辞（2篇）、祭文（26篇）、杂文（8篇）三十二类，总计二百九十八首。又有"删目"一项，即将韩文中一些作伪、脱误以及在文风、文法方面存在严重弊病的篇目全部删去。全书共删除韩文六十三篇。一是"伪窜"之文，即文非由韩愈而作，乃他人伪造，混入韩愈的文集中，包括《上李尚书书》、《与大颠师书》（三篇）以及《潮州谢孔大夫状》《高君画赞》，共计六篇。二是"用时式"之文，即用时文体所作之文，亦在删除之列，包括《奏汴州得嘉禾嘉瓜状》、《为宰相贺雪表》、《进顺宗皇帝实录表状》（二篇）、《进王用碑文状》、《谢许受王用男人事物状》、《奏韩宏人事物状》、《谢许受韩宏物状》、《冬荐官殷侑状》、《荐樊宗师状》、《举荐张籍状》、《袁州申使状》、《应所在典贴良人男女等状》、《慰国哀表》、《皇帝即位贺宰相启》、《皇帝即位贺诸道状》、《皇帝即位降赦贺观察使状》、《贺赦表》、《贺太阳不亏状》、《举钱徽自代状》（刑部侍郎）、《举韩泰自代状》（袁州刺史）、《举张惟素自代状》（国子监祭酒）、《举韦颜自代状》（兵部侍郎）、《举马摠自代状》（京兆尹）、《举张正甫自代状》（再为兵部侍郎），共二十五篇。三是"脱误不可读"之文，即文字内容有所脱漏之文，包括《通解》《为人求荐书》《京尹不台参答友人书》三篇。四是"未醇"之文，即在文风、文法、文体方面，不合规范，不宜效仿学习之文；对于"未醇"之文，高澍然不但列出篇目，而且点明此文之弊病所在，以示读者删除之由。其包括《省试颜子不贰过论》（气格俱卑，未脱骈习）、《省试学生代斋郎议》（挹之易尽，可不存）、《爱直赠李君房别》（烦促）、《送汴州监军俱文珍序》（陈义不高，语多失体）、《石鼎联句诗序》（弥明矜饰太过，而文肖之，故多器气，且近说部，不可学）、《送浮屠令纵西游序》（无真气永之，只见积句）、《后廿九日复上宰相书》（汗漫与浑灏自别）、《与京西节度使书》（笔滑格陋，所陈亦陋）、《上张仆射书》（气泄）、《与于襄阳书》（神骨不肃，见亦狭促）、《与陈给事书》（辞近媚软）、《与少室李拾遗书》（纯用劫笔，骨力不坚）、《施州房使君郑夫人殡表》（表体强就诗裁，不可学）、《故太学博士李君墓志铭》（是一篇服气论，非墓志，且徒志过，亦无此法）、《试大理评事胡君墓铭》（卓句不靠）、《贺册尊号表》（平衍）、《答魏博田仆射书》、《河南缑氏主簿唐充妻卢氏墓志铭》、《卢浑墓志铭》、《曲江祭龙文》、《祭周氏侄女文》（以上五篇并随笔之作）、《祭董相公文》、《祭薛助教文》、《祭虞部张员外文》、《祭左司李员外太夫人文》、《祭薛中丞文》、《祭裴太常文》、《祭故陕府李司马文》、《祭石君文》（以上八篇并牵率应酬之作），二十九篇。

　　高澍然于《韩文故》中对文章的批评方式有眉批、旁批以及文后总评三种方式。其中眉批主要是点明文章所使用的文法，其包括详略、叙述的次第以及起承转合等；而旁批则主要是标示出此句或几句所体现出的行文风格与特点，即揭示文风；而文后评则与他书一样，主要归纳与概括整篇文章的艺术风貌、结构特色等。当然，文风与文法并不是截然分开的，而是经常互相联络缠绕，所以此处所述只是大体言之。桐城派对文章的品评方式，大体而言，亦多是从文法与文风两方面来入手的。但不同的人，其评点的侧重点略有不同。如方苞就偏向从文法方面来评点文章，而刘大櫆则擅长以文风特色为重心。刘大櫆后来提出文章的"格、律、声、色、神、理、气、味"之说，则是试图将文法与文风统一起来。而高澍然在此书中的评点，亦是文风与文法并重，二者相互映照。

　　纵观高澍然对韩文的评点，其所使用频率最高的一个词便是"易良"。高澍然曾于《李习之先生文读》书首序中言："昌黎之文，广博易良，余于《韩文故》言之详矣。而习之先生，其广博稍逊，其易良则似稍有进焉。盖昌黎取源《孟子》而汇其全，故广博与易良并；先生取源《论语》而得其一至，故广博虽不如，而易良亦非韩所有也。譬诸天地之气，其穆然太虚、冲和昭融者，《论语》之易良也；其湛然不淬，高朗夷旷者，《孟子》之易良也。二者微有区别焉，学之者宁无差等乎哉！"[①] "易良"是高澍然对韩文意旨、文法、文风等方面所概括出的一个核心概念。所谓"易

---

① 《李习之先生文读》书首序。（唐）李翱撰，（清）高澍然评点《李习之先生文读》，上海图书馆藏同治十年（1871）抑快轩刻本。

良"，其含义十分广泛，体现在韩文的方方面面。

首先，"易良"是指韩文在文体方面所体现出的一种特征。

《原道》后总评：其论囊括宇宙；其格祖述官礼；其辞日光玉洁；其气川流岳峙；其体广博易良。可以载道，可以配经。

《守戒》后总评：人人意中能道语，而文以易良之体，足以佐佑六经，此载道之文，不徒系夫陈义高深。

《袁氏先庙碑》后总评："公惟曾大父、大父、皇考比三世，存不大夫食，殁祭在子孙。唯将相能致备物，世祢远，礼则益不及；在慎德行业治，图功载名，以待上可。"眉批："撼旨坚明，训词深厚，虽参用瘦硬之笔，而气朴神固，足以裕之，仍不失易良之体。"

《南阳樊绍述墓志铭》后总评："志廉栗而中裕，铭奥崛而中朴，均不失易良之体，非涩也。"

其次，"易良"又指韩文在文风方面所体现的一种特征。

《释言》后总评："是文极宽平，渊懿之观，要必神肃骨坚，语无枝叶，方克葆厥美。而诸忧谗之作，但见易良，不见嗔杀，足征公天怀乐易，不怒不惊也。"

《答崔立之书》后总评："此文与司马《报任少卿书》通一浑浑清灏之气。而马之恣睢，公之易良，亦各极其致。但骨腴神肃，公似少逊于马耳。然是时公才二十有八，其造诣几于马垺，此所以包刘越赢、继六经而作也。伟矣哉！"

《送陆歙州诗序》后总评："公短篇文，神益暇，气益裕，不取廉杰峭拔，自然郁动。柳不如韩，正少此易良耳。"

《奇送温处士赴河阳军序》后总评："肆卓荦之文，而行以易良。盖深博无涯涘。"

《祭柳子厚文》后总评："树骨《左》《国》，兼有风骚。其哀丽芊绵，出以质厚，行以易良，则公本色。"

最后,"易良"还指文章旨意方面的特征。

《送齐皞下第序》后总评:"见一善焉,若亲与迩,不敢举也;见一不善焉,若疏与远,不敢去也。众之所同好焉,矫而黜之,乃公也;众之所同恶焉,激而举之,乃忠也。"高澍然旁批:"体舒气洁,最合易良之旨。"

《论变盐法事宜状》后总评:"国计民生,了然指掌。而词旨勤恳易良,有忧天下之隐,无争善之思,古大臣谋国正如是。"

《答李翊书》后总评:"行之乎仁义之途,游之乎《诗》《书》之源,无迷其途,无绝其源,终吾身而已矣。"旁批:"公诸体大备,而归于易良,所以全霭如之旨。"

因而,"易良"是高澍然对韩文文体、文风、文旨三方面进行综合概括而总结出的最大的特点,是高澍然研究韩文的核心概念,理应备受重视。

第四节　单为总《韩文一得》

桐城派另外一种批点韩文的重要著作便是单为总的《韩文一得》。刘声木的《桐城文学渊源撰述考》卷二载:"单为总,字伯平,高密人。道光乙酉(1825)举人,官栖霞县教谕。私淑方苞。其为文辞醇理精,用法至密,气体洁以和,序事雅饬,真实切近,有裨人心风俗。历主济南等书院讲席。撰《奉萱草堂文集》一卷,《文续集》一卷,《诗集》一卷,《诗续集》二卷,《韩文一得》二卷,二十余年数易稿始成,杂著十种。"[①]

《韩文一得》世间颇不常见,今查仅浙江图书馆藏一抄本。笔者亲见此书,现将其大体情况概述如下。《韩文一得》,二卷,抄本,一函两册。每半页八行,行字二十二。书封面上有墨笔题签:"高密单为总述,男,佑范校录。"书前有"宝钟室"朱文方印和"虞山周左季藏书"朱文长

[①] 刘声木撰,徐天祥点校《桐城文学渊源撰述考》卷二,第123页。

印。书正文末有朱笔"光绪十七年（1891）辛卯九月沈瑾读过"，旁又有墨笔"丙辰（1916）秋又借读，拟付排印。督工校字，非我所能任。周子重托，又不可负。奈何？"下有"虞山沈瑾"白文方印。书尾页背面有墨笔题"后学虞山周大辅左季校刊"。此书原文以及评语皆为墨笔，偶有朱笔之圈点。"凡例"页有朱眉："《祭河南张员外文》大是奇作，何独去之？公周。"据此可知朱笔圈点及此条朱批应为"公周"所为。按，周左季，名大辅，常熟人，清末浙江税吏，颇爱藏书，尤喜抄录稀见善本，家有"鸰峰草堂"。沈石友（1858~1917），原名汝瑾，字公周，因喜石砚，取号"石友"，又别署"钝居士"，江苏常熟人。诸生，工诗词，藏砚颇多，亦精刻砚。周大辅、沈瑾、吴昌硕都是好友，尤其是沈与吴交往甚密，书前"宝钟室"便为吴昌硕之印。书中夹一红格笺纸，上写有"单先生为阎丹初所尚识，荐为教官，其诗文已刻板行世。此书为周左季先生家藏。周君之先人尝从单先生游，故有其书。常熟沈公周谓此书评语无股家见解，出《山晓阁柳文》之上"。据此可知，此书应是由单为总之子单佑范校录，后周左季先人跟随单为总游学，获得此书，并将其传给了周左季。周可能对此书作过校订，后又委托其好友沈瑾再校订一次，付梓于世。沈于光绪十七年（1891）、1916年两次批阅此书，但觉"督工校字，非我所能任"而告罢，沈又于第二年（1917）去世，付梓之事遂告终。所以至今所存此书仍为一抄本。

书正文前先有自序一篇，曰：

韩文注释家最多，至有五百家韩文之刻。夫古之著书者，大抵穷愁不得志于时者之所为。为总生当圣世，不为世用，君父师友而外，所遇至难至苦，有儳然不可终日之势。老而弥甚，固德薄之所招，抑声名之为累与？不得已，托于文字，陶写穷愁。而经史专家，其书山积；时文帖括，主文衡者操之。惟韩文一书，近世罕有言者。是书自欧阳公而后，本朝得其传者，惟桐城方氏。曩从族祖紫溟先生家见桐城手批朱子《考异》本，间加朱墨，义蕴精深。后见果府所刊韩文，皆载桐城评语，而朱墨之义，无所发明。二十余年来，绅绎其意，参以各家之说，私成一书。风雨舟车，疾病患难，无时不以自随。凡数易稿而后成。夫以不为世用之人，从事举世罕言之学，以祈身后不可知之名，虽愚者不为。况乎屯邅坎壈，动而得尤，逃名之不暇，而敢求名乎？穷愁之中，心有所寄。每悟一义，懽然忘忧。忧患之不死，惟是之赖。或者千虑一得，于桐城之书、五百家之刻，间有发明，未可知尔。后之读是书者，知生当圣世，有不甘自弃之材如某者，悲其遇可也，哀其志可也，即笑其愚亦可也。道光二十有七年（1847）七月既望高密单为总伯平甫自序。

此序后又用墨笔抄录了三条对韩文的评论：

《新唐书本传》"学者仰之如泰山北斗"；
皇甫湜所作墓志"抉经之心，执圣之权。茹古涵今，章妥句适"；
公婿李汉序"日光玉洁，周情孔思。包刘越赢，与姬为徒"。

接着是"凡例"三则：

一　是编次序，悉尊朱子《考异》本。
一　是编圈点悉从桐城方氏手评本。大约文法之提、转、接、递、收、缴，则用"△△"；笔意之佳处则用密点；议论之名警则用单圈，义理之精深坚确，则用密圈。（旧分朱墨，今改用"△"）
一　是编有累公生平者不录，择焉不精者不录，过于艰深者不录，篇幅太长、刊刻不易者不录。

然后是"韩文一得目录"，此目录只列举上、下卷所列的各种文体，不见具体的文章篇名：

上卷：杂著、传、记、奏议表状、书
下卷：序、哀辞、祭文、碑文、墓铭

该目录后有墨笔题识：

用桐城方氏手批朱子《考异》本校。始道光二年（1822）壬午冬铸城铁沟学舍，卒业二十七年（1847）丁未夏昌乐学斋。

细读正文，发现全书选韩愈《原道》、《原性》、《原毁》、《原鬼》、《对禹问》、《杂说》（"龙嘘气成云"篇、"善医者"篇、"世有伯乐"篇）、《读荀》、《读仪礼》、《获麟解》、《师说》、《进学解》、《讳辩》、《伯夷颂》、《张中丞传后叙》、《争臣论》、《祭鳄鱼文》、《送穷文》、《毛颖传》、《圬者王承福传》、《太学生何蕃传》、《燕喜亭记》、《画记》、《蓝田县丞厅壁记》、《新修滕王阁记》、《禘祫议》、《论今年权停举选状》、《复仇状》、《论佛骨表》、《答尉迟生书》、《上宰相书》、《答侯继书》、《答崔立之书》、《答李翊书》、《答陈生书》、《与李翱书》、《上张仆射书》、《与于襄阳书》、《答刘正夫书》、《与孟简尚书书》、《答元侍御书》、《再与鄂州柳中丞书》、《上考功崔虞部书》、《与少室李拾遗书》、《送孟东野序》、《送许郢州序》、《上巳日燕太学听弹琴诗序》、《送齐暤下第序》、《送李愿归盘谷序》、《送董邵南序》、《送浮屠文畅师序》、《送廖道士序》、《送王（含）秀才序》、《送王秀才埙序》、《送区册序》、《送高闲上人序》、《送殷员外序》、《送杨少尹序》、《送石处士序》、《送温处士赴河阳军序》、《欧阳生哀辞》、《祭郴州李使君文》、《祭田横墓文》、《祭柳子厚文》、《祭十二郎文》、《平淮西碑》、《南海神庙碑》、《柳州罗池庙碑》、《魏博节度观察使沂国公先庙碑铭》、《李元宾墓铭》、《襄阳卢丞墓志铭》、《唐河中府法曹张君墓碣铭》、《贞曜先生墓志铭》、《柳子厚墓志铭》、《故江南西道观察使赠左散骑常侍太原王公墓志铭》、《殿中少监马君墓志》、《故贝州司法参军李君墓志铭》、《女挐圹铭》，共计七十九篇。

从前"凡例"二所言"是篇圈点悉从桐城方氏手评本"，可知书中所运用的各种评点标示均应是单为总过录方苞之评点。书中运用的批点符号有字旁小圈"○"、字旁三角"△"、字旁点"．"、字外大圈"◯"、截"__"五种。其中字外大圈大约相当于一篇文章的文眼，如《伯夷颂》首句"士之特立独行适于义而已"中的"义"字，《张中丞传后叙》"翰以文章自命，为此传颇详密，然尚恨有阙"中"阙"字，《争臣论》中的"道"字，《燕喜亭记》中的"德"字，等等，都被套上圆圈，示此字为整篇文章的字眼。而字旁三角有两种含义：一是从文法角度讲，大体相当于文中的纲脉、关键、转折之处，如《欧阳生哀辞》"故余与詹相知为深"句，字旁加三角，眉批："段末一语，为后半提纲。"《南海神庙碑》中"治人以明，事神以诚"句旁加三角，眉批："八字通篇关键，亦前后转捩。前段言不敬神即蒙害，此段先提治人，后提事神。'人'字顶前段，'神'字领本段，义法如是。"另外，字旁三角还标于所谓的"义理精深坚确"处，如《读荀》中"孟氏醇乎醇者也，荀与杨，大醇而小疵"句，《答李翊书》中"有志乎古者希矣，志乎古必遗乎今，吾诚乐而悲之"句，都旁加三角。而点与圈则表示"笔意之佳处"与"议论之名警"，文中较多，又易理解，兹不再赘述。单为总有感于方苞批点韩文"意蕴精深"，但后世对其"朱墨之意，无所发明"，因此撰成《韩文一得》此书，用具体的文字将方苞批点的"朱墨之意"阐述清楚，以冀"于桐城之书、五百家之刻，间有发明"。因此书中的评语十分详密具体。书中的批语有眉批、旁批、文后总评三种形式。其中眉批多为总结、概括此段或此节之大意，梳理段、节之间的发展脉络；旁批则主要是阐发句与句之间转承递连之关系；文后有一段总评，对整篇文章之意与文法进行归纳、总结。

　　单为总施于书中的评语，主要是揭示韩文的文法所在。与其他桐城派成员对文法的理解相似，单为总的评点亦是通过对文章层次及结构的划分，找出文章的"眼目"与"关键"，划分文章段落，探讨文体发展的正变进而去探讨所谓的"文法"。

　　对于文法的溯源，单为总认为韩文受《左传》的文法影响最大。其对《与孟尚书书》中"释老之害，过于杨墨；韩愈之贤，不及孟子"句评云："'释老'四语，即《左传》'今吴不如过，而越大于少康'二句义法，乃知昌黎文字，直从左氏得来。"对《送孟东野序》中"维天之于时也亦然"句批云："突出'天'字，看似不伦，亦非通篇'天'字正意。然先于此一影，在有意无意间，左氏往往有此。"又对《柳子厚墓志铭》中"其召至京师而复为刺史也，中山刘梦得禹锡亦在遣中"一段眉批云："此段言友谊，乃于前文中独提一事言之，亦左氏法。"韩文中不仅是句法、章法模仿《左传》，而且许多篇目的结构也与《左传》异曲同工。其评《送区册序》一文云：

此文前半提"穷"字，后半反对"穷"字。前半一色笔墨，后半一色笔墨。而中间过峡处，却先反激次段，一笔作收。再正承首段，一笔作领，然后转落。法本左氏。

又，评《送杨少尹序》一文云：

此文将实事写入二疏身上，中段叙少尹之行，但用虚虚比照，则实处皆虚，是实事虚写法，左氏"登巢车"一段，正类此法。末段"指其树"云云，是虚事实写法，左氏"吾闻致师者"三段，法亦近此。

单为总十分重视抓住文章中的"关键"与"眼目"，如对《张中丞传后叙》"小人之好议论，不乐成人之美，如是哉！如巡、远之所成就，如此卓卓，犹不得免，其他则又何说！"评云："五句乃前三段关键，有二法。此段之前段，此段之后段，皆是小人好议论，不成人之美，于此下断语。即是并前后二段而断之。又此上皆专辨许远之诬，此下乃并论张巡，于此段末搭入张巡，又是结上生下法。"对《论佛骨表》"佛如有灵，能作祸祟，凡有殃咎，宜加臣身，上天鉴临，臣不怨悔"，眉批云："必加'佛如有灵'六句者，前三段言事佛得祸，则不事佛宜无祸。此言当投水火，仍恐宪宗畏祸。故言如能为祸，当加臣身，塞断后路，事理、文法方密。'祸'字正应前半'得祸'，反应'安乐寿考'、'求福'，筋骨方不脱离。李文贞公诋之，过矣。"《南海神庙碑》中"治人以明，事神以诚"，眉批云："八字通篇关键，亦前后转捩。前段言不敬神，人即蒙害。此段先提治人，后提事神。'人'字顶前段，'神'字领本段，义法如是。"

单为总还善于从文体发展的正与变的角度，去分析文章的特色。如其评《太学生何蕃传》云：

凡传皆于起手处提明何处人，亦无于题目标出官职者。此传淮南人，于第二段中始出，题曰"太学生何蕃传"，何也？盖此传非综其生平论之，特就其行之见于太学者论之也。未至太学以前，及太学归后之事，不一及焉。其称"纯孝"处，亦只就其在太学时见之，故开手即提明"入太学者二十余年矣"作眼目，下皆叙其在太学二十余年中事行，而末以"行诸太学"四字结之作章法。中间"太学"字凡六见，正篇中眼目。与泛泛作论传、综论生平者不同。故淮南人可于次段始见，乃传之变例，题曰"太学生"以此。

综上所述，《韩文一得》主要是单为总用评语的形式去阐发方苞评点中点的意蕴。其中对韩文的文法多有发明，因而是一部极其重要的批点韩文之作。

参考文献

1. 书目类

北京师范大学图书馆编《北京师范大学图书馆古籍善本总目》，书目文献出版社，2002。

陈振孙撰《直斋书录解题》，上海古籍出版社，1987。

丁丙撰《善本书室藏书志》，《续修四库全书》第927册，影印清光绪二十七年钱塘丁氏刻本。

范邦甸、范懋敏撰《天一阁书目》，《续修四库全书》第920册，影印浙江图书馆藏清嘉庆十三年扬州阮氏元文选楼刻本。

傅增湘撰《藏园群书经眼录》，中华书局，2009。

高儒撰《百川书志》，上海古籍出版社，2005。

黄虞稷撰《千顷堂书目》，上海古籍出版社，2001。

辽宁省图书馆、吉林省图书馆、黑龙江省图书馆编《东北地区古籍线状书联合目录索引》，辽海出版社，2003。

陆心源著《仪顾堂书目题跋汇编》，中华书局，2009。

莫友芝撰，傅增湘订补《藏园订补郘亭知见传本书目》，中华书局，2009。

祁承㸁撰《澹生堂藏书目》，《续修四库全书》第919册，影印国家图书馆藏清宋氏漫堂抄本。

钱谦益撰《绛云楼书目》，《续修四库全书》第920册，影印国家图书馆藏，清嘉庆二十五年刘氏味经书屋抄本。

清华大学图书馆编《清华大学图书馆善本总目》，清华大学出版社，

2003。

山东大学图书馆编《山东大学图书馆古籍善本书目》，齐鲁书社，2007。

上海图书馆编《中国丛书综录》，上海古籍出版社，2007。

天津图书馆编《天津图书馆古籍善本总目》，国家图书馆出版社，2008。

王绍曾主编《清史稿艺文志拾遗》，中华书局，2000。

王欣夫撰《蛾术轩箧存善本书录》，上海古籍出版社，2002。

王重民撰《中国善本书提要》，上海古籍出版社，1983。

阳海清编撰，陈彰璜参编《中国丛书广录》，湖北人民出版社，1999。

杨守敬撰，王重民辑《日本访书志补》，《续修四库全书》第930册，影印华东师范大学图书馆藏1930年《中华图书馆协会丛书》铅印本。

浙江省图书馆编《浙江图书馆古籍善本总目》，浙江教育出版社，2002。

《中国古籍善本书目》，上海古籍出版社，1994。

2. 古籍类

贝琼：《清江文集》，《文渊阁四库全书》第1228册。

曹于汴：《仰节堂集》，《文渊阁四库全书》第1293册。

陈维崧：《陈迦陵文集》，《四部丛刊》第281册。

程端礼：《读书分年日程》，《文渊阁四库全书》第709册。

戴名世：《南山集》，《续修四库全书》第1419册。

戴名世：《南山集偶钞》，《续修四库全书》第1418册。

董诰：《全唐文》，中华书局，1983。

范允临：《输廖馆集》，《四库禁毁丛刊》集部第101册。

方苞：《方苞集》，上海古籍出版社，2009。

韩愈撰，《昌黎全集》四十卷、外集十卷，复旦大学图书馆藏明末葛氏永怀堂刻本。

韩愈撰，陈仁锡评点《韩昌黎先生全集》四十卷、外集十卷、补集一卷，苏州市图书馆藏明崇祯七年陈仁锡刻本。

韩愈撰，顾锡畴评《顾太史评阅韩昌黎先生集》四十卷，山东图书馆藏明崇祯六年胡文柱刻本。

韩愈撰，《韩文》四十卷、外集十卷、集传一卷、遗文一卷，复旦大学图书馆藏明嘉靖间游居敬刻本。

韩愈撰，蒋之翘辑注《唐韩昌黎集》四十卷、外集十卷、遗文一卷，上海图书馆藏三径草堂明崇祯六年刻本。

韩愈撰，李汉编《昌黎先生集》四十卷、外集十卷、遗文一卷，东吴徐氏东雅堂刻本。

胡应麟：《少室山房集》，《文渊阁四库全书》第1290册。

黄宗羲：《南雷文定》，《续修四库全书》第1397册。

雷礼：《国朝列卿记》，《续修四库全书》第522册。

李绂：《穆堂别稿》，《续修四库全书》第1422册。

李元度辑《国朝先正事略》，《续修四库全书》第548、549册。

刘球：《两溪文集》，《文渊阁四库全书》第1243册。

钱谦益：《列朝诗集》，《续修四库全书》第1622~1624册。

沈德潜：《清诗别裁集》，上海古籍出版社，1984。

陶望龄：《歇庵集》，《续修四库全书》第1265册。

王昶：《春融堂集》，《续修四库全书》第1438册。

王炎午：《吾汶稿》，《文渊阁四库全书》第1189册。

吴应箕：《楼山堂集》，《续修四库全书》第1388~1399册。

徐师曾：《文体明辨》，《续修四库全书》第310~312册。

叶盛：《水东日记》，《文渊阁四库全书》第1041册。

袁中道：《柯雪斋前集》，《续修四库全书》第1376册。

袁中道：《柯雪斋外集》，《续修四库全书》第1376册。

章学诚：《校雠通义》，《续修四库全书》第930册。

赵世显：《芝园稿》，《四库未收辑刊》第5辑第24册。

祝世禄：《环碧斋诗》，《四库存目丛书》集部第94册。

《朱文公校昌黎先生集》四十卷、外集十卷、遗文一卷，《四部丛刊》本，上海涵芬楼影印明正统十三年书林王宗玉刻本。

朱熹：《性理大全书》，《文渊阁四库全书》第711册。

朱熹：《御纂朱子全书》，《文渊阁四库全书》第721册。

朱熹：《朱子语类》，《文渊阁四库全书》第700~702册。

朱彝尊：《静志居诗话》，人民文学出版社，2006。

朱右：《白云稿》，《景印文渊阁四库全书》第1228册。

3. 著述类

卞孝萱、张清华、阎琦：《韩愈评传》，南京大学出版社，2011。

查金萍：《宋代韩愈文学接受研究》，安徽大学出版社，2010。

戴名世撰，王树民编校《戴名世集》，中华书局，1986。

方介：《韩柳新论》，台北：台湾学生书局，1999。

方烈文、陈新璋、曾楚楠主编《韩愈研究》，广州教育出版社，1998。

高海夫主编《唐宋八大家文钞校注集评》，三秦出版社，1998。

〔日〕高津孝：《科举与诗艺——宋代文学与士人社会》，潘世圣等译，上海古籍出版社，2005。

韩廷一：《韩昌黎思想研究》，台北：台湾商务印书馆，1997。

韩愈著，赵德编，刘真伦辑校《昌黎文录辑校》，华中科技大学出版社，2002。

韩愈撰，刘真伦、岳珍校注《韩愈文集汇校笺注》，中华书局，2010。

韩愈撰，阎琦校注《韩昌黎文集注释》，三秦出版社，2004。

侯美珍：《晚明〈诗经〉评点之学研究》，台北：花木兰文化出版社，2009。

黄坚选编，熊礼汇点校《详细古文真宝大全》，湖南人民出版社，2007。

蒋凡：《文章并屹壮乾坤：韩愈柳宗元研究》，上海教育出版社，2001。

李长之：《韩愈传》，东方出版社，2010。

刘真伦：《韩集宋元传本研究》，中国社会科学出版社，2004。

卢宁：《韩柳文学综论》，学苑出版社，2006。

罗联添：《韩愈古文校注汇辑》，台北编译馆，2003。

马其昶校注，马茂元整理《韩昌黎文集校注》，上海古籍出版社，1986。

屈守元、常思春主编《韩愈全集校注》，四川大学出版社，1996。

汕头大学中文系编《韩愈研究资料汇编》，汕头大学出版社，1986。

市川勘：《韩愈研究新论：思想与文章创作》，台北：文津出版社，2004。

孙琴安：《中国评点文学史》，上海社会科学院出版社，1999。

谭帆：《中国小说评点研究》，华东师范大学出版社，2001。

王更生编著《韩愈散文研读》，台北：文史哲出版社，1993。

王基伦：《韩柳古文新论》，台北：里仁书局，1996。

王建生：《韩柳文选评注》，台北：文津出版社，2008。

王水照等编《首届宋代文学国际研讨会论文集》，复旦大学出版社，2001。

吴文治编《韩愈资料汇编》，中华书局，1983。

徐发前：《韩愈文集探元决异》，西北大学出版社，2002。

阎琦、周敏：《韩昌黎文学传论》，三秦出版社，2003。

杨国安：《宋代韩学研究》，中国社会科学出版社，2006。

叶百丰编著《韩昌黎文汇评》，台北：正中书局，1990。

于立君、王安节：《中国诗文评点史研究》，时代文艺出版社，2001。

余华陵：《清代以前韩愈散文接受研究》，湘潭大学出版社，2011。

张清华：《韩学研究》，江苏教育出版社，1998。

章培恒、王靖宇主编《中国文学评点研究论集》，上海古籍出版社，2002。

钟志伟撰《明清唐宋八大家选本研究》，台北：文津出版社，2008。

周兴陆：《诗歌评点与理论研究》，凤凰出版社，2011。

祝尚书：《宋人总集叙录》，中华书局，2004。

朱万署：《明代戏曲评点研究》，安徽教育出版社，2002。

后　记

  这本书是我在博士论文的基础上修订而成。弹指一挥间，我已经博士毕业八年了。回想我这八年的时间，头脑中更多的是悔与恨，悔的是自己在八年的时间内的虚度光阴，恨的是自己在八年时间内的一事无成。但一切俱往矣。借此书出版的契机，我现在需要做的是重整旗鼓，再次出发。尽管生性愚钝，此书在诸多方面都有不尽如人意的地方，书中的很多观点有待商榷，但在这里我仍然想感谢诸多对此书的出版提供帮助的人。

  首先，我需要感谢的是我硕士生导师山东大学孙之梅老师。孙老师在我考硕士研究生第一志愿落档的情况下，仍然宽容地接纳了我，让我有机会继续深造。在读硕士研究生期间，孙老师在生活、学业方面都给予我很大的帮助，让我走上了学术研究的道路，为我后来考上博士研究生奠定了基础。

  其次，需要感谢的是我的博士生导师黄霖先生。本书从选题到最后书稿的修订、完善，黄老师都给予了许多帮助。可以说没有黄老师帮助，就不会有今日此书的面世。

  最后，我需要感谢所有对此书提供过帮助的人。由于此书涉及的很多文献都典藏在各地图书馆，因而在完成此书的过程中，我北至辽宁省图书馆、南到广东省立中山图书馆去查阅文献，将原始资料一字一句地录入电脑中。在此期间，有无数的同学、朋友以各种形式向我伸出了援助之手，在此一并感谢。特别需要指出的是，台北的林香伶老师从台北"中央图书馆"、台湾大学图书馆为我复印并邮寄了很多材料，日本的千贺由佳博士为我寄来了很多日本公文书馆的资料，特此感谢！

最后，我要感谢大连大学学术出版资金的资助，为此书的出版提供了经济支持。感谢社会科学文献出版社的吴超编辑在格式、字词的校对方面提出了很多宝贵意见，保证了此书得以顺利出版。

图书在版编目(CIP)数据

韩愈古文评点的整理及其研究 / 姜云鹏著 . -- 北京：社会科学文献出版社，2022.9
ISBN 978-7-5228-0543-6

Ⅰ.①韩… Ⅱ.①姜… Ⅲ.①韩愈（768-824）-古典文学研究 Ⅳ.①I206.423

中国版本图书馆 CIP 数据核字（2022）第 147694 号

韩愈古文评点的整理及其研究

著　　者 / 姜云鹏
出 版 人 / 王利民
责任编辑 / 吴　超
责任印制 / 王京美

出　　版 / 社会科学文献出版社·人文分社（010）59367215
　　　　　　地址：北京市北三环中路甲29号院华龙大厦　邮编：100029
　　　　　　网址：www.ssap.com.cn
发　　行 / 社会科学文献出版社（010）59367028
印　　装 / 三河市尚艺印装有限公司

规　　格 / 开　本：787mm×1092mm　1/16
　　　　　　印　张：16.5　字　数：258千字
版　　次 / 2022年9月第1版　2022年9月第1次印刷
书　　号 / ISBN 978-7-5228-0543-6
定　　价 / 128.00元

读者服务电话：4008918866

版权所有 翻印必究